OS ETERNOS
O LEGADO

OS ETERNOS
O LEGADO

AMIE KAUFMAN   MEAGAN SPOONER

Tradução:
Sofia Soter

Copyright: Unearthed © 2018 por Amie Kaufman e Meagan Spooner
Direitos de tradução adquiridos em comum acordo com Sandra Bruna Agência
Literária, SL, em associação com Adams Literary. Todos os direitos reservados.

Título original em inglês: UNEARTHED

Direção editorial: VICTOR GOMES
Coordenação editorial: GIOVANA BOMENTRE
Tradução: SOFIA SOTER
Preparação: CÁSSIO YAMAMURA
Revisão: MELLORY FERRAZ
Capa e projeto gráfico: PAULA CRUZ
Diagramação: DESENHO EDITORIAL

ESSA É UMA OBRA DE FICÇÃO. NOMES, PERSONAGENS, LUGARES, ORGANIZAÇÕES E SITUAÇÕES SÃO PRODUTOS DA IMAGINAÇÃO DO AUTOR OU USADOS COMO FICÇÃO. QUALQUER SEMELHANÇA COM FATOS REAIS É MERA COINCIDÊNCIA.

TODOS OS DIREITOS RESERVADOS. PROIBIDA A REPRODUÇÃO, NO TODO OU EM PARTES, ATRAVÉS DE QUAISQUER MEIOS. OS DIREITOS MORAIS DO AUTOR FORAM CONTEMPLADOS.

DADOS INTERNACIONAIS DE CATALOGAÇÃO NA PUBLICAÇÃO (CIP)

K211 Kaufman, Amie
Os eternos: o legado/ Amie Kaufman e Meagan Spooner; Tradução Sofia Soter. –
São Paulo: Editora Morro Branco, 2019.
p. 352; 14x21cm.

ISBN: 978-85-92795-55-9

1. Literatura infantojuvenil americana – Romance. 2. Ficção americana. I. Soter,
Sofia. II. Título.
CDD 813

TODOS OS DIREITOS DESTA EDIÇÃO RESERVADOS À:
EDITORA MORRO BRANCO
Alameda Santos 1357, 8º andar
01419-908 – São Paulo, SP – Brasil
Telefone (11) 3373-8168
www.editoramorrobranco.com.br

Impresso no Brasil
2019

Para Josh e Tracey,
Abby e Jessie.
Família.

SOMOS OS ÚLTIMOS DA NOSSA ESPÉCIE.

NÃO VAMOS DESAPARECER NO ESCURO. Vamos contar nossa história para as estrelas e, assim, nunca morreremos – seremos Eternos. Talvez só as estrelas nos escutem depois que formos só memória. Mas um dia uma raça encontrará o poder que deixamos para trás – e será testada, pois algumas coisas não devem ser descobertas. Algumas histórias não devem ser contadas. Algumas palavras não devem ser ditas.

Alguns poderes não devem ser perturbados.

Nossa história é cheia de ganância e destruição, a história de um povo que não estava pronto para o tesouro que guardava. Nosso fim não veio das estrelas; veio de dentro, da guerra e do caos. Não éramos, nem nunca fomos, dignos do que nos foi dado.

No criptograma matemático desta mensagem se encontra a chave para construir uma porta para o éter. Atrás da porta, depois do éter, você será julgado. Os dignos, os escolhidos, encontrarão o poder que morremos para proteger, e se erguerão até as estrelas.

Saiba que a jornada não tem fim. Saiba que os perigos serão muitos. Saiba que destrancar a porta pode levar à salvação ou à desgraça. Então escolha. Escolha as estrelas ou o vazio; escolha a esperança ou o desespero; escolha a luz ou a escuridão eterna do espaço.

Escolha… e siga em frente, se ousar.

– Trecho da Transmissão Eterna (orig. "Sinal Não Identificado Alfa 312"), decodificada e transliterada pelo Dr. Elliott Addison, da Universidade de Oxford

OS ETERNOS

O LEGADO

AMIE KAUFMAN
MEAGAN SPOONER

AMELIA

As coisas não estão indo nada, nada como planejei.

Os dois catadores lá embaixo estão conversando em espanhol, rindo e fazendo piadas sobre algo que não entendo. Deitada de barriga para baixo na pedra, me arrasto para a frente o suficiente para ver o topo da cabeça deles pela borda do penhasco. Um deles é mais alto, com ombros largos. Ele tem uns 30 ou 35 anos e pelo menos duas vezes o meu tamanho. O outro é menor, provavelmente uma mulher, pela postura – mas até ela teria vantagem sobre mim se soubessem que eu estava aqui.

Você estava certa, Mink, eu devia ter aceitado a arma. Na hora, foi legal surpreender a Empreiteira, fazer que erguesse as sobrancelhas até a franja e não abaixar mais. "Não preciso de arma", eu tinha dito, com desprezo, sem acrescentar que eu não saberia o que fazer com uma. "Ninguém nem vai me ver lá embaixo." Porque, se eu estivesse em casa, se estivesse catando em uma cidade da Terra, seria verdade.

No entanto, estudar os levantamentos topográficos e as imagens de satélite da superfície de Gaia não me preparou para a aridez da paisagem. Não é como as ruínas de Chicago, cheias de túneis de esgoto e arranha-céus derrubados, com lugares infinitos para se esconder e se esgueirar. Nem plantas crescem neste mundo estéril, nada além de bactérias microscópicas no oceano, do outro lado do planeta. Não é surpreendente, já que os dois sóis de Gaia emitem uma erupção solar precisamente a cada geração, destruindo o mundo todo. É só deserto aberto dos dois lados do cânion, então estou ferrada.

Estou ferrada.

Os saqueadores estão enchendo seus cantis na pequena fonte debaixo do penhasco, a mesma fonte indicada nos nossos mapas pirateados, que me trouxeram para este lugar. Apesar de não entender a língua, não preciso conhecer as palavras para saber que eles estão reclamando da qualidade poeirenta e arenosa da água. Como se não compreendessem a sorte que têm de *existir* água no planeta para começo de conversa. De ter ar para respirar (mais ou menos), boa temperatura e gravidade, apesar de as erupções solares terem acabado com qualquer esperança de uma colônia permanente aqui.

Ainda assim, é o mais próximo que já encontramos de um planeta habitável, além da Terra e de Centaurus. Sendo que um desses está morrendo rapidamente e o outro está muito além do alcance da nossa tecnologia.

Só encontramos Gaia porque seguimos instruções deixadas por criaturas antigas, mortas faz muito tempo. Não dá para saber quando encontraremos outro mundo assim, a não ser que encontremos mais coordenadas deixadas pelos Eternos nas ruínas. É irônico os alienígenas se chamarem assim na mesma transmissão em que descrevem como se extinguiram.

Seguro a respiração, torcendo para os catadores não olharem ao redor enquanto se agacham para pegar mais água. Minha mochila não está muito bem escondida, visto que não esperava ter companhia, mas eles ainda não notaram. *Idiotas.* Sou ainda mais idiota, entretanto, pois quebrei minha regra principal: abandonei minhas coisas. Deixei a mochila no chão porque queria ver o que estava do outro lado do penhasco. O deserto é marcado por grupos de formações de rocha imensas, se erguendo para o céu, moldadas pelo vento e por água que já sumiu faz tempo. Vou acabar abandonada a bilhões de anos-luz da minha casa, sem meus mantimentos, porque queria admirar a maldita paisagem. Só uns pedaços de rocha vermelha acinzentada se colocam entre a dupla e minha única esperança de sobrevivência neste terreno.

A mochila não contém só minha comida, meu equipamento de escalada, meu saco de dormir e tudo que preciso para viver aqui, como contém meu respirador. A atmosfera aqui tem um pouquinho mais de nitrogênio do que a da Terra. Por mais ou menos oito horas por dia, você precisa colocar um respirador e absorver ar enriquecido com oxigênio, senão você para de pensar direito e, em seguida, seu corpo desliga. Meu respirador, minha fonte de vida, está na bolsa a um ou dois metros da dupla de saqueadores.

O homem levanta a cabeça e eu me afasto com rapidez, rolando e olhando para o céu azul vazio. A luz dos sóis binários arde no meu rosto mesmo através do lenço de proteção, mas não me mexo. Se não recuperar minhas coisas, vou morrer. Não estarei nem viva quando vierem me buscar daqui a três semanas, muito menos terei tesouro o suficiente dos templos para pagar minha taxa de saída.

Procuro desesperadamente uma solução. Poderia ligar para Mink, mas meu telefone por satélite está na mochila e o satélite de comunicação só vai passar por esta parte do planeta daqui a seis horas de qualquer jeito. Mesmo se eu conseguisse dar um jeito de entrar em contato, ela já tinha deixado claro ao me largar nesta rocha que eu só teria uma carona de volta se tivesse algo que fizesse valer a pena a viagem. Custa caro entrar e sair com catadores clandestinos em naves oficiais de abastecimento que passem pelo portal para Gaia, um acesso brilhante no espaço, patrulhado e guardado por naves da

Aliança Internacional. Ela não vai se dar ao trabalho de me levar de volta para a Terra se eu não tiver como pagar.

Preciso pegar aquela mochila.

— Tengo que hacer pis — diz o homem, fazendo sua parceira resmungar e se afastar alguns passos.

Ouço o som de um zíper, um grunhido e então, depois de meio segundo, algo pingando na água da fonte.

Ah, pelo amor de... Que legal, babaca. Como se vocês fossem os únicos no planeta que quisessem usar a fonte.

— Eca — reclama a mulher, ecoando precisamente meus sentimentos. — En serio, Hugo?

Inclino a cabeça o suficiente para ver o cara de pé, com as pernas afastadas, sobre a fonte, mãos na virilha... então fecho os olhos com força antes de ver mais. *Eu não precisava* nem um pouco *dessa imagem.*

Eu deveria tentar atacá-los enquanto ele está ocupado fazendo xixi, mas minhas mãos estão tremendo, e não é pela falta de O_2. Finjo bem com a Mink, e até com os outros catadores que também queriam esse trabalho quando Mink anunciou discretamente que estava procurando alguém. Alguns já me conheciam das trincheiras de Chicago, outros tinham vindo de mais longe e só me conheceram enquanto competíamos para sermos contratados. A garota, a menininha, a que vai descer sozinha para saquear os templos. *Que fortona*, diziam, rindo. *Que radical.* Já em Chicago, ninguém me via.

O motivo pelo qual eu era tão boa, o motivo pelo qual convenci Mink a me deixar trabalhar para ela, é que ninguém *nunca* me via. Eu nunca precisei brigar por território. Nunca precisei expulsar ninguém. Nunca precisei lutar contra dois saqueadores experientes e provavelmente armados para recuperar meu equipamento.

Tento respirar, inspirando pelo lenço, que cola nos meus lábios ressecados. Por um momento, sinto que estou sufocando, como se alguém tivesse colocado um saco plástico na minha cabeça. Preciso lembrar que é só tecido, que consigo respirar tranquilamente, que não precisarei da dose extra de oxigênio por mais algumas horas e que só estou com medo. *É só esperar*, penso. *Ainda não viram sua mochila. Está tudo bem.*

Como se o pensamento fosse uma maldição, o próximo som que ouço é a voz da mulher, cheia de surpresa, chamando o parceiro. O homem fecha o zíper da braguilha e passos de bota esmagam cascalho e areia, na direção da pedra que esconde um pouco a mochila.

— ¿Esto pertenece al equipo?

Uma bota encontra tecido e algo mais duro por baixo. Estão chutando minha mochila.

No entanto, não é isso que faz meu coração afundar. Apesar de não entender o que eles dizem, reconheço uma das palavras, já que algumas das gangues em Chicago falavam espanhol. Ele falou "equipe". Os dois não estão aqui sozinhos. Mink me avisou que outros empreiteiros estavam usando a missão de abastecimento-e-levantamento para trazer escondidos saqueadores para a superfície de Gaia, mas imaginei que, como eu, fossem apenas indivíduos ou duplas.

Isso significa que preciso recuperar minhas coisas agora, senão eles levarão para o resto da gangue e eu terei que pegar tudo de volta de uma meia-dúzia de pilhadores, em vez de dois.

Eu me mexo antes que possa me convencer do contrário e rolo para me jogar do penhasco, poucos metros atrás dos catadores.

A mulher pula para trás, meio que tropeçando devido à surpresa.

— ¡Qué chingados! — solta, levando a mão à cintura, onde algo em um coldre brilha ao refletir a luz.

O homem é menos agitado, entretanto, e só parece mais tenso, me observando de forma suspeita, sem sair da frente do meu equipamento.

— Só quero minhas coisas — digo, com uma voz tão grave que minha garganta dói.

Não posso fingir ser maior, mas, com toda essa roupa, não é tão óbvio que sou uma garota. Talvez, se eles acharem que sou só um homem baixinho, me acharão um alvo menos fácil. Aponto para a mochila.

— Minhas coisas — repito, mais alto, olhando de um para o outro.

Desejo ter prestado mais atenção em Línguas antes de largar os estudos; talvez assim eu falasse mais do que algumas palavras de espanhol. A única nota dez que tirei foi em matemática, que, apesar de talvez ser a língua universal – como provado pela transmissão Eterna –, não me ajuda muito agora.

— Quem é você? — pergunta o homem, que, apesar do sotaque, fala inglês com facilidade. *Bom, pelo menos já é alguma coisa.*

— Amelio — respondo. Não é exatamente verdade, mas chega perto. — Estou aqui pelo mesmo motivo que vocês. Só me dê minhas coisas que eu irei embora.

A mulher se recupera do choque, empertigando a coluna e se aproximando do parceiro. Ela está na casa dos quarenta, suponho, com um rosto abatido pelo sol. A camada de poeira cobrindo seu corpo clareia um pouco sua pele. A poeira racha quando ela sorri.

— Só uma criança.

O cara grunhe, concordando, e, em um movimento relaxado, afasta o casaco para colocar o polegar no bolso da calça… e, com certeza por coincidência, revelar a pistola no coldre ao seu lado.

— Talvez seja melhor a gente pegar suas coisas e aproveitar o O_2 extra enquanto você corre de volta pra Mamá, pivete.

Inspiro fundo, esperando até ter certeza que a frustração não fará minha voz subir.

— Minha "mamá" só volta daqui a umas semanas, que nem a sua. Devolva minhas coisas. Invasão já é ruim, quer mesmo acrescentar assassinato? Você não vai atirar em mim.

Sou um dos saqueadores da Mink. Se for contra ela, vai acordar morto quando voltar para a estação.

Estou blefando. Verdade, Mink é minha patrocinadora, mas tenho quase certeza que ela não daria a mínima se nem toda equipe voltasse da superfície de Gaia.

O homem, que é facilmente uma cabeça e meia mais alto do que eu, coça o queixo. A barba por fazer há alguns dias faz o movimento soar claramente no ar seco.

— Ninguém vai te encontrar aqui — responde. — Sem corpo, sem crime, né?

— Hugo — interrompe a mulher, apertando os olhos. — No es niño, es niña.

Merda. Sei espanhol o suficiente para entender o que foi dito. A tentativa de parecer um alvo menos fácil já era.

— Tire o capacete — ordena o homem.

Meu coração, batendo com força na minha costela, domina meu cérebro.

— Não.

O homem dá um passo à frente, a mão ainda na cintura, perto da arma.

— Tire o capacete ou tire a camisa, como preferir.

Meu instinto é de pegar minha faca, mas sei que seria uma ação suicida. Eles estão em maioria e com mais armas. Tentar descobrir se sou um garoto ou uma garota não o manterá ocupado por muito tempo, e a verdade é que eles não vão ligar que eu só tenha dezesseis anos. Não vão ligar em matar uma menor de idade. Quebraram o embargo planetário da AI só por estar em Gaia, o que já dá prisão perpétua.

A Aliança Internacional não brinca em serviço quando se trata de leis interplanetárias, não depois de perder o projeto que uniu as nações da Terra. Trezentas pessoas embarcaram na nave rumo a Alfa Centauri, o sistema estelar mais próximo do nosso no vazio vasto do cosmos, tentando chegar ao *único* planeta com potencial para parecer com a Terra que encontramos. Talvez o motivo para terem falhado, o motivo pelo qual foram deixados para vagar e morrer no espaço, tenha sido porque pessoas desse tipo conseguiram dar um golpe para subir a bordo e causar um motim. Esses dois só chegaram aqui do mesmo jeito que eu, infringindo a lei, e infringir mais uma não vai incomodá-los.

Engulo em seco, rangendo os dentes. Milhões de anos-luz de distância de casa, na superfície de um planeta alienígena, e até então nunca me dei conta de que a coisa que eu mais deveria temer aqui seria outro ser humano.

A tensão canta pelo meu corpo, o esforço de ficar ali ameaça me derrubar – metade de mim quer correr, metade de mim quer brigar, e entre os impulsos só fico parada, congelada. Esperando.

Então uma nova voz entra na conversa.

— Ah, ainda bem, achei que todo mundo tivesse ido embora!

As palavras cortam a tensão como tesouras cortando um elástico e todos viramos a cabeça na direção da fonte.

Um garoto não muito mais velho do que eu aparece na beirada do penhasco e desliza pelo barranco de seixos soltos, carregando uma mochila tão grande que eu caberia dentro, com folga. Ele a larga no chão com um barulho forte, se erguendo com um gemido e esfregando a lombar. Ele tem pele castanha, cabelo preto de cachinhos, cortado bem curto, e um sorriso largo que parece ser capaz de encantar até as pedras do chão.

As roupas são caras; calças cáqui com bolsos laterais e combinando com o colete, uma camisa de botão impecável e botas tão novas que ainda brilham sob a camada fina de poeira. Ele é alto e magrelo, com os ombros curvados de quem passa horas concentrado em teclados e telas de tablet.

Acadêmico, penso, com desprezo. Esse tipinho aparecia de vez em quando em Chicago, estudando o tempo, o clima e o que quer que contribuísse para o êxodo em massa, e quase sempre era expulso por uma gangue de catadores. *O que raios você está fazendo aqui? A AI nem abriu a superfície para equipes de pesquisa ainda. Por isso que nós, os malvadões aqui, estamos aproveitando o espaço vazio enquanto dá.*

Ele olha para nós três, franzindo a testa.

— Onde estão os outros? — pergunta, alongando as vogais e suavizando os "*R*". Parece inglês, que nem um artista de TV.

Quando não obtém resposta, tenta de novo:

— Dàjiā zài nǎlǐ? Waar is almal? Wo sind alle? Nada? — Ele pula de uma língua para a outra sem hesitar.

O silêncio corre para responder e seu sorriso diminui um pouco na confusão. Fica no ar, cada vez mais pesado, até a mulher finalmente se irritar.

— Quem é *você*, cacete?

O sorriso do garoto volta a brilhar e, como se tivesse sido cumprimentado com a maior educação, se aproxima para estender a mão.

— Jules Thomas — diz, inclinando um pouco o corpo.

Ele está fazendo uma reverência. *Ele está mesmo fazendo uma reverência, o que está acontecendo?*

— É um prazer conhecer vocês — continua. — Se puderem me levar ao líder da expedição, eu apresentaria minhas credenciais com prazer, e…

Ele é interrompido pelo clique da trava de segurança de uma pistola, que a mulher tira do coldre e aponta para o garoto.

Jules para de falar, diminuindo o sorriso e abaixando as mãos. Ele olha da arma para o rosto da mulher, então para o outro saqueador, e finalmente para mim. O que quer que ele veja no meu rosto – medo, exaustão, um pânico geral de *que-raios-é-isso-que-tá-rolando* – faz seu sorriso sumir.

— Ah — ele diz.

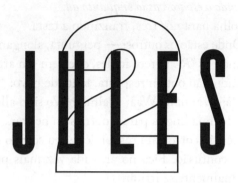

Bem, as coisas podiam estar melhores.

— Sou o especialista em linguística e arqueologia — digo, devagar e com clareza, erguendo as mãos para mostrar que venho em paz. — Fui contratado por Charlotte Stapleton. Vocês são da expedição da Global Soluções de Energia, não?

— Global — repete a mulher, segurando a arma como se quisesse muito uma oportunidade de usá-la, se ele fizesse o favor de chegar um pouquinho mais perto.

Mehercule. Preciso me controlar para não dizer o palavrão em voz alta. Quando me juntei ao plano da Global Soluções de Energia para infringir a lei, sabia que a equipe era um pouco barra pesada, mas esperava sobreviver aos primeiros cinco minutos de expedição.

Pelo menos eles têm boa segurança, suponho. Será uma vantagem, quando tivermos resolvido essa situação.

— Sou Jules Thomas — repito, caso ajude.

Não é meu sobrenome de verdade, claro. Não precisava dos avisos frequentes de Charlotte para não revelar minha verdadeira identidade. Não sou tonto de deixar alguém, além do líder da equipe, saber quem é meu pai.

— ¿Quién carajo es esto? — pergunta a mulher, ainda apontando a arma para mim.

— Eu já disse — falo, começando a me sentir como um arquivo de áudio corrompido. — Sou Jules Thomas. Essas foram as coordenadas que recebi. Eu deveria encontrar o líder da expedição aqui. Tengo instrucciones para reunirme con su jefe aquí.

— Você pode repetir isso o quanto quiser — fala finalmente o último sujeito, que é só uma criança, a julgar pelo tom da voz, rouca por trás do lenço. — Mas não acho mesmo que essa é a sua gente, cara.

A arma é apontada para ele por um momento enquanto ele fala. Isso indicaria que ele não é parte do mesmo grupo... o que significa que são saqueadores, de mais de um grupo, e que nem todos eles têm intenções tão nobres quanto a Global Soluções de Energia.

— Estou começando a achar a mesma coisa — murmuro.

— Parem de falar — diz a mulher, irritada.

Arrisco mais uma pergunta.

— Qual é a probabilidade de eles atirarem na gente?

— Alta — diz o garoto, se afastando quando a arma se volta para mim de novo. Não vejo seu rosto atrás do lenço, dos óculos e do capacete, mas a tensão em sua voz aumenta o meu nervosismo.

Será que dão seu nome para um monumento importante se você for uma das primeiras pessoas a morrer em um planeta novo?

— Podem pegar minha mochila — tento, apontando para ela, enrolando enquanto um plano começa a se formar na minha cabeça. — Posso mostrar como funciona o equipamento. Vocês vão gostar. Tem comida, também. Chocolate.

Os bandidos armados olham bem para mim quando digo isso. Mesmo que eles não gostem, chocolate vale uma fortuna no mercado negro; e, aqui, artigos de luxo são raros. Quem quer que eles sejam, alguém no grupo vai querer.

Trouxe para fazer amizade com os outros membros da expedição, um ataque preventivo antes que alguém decidisse que o garoto inteligente seria um bom alvo de zoação, mas precisarei conquistá-los de outro jeito.

O garoto aproveita a distração para lentamente dar uma volta neles e, quando se aproxima da própria mochila, percebo sua intenção. Ele vai pegá-la e me deixar aqui. *Posso culpá-lo?* Talvez ele fosse pedir ajuda, mas não acho que dá para esperar. A dupla parece muito animada para atirar. Se ele fugir, pagarei por ele.

— Não se mova — ordena a mulher, chamando o parceiro com um gesto de cabeça.

O cara enorme se aproxima para abrir minha mochila, virando-a de cabeça para baixo, e faço uma careta quando algo bate com força numa pedra. O garoto pula, olhando para mim, depois para a mochila que estão vasculhando, e de novo para mim.

— Não, por favor — digo baixinho, arriscando encarar o garoto por um momento.

O homem revirando minha mochila só ri, mas não estou falando sobre ele bater minhas coisas nas pedras. Estou falando com o garoto atrás dele, que está perto do próprio equipamento agora, olhando para mim. Se ele fugir, não vou sobreviver tempo o suficiente para encontrar minha expedição.

— O que é isso? — pergunta o homem, mostrando meus pincéis e picaretas e examinando-as com um olhar suspeito.

— É, ah, para limpar as pedras.

Os dois olham para mim como se eu fosse um idiota e, dado que eles estão roubando minhas posses à mão armada enquanto encaro com impotência, é difícil discordar.

— A barraca — digo. — Vocês vão gostar da barraca, é totalmente automática.

Olho rapidamente para o garoto, mas não dá para saber com certeza se ele olha de volta por trás dos óculos.

— É muito surpreendente — acrescento.

O garoto se move, silenciosamente, com passos leves, para mais perto da mulher com a arma. Ele é ágil. Pelo menos captou algum sinal do meu plano improvisado.

O homem pega e examina com as mãos a embalagem azul brilhante contendo minha barraca. Ele olha para mim, franzindo as sobrancelhas. *Não achei surpreendente*, parece pensar.

— Puxe a tira laranja — digo, endireitando a coluna, inspirando profundamente, forçando meu corpo a ficar calmo, ficar pronto, como faço na piscina antes de uma partida de polo aquático. — Anaranjado.

Ele assente com a cabeça, virando o pacote mais uma vez e encontrando a tira. Sem hesitar, puxa, se aproximando para ver o que será revelado.

A barraca se abre em 2,6 segundos, como prometido pelo fabricante: suportes surgem e se encaixam, a lona azul brilhante se forma em uma explosão. Uma vara da barraca acerta o cara grandão no nariz e eu me jogo nele, esmagando seu corpo contra o chão e tirando o fôlego de nós dois. Estou ofegante ao me afastar o suficiente para socá-lo, dor percorre dos meus dedos ao meu ombro quando a cabeça dele estala, indo para trás. *Mehercule, eu deveria ter deixado Neal me ensinar a socar sem quebrar a mão.* Antes de conseguir me virar, um som ensurdecedor estoura acima de mim, ecoando nas rochas ao nosso redor, de novo e de novo.

Fico de pé às pressas, bem em tempo de ver meu oponente começar a pular na minha direção – e parar de repente, uns centímetros antes de me atingir. Ofegante, me afasto, tropeçando, esperando ver a parceira apontando a arma para mim. Em vez disso, a vejo no chão, imóvel, e o garoto sobre ela, apontando a arma para a cara do homem que me atacou.

Só que não é um garoto. O capacete *dela* está no chão, um pouco amassado porque deve ter usado para espancar a mulher ao lado.

— Mandou bem — ela diz, ofegante, sem tirar o olhar do alvo.

É baixinha, com pele clara e sardenta e cabelo preto curto e irregular, com mechas rosas e azuis. Agora *não* é a hora de parar para admirar a vista, mas, *Theós*, ela é especial.

— Pegue a arma dele — fala ela, segurando com firmeza a que ela roubou.

— O quê?

Ainda estou encarando-a, tentando processar o que está acontecendo.

— A arma, gênio.

Com um movimento da cabeça, ela indica a pistola a mais ou menos um metro do cara, que está praticamente rosnando de raiva, mas evitando arriscar levar um tiro.

— Os amigos deles devem ter ouvido o tiro — continua. — Agora seria uma hora excelente para correr sem parar.

Eu me aproximo só um pouco, para o homem não conseguir me pegar, e puxo a arma com o pé. Estou me abaixando para pegar a arma quando a voz da garota fica mais ríspida de novo, gritando uma ordem para o homem:

— Tire os sapatos.

— Sapatos? — o homem repete, erguendo as sobrancelhas.

— Zapatos — traduzo, mas, pela cara dele, a hesitação não era por causa da barreira linguística.

Enfio a arma no bolso da minha jaqueta e olho para a garota com curiosidade.

— Posso perguntar por quê?

— Para eles não conseguirem nos seguir — responde. — Não tão rápido, pelo menos. Tire os dela também, caso ela acorde.

Esperta. Eu me abaixo para tirar as botas da mulher inconsciente, que solta um gemido, mas não acorda.

— Você já fez isso antes? — pergunto.

Ganho um pequeno sorriso da garota.

— Estou improvisando. Mas fiz isso minha vida inteira. Enfie as botas na sua mochila, vamos lá.

— Se tivermos mais meio minuto, tenho uma ideia.

Aponto com o queixo para o cara com as mãos erguidas.

— Señor, quítese los pantalones.

A garota claramente conhece a palavra em espanhol para *calças*, porque começa a rir enquanto o homem solta palavrões furiosos.

— Vai ser feio — prevê minha nova parceira, indicando com um gesto da arma que o homem deve me obedecer.

— Imagino que seja — concordo. — Mas também será constrangedor. Eles terão que mentir para os amigos, dizer que éramos grandes, fortes, numerosos. Não vão querer dizer que dois adolescentes fizeram isso. Pode impedir que a gangue nos persiga.

Ela levanta um canto da boca, relutantemente impressionada, e mando meus hormônios pararem de comemorar. Fazer com que ela sorria *não* deveria ser minha prioridade agora. Apesar de ser um pensamento muito mais divertido do que o cara que está olhando para mim com ódio enquanto tira as calças. Ele as chuta na minha direção e eu as enfio na mochila. Com a arma ainda apontada para ele, a garota se afasta lentamente da clareira, assim como eu.

Quando estamos distantes o suficiente, *corremos*.

Tropeçamos por entre uma pilha de rochas até sairmos de vista, então escorregamos pelo cânion mais próximo, andando pelos pedregulhos no fundo, onde não deixaremos pegadas. Corremos até meus pulmões estarem queimando, minhas costelas doendo e minha garganta se fechando.

Depois de um tempo, desaceleramos em uma combinação silenciosa quando chegamos a um riacho. Eu me inclino para a frente para apoiar as mãos nos joelhos, ofegando, e ela se ajoelha para mergulhar uma mão na água, que joga no rosto. Então ela me olha de soslaio, com um ar inesperado de diversão. O alívio se força a sair de mim em uma risada rápida, que faz com que ela também ria. Gargalhar não nos ajuda na recuperação, e os níveis mais baixos de oxigênio fazem com que correr seja uma má ideia. Suponho que devo ser grato à população oceânica de pequenas e resistentes cianobactérias de Gaia pelo oxigênio disponível, porque eu definitivamente não gostaria de fazer esse caminho em um traje espacial. Mesmo assim, demoro uma vida para voltar a respirar direito.

Eu me abaixo para me sentar ao lado dela e descansar as pernas doloridas, me inclinando para oferecer minha mão.

— Não nos apresentamos formalmente. Imagino que tenha ouvido antes de toda essa situação desagradável, mas me chamo Jules.

Não acrescento o sobrenome falso dessa vez. Seria incômodo demais mentir para a garota que acabou de salvar minha vida.

Ela parece achar algo na minha voz engraçado, sorrindo de leve.

— Céus, Oxford. — Ela encara minha mão por alguns instantes, então se aproxima para apertá-la devagar, sua palma morna contra a minha. — Prazer.

Estou tentando não mostrar surpresa, mas não achei que ela fosse ser capaz de identificar de onde eu era só pelo sotaque.

— Posso saber o seu nome? — pergunto.

Tenho a impressão de que fiz uma pergunta muito mais íntima do que pretendia. Ela me encara, atenta, e leva um longo tempo para responder.

— Amelia — diz, finalmente. Espero que a pausa tenha sido para ela decidir não mentir. — Mia.

— Bem, te devo uma, Amelia.

Não peço um sobrenome. Afinal, não direi o meu.

Ela dá de ombros.

— Podemos descansar um pouco. Eles não vão correr atrás da gente sem sapatos. Nem calças.

— É possível que tenhamos cometido o primeiro roubo da história de Gaia? Quer dizer, eles tentaram antes, mas nós conseguimos.

Ela só sacode a cabeça ao olhar para mim, com a boca entreaberta, ainda respirando com esforço, e a pele manchada de terra. Tenho certeza que minha aparência está igualmente ruim. Os últimos dias foram horríveis – o rosto do meu pai na tela de ligação enquanto entendia as dicas em código sobre meu plano, o meu medo crescente ao entrar na nave que me traria para Gaia, sem nem mencionar a tentativa de assalto da qual acabamos de escapar –, mas não posso negar que agora, apesar de tudo, me sinto *vivo*.

Daqui a alguns momentos precisaremos pegar os respiradores para descansar nossos pulmões, além de fazer um plano para tentar remediar esse fiasco, mas por enquanto ainda estamos cheios de adrenalina.

Não sei muito sobre esse planeta, mas sei que gosto dessa garota. Não encontrar a expedição me esperando foi um choque sobre o qual mal consigo parar de pensar agora, mas conseguir esbarrar em alguém que pode ajudar na minha missão... é sorte o suficiente para me dar esperança.

A garota olha para mim, coçando o queixo com o cabo da arma do catador.

— Oxford?

— Sim, Amelia?

— É melhor você não ter mentido sobre o chocolate.

Theós. Eu gosto *mesmo* dessa garota.

Apesar das armas, apesar de ameaças e gritos furiosos em duas línguas diferentes atrás da gente enquanto corríamos, apesar dos sóis alienígenas nos esturricando e do ar rarefeito, não tenho certeza se esse cara entende mesmo o tipo de perigo no qual nos metemos.

Nem sei se *eu* entendo.

Mas sei que, quando estamos finalmente distantes o suficiente para parar e descansar com nossos respiradores, ele está sorrindo, assobiando enquanto mexe naquela mochila monstruosa que carrega, verificando se o equipamento foi danificado. Tivemos que parar antes do que eu preferiria, mas mais longe do que eu esperava. Ele está em melhor estado do que parece, por debaixo daquelas calças cáqui novinhas.

Coloco os óculos protetores de novo, mexendo no botão ao lado para ligar a lente de aumento, e examino os cânions atrás de nós. Não vejo sinal dos nossos amigos por lá, mas isso não significa que estamos sozinhos. É verdade, seríamos mais fáceis de encontrar no deserto, sem cobertura. No entanto, também seria mais fácil ver se *tínhamos sido* encontrados.

Aqui, escondidos pelas voltas e curvas do cânion, nunca teremos certeza de que não estamos sendo observados.

Puxo os óculos para baixo, pendurando-os no meu pescoço, e afasto a máscara do respirador do meu rosto.

— Preciso ir.

Jules pausa, olhando para mim de onde está inspecionando seixos, que revira de um lado para o outro, o olhar tão concentrado que parece até estar lendo um tablet. Ele levanta as sobrancelhas enquanto considera minhas palavras.

— Preciso? — repete. — Singular?

Ele parece uma apresentação de Línguas da minha tela de aulas antiga, aquela coberta de arranhões e desenhos grafitados das gerações de alunos que a tiveram antes de mim. Olho para o alto do cânion de novo, então me agacho, para não ficar tão acima dele.

— É, por quê? Você tem que encontrar sua galera, eu tenho minhas coisas para fazer. Agradeço a ajuda — acrescento —, mas tenho que continuar.

Jules franze as sobrancelhas – seu rosto é tão expressivo, tudo é escrito nele com clareza – enquanto pensa.

— Bem, não sei exatamente para *onde* devo ir agora — diz. — Aquele era o único ponto de encontro que eu tinha, e minha expedição claramente não estava lá. Se você achar que sua equipe não vai se importar, talvez eu possa te acompanhar até sua expedição e me abrigar lá até a estação espacial passar e eu poder pedir novas coordenadas?

Eu me pego encarando ele, dividida entre rir da pura estranheza desse cara educado e arrumado, que estaria mais confortável em uma biblioteca do que em um deserto alienígena, e concordar só para vê-lo sorrir daquele jeito ridículo de novo. Ele *é* charmoso. De um jeito meio "ai, céus, ele vai acabar sendo explodido".

— Hm. Você quer vir comigo até poder ligar para casa?

— Sim, seria possível?

Hesito, observando seu rosto. Não há sinal de mentira ali e, se ele fosse esperto o suficiente para me enganar, não acho que teria entrado desarmado no meio de um embate. Não sem um plano melhor do que "acertar o cara com uma barraca", pelo menos.

— Não tenho uma expedição — digo, enfim. — Estou aqui por conta própria.

— Você está aqui *sozinha*?

— Sou mais rápida sozinha.

Ouço a irritação na minha própria voz, a frustração por esse desvio marcando meu tom antes que eu possa me controlar.

Jules olha de volta para a mochila.

— Entendo. Consegue imaginar algum motivo para minha expedição ter partido sem mim?

Sim, pelo menos uma dúzia, Oxford.

Engulo o impulso e tento manter minha voz tranquila. Competi contra dezenas de catadores para arranjar esse trabalho com a Mink, passei dezoito horas esmagada em um caixote para me esconder da segurança da AI na nave, estou controlando cada resto de comida, água, tempo e ar que tenho e rezando para dar conta – e *esse* cabeçudo vem parar aqui com tanto conhecimento prático quanto uma pedra.

— Tempo é dinheiro — digo, finalmente. — E tempo é oxigênio, inclusive. Você provavelmente se atrasou, e eles acharam que você se acovardou ou ficou preso na estação.

— Eu me atrasei um pouco, mas só por volta de uma hora. Eles teriam me esperado — responde, soando confiante. — Talvez eles estejam lá se eu voltar.

— Se eles seguiram em frente, não vão voltar. Uma hora por aqui, correndo contra os outros grupos, vale muito mais do que um cara inglês de botas brilhantes, não importa o quanto ele pague.

Ele fica em silêncio, digerindo o que falei, baixando o olhar para as botas. Não faço ideia de por que alguém como ele está aqui; talvez seja um garoto riquinho de escola particular se rebelando contra os pais em uma viagem idiota, apesar de ousada, para o outro lado da galáxia. Talvez ele só tenha comprado um lugar num grupo de catadores e eles tenham pedido pagamento adiantado e largado ele aqui para ser pego pela AI mais tarde. Claro, alguém como ele provavelmente não tem muito a perder. Advogados como os que ele pode pagar provavelmente o tirariam das celas da prisão da Aliança Internacional em um instante.

Em vez da birra que eu esperava, ou uma exigência de que eu o ajude, ele fica onde está, em silêncio, olhando para dentro da mochila. Então levanta o rosto para olhar para trás, para o cânion, e vejo rapidamente sua expressão; há algo agudo ali, intenso e inesperado.

Algo que reconheço do espelho: desespero.

Engulo em seco.

— Ei, vai ficar tudo bem. Você claramente tem dinheiro. Quando a estação voltar amanhã, mande um sinal oferecendo para pagar para sair do planeta.

— Não, eu...

Ele para e olha para mim, o rosto sem sinal daquele sorriso suave e fácil.

— Não posso ir embora ainda — continua. — Vou dar um jeito. Se a expedição tiver ido embora, vou sozinho. — Apesar da voz estável e determinada, seus movimentos quando ele começa a jogar coisas de volta na mochila são rápidos e bruscos.

— Olha, Oxford, você não quer mesmo...

— Eu decido o que quero, obrigado. — A resposta é rápida, irritada, um sinal de personalidade forte que não mostrou nem na mira de uma arma.

Meu próprio humor responde, e fico de pé de uma vez.

— Tá. Faz o que quiser, então.

Dou as costas para ele e bato os pés até meu próprio equipamento, que penduro nos ombros, mas minha irritação costuma queimar rápido e já está diminuindo. Quando olho para trás, Jules ainda está agachado ao lado da mochila enorme, abrindo um mapa holográfico do terreno em um dispositivo que usa no pulso.

Esse cara vai acabar morto.

Eu não desejaria a morte um bilhão de anos-luz longe de casa para o meu pior inimigo, nem para os babacas que iam roubar minhas coisas e me largar para morrer.

— Ei, Oxford. — Respiro fundo. Já parei, já perdi tempo... melhor aproveitar para almoçar. — Você está com fome? — pergunto.

Jules pisca e olha para mim.

— Quê?

— Tenho algumas latas de feijão sobrando. Está com fome ou não?

Eu provavelmente recusaria uma oferta de um desconhecido sem pensar duas vezes. Teria custos, ou uma armadilha, ou algum jogo para entender. Em vez disso, ele faz que sim com a cabeça.

— Estou, na verdade.

Aceno com a cabeça e largo a mochila para poder procurar as latas no fundo. Precisam ser comidas logo de qualquer jeito, porque pesam muito mais do que a comida seca, mas pelo menos adia um pouco o dia no qual tudo que eu comer vai parecer comida de cachorro hidratada. Encontro duas latas e arremesso uma para ele, notando só um instante depois de jogar que ele provavelmente não tem os melhores reflexos. Viro a cabeça para avisar, mas o vejo pegar a lata tranquilamente e virá-la para examinar o rótulo com um ar interessado.

Eu me sento em uma pedra, apoiando os cotovelos nos joelhos e tirando o canivete do bolso. Clico algumas vezes para o lado e aperto o botão de soltar, e uma lâmina curvada pula. Enfio na lata, prendendo na tampa e abrindo-a.

— Altamente proteico — comenta Jules, lendo mesmo as informações nutricionais impressas no rótulo. — Não é uma má ideia, apesar de ser um pouco sem graça. Cinco gramas de proteína a cada cem, e a dose diária recomendada é um pouco abaixo de um grama por quilo de peso corporal, então...

Ele pausa, franzindo a testa enquanto calcula.

— Aproximadamente dez por cento do que preciso — digo, sem pensar. — É menos eficiente para você.

Ele pisca, certamente surpreso por eu saber contar, quem diria algo além disso. A expressão dele me irrita.

— Sim — concorda, depois de uma pausa. — Dez por cento. E, em questão de regular a glicose no sangue, e dos complexos vitamínicos que contém, ele...

Ele para no meio da frase, porque nota que estou encarando.

— Uau — respondo, sarcasmo escorrendo do meu tom enquanto limpo meu canivete, ainda um pouco magoada com sua surpresa por eu saber fazer cálculos básicos. Dobro a tampa da lata para usar como colher e continuo. — Nutrição também? Tão inteligente, talvez eu desmaie.

Jules sorri, ignorando completamente a irritação no meu tom.

— Tento não mostrar como sou inteligente em público com tanta frequência. É constrangedor quando as garotas todas correm atrás de mim. E acaba com a moral dos outros caras, sabe?

Uma risada escapa de mim antes que eu possa impedi-la e me pego sorrindo para ele por um segundo antes de voltar a atenção para minha lata de feijão, pegando uma colherada. *Droga, Oxford. Me deixe desarmada, então.*

— Hm... — interrompe Jules. — Você não quer ajeitar isso um pouco antes?

Pisco os olhos, a tampa cheia de feijão no caminho para minha boca.

— Ajeitar? Não vou me cortar, se é essa a sua preocupação. Colheres são um peso a mais, não vale a pena carregar.

— Quero dizer... — diz Jules, cuidadosamente. — Não quer esquentar, dar um sabor? Em cinco minutos posso fazer ter um gosto um pouco mais... Quer dizer, você gosta mesmo assim? — Ele enfia a mão na bolsa e tira um dos sacos de pano que separara antes.

— Não *gosto* — respondo. — É só comida. Fico com fome, como.

Que foi, esse cara acha que estamos em um restaurante quatro estrelas na elegância de Londres? Mas a curiosidade é mais forte e até quero saber o que há naquele saco que ele acha que vai transformar uma lata fria de feijões em cozinha gourmet. Eu me inclino para a frente, oferecendo a lata.

— Vai nessa, chef.

— Obrigado — diz, com seriedade, como se eu o tivesse elogiado.

Ele começa a trabalhar, separando alguns sachês de tempero, uma colher, uma caixa que parece... ah, céus, ele tem um fogão-ondas. Essas coisas custam mais de mil pilas e ele está montando como se não fosse nada de mais. Só lembro vagamente como funcionam – tem a ver com eletroímãs e energia cinética –, mas ninguém que eu conheço carrega um para o campo. Eu preferiria as mil pilas à comida quente, assim como qualquer catador que eu conheço.

Ele trabalha em silêncio por um tempo, acrescentando uma pitada de temperos e de sal aqui e ali, mexendo a lata e colocando dentro da caixa para esquentar. Depois de alguns minutos, ele olha para mim, com uma expressão curiosa. Seu olhar é intenso, de sobrancelhas franzidas, do tipo que você vê em cartazes em que estão tentando te convencer que comprar perfume vai te deixar tão sexy que sua roupa vai sair voando. Estou tão distraída que quase não ouço a pergunta:

— Quando você me chamou de Oxford... deu para notar só pelo meu sotaque ou foi uma piadinha sobre minha educação?

— Quê? — pisco, momentaneamente confusa até meu cérebro se conectar com meus ouvidos. — Espera aí, quer dizer que você é mesmo *de* Oxford? — Olho mais de perto, enquanto, no fundo da mente, estou tentando reconfigurar o que achei que sabia sobre esse cara. — Você não é jovem demais para estar na faculdade?

— Só começo ano que vem — ele responde, mexendo o feijão que esquenta. Ele não *parece* ter dezoito anos. É alto, sim, mas de um jeito magrelo e desajeitado, igual aos caras que acabaram de crescer e ainda não sabem o que fazer com os braços e as pernas. — E vou começar adiantado — continua. — Mas eu cresci lá. É complicado.

Mordo meu lábio. A curiosidade cresce, me faz querer perguntar mais, entender esse garoto estranho enquanto posso. É óbvio que ele não é um saqueador que nem todo mundo que mentiu, trapaceou ou se escondeu para entrar em Gaia. Não sei em que golpe ele caiu, mas mencionou que era um especialista em línguas de uma expedição... não um grupo de saque. Ele está com aquela expressão, a de "eu vou salvar o mundo", como se sua nobreza pesasse mais do que a mochila ridícula.

No segundo em que ocorrer a ele que sou uma saqueadora, que nem os caras de quem fugimos... bem, com certeza será o fim da nossa parceria espontânea. O tipo dele não gosta do meu. Mesmo em Chicago, lidávamos com acadêmicos fazendo escândalos por estarmos contaminando evidências e poluindo qualquer coisa ambiental. Em Gaia, ainda pura, intocada desde que os Eternos aqui estavam, mover uma rocha é provavelmente equivalente a assassinar uma família inteira para gente como ele.

Sem nem falar de saquear templos para vender tecnologia no mercado negro.

— Aqui — diz bruscamente, interrompendo meus pensamentos ao acabar de cozinhar e empurrar a lata na minha direção. — Use sua manga, o metal está quente.

Nunca vi um fogão-ondas em ação e a lata não *parece* diferente. Olho discretamente para ele, mas já está trabalhando na própria lata. Estendo a mão para tentar segurar a borda... então grito, afastando os dedos cheios de dor.

— Ai, merda!

As palavras ecoam pelo cânion e eu olho para Jules com raiva.

Ele não diz nada, nem tira o olhar da própria comida, mas tenho quase certeza que vejo os cantos da sua boca subindo enquanto ele contém um sorriso.

Puxo a manga da jaqueta sobre minha mão para pegar a lata de feijão.

— Suponho que você não esteja carregando várias colheres nessa cantina viajante?

Ele oferece a colher que estava usando para mexer e pega uma faca de manteiga – ele trouxe uma porra de uma *faca de manteiga* – para acabar de cozinhar.

— Ria de mim, se quiser — diz, dando de ombros —, mas me diga se não é melhor do que feijão frio direto da lata.

Estou morrendo de vontade de retrucar, pensando em algumas possibilidades, mas meu nariz sente o aroma do vapor vindo da minha refeição e todas as minhas respostas sarcásticas desaparecem. Sopro em uma colherada até garantir que minha língua não sofrerá como meus dedos, então experimento-a. Preciso me controlar para não suspirar. Está delicioso. Mais do que delicioso, tem *mesmo* o gosto de algo que se comeria em um restaurante elegante quatro estrelas em Londres. Ou o que imagino que se comeria lá, pelo menos.

— Ffff — consigo dizer, e esqueço totalmente o garoto à minha frente enquanto me concentro em devorar meu almoço.

Ele fica em silêncio enquanto terminamos de comer – tento lamber o fundo da lata e me lambuzo toda –, o que me dá tempo para estudá-lo discretamente, fingindo estar observando nossos arredores através dos meus óculos. Ele não é completamente inútil. Sabe correr e conseguiu me acompanhar, ou quase isso, apesar da mochila gigante. Mas metade do equipamento na mochila está empilhado no chão e a maior parte do que identifico é inútil em um lugar como este. O cara tem um travesseiro, um ventilador portátil que funciona por energia solar e um conjunto completo de talheres. Está tão fora do seu ambiente que é como se... bem, como se fosse um alienígena aqui.

O terreno neste continente não é tão diferente dos desertos no sudoeste dos EUA, os que se espalham lentamente pelo continente na direção da costa leste desde que começou o declínio climático. Ao respirar, não dá para notar que o ar aqui não é tão bom... você só fica cansado e fraco depois de tempo demais sem o respirador. Se não reparar que só tem formações de rocha moldadas pelo ar, se ignorar a ausência completa de vida, se não olhar para os dois sóis distintos juntos no céu, quase dá para esquecer que não é a Terra.

Quase.

A maior parte da minha energia está sendo gasta para fingir que é este o caso, porque, toda vez que me permito pensar sobre a enormidade do que estou fazendo, meus pensamentos entram em uma espiral de pânico. Sou uma das poucas dezenas de pessoas que já pisaram neste mundo, que já estiveram em outro planeta sem um traje espacial, sem tubos respiratórios, sem nada além dos sóis no meu rosto e uma brisa mexendo no meu cabelo suado. Não posso pegar o telefone para mandar uma mensagem para a minha irmã. Não posso pedir a previsão do tempo de amanhã. Não posso conferir meus *feeds* para ver se alguém deu um lance nos meus últimos achados. Não há mais lugar na Terra onde alguém fica isolado dos outros, mas, aqui, estou *sozinha*. As primeiras pessoas que exploraram Gaia a pé eram astronautas treinados da AI, preparados por uma vida inteira de estudo científico e treinamento prático. E elas morreram nos templos. Já eu larguei a escola, vim do centro-oeste dos Estados Unidos, tenho experiência em uma meia dúzia de trabalhos ganhando salário mínimo e um histórico de delinquência juvenil sem graça demais para os policiais ligarem para mim.

Ele está ainda mais deslocado do que eu.

— Jules — falo em voz baixa enquanto ele termina de almoçar. — Olha. Tem certeza que não quer só voltar para a estação? Sem ofensa, mas aqui você se destaca como... — Interrompo meus pensamentos. Nenhuma frase boa começa com "sem ofensa". Suspiro. — Bem, você se destaca demais. Será um alvo.

Ele fica em silêncio por um tempo, olha para mim, desvia o olhar, coloca a lata no chão e pega um pano branco e limpo para secar as mãos e a boca. Então, tranquilo, responde:

— Eu sei o quanto me destaco. — Ele olha de volta para mim. — Mas eu não estaria aqui a não ser que precisasse — continua. — Não vou simplesmente dar as costas e ir embora.

Quero tanto perguntar "por quê", mas ele me perguntará de volta por que estou aqui e, se já sei uma coisa sobre Jules Thomas, é que ele não gostaria da minha resposta. Só posso supor que a verdade ainda não ocorreu a ele porque passamos a maior parte do nosso breve tempo juntos fugindo. Inspiro fundo.

— Você pelo menos me deixaria dar um conselho?

Ele concorda com a cabeça, dobrando o guardanapo e colocando-o de volta na mochila.

— Eu ficaria grato, por favor.

— A que distância do ponto do encontro você estava quando chegou?

— Era... — diz, pausando para fazer um cálculo mental. — Um pouco menos de dez quilômetros de distância. Umas três horas de caminhada.

— Viu, isso... três horas para dez quilômetros, é lento demais. É por isso que você se atrasou, por isso que a sua equipe foi embora sem você. Eu poderia fazer esse caminho na metade do tempo se precisasse. Não estou tentando me gabar, só... — faço um gesto para indicar a mochila e a pilha de coisas no chão. — Você está tentando andar com uma loja inteira nas costas. Você precisa se livrar de algumas dessas *coisas*.

— Bem, a expedição à qual eu ia me juntar deveria ter transportadores anti-gravidade — responde, soando só um pouco magoado. — O que eu devo fazer, deixar tudo para trás? Precisarei dessas ferramentas quando chegar ao templo.

— *Quando* chegar? — pergunto, sacudindo a cabeça, querendo que ele entenda. — Você não *vai* chegar se continuar tão lento. E, quando chegar, todos os saqueadores do planeta já terão chegado. É um templo grande, Jules, mas não *tão* grande. Vai estar vazio quando você se aproximar.

— Em minha defesa, eu estava contando com transportadores e *não* estava contando com uma corrida brutal entre capitalismo e academia.

O rosto de Jules se contorce. É, ele não gosta *mesmo* de saqueadores.

— Pelo menos serei mais difícil de ser visto sozinho — continua. — E, quem sabe, talvez eu cruze o caminho de outra expedição mais acadêmica, que me deixará me juntar. Vai ser uma quebra do contrato com meu empregador, mas certamente eles entenderiam, dadas as circunstâncias…

Encaro ele, meu coração batendo mais rápido.

— Outra… Jules, não tem *nenhuma* expedição querendo fazer amigos ou descobrir as alegrias do aprendizado. Você ainda não entendeu? Não sei quem te passou a perna, ou em que mundo da fantasia você vive, mas só tem saqueadores aqui. Catadores. Você não se enfia em um caixote para viajar clandestinamente para o outro lado do universo para… Ninguém vira criminoso por uma besteira acadêmica, se faz isso por dinheiro.

— *Eu* virei criminoso por "uma besteira acadêmica" — diz Jules, em voz baixa; sua expressão era inteiramente calma, como se estivesse habituado a ouvir ofensas sem se incomodar. — E você está enganada. Tenho motivos para crer que existem *sim* outros acadêmicos aqui. Expedições híbridas, combinando pesquisa com a obtenção de alguns artefatos selecionados, para justificar os custos. Até esses artefatos deveriam ficar onde estão, na verdade, mas, com cuidado, é possível. Soube que uns caras de Yale estavam...

— Não seja tão ingênuo. — Uma parte enorme de mim odeia ser tão fria, mas ele não está *entendendo*. Se não compreender, vai acabar morrendo. Mesmo se significar que ele vai escoar esse nojo de catadores contra mim, ele precisa saber o que está enfrentando. — Talvez alguns estudiosos estejam aqui, mas só para guiar os grupos de saqueadores. A sua expedição também provavelmente era só fachada para uma operação de saque e te enganou prometendo... o que quer que tenham prometido.

— Você não *sabe* se são todos saqueadores — insiste. — Talvez alguns sejam como eu, acadêmicos querendo impedir que os incultos contaminem todo...

Ele para de falar, a tranquilidade sumindo de sua expressão, abrindo espaço para a compreensão, seu olhar encontrando o meu.

Bingo. Estava esperando ele notar que sou um eles, um desses "incultos", que não sou melhor que a dupla cujos sapatos roubamos.

Quero falar, mas a pontada de culpa no fundo da minha mente se torna uma raiva que não quero soltar. Não vou deixar um estudantezinho mimado fazer com que eu me sinta culpada por fazer o que é preciso para sobreviver. Por fazer o que é preciso para cuidar de mim e dos meus.

— Você está aqui para roubar dos templos?

A voz de Jules é baixa, com um toque de traição, como se fôssemos parceiros, não dois desconhecidos se encontrando por acaso do outro lado do universo.

— Você faz ideia... — continua. — Você sabe o *dano* que isso causa?

A ferocidade na voz faz com que eu queira me afastar, mas me mantenho no lugar. Ele prossegue:

— Temos uma chance, *uma* pequena janela de oportunidade, para aprender sobre a raça que construiu essas estruturas, antes que elas sejam destruídas. Antes que tudo que eles foram *se vá*.

— Sim. — Aperto o maxilar por um momento. Não preciso me explicar para ele. Não acho que ele me entenderia se eu tentasse. — Sim, estou aqui para roubar dos templos. Especificamente, do grandão onde encontraram aquela primeira célula solar, aquela que deixou os cientistas todos excitados, aquela que está, sozinha, fornecendo energia para o que resta da costa oeste. Pense o que quiser de mim, mas você é um cara esperto e deve notar que, nesse momento, estou melhor do que você. Vai me deixar ajudar ou não?

Ele ainda está me encarando como se eu tivesse matado o seu cachorro de estimação, nada de sorriso, a boca apertada em uma linha.

— Olha — digo, ficando de pé. — Estou oferecendo ajuda. Você pode recusar por princípio e ser morto ou deixado para morrer quando perder sua carona; porque, acredite, sua expedição não vai voltar para te buscar antes de ir embora. Ou pode me deixar ajudar. Aí podemos seguir nossos caminhos e talvez um dia você possa prestar depoimento contra mim no tribunal da AI e ficar com a consciência limpa.

Ele fica parado, em silêncio, visivelmente lutando contra si mesmo, um músculo se destacando no maxilar enquanto ele encara o penhasco mais próximo. Poderia ser feito da mesma rocha, inteiramente imóvel, brigando com o que quer que dificultasse sua resposta.

— Tudo bem — diz, finalmente, como se cada palavra custasse muito. — Talvez possamos nos ajudar. Você me leva aonde eu quero ir e eu te digo que artefatos serão mais valiosos para os colecionadores.

Dou um passo para trás, pega de surpresa.

— Opa, eu só estava oferecendo para dizer como você deve diminuir o equipamento. Não vou te *levar* a lugar nenhum. Tenho um ponto de destino e você só vai me atrasar. Não é só você que quer chegar antes dos outros grupos no templo... quem sabe eles até já estejam lá.

— Eles certamente já estão lá. — Jules levanta o rosto, sem soar preocupado. Na verdade, sua raiva está diminuindo, deixando algo que parece arrogância no lugar. — Mas tudo bem, vá em frente. Corra pelo lugar e cate os restos que encontrar. Talvez você dê sorte e esbarre em uma célula solar que todo mundo, milagrosamente, sem explicação, perdeu de vista, e ganhe uma fortuna em um final de conto de fadas com probabilidade de um em um bilhão. Agora, se pudesse me dizer o que tirar da mochila, eu agradeceria.

Por mais que as palavras sejam educadas, a atitude metida, que eu achava tão charmosa uns minutos antes, me faz querer gritar. — Esses *restos* vão... — Me salvar. Salvar minha irmã. Ser a diferença entre viver e querer morrer. Minha voz fica presa na garganta. — Quer saber, deixa para lá. Já perdi tempo demais aqui. Vai se ferrar.

Pego minha mochila, coloco as alças no lugar e procuro meu capacete e meus óculos.

— Não tem nada lá, sabia? — diz Jules, sem se preocupar em se levantar.

Eu o ignoro, prendendo meu capacete à mochila e pendurando os óculos no meu pescoço.

— Os astronautas e as equipes de pesquisa originais levaram tudo que conseguiram. Você só vai encontrar uma tumba vazia cheia de catadores raivosos.

Chuto minha lata de feijões vazia e examino o cânion à minha frente, mapeando meu trajeto, tentando descobrir se há algum jeito de recuperar o tempo perdido e ganhar alguma vantagem. No entanto, as palavras dele ecoam na minha mente, com uma pontada horrível de verdade: "uma tumba vazia cheia de catadores raivosos". Se for verdade, é meu fim. Sem passagem de volta para a Terra, sem pagamento, sem esperança para... Engulo em seco. Então Jules acrescenta, com a calma de quem está dando bom dia:

— Amelia, todos esses grupos estão procurando no lugar errado.

As palavras me congelam, indo contra minha natureza. Depois de meio segundo de hesitação, de me irritar comigo mesma, me viro de volta para ele.

— O que você disse?

— Que parte? — A pergunta é educada, tão educada que eu poderia socá-lo nessa carinha... Mas ele não me espera responder, continuando. — Eu disse que estão todos procurando no lugar errado. Correndo o risco de ser ousado demais com uma garota que acabei de conhecer, maior nem sempre é melhor.

Um tempinho atrás, a piada me faria rir, mas não ligo para nada disso agora. O complexo do templo grande ao leste é o que os astronautas começaram a explorar, de onde veio a célula solar de Los Angeles, o que Mink e todas as outras operações de catadores estão procurando. Se não sobrarem artefatos lá, ou se eu for roubada ou capturada por outra operação, não terei nada.

Estarei endividada demais com Mink para pagar minha retirada do planeta e para pegar o portal de volta para a Terra, quem dirá ter dinheiro o suficiente sobrando para minha irmã e... Engulo em seco.

— Como você sabe? — pergunto, minha voz trêmula.

— A Aliança Internacional protege esse lugar faz meses, é por isso que tivemos que ser largados tão longe, para evitar a detecção do satélite da AI.

Jules parece ouvir o tremor em minha voz, e um pouco da arrogância some do seu rosto.

— É um despiste — diz em voz baixa, com um toque de amargura, sem a arrogância para disfarçar. — Sei a Transmissão Eterna de cor, as palavras e equações que nos trouxeram para cá, na língua original. Dizia que a raça que encontrasse Gaia seria testada. Você acha mesmo que o teste é "entrem nesse prédio elegante e catem nossos restos"? Amelia, o departamento de xenoarqueologia de Oxford é conhecido no mundo inteiro e eu cresci dormindo debaixo da mesa enquanto os maiores especialistas do mundo debatiam esses mesmos temas. O templo grande ao leste é, de fato, muito grande, brilhante e atraente. E talvez ainda restem até algumas tralhas que valem dinheiro. Mas, ao passo que humanos são programados para pensar que maior é melhor, não há motivo algum para crer que uma raça alienígena pensaria da mesma forma. Aposto, pela minha vida, que é uma distração, porque estudei os dados da transmissão e sei qual dos templos menores e afastados guarda o tesouro verdadeiro. Posso te levar para lá.

Agora ele fica de pé, seu rosto sério, sem sinal de divertimento.

Meu coração bate tão rápido que dói, o sangue ecoa nos meus ouvidos e ameaça me ensurdecer. Só tenho uma chance. O desgosto dele é óbvio; não está mais feliz por oferecer ajuda para uma saqueadora catadora do que eu estou por ter que confiar inteiramente neste desconhecido, cujos objetivos definitivamente não são os mesmos que os meus. Se eu confiar nele e deixar o templo grande para os outros e ele estiver mentindo, não terei nada. Mesmo que eu sobreviva às próximas semanas, vou desejar ter morrido quando não puder pagar minha saída e Mink me abandonar aqui, a milhões de anos-luz da Terra, sem ar o suficiente para mais do que alguns dias. Se eu ignorá-lo e chegar ao complexo um ou dois dias depois dos outros grupos, vou acabar revirando a poeira que deixaram para trás, tentando montar uma fortuna em tábuas quebradas e pedaços de pedra.

Minha boca está seca quando minha voz retorna e eu solto:

— Você sabe que sou uma entre muitos, né? Vários grupos descobriram como chegar aqui depois da entrevista com Addison. — Engulo em seco, tentando diminuir a rouquidão da minha garganta. — Me enganar não fará nada para preservar os seus artefatos preciosos — continuo —, porque outra pessoa estará lá para levá-los. Você só estaria me destruindo. — Medo enche minha voz na última frase, meus olhos queimando.

Queria estar usando meus óculos, a máscara do respirador. Talvez assim ele não visse meu esforço para não chorar.

A expressão de Jules muda, a boca tensa ficando mais suave, as sobrancelhas se erguendo um pouco. Ele dá meio passo na minha direção, então repensa e para.

— Não estou tentando fazer isso — diz, em voz baixa. — Estou dizendo que você está certa. Minha única esperança é chegar ao que procuro o mais rápido possível. — Ele respira fundo. — Você vai chegar mais longe do que eu sozinho, acho que nós dois concordamos — prossegue. — Mas há uma recompensa maior, Mia. A tecnologia que os Eternos deixaram para trás... não são só umas células solares. Tem algo maior em jogo e, para conseguirmos esse algo, precisamos ir mais fundo, entrar no coração do templo.

Meu coração bate forte. Agora eu *sei* que o garoto é doido.

— Como assim? Passar das ciladas e armadilhas que destruíram metade da missão *Explorer IV* antes de desistirem?

Jules desvia o olhar, passando uma mão pelos cachos. Ele encara o penhasco de novo.

— Estou oferecendo uma parceria. Você me ajuda a chegar e... — Ele para, eu espero. Vejo o quanto as palavras custam, como são praticamente arrancadas dele. — Eu ajudo a entrarmos no templo. Dali em diante... vou garantir que você consiga seu dinheiro.

Ouço o nojo em sua voz quando ele acaba de falar.

Por um segundo quero contar a verdade, que eu não ligo para "dinheiro", que dinheiro é um meio para chegar ao fim, e que eu morreria pelo meu objetivo dezenas de vezes se achasse que poderia ajudar... mas minha morte não dá lucro, então estou arriscando minha vida aqui. Respiro fundo, me concentrando no ar entrando no meu pulmão em vez das lágrimas enchendo meus olhos.

Eu só ia me esgueirar pelas entradas dos templos, catar o que eu pudesse, sem ir longe o suficiente para ativar as defesas que os

Eternos instalaram para proteger seu precioso legado, o que quer que seja. Faz anos que a Aliança Internacional tenta juntar uma equipe qualificada para penetrar os templos, mas, quando o maior especialista sobre os Eternos perdeu as estribeiras na televisão ao vivo, os planos tiveram que ser adiados. Estranhamente, tenho que agradecer ao surto de Addison – Elliott Addison, o cara que decifrou o código da Transmissão Eterna, o cara que voltou inteiramente atrás e começou a dizer que Gaia era perigosa – por estar aqui. Se ele não tivesse desmoronado em público e deixado escapar todos aqueles códigos secretos, nenhum dos catadores ilegais saberia como chegar em Gaia. Ele deve estar se contorcendo na cela da prisão, sabendo que sua tentativa de impedir a exploração de Gaia foi o que encheu a superfície de gente como eu.

Não que a gente possa avançar muito. Sem Addison e seu conhecimento, nem as expedições da AI nem as operações de catadores conseguem ultrapassar as várias defesas dos templos. Eu só deveria pegar artefatos das entradas. Eu só deveria entrar, sair e torcer para ganhar dinheiro o suficiente para satisfazer Mink.

Agora estou aqui respirando ar alienígena com sóis alienígenas queimando minha cabeça, e um garoto não muito mais velho do que eu diz que sabe fazer o que toda a comunidade científica mundial ainda não conseguiu: desvendar um mistério alienígena de zilhões de anos, se eu o mantiver vivo por tempo o suficiente. Quer ele esteja certo ou não, agora perdi tempo demais para chegar ao templo maior antes de ser inteiramente saqueado pelos outros.

— Tá — digo, estabilizando minha voz. — Mas não posso te garantir uma carona para sair daqui. Consigo te apresentar alguém que pode te levar, mas você vai ter que pagar a própria taxa, fazer seu próprio acordo com ela.

— Entendido — concorda, novamente profissional, disfarçando o desgosto por estar trabalhando com uma catadora.

— Quando ela vem te buscar?

— Três semanas.

Claro, se eu tiver o dinheiro para pagá-la. Se não tiver, ela nem vai se dar ao trabalho de mandar uma nave para mim. Não conto isso para Jules.

Ele deve saber que não estou dizendo tudo, mas, por enquanto, não insiste atrás de mais informações. Ele observa meu rosto até eu sentir que estou corando, fazendo com que eu queira me cobrir com os óculos e o lenço. Então ele concorda com a cabeça.

— Nesse caso, é melhor começarmos a andar.

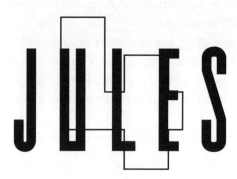

JULES

Impotente, observo enquanto ela descarta mais da metade das minhas posses. A organização que me recrutou forneceu meu respirador e algumas outras necessidades, mas gastei mais do que gostaria de admitir no resto, no equipamento que ela está jogando fora como se não valesse nada. Precisei comprar tudo novo, porque não podia acessar a maioria das minhas posses em casa.

Ela é obcecada com a ideia de que tudo deve servir para mais de um propósito – ela ergue sua própria ferramenta, como um daqueles canivetes antigos que as pessoas costumavam usar, como se valesse mais do que meu fogão-ondas. Quero dizer que é possível comprar outra idêntica por vinte libras pela internet, mas ela menciona as alterações que fez por conta própria, demonstrando os ajustes de mola, e preciso admitir que é esperto.

É por isso que preciso dela. Sem o luxo relativo de uma expedição inteira me apoiando, não sei como chegarei intacto ao templo, visto que não sei quase nada sobre esse submundo do qual ela participa, essa rede de saqueadores e ladrões. De onde eu venho, conheço o tipo de gente que rouba lojas e hospitais no segundo em que o povo da cidade é forçado a abandoná-la. É pior nos EUA, segundo os noticiários; eles estão lidando com as mudanças climáticas mais drásticas, com desertos se espalhando pelo continente e tempestades de areia tão violentas que são fatais. Famílias são agrupadas e enviadas para outro lugar quando a cidade fecha, e nem dá tempo dos sofás esfriarem antes das gangues de catadores chegarem para dividir entre eles o que restou. A ideia de trabalhar com uma deles me deixa enjoado, mas pelo menos é só uma, não uma gangue inteira, e pelo menos ela... não é exatamente o que eu esperava, acho.

Ela parece sentir um prazer especial em explicar os motivos pelos quais meu equipamento é redundante; qualquer item meu cuja existência não é justificada por pelo menos uns seis motivos é enfiado em uma caverna rasa, provavelmente para ficar ali até o fim dos tempos. Ou até a próxima civilização explorar o espaço, seguindo a mesma trilha que seguimos.

Ainda assim, quando começamos a andar, fico grato pelo peso mais leve. Temos muitas horas de luz ainda no dia e precisamos atravessar uma boa distância antes de acamparmos para passar a noite. Os dois sóis queimam lá em cima e, sem árvores para fazer sombra, é quente. É difícil processar o fato de que estou realmente andando em *outro planeta*, e às vezes remexo na ideia, como se empurrasse um dente mole, tentando provocar uma resposta.

Achamos que nossa oportunidade tinha acabado quando a missão da colônia de Alfa Centauri falhou, pedindo ajuda que sabiam que não viria da Terra e desaparecendo para sempre na escuridão do espaço. Mas aqui estou, Jules Thomas Addison, literalmente indo aonde ninguém jamais esteve.

E estou mentindo para a única aliada que tenho.

Não é arrogância ou exagero dizer que, agora, sou a pessoa mais importante neste planeta. *Preciso* chegar ao templo. Não só por mim, nem só pelo meu pai, mas por todos nós, por todas as pessoas da Terra. Incluindo Amelia. É justificativa suficiente para mentir. Além disso, provavelmente encontraremos mesmo algo valioso para ela levar, então nem deve ser uma mentira.

É justificativa suficiente para me juntar a uma catadora, e prometi a mim mesmo que *encontrarei* um jeito para ela ganhar dinheiro, por mais desagradável que seja saquear. Eu estava preparado para fazê-lo em um grau leve para pagar a Global pela carona... ajudá-la não é diferente.

No entanto, é difícil conciliar esta garota com o que ela veio fazer. É mais fácil odiar abutres e carniceiros que não estão na sua frente com sardas, mechas no cabelo e um humor afiado. Por outro lado, gosto de pensar que sou uma pessoa fundamentalmente honesta, mas estou em meio a uma mentira sobre o que encontraremos ao chegar ao destino.

Ela deixou claro que está aqui pelo dinheiro, então preciso lembrar que ela me deixaria para trás em um piscar de olhos se achasse que daria mais lucro. O que significa que preciso estar preparado para dizer o que for preciso para mantê-la do meu lado.

Mesmo que não estejamos andando na velocidade que eu esperava de um grupo maior, equipado com veículos, é melhor do que nada. Devemos chegar ao templo que procuro em menos de uma semana, a pé. Estamos seguindo na direção de um cânion comprido e sinuoso, um ponto de referência que decorei do enorme volume de imagens de satélite que costumavam encher o escritório do meu pai em Oxford. Com sorte, deve servir como uma estrada que nos levará até perto do nosso destino. Um rio corre pela maior parte do caminho, o que também resolverá nossa necessidade de água.

O único problema é que, pelo menos por um tempo, é o mesmo caminho que todos os outros grupos seguirão. O cânion se bifurca em vários pontos e depois de um tempo seguiremos por outra bifurcação, mas, até lá, precisamos ser tão quietos e discretos quanto conseguirmos para evitar atrair a atenção de saqueadores que ficariam felizes ao roubar tanto nossas mochilas como os próprios templos – e talvez aproveitar para se livrar da competição ao mesmo tempo.

Meu pai ficaria horrorizado.

O dr. Elliott Addison era o maior especialista nos Eternos. Não havia ninguém mais dedicado a descobrir seus segredos, ninguém mais interessado em aprender com eles. No entanto, a Aliança Internacional, assombrada pela promessa de décadas para encontrar uma solução para o declínio da Terra, o acusou de perder tempo.

Quanto mais eles pressionavam, mais meu pai começou a resistir. Quando a equipe *Explorer IV* entrou no templo principal, sem a orientação do meu pai, ele passou uma semana furioso. Foi então que começou a brigar, tentando fazer com que eles entendessem, fazendo pedidos apaixonados para as autoridades da AI e para o público, defendendo que algumas das descobertas mais práticas e importantes da humanidade vinham de pesquisa pura. Que o tempo usado para explorar Gaia realmente não seria nenhum desperdício. Que mais células energéticas certamente ajudariam agora, mas só até ultrapassarmos sua capacidade com nossa demanda, como fizemos com as reservas de petróleo.

Ele acreditava desesperadamente que o segredo da nossa salvação estava em entender os Eternos, entender por que se destruíram depois de atingir pontos tão altos na civilização. Seus avisos, dizia meu pai, eram para nos impedir de fazer exatamente o que a Aliança Internacional queria que fizéssemos: correr para invadir, pegar toda a tecnologia valiosa e útil que pudéssemos e começar a enfiá-la onde quer que se encaixasse na infraestrutura da Terra.

Ele queria que fôssemos com calma, nos concentrássemos na ciência, nos deixássemos ser guiados por exploração, curiosidade e descoberta, em vez de carregados pela ganância. Ele foi ridicularizado pela insistência de que devíamos abrir nossas mentes, explorar este lugar com a consideração, a reverência e o cuidado merecido, em vez de correr com tanta avidez pelo único benefício que víamos que ignoraríamos os outros... ou os perigos.

Os engravatados da Aliança Internacional apareciam em nosso apartamento em Oxford e eu encostava a orelha na porta do escritório para ouvi-los discutindo com meu pai por horas. Meu pai queria aprender sobre Gaia e os Eternos tanto quanto eles, queria ajudar os necessitados tanto quanto eles, e se esforçou por mais tempo do que outros cientistas o fariam para encontrar explicações alternativas para os perigos e inconsistências que encontrava na transmissão. Primeiro eles foram para debater, depois para discutir, depois para implorar que ele mudasse sua posição. Implorar virou bajular, que virou ostracizar, que virou ameaçar, mas ele nunca parecia ceder.

Não notei que ele tinha parado de tentar convencer o mundo até ele surtar ao vivo na televisão. Não sei nem se ele sabia que ia cometer traição à pátria naquela noite até estar acontecendo. No entanto, no meio do programa, o entrevistador abandonou a rotina habitual e educada e começou a pressioná-lo e provocá-lo, a acusá-lo de sacrificar o bem-estar dos outros – de pessoas como Mia, que precisavam desesperadamente que a AI resolvesse os problemas energéticos da Terra – meramente para satisfazer sua própria curiosidade acadêmica.

Eu vi o momento em que ele perdeu o controle. Alguns códigos de segurança ditos por raiva e frustração – tenho certeza que àquela altura ele já sabia que seria expulso – e, em segundos, centenas de contas ao redor do mundo tinham baixado todos os documentos que a AI mantivera em sigilo sobre Gaia, os templos e a tecnologia Eterna.

Ele queria oferecer transparência para o mundo. Em vez disso, ofereceu as chaves para pilhar e saquear o planeta.

Eu me lembro do momento em que nossos olhares se encontraram, enquanto me seguravam e o arrastavam para fora do estúdio depois de interromper a entrevista. Não encontro seu olhar desde então, exceto por uma tela uma vez por semana.

Ele sacrificou tudo, da sua reputação à sua alegria ao seu futuro – ao *meu* futuro – pela causa. E eu fiz o mesmo, porque acredito que ele está certo. Confio nele.

Meu pai tem certeza de que precisamos entrar em Gaia lentamente, com cuidado, reconhecendo que a verdadeira riqueza dessas ruínas se encontra no estudo e na compreensão científica. Mas aqui estamos nós, correndo como consumidores na liquidação de fim de ano, procurando os cacarecos mais brilhantes para levar para casa.

Ninguém deveria estar na superfície no momento: a estação espacial em órbita tem a tarefa de cumprir a interdição e de conduzir vigilância por satélite para continuar organizando os mapas e as pesquisas que a expedição da AI usará para tentar resolver o enigma dos templos Eternos. Claro, como descobri pelo meu contato na Global, pelo preço certo a equipe na estação não só faz vista grossa como até te ajuda a descer para a superfície. Graças ao que meu pai disse na transmissão ao vivo, não é só a Aliança Internacional que sabe chegar a Gaia agora.

Deve ter sido um investimento e tanto para Amelia chegar aqui sozinha. Estou prestes a perguntar se ela juntou o dinheiro por conta própria ou se tem patrocinadores quando ela para no cume de uma colina, se agachando com um xingamento baixinho. Caio ao lado dela, me inclinando para a frente a fim me apoiar nos cotovelos e olhar pela beirada para ver o que a fez parar de repente.

O riacho que estávamos procurando é uma linha prateada se estendendo pelo vale vermelho, que parece estranhamente árido, sem plantas aproveitando a água. Meus olhos estão habituados com a Terra de formas que eu nem me dava conta até pousar aqui. Mas não é a falta de vida vegetal que faz Mia resmungar ao meu lado.

Em uma margem do rio, uma expedição de tamanho considerável está acampada, parando para jantar, e podemos ver transportadores anti-gravidade, caixotes e bikes flutuantes. Por um breve momento, acho que talvez seja a expedição à qual eu deveria ter me juntado e sinto alívio, mas então reconheço a mulher do nosso encontro na fonte. *Saqueadores.* Conto pelo menos quatro pessoas andando entre as posses. Eles têm visibilidade do cânion inteiro. *Perfututi.* Lá se vai nosso plano.

— Então — digo, olhando para eles. — Vamos descer e nos apresentar, né?

Amelia ri e mexe nos óculos para ativar o zoom.

— Espere aqui, Oxford, ok? Eu resolvo.

Aparentemente é só esse o aviso antes de ela começar a descer o cânion, sem mais consultas. Seguro sua mochila e, depois de puxar algumas vezes, ela nota que não vai a lugar nenhum até eu soltar.

— Que foi?

— Bem, acho que a pergunta mais importante é: aonde você vai? — proponho, ainda segurando.

Ela me encara, desaprovando essa onda nova de curiosidade.

— Vou roubar uma das bikes — diz, no mesmo tom casual com que poderia dizer "Estou indo dar uma volta".

Seguro com mais força e penso a respeito. Como trabalhar com esse tipo de impulsividade? Estava brincando quando falei, mas ela realmente planejava descer e esperar que tudo acontecesse de acordo com o plano? Isso se ela tivesse um plano.

Quando ela tenta escapar, volto à questão da bike. Por um lado, seria absurdamente arriscado tentar roubar uma. Por outro lado, uma bike flutuante agilizaria nosso trajeto de uma semana para menos de um dia. *E*, diz uma voz fraquinha na minha cabeça, *se eles a pegarem, ela é um deles, não é? Qual é a pior coisa que aconteceria com ela?*

O fato de que eu me perguntei isso me deixa meio enjoado, mas *preciso* lembrar que o que vim fazer é mais importante do que eu, do que ela, do que qualquer indivíduo. Preciso lembrar que ela é uma catadora e não tenho como saber se ela está interessada em retribuir lealdade, muito menos se é capaz.

A bike nos levaria em menos de um dia.

Além disso, se eu já entendi uma coisa sobre a Amelia, é que discutir quando ela decidiu o que fazer é inútil.

— Então me deixe ajudar — digo, afinal. — Sua segurança é minha segurança, agora.

Ela me examina de novo, e espero sua frustração passar até ela ajustar os óculos protetores com uma opinião resmungada que escolhe dizer em voz baixa.

— Fique por perto. Se eles nos notarem, corra para a cumeeira ao leste. É rochosa demais para as bikes, então pelo menos a corrida será a pé.

— Sim, senhora — digo, só para provocar aquela ruga que surge entre seus olhos quando ela me encara com raiva. Preciso parar de prestar atenção nisso.

Apesar de precisarmos andar devagar para evitar derrubar muitas pedras pelo cânion, a brisa do vale esconde nossos movimentos menores. Então é só questão de paciência. Suor escorre pelos cortes nas minhas mãos e no meu rosto, e minhas costas doem constantemente, mas Amelia anda sem reclamar e não vou dar outro motivo para ela pensar duas vezes em relação a aceitar nossa parceria. Só essa ideia de roubar a bike provou que eu estava certo em recrutar sua ajuda, porque eu teria evitado esse grupo com cuidado e levado mais uma semana para chegar ao templo.

Provavelmente porque só algumas dezenas de pessoas estão no planeta, o acampamento não tem guardas a postos. Vejo um homem magro com cabelo preto deitado na grama, comendo e conversando com a mulher que Mia atacou com o capacete perto da fonte onde nos conhecemos. Isso significa que nosso outro amiguinho deve estar por perto também, com ou sem calças.

Não é uma coincidência tão grande ser o mesmo grupo, considerando a dificuldade de chegar à superfície de Gaia, mas meu estômago se revira.

Até nos afastarmos da rota principal do cânion, na direção do alvo menor, ficaremos bem perto dos outros grupos, que claramente não têm nada contra atirar na concorrência. Penso na arma do catador na minha mochila, um dos poucos equipamentos que Amelia colocou na pilha de "manter" sem discutir. Mesmo se eu tivesse pensado em torná-la mais acessível antes de me arrastar na direção do perigo, não sei se conseguiria realmente apontá-la para alguém com a intenção de apertar o gatilho.

Estou começando a me arrepender da decisão impulsiva de mandar aquele grandalhão deixar as calças para trás. Talvez em outras circunstâncias eles tivessem evitado atirar, com medo de estragar a bike, mas sinto que ele não hesitará em apontar a arma para a nossa cara. Dois outros saqueadores estão enchendo os cantis no riacho e um outro está mais distante, com o rosto iluminado pela tela do telefone ou do tablet sobre o qual está curvado.

Mais importante para a gente: ninguém está prestando atenção na fileira de bikes.

A desordem também significa que não há padrões reconhecíveis em seus movimentos, mas mesmo assim observamos por um tempo, enquanto Amelia bate com o dedo de leve contra uma pedrinha. Noto que ela está contando os segundos, procurando o melhor intervalo. Ela também não está segurando sua arma roubada, mas aposto que a dela está em um bolso que consegue alcançar se precisar. Tiro minha faca do bolso também – felizmente, tem várias outras ferramentas embutidas no cabo, então pude guardá-la. Tudo irá para o inferno quando fugirmos com uma das bikes, mas acho que sei como desacelerar a perseguição.

Amelia me distrai do meu planejamento ao inclinar sua cabeça e, agachada, se dirigir para as bikes.

Minha altura significa que sou um alvo mais fácil, mas pelo menos consigo acompanhar, mesmo sem me agachar tão baixo. Amelia se ajoelha para mexer na ignição da bike que escolheu, e me abaixo ao lado dela, me arrastando até a mais distante. Vamos ver se todas as horas aguentando a obsessão do meu primo Neal com a bike *dele* valeram a pena: vamos ver se lembro onde ficam os cabos de alimentação. Toco o capô com um dedo para garantir que não está quente, então enfio a mão para procurar sem ver, agradecendo em silêncio quando meus dedos alcançam os cabos. Com o coração batendo forte e as mãos suando, passo a faca por eles, rompendo as conexões, então me arrasto para a próxima bike.

Uma chuva de areia atinge meu pescoço quando chego à terceira bike, e meu coração pula. Eu me viro rapidamente e encontro Amelia me encarando como se perguntasse o que estou fazendo. No entanto, não tenho como explicar sem falar, então imobilizo a última bike e começo a me arrastar de volta. Quando chego perto o suficiente, abaixo meu rosto para sussurrar:

— Ninguém vai nos seguir agora.

Ela fica em silêncio por um instante, então solta uma baforada de ar que indica uma risada que não podemos arriscar. Sinto vontade de rir também, por alguma combinação de adrenalina, pavor e completo desamparo. Minha mente está gritando que isso não sou eu, que pertenço a Oxford, que essa garota e suas ideias insanas vão me matar, que não sou um aventureiro e que o melhor seria ficar quieto e ligar para a estação quando ela passar de novo.

Mesmo assim, sinto vontade de rir. Porque um pouco disso é... *divertido*.

Reparo que ela está usando um clipe de papel antigo para causar um curto-circuito no scanner de digital, que, com um chiado satisfatório, desliga. Ela dá uma piscadela e fica de pé, passando uma perna sobre a bike. Ela passa a mochila para a frente, abrindo espaço para que eu me sente atrás dela. Por um momento, fico em dúvida quanto a onde colocar minhas mãos, porque abraçar a cintura dela parece íntimo demais, mas uma voz soa atrás de nós, assim como passos se aproximando.

— Rasa mandou deixar as bikes aqui.

O dono da voz claramente nos confundiu com membros da gangue, e cada nervo do meu corpo acende quando a adrenalina se espalha pelo meu corpo. *Ah, perfututi, estamos ferrados, de onde veio ele?*

— Ela quer garantir que elas fiquem protegidas caso o vento...

Então a voz abruptamente vira um grito:

— Ei, quem...

Acabo com meu debate e abraço Amelia, que enfia o dedão na ignição. A bike zune ao ligar, se afastando da areia até mais ou menos a altura dos joelhos de alguém. Amelia vira o rosto para olhar para o antigo dono da bike, sorrindo cheia de malícia.

— Obrigada pela carona! — grita.

Aceleramos, nos afastando cada vez mais rápido entre os pedregulhos e nos dirigindo a um terreno mais estável. Só estive na garupa da bike de Neal uma ou duas vezes, mas aprendi o suficiente para me inclinar quando vira uma curva, e, enquanto cortamos o vento, resisto à tentação de jogar a cabeça para trás e dar um grito vitorioso.

Então as pedras à nossa direita explodem em pedacinhos de cascalho que atingem minhas costas como estilhaços. Viro o rosto e vejo os catadores alinhados na borda do acampamento, apontando as armas para nós. Munição explosiva. O palavrão que Amelia solta é levado pelo vento, e ela acelera tão rápido que corremos o risco de um acidente espetacular enquanto balas voam por nós.

De repente, o mundo entra em foco.

O que *raios* estou fazendo?

Isso não é um jogo.

É minha *vida*, e se uma dessas coisas nos atingir de raspão, não viverei o suficiente para sentir. Morrerei em um planeta alienígena e ninguém saberá o que aconteceu comigo. Meu coração pula e cada movimento, cada som, é amplificado. Meu corpo inteiro pinica, tremendo ao esperar uma bala bem no meio das costas.

Não é um jogo e estou navegando em águas muito, muito estranhas. *Eu não devia estar aqui.*

A bike se inclina em um ângulo doido sem aviso e eu aperto meu abraço em Amelia enquanto tento desesperadamente entender o mundo que voa por nós. Estamos despencando pela lateral de um cânion e por três segundos aterrorizantes parece que não há jeito de pararmos, que vamos capotar de um lado para o outro, acabar quebrados no fundo até virem nos pegar.

Então a bike se equilibra e Amelia soca meu braço para que eu relaxe o abraço. Quando lembro como mexer meus braços e solto um pouco, ela respira fundo, tremendo. Estamos correndo pelo fundo do cânion, virando curvas como se não tivéssemos nada a perder, e, apesar de virar o pescoço para olhar para trás, não tenho como saber se estamos sendo seguidos.

A bifurcação do cânion se aproxima quando viramos mais uma curva e, apesar dos meus olhos lacrimejantes e do estômago se revirando, noto quanto terreno já percorremos.

— Pegue o caminho da esquerda! — grito, para ser ouvido em meio ao rugido do vento e do motor.

— Quê? — a voz de Mia é meio rasgada pelo vento. — Mas os templos…

— Confie em mim!

Aperto ela um pouco, a única forma que tenho para enfatizar minhas palavras.

Ela hesita por mais um momento, então responde algo que fico feliz por não conseguir decifrar em meio ao vento. Ela joga o peso para a esquerda e a bike tropeça pelo caminho mais estreito, se afastando do caminho que será mais usado para chegar ao templo central.

Um tempo depois, ela derrapa abruptamente para o lado e desliga o motor. O som ecoa pelo cânion antes de morrer. A bike bate no chão e o impacto percorre minha coluna. Ficamos perfeitamente imóveis, o dedo dela próximo da ignição, escutando com atenção em busca do som de perseguição. Só ouvimos silêncio. As paredes do cânion se erguem acima de nós, acabando em curvas para dentro que cobrem a maior parte do céu da tarde, e parece que estamos escondidos.

— Estamos mortos? — sussurro, ainda ofegando, meu corpo ainda um nó de nervos.

— Acho que não — sussurra ela de volta. — Mas eles tentaram muito. Você tem *certeza* que este é o caminho certo?

— Totalmente — respondo, tentando soar firme. Porque eu *tenho* certeza de que *estou* no caminho certo; só não tenho tanta certeza de que é o caminho que ela escolheria, se soubesse todos os fatos.

— Então vamos avançar mais um pouco.

Ela liga a bike de novo, virando as curvas com só um pouco mais de cuidado enquanto descemos pelo cânion. Minhas entranhas estão agitadas, acho que meu estômago está tentando se juntar ao meu coração na garganta, e a ladainha que repito para mim mesmo sem parar não está fazendo diferença.

Eles não estão nos seguindo, penso. *Conseguimos. Chegaremos ao templo mais rápido. Foi uma boa ideia.* Estou apertando e soltando meus punhos, como se conseguisse tornar tudo isso verdade só com força física, apesar do pensamento que não para de soar na minha cabeça:

Não só estou em águas estranhas, como estou notando que nem sei nadar.

Não consigo imaginar a cara do meu pai, se alguém se desse ao trabalho de contar sobre minha morte. Talvez achassem que atrapalharia a probabilidade de convencê-lo a cooperar de novo. Não consigo imaginar a cara do meu primo Neal, ou da minha mãe... apesar de eu não conseguir imaginar muito sobre ela ultimamente.

Empurro todos esses pensamentos para longe. Estamos mais perto do templo do que estávamos antes. Mais perto da forma de espiral, das pedras curvadas e das respostas que espero encontrar.

Finalmente, Amelia estaciona a bike atrás de uma rocha e a desliga novamente. A bike cai no chão e nós dois saímos. Minhas mãos estão tremendo. Pigarreio antes de falar, esperando que pelo menos minha voz esteja estável.

— Você dirige bem.

— Aqui é fácil — responde ela, desviando o elogio. — Estou acostumada a caminhos bem mais estreitos. Escorregar em cascalho solto aqui é um perigo. Mas bater em um arranha-céu na Terra é fatal. Vamos parar por uns minutos, esticar as pernas, usar os respiradores e continuar a andar. Mesmo que eles consertem as bikes, não têm como encontrar a gente agora e vamos ouvi-los se estiverem próximos.

Tento conversar casualmente, espreguiçando minhas costas, querendo que meus braços e minhas pernas comecem a funcionar normalmente enquanto meu sistema tenta processar o choque do que aconteceu.

— Onde você aprendeu a dirigir assim?

— Chicago. — Ela olha para mim, vê que não é uma resposta completa o suficiente e sacode a cabeça. — Você não quer saber.

Claro que, imediatamente, eu quero. É uma distração, e eu preciso de algo além de alongar meus braços e minhas pernas para voltar ao normal.

— Por que não?

Solto o respirador do meu cinto e inspiro profundamente o ar rico em oxigênio do tanque. O oxigênio ajuda muito; é só um pouco mais do que há no ar que respiro naturalmente, mas um ou dois pontos percentuais fazem uma diferença enorme.

— Porque vai te dar mais motivos para achar que sou uma pessoa horrível — responde ela, sem soar especialmente culpada.

— Cometi tantos crimes quanto você hoje — argumento.

— Verdade — concorda. — Mas pense pelo lado bom. Roubar uma bike não é tão ruim quanto romper embargos planetários da Aliança Internacional. Você claramente está no caminho de volta para a luz.

— É verdade, estou melhorando. Logo estarei corrigido. Você é uma boa influência.

Ela ri, sacudindo a cabeça.

— Você é inesperado, Oxford.

— Estou usando os últimos vestígios de compostura — confesso. — Por favor, me diga que isso te assustou tanto quanto me assustou.

— Assustou. — Ela tira a mochila das costas e se apoia na parede do cânion, aproveitando o calor da pedra banhada pelo sol, dobrando os braços para abraçar o próprio tronco. — O motivo pelo qual vivi tanto tempo é que eu evito gente assim — continua. — Achei que eles fossem nos acertar.

— Que bom que roubamos as calças daquele cara de manhã — digo. — Acho que preciso de calças novas.

Isso faz com que ela ria de verdade e o som me esquenta um pouco. Podíamos ter levado tiros. *Mas não levamos.*

— Se você não quer contar como aprendeu a dirigir, conte outra coisa — tento, só para ver se ela continua a falar. Quero me acalmar. E quero que ela não faça perguntas sobre mim, porque não sei se consigo mentir bem agora.

Ela considera a pergunta por mais ou menos um minuto antes de responder.

— Quando eu era criança — diz, finalmente —, queria ser astrônoma quando crescesse. — Não é exatamente igual a me contar algo sobre quem ela é *agora*, mas… na verdade, retiro o que disse. Ela claramente não é uma astrônoma, então, de certa forma, sei algo sobre ela. Sei como as coisas mudaram. Quero perguntar o que atrapalhou esse sonho, mas enterro a pergunta por enquanto.

— Quando eu era pequeno, queria ser um avião. — O constrangimento vale a pena, porque ela ri, mesmo que seja provavelmente em parte por causa da adrenalina do roubo e da fuga. — Tinha lógica por trás disso — protesto. — Eu queria voar, mas pássaros pareciam muito frágeis. Meu pai tentou explicar que não era possível, mas eu apontava para todas as inovações cibernéticas que surgiam. Eu estava completamente confiante que essa história de avião estaria resolvida quando eu crescesse, o que aconteceria em um futuro muito, muito distante. Mas meu pai disse que quando eu virasse adulto talvez visse algumas desvantagens em ser um avião e no fim ele estava certo.

— Não sei. — Ela ainda está sorrindo e só vê-la me esquenta mais um pouco, quase banindo a dor que sinto ao mencionar meu pai. Quase banindo o medo que ainda pulsa em mim. — Ser um avião parece legal. Para começo de conversa, você teria como sair do chão, em vez de ficar preso aqui. Melhor ser o piloto, ou até o veículo, do que a carga.

Por um momento, me lembro do portal entre a Terra e Gaia. A representante do meu patrocinador, Charlotte, deu um jeito de me arranjar um documento formal da Aliança Internacional, sob o nome de François LaRoux, e eu fingi ser um técnico júnior delegado à estação orbital de Gaia. Fingi que só sabia falar francês, o que me ajudou a evitar conversas durante a viagem.

— A vista no caminho foi bem espetacular — confesso. — O próprio portal, brilhando daquele jeito, sabe? Mesmo que passar por ele tenha sido bem desconcertante, parecia que eu estava sendo… esticado.

— Não — responde ela, com uma careta. — Não sei. Passei a viagem enfiada em um caixote.

O tom dela não encoraja mais perguntas sobre a viagem para cá, então mudo de assunto com rapidez.

— Bem, não abandonei completamente a ideia do avião — digo. — Se minha vida de crime continuar e eu virar um gênio do mal, com certeza terei dinheiro para isso. Posso te levar para dar uma volta. — Então, tanto para me convencer quanto para reconfortá-la, acrescento: — Não acho que você é uma pessoa horrível, Mia.

— Você acha que o que eu faço é horrível — responde, desviando o olhar para procurar o próprio respirador. — Dá na mesma, no fim, para você.

Isso faz com que eu me cale. Não sei como discutir contra o que é essencialmente verdade. Amelia e os outros aqui em Gaia estão destruindo nossa única oportunidade de desvendar os segredos dos Eternos. Não consigo nem imaginar essa facilidade em descartar tudo que podemos aprender – e arriscar de uma forma tão absurda a segurança da humanidade – só para ganhar uma grana. Não posso dizer nada disso em voz alta se quiser que ela continue comigo, então fico em silêncio.

Sempre achamos que estávamos sozinhos no universo, ou que qualquer outro tipo de vida estivesse tão incrivelmente longe que daria na mesma. O declínio acelerado do nosso planeta e a constatação mundial de que estávamos condenados levaram à formação da Aliança Internacional. Criada para concretizar a ideia de construir uma nave capaz de viajar até o próximo sistema solar, onde se encontrava o planeta que os astrônomos chamaram de Centaurus, para a humanidade sobreviver, a AI representava o poder das ideias, a fé no futuro e a visão e alcance infinitos da nossa espécie. Representava esperança.

Foi uma coisa incrível de ter sido realizada: a humanidade inteira se apoiando, juntando recursos, enviando os colonos, um ato inspirado de cooperação que seria inimaginável antes de as mudanças rápidas do clima deixarem todas as nossas divergências menores em segundo plano.

No entanto, oito anos depois do início da jornada – um pouco mais de cinquenta anos atrás –, algo deu catastroficamente errado. A última transmissão era um pedido desesperado por ajuda repetido sem parar, implorando para a Aliança Internacional salvá-los. Mas a AI não podia – ou talvez só não quisesse – investir os fundos gigantescos necessários para uma segunda missão, uma missão de resgate que conseguisse encontrá-los além dos limites do nosso sistema solar. Sempre se soubera que esse seria o caso: os colonos de Centauri estariam por conta própria quando passassem da heliosfera e chegassem ao espaço interestelar.

Sentimos muito, foi a resposta da Terra. *Boa sorte.*

Havia um grupo que acreditava que deveríamos ter salvado a missão Centauri a qualquer custo. Que não estaríamos só salvando vidas, mas também nossa última esperança, que *precisávamos* dessa jornada. Já outros argumentavam que simplesmente não tínhamos o dinheiro e os recursos, que não podíamos tentar resgatar trezentas almas provavelmente já perdidas quando o pedido de ajuda chegou à Terra, porque custaria projetos que poderiam ajudar centenas de milhares, talvez até milhões, de pessoas sofrendo agora na Terra.

Cedo ou tarde, a chamada repetida por ajuda simplesmente sumiu.

Todas aquelas vidas, todos aqueles recursos, a cooperação internacional sem precedentes... para nada. O fracasso da missão convenceu a humanidade de que as estrelas não ofereciam solução, nada que nossa tecnologia conseguisse alcançar. O que tínhamos era tudo que sempre tivéramos: não podíamos simplesmente abandonar o mundo que destruímos para encontrar outro. A Aliança Internacional mudou de direção, se afastando dos astros para encontrar formas de estender os recursos restantes na Terra.

Isto é, até o pequeno grupo de astrônomos que ainda procurava confirmação do fim da missão Centauri encontrar um novo sinal. Até meu pai, o conhecido matemático e linguista Elliott Addison, decodificar a Transmissão Eterna. Até a transmissão nos levar a Gaia, um planeta com segredos e tecnologias tão poderosos que uma espécie inteira se destruiu na briga por eles.

Não sou ingênuo a ponto de achar que as empresas contratando gente como eu estão tentando resolver o mistério dos Eternos pelo bem da humanidade. Elas querem o monopólio da tecnologia alienígena. Depois de ver o que a célula solar fez por Los Angeles, a maior parte do mundo acha que a tecnologia daqui resolverá todos os problemas energéticos da Terra. A empresa que conseguir descobrir os segredos de Gaia ganhará uma fortuna.

No entanto, sua visão está tão presa nesse objetivo mundano que eles se esquecem de levantar os olhos. Eles se esquecem de olhar para as estrelas, como a humanidade fazia, como todos fazíamos quando crianças. Quando aprendíamos sobre outras histórias e culturas só por aprender, para saber como aquelas revelações nos transformavam, nos criavam. Gaia é a oportunidade de aprender em uma escala nunca antes imaginada, mas, em vez disso, nos tornamos traidores e ladrões.

Aceitei a oferta da Global para liderar a expedição porque podiam me trazer para cá. A elegante executiva, Charlotte, me encontrou por meio do meu primo (e melhor amigo) Neal, que estuda engenharia e estagia na empresa. Ele conversou com Charlotte e ela entendeu o que os outros não entendiam: que sou filho do meu pai de muitas formas, com conhecimento o suficiente sobre Gaia para atingir nossos dois objetivos.

Por isso, ela fez uma oferta que não pude recusar. Eles me levariam até a superfície de Gaia e, desde que eu compartilhasse minhas descobertas, poderia escolher meu próprio caminho. Ninguém finge que está nessa corrida por interesses altruístas, mas Charlotte entende que há questões maiores a serem respondidas aqui e se preocupa com algo além do lucro.

Mesmo assim, não contei para que templo iria, é claro. Mia pode me achar idiota, mas não sou burro a ponto de revelar a existência e o local do que meu pai acredita ser a descoberta principal em Gaia, a prova definitiva de que estamos nos salvando ou nos condenando. Eu planejava visitar alguns templos menores antes como fachada, para evitar que notassem que eu não estou aqui em busca de tecnologia. A única vantagem de ter me desencontrado da equipe de exploração é que não preciso esconder meu objetivo e seu significado e posso ir direto para o templo espiralado.

Lá, posso procurar uma explicação que provará que meu pai estava certo, de uma vez por todas... ou, apesar de eu não imaginar que seja o caso, que provará que ele estava errado.

Por algum motivo, nunca atentei para o fato de que existia uma terceira opção: que eu poderia nunca provar o perigo da tecnologia ou descobri-la, porque eu poderia morrer antes de chegar ao templo ou ultrapassar suas defesas. Com a boca seca, as mãos suadas e uma garota que simboliza tudo contra o que meu pai luta, tudo contra o que *eu* luto... de repente me pergunto quanto vale minha vida.

Quando ergo o olhar, Mia esta franzindo a testa, observando o penhasco com os óculos de proteção. Pelo jeito que ela mexe no botão lateral, suponho que tenha algum tipo de lente de aumento.

— O que foi?

— Talvez não seja nada — responde, mas a tensão em sua voz me faz duvidar do ar casual. — Achei ter visto um movimento ali na beirada, mas é difícil ter certeza com a luz de dois sóis. É estranho aqui, meus olhos me enganam.

— Acha que alguém está atrás da gente?

Meus pensamentos se voltam para a cara do homem sem calças, furioso comigo. Não tenho dúvidas de que ele já está armado e vestido agora. Mas será que eles desviariam do caminho que acreditam levar à glória e à fortuna só para se vingarem de dois adolescentes?

— Não acho que eles viriam atrás da gente por uma bike — responde Mia, ecoando meus pensamentos. — Mas é melhor continuarmos o caminho, por via das dúvidas. Quanto mais nos afastarmos da outra estrada, menor é a probabilidade de continuarem nos seguindo. Se é que eles estão.

Subimos na bike em silêncio.

Tem um nó no meu estômago e sei que não é só por causa das voltas e curvas da bike. Não gosto de enganá-la. Nunca vivenciei... seria *camaradagem*? Não sei dizer. Nunca fui muito bom em saber o que fazer com gente da minha idade. Mesmo quando eu era bem pequeno, as outras crianças sabiam que eu não era bem como elas e, por mais que tentasse, nunca me encaixei nas brincadeiras. Acho que eu fazia perguntas demais.

Meu primo Neal foi o mais próximo que cheguei de um amigo, com seu sorriso enorme e humor maior ainda. Popular entre as moças, ainda mais popular entre os rapazes. Ele me encheu o saco até eu me juntar a ele no time de polo aquático da universidade, apesar dos meus protestos, e, para a surpresa de todos, eu amei. Para o choque de todos nós, eu era *bom*.

Ele também me arrastava na garupa da bike dele, fornecendo a prática necessária aqui em Gaia, apesar de nenhum de nós ter como imaginar isso. Ele me levava para ver e fazer coisas novas sem parar, usando toda sua energia para tentar me imbuir com alguma juventude. Quando os poucos amigos que eu conseguira acumular me abandonaram depois que meu pai caiu em desgraça, Neal foi o único que continuou ao meu lado. Foi ele que me manteve no time. Eu o ouvi discutir com o capitão quando cheguei para o treino na noite depois do meu pai ser preso, me perguntando se ainda seria bem-vindo.

— Ele é só um garoto! — Ainda consigo ouvir a raiva na voz do meu primo, um tom que eu nunca escutara.

— Ele não é *só* nada — respondeu o capitão.

Eu quase dei meia-volta e fui embora, mas alguma teimosia me fez continuar até os vestiários. Algo dentro de mim decidiu que, se eu não fosse bem-vindo aqui, eles teriam que dizer isso na minha cara.

Talvez eu fosse mesmo bom demais em polo, porque ninguém disse. Então eu fiquei, apesar de os inícios verdejantes de amizade com meus colegas de equipe terem morrido.

Nada sobrevive por muito tempo no deserto da nossa desgraça.

* * *

Amelia retoma a conversa umas poucas horas depois, quando paramos para esticar as pernas. Ela puxa o lenço do rosto para usar um pouco o respirador, fazendo-o com silêncio o suficiente para eu me surpreender quando ela fala.

— Como você *sabe* que estamos indo para o templo certo?

— Quanto você sabe sobre os Eternos? — O básico do que sabemos sobre os alienígenas antigos é ensinado mesmo nas escolas normais, suponho, mas não sei o quanto Amelia frequentou a escola, então vou com cuidado.

Ela se ajeita, encostando em uma pedra e me encarando.

— Sei o suficiente — responde.

Não ajuda. Procuro meu tom menos condescendente.

— A transmissão que chegou cinquenta anos atrás, a que m... o dr. Addison decodificou na universidade, não deu só as instruções para construir o portal para Gaia.

— Também falava de como eles se destruíram — interrompe Amelia. — Que a tecnologia preciosa escondida aqui em Gaia é o legado deles, que só pessoas dignas poderiam herdá-la, blá blá blá. Não sou uma completa idiota, Jules, não cheguei aqui sem saber nada.

— Ah, mas, veja, o que muitos não sabem é que tem outro código dentro do primeiro. — Meu pai foi quem descobriu a segunda camada de código na mensagem dos Eternos. — É confidencial. Originalmente, achavam que era uma distorção na mensagem, mas, na verdade, era intencional. — É agora que minto para ela. Não sobre a existência da segunda camada de código, porque essa parte é verdade. Só minto sobre o que ela diz. — Sob as instruções para o portal estava um conjunto de coordenadas indicando qual estrutura continha a chave para encontrar as tecnologias preciosas deles — concluo.

— Quê? — pergunta Amelia, franzindo a testa. — A gente saberia se tivesse mais informações dizendo onde procurar. A AI é boa em guardar segredos, mas não *tão* boa.

Enxugo minha testa, feliz de ter resgatado um lenço da pilha de descartes quando Amelia jogou metade do meu equipamento fora.

— Guardou este — respondo. — Além disso, só alguns acadêmicos sabem traduzir.

A testa franzida de Amelia vira uma careta irritada, mas isso não me ajuda a mentir para ela: a expressão é quase tão atraente quanto seu sorriso. Mas um pouco do ceticismo de Amelia está abrindo espaço para curiosidade e ela se inclina para a frente.

— Você ainda está falando de Elliott Addison, né? Foi isso que ele tentou avisar na TV, antes de interromperem a transmissão. É por isso que ele foi preso. Você quer dizer que sabe o que ele sabe?

Entramos em terreno arriscado. Sei mais do que isso, mas não quero que ela note que está falando do meu pai. Ela é uma catadora e nunca serei capaz de confiar totalmente nela. Ela certamente não confiaria em mim, se soubesse de quem sou filho.

— Sei. E, antes que você pergunte, não, não vou dizer como sei. Não é parte do acordo.

Ela fecha a boca, franzindo a testa de novo. A expressão muda conforme ela reflete sobre o que eu disse e, finalmente, ela me encara com um interesse apreensivo.

— Quer dizer que você, basicamente, tem um mapa secreto que ninguém mais tem para a parte boa?

— Não é exatamente o que eu diria, mas... sim. — Estou mentindo. *Estou mentindo.* Não tenho escolha.

Ela me encara por um tempo, uma covinha na bochecha indicando que está mordendo o lábio.

— Imagino que você não tenha também um mapa de todas as armadilhas, perigos e quebra-cabeças lá dentro, daqueles que pulverizaram metade dos astronautas na *Explorer IV* no templo maior.

— Nada disso, não.

— Mas sabe ler o texto deles? Entende a língua?

— Tão bem quanto qualquer um — pauso. — Exceto por Elliott Addison, é claro.

Ela está me observando, estreitando os olhos, e por um longo momento de respiração suspensa, tenho certeza que ela descobriu. Tenho a pele mais clara do que a do meu pai devido à contribuição genética da minha mãe, mas temos o mesmo cabelo, os mesmos olhos, o mesmo queixo. Espero ela perguntar como sei o que sei. Alguém tão esperto quanto ela não aceitaria simplesmente a palavra de um desconhecido em relação a tudo isso. Ela vai exigir respostas a qualquer momento.

Só contei um pedaço da história.

É verdade o que eu disse sobre as camadas de código. Tem a primeira camada, contando sobre as riquezas dos Eternos, esperando que os dignos venham buscá-las.

Depois tem a segunda. A camada que achamos que era uma distorção no sinal, um probleminha sem consequências, ignorada por décadas. É diferente da primeira, foi enfiada ali na última hora. É deselegante, bagunçada... inconsistente, de formas difíceis de medir. Tem algo de *errado* que é difícil de determinar. E a mensagem transmitida é muito, muito menor do que a primeira.

Em um gráfico, a equação matemática da segunda camada de código forma o que se parece com uma espiral de

Fibonacci, como uma concha de Nautilus ou a Via Láctea, só que sutilmente alterada. Só tem uma palavra, mais difícil de traduzir por estar isolada. Mesmo assim, achamos que sabemos o que significa.

"Catástrofe." "Apocalipse." "O fim de tudo."

Foi essa camada secreta, com suas inconsistências científicas, que chocou meu pai. Ele já estava implorando para a AI ir mais devagar, tentar entender o que significavam as palavras antes de saquear Gaia como o mundo inteiro pedia. Aquela segunda camada mudou tudo para ele. Ali estava a prova, segundo ele, do que dissera desde o começo: os próprios Eternos estavam mandando avisos de perigo e, se a AI não pudesse justificar uma pausa em prol da descoberta, pelo menos *precisaria* parar por motivos práticos, pela segurança das expedições e da própria Terra.

Entretanto, os líderes da Aliança Internacional pesaram o bem de muitos – Los Angeles já tinha uma hidrelétrica funcionando por causa de um pouquinho de tecnologia Eterna – contra os avisos "sem fundamento" de um acadêmico já sem tanto prestígio e, claro, decidiram contra ele.

Então ele os desafiou. Tentou avisar o mundo. Agora está preso.

Só descobri o que precisava fazer umas duas semanas atrás. Estava encarando os mapas topográficos de Gaia de novo, estudando as linhas agora conhecidas pela milésima vez, quando, de repente, pisquei e me aproximei do mapa, sem ar.

Porque ali estava, no final do cânion, encostado em um penhasco: um templo pequeno e aparentemente irrelevante, na forma de uma espiral. Na forma da mesma espiral de Nautilus presente na camada secreta de código. Só alguns de nós sabem do Nautilus, e mal é uma manchinha na maior parte dos mapas, por isso a maioria dos catadores nem vai ligar para o templo.

É lá que descobrirei o que significa a mensagem. Onde saberei por que eles combinaram essa forma com o aviso que deram: *o fim de tudo*. É onde encontrarei respostas para as perguntas do meu pai.

Se precisar mentir para ela, que seja. Ela é o que tenho para substituir a expedição que deveria me apoiar, e minhas chances sem ela são, no máximo, pequenas. Então garantirei que ela tenha motivos para *querer* chegar ao templo. Mesmo que signifique mentir para ela sobre o que encontraremos lá.

Minha expectativa é que ela leia isso tudo no meu rosto, que ela simplesmente saiba. Que ela me acuse, se afaste, corra atrás de tesouros e me largue para sobreviver sozinho.

Em vez disso, ela se inclina para a frente, fica de pé com um gemido por causa dos músculos cansados e pega a mochila.

— Então é melhor continuarmos.

* * *

A bike devora o chão até o templo e, apesar de as voltas do cânion me deixarem enjoado, elas oferecem alguma proteção caso nossos novos amigos consigam consertar as bikes e seguir nosso caminho. Na última parte da viagem, entretanto, precisamos trabalhar juntos para arrastar a bike para cima do muro íngreme do cânion. De acordo com meus mapas, o templo deve estar logo depois da beirada de pedra.

Eu o vejo assim que chegamos ao topo. Uma estrutura enorme de pedra se ergue de frente para o penhasco no outro lado do vale, com paredes levemente curvadas no começo da espiral de Fibonacci que forma quando visto de cima. Estudei todas as fotos de satélite do templo, me imaginei em frente aos enormes pilares que sustentam a entrada mil vezes nas últimas semanas, mas nada me preparou para a realidade de uma estrutura construída por uma espécie alienígena.

Esse momento parece sagrado.

— Ei, Oxford!

É só quando Amelia empurra a bike contra mim que noto que larguei minha ponta, deixando que ela terminasse de carregá-la sozinha. Pego o assento, puxando a bike até o chão estável, então volto minha atenção para o templo mais uma vez.

— É isso? — ofega, claramente precisando de alguns minutos com o respirador.

— É isso.

Não consigo me conter. Vejo a câmara de entrada na minha mente. Se este templo for parecido com o fotografado pelos astronautas da *Explorer IV*, a antecâmara será coberta por entalhes frenéticos e abstratos. Os padrões e ondas de símbolos estarão riscados nas superfícies de pedra com uma exuberância violenta que me faz querer conhecer seus criadores, mas também me dá um pouco de medo. Largando minha mochila, ando para a frente antes mesmo de decidir me mover.

— Jules, espere! — Amelia agarra meu braço, me fazendo parar. — Faz um zilhão de anos que está aí, provavelmente continuará aí de manhã — diz. — Vamos evitar ser explodidos, derretidos ou retalhados hoje, tá? Já vai escurecer. Podemos dormir aqui hoje, as paredes do templo vão esconder as luzes do acampamento do resto do cânion.

Ranjo os dentes, me forçando a engolir um som de frustração. Ela está certa. Theós, sei que ela está certa e é exatamente por isso que preciso dela. Só que está *logo ali*. Sonhei com isso a vida inteira. Meu pai sonhou com isso a vida *inteira*. Uma pontada atravessa meu coração, me fazendo lacrimejar. *Ele deveria estar aqui.* Com uma expedição inteira de especialistas ao seu lado e o mundo inteiro prendendo a respiração, esperando para ver o que ele descobriria.

Preciso sentir por ele. Inspiro fundo, encarando o templo e deixando a euforia entrar.

— Não há mais nenhum lugar na Terra — digo, a empolgação ressurgindo, sufocando a frustração. — Nem a montanha mais alta, nem o deserto mais remoto, nem as profundidades mais obscuras do oceano. Lugar nenhum que ninguém tenha estado antes. Mas isto, Mia, isto é nosso. Temos o privilégio de ver outra cultura pela primeira vez. Outra espécie. Outro *mundo*.

Não consigo evitar essa empolgação que cresce em mim. Ela ainda está segurando meu braço para me impedir de correr, então seguro o dela de volta, me aproximando para abraçá-la e erguê-la do chão, girando em um círculo aberto.

— Nós! Primeiro!

Ela solta um ganido assustado quando giramos e bate em um dos meus braços. É seu corpo – rijo, tenso e forte – que me lembra de quem ela é. O que ela é. *Catadora*. Deixo-a no chão, tentando parecer casual, mas só conseguindo constrangimento. Ela está sorrindo, por mais que seja um sorriso pequeno e confuso.

— Vamos garantir que nossos primeiros passos no templo não sejam os últimos — diz, sem fôlego e com desdenho, mas vejo um brilho de empolgação em seus olhos.

Uma parte dela entende, sabe que isso não é só sobre saquear – não pode ser, por mais que você queira dinheiro. Por um instante, ela não é um deles. Ela é só uma garota, ao meu lado, em frente à entrada de um mundo alienígena antigo.

Pigarreio uma vez, então pigarreio de novo.

— Certo. Você tem razão. Eu só… Quero tanto saber por que eles nos trouxeram aqui. Que segredo estão escondendo, o que aconteceu com eles.

Ela sorri com o canto da boca.

— Desde que não esteja *morto* de vontade de saber…

Não consigo esconder meu sorriso, apesar do trocadilho horrível. Talvez um pouco *por causa* do trocadilho horrível.

— Pense só, Mia. Podemos encontrar qualquer coisa aqui. Amanhã, seremos os primeiros humanos no universo a pisar nesse templo.

AMELIA

A superfície deserta de Gaia fica fria demais quando os sóis se põem.

O termômetro do meu telefone avisou alegremente que estava só uns poucos graus acima de zero quando encontramos um bom lugar para acampar, abrigados do vento pelos muros do templo. Felizmente para mim, tenho alguma experiência com desertos no meu território de exploração, então não fui pega de surpresa.

Na verdade, Jules também não. Não foi pego de surpresa, quero dizer. Apesar de que, agora que eu o vejo cobrindo a camisa abotoada já não tão limpa com um suéter, não posso dizer que não gostaria de pegá-lo de surpresa.

Mia. Fique atenta ao que importa.

Preciso me concentrar no motivo para estar aqui. Antes que possa registrar o impulso, coloco a mão no bolso para pegar o telefone de novo. Está configurado para baixar automaticamente as mensagens quando a estação ou os satélites estiverem próximos, mas não estou esperando nada quando destravo a tela e confiro minha caixa de entrada. Algumas notificações indicam lances nos leilões de algumas das coisas que saqueei em Chicago, mas é difícil me preocupar com isso agora que estou tão longe. Se eu morrer aqui, o site de leilão vai simplesmente confiscar meus ganhos. É só quando o alerta que configurei com um ícone de óculos de sol em forma de coração aparece que meu coração dá um pulo instantâneo.

Evie.

Olho de relance para Oxford, que está curvado sobre o fogão-ondas, e me afasto um pouco. Coloco um fone de ouvido e começo a ver a mensagem de vídeo da minha irmã.

— Miiiiiiiia!

A voz dela, alta e clara em meu ouvido direito, faz meus olhos arderem imediatamente. Faz cinco meses que não a vejo.

— Sei lá se você vai ver isso, mas, se receber, já deve estar em Gaia... em *Gaia*! Tipo, caramba, você está me ouvindo falar em outra galáxia.

Dá para notar que ela gravou depois de um turno como garçonete na casa noturna. Apesar de ter vestido moletom e uma regata e tirado a maquiagem, consigo ver restos do batom que mandam ela usar e seus braços brilham com o creme de purpurina holográfica que usa para parecer mais gostosa.

Mais gostosa. Minha irmãzinha de quatorze anos.

É por isso que preciso tirá-la de lá. Por enquanto, ela só cuida dos pedidos de bebida. Mas quando ela fizer dezoito anos... o contrato não deixa que ela continue sendo uma garçonete para sempre.

— Queria estar aí com você — continua. — Bom, na verdade, nem queria. Na real, parece horrível. Impossível. Mas você gosta de fazer coisas impossíveis. Mal posso esperar para você voltar. Te encontro em Amsterdã.

Vimos um filme, quando fiz um gato na conexão de um vizinho, em que um casal planejava se encontrar em Amsterdã quando tivessem cuidado dos obstáculos entre eles. Nossa conexão roubada caiu antes do filme acabar, mas Amsterdã virou nosso objetivo final, o código para um futuro sem se esconder nem roubar, sem nossas brigas constantes sobre ela continuar a estudar enquanto eu trabalho, sem o medo constante de sermos descobertas como irmãs ilegais. Claro que nenhuma de nós terá dinheiro para ir à Europa; nossa Amsterdã sempre foi Los Angeles, onde a célula solar Eterna garante água limpa. Também garante que viver lá é caro, mas lugares caros costumam ser mais seguros, e com o que eu conseguiria ganhar em um lugar desses...

Depois da Evie se enrolar na casa noturna tentando ajudar a pagar nossas contas, achei o filme de novo e vi o final. Um dos apaixonados se mata e o outro vai trabalhar em uma lanchonete em Nova Jersey, onde precisa usar uma roupa de palhaço e fazer propaganda em esquinas. Nunca tive coragem de contar para Evie.

Evie fica em silêncio no vídeo, com uma cara dividida. Ela nunca quer falar de assuntos difíceis. Tudo é lindo e esperançoso; falar de medos, preocupações e dificuldades acaba atraindo essas coisas, nos aproximando do que é difícil. Vejo que ela está se esforçando para não jogar seu medo em mim. Finalmente, abre um sorriso enorme e frágil e diz:

— Estou com saudades. Se cuida. — Então, em voz baixa, quase como se esperasse que o microfone não fosse gravar, acrescenta: — Queria que você não estivesse sozinha.

Ela me encara através dos milhões de anos-luz entre nós. Então pressiona os dedos contra a boca e sopra um beijo, e a tela se apaga.

"Queria que você não estivesse sozinha."

Olho de relance para Oxford, que ainda está mexendo no fogão-ondas, parecendo um cientista maluco de um filme antigo.

Ele está tremendo enquanto "ajeita" nosso jantar, mas não sei se é por causa do frio, do ar rarefeito ou do seu corpo, que, apesar de esguio, é pequeno demais para conter o volume de empolgação que o percorre por estar tão perto de um templo Eterno. Achei que eu conhecesse empolgação; quer dizer, aquela vez que encontrei uma bike aérea Chevy '24 quase intacta nas ruínas de uma garagem desmoronada tem que ser um dos pontos altos da minha vida. Mas isso... se eu não estivesse aqui, Jules já teria atravessado a entrada do templo, tropeçando no escuro, provavelmente prestes a ser empalado por alguma armadilha pontiaguda.

Parece que estou segurando pela coleira um cachorro sentindo o cheiro de liberdade. Metafórica ou não, a coleira está no limite. Consigo sentir sua tensão, tão real quanto o frio entrando pela gola do meu moletom com forro de lã. Aproximadamente um milhão de perguntas dão voltas na minha cabeça, e sinto que as respostas podem ser perigosas, mas Jules está claramente decidido quanto a manter seus segredos.

Se eu pressioná-lo demais, ele pode decidir que não precisa de mim, afinal, agora que o trouxe para o templo. Mas não tem como um garoto adolescente simplesmente aparecer aqui, convenientemente trazendo o conhecimento que toda a espécie humana está tentando arrancar da cabeça de Elliott Addison. Vou descobrir como ele sabe o que sabe, e o que isso significa para mim, mas agora, enquanto ele vê seu objetivo tão próximo, não é hora de fazer perguntas difíceis. Melhor esperar até ele não poder evitá-las me deixando para trás. Não sou ingênua o suficiente para acreditar que ele não largaria o lixo catador com quem ele teve que se juntar assim que achar que é seguro me deixar de lado. Estar preparada com a maior quantidade de informações possíveis é a melhor forma de garantir que, se alguém for atacar, serei *eu* atacando *ele*.

— Qual é o cardápio de hoje, Oxford? — pergunto afinal, e seu olhar passeia novamente pelo muro arenoso, poeirento e genérico do templo ao nosso lado. Qualquer que seja o efeito da empolgação acadêmica, o jantar cheira bem, e não vou deixar um tipinho professoral impressionado queimar tudo porque acha que talvez um daqueles grãos de areia diga como os Eternos viviam.

— Hmm? — Seu olhar volta a ter foco depois de um momento de hesitação. Ele carrega uma lanterna que vira uma lamparina e, na luz fraca, consigo distinguir o brilho do seu olhar encontrando o meu. — Ah — continua. — Frango com calda de limão, acompanhado de arroz selvagem com funghi porcini e couve.

Pisco os dois olhos.

— Acho que ouvi "frango".

Sua boca treme, seus olhos brilham, e me pergunto se ele está tentando me entender também.

— É delicioso, prometo. Tenho alguns dias de comida de verdade, empacotada a vácuo, antes de termos que recorrer a medidas mais drásticas para nossa nutrição.

— Feijão enlatado não é uma medida drástica — retruco, na defensiva. — É gostoso.

— Depois de pimenta caiena, açúcar mascavo e mais uma meia dúzia de temperos para ficar palatável.

Ele tira o prato do fogão-ondas e cuidadosamente divide o conteúdo pela metade, servindo um pote para mim. Uma parte de mim quer mencionar que sou quase metade do tamanho dele e que ele vai precisar de mais comida do que eu. Mas a maior parte de mim quer comer tudo que puder desse tal frango com limão e arroz, então calo a boca e aceito o pote que ele oferece.

No entanto, volto a falar quando ele começa a guardar o fogão-ondas.

— Ei, espere. Jogue umas pedras aí.

Ele para, franzindo as sobrancelhas espessas como se me achasse doida.

— Jogar o quê onde?

— Esse troço esquenta coisas além de comida, né? Aquela lata de feijão quase queimou meu dedo.

— Sim, esquenta matéria inorgânica também.

— Bem, esquente umas pedras, enrole-as no cobertor

quando dormir, e você ficará quentinho. Não é tão bom quanto dormir de conchinha, mas dá quase na mesma.

Abro um sorriso brilhante, só para ver o que acontece. Mesmo se a luz estivesse mais forte, não sei se notaria se ele corasse, por causa da pele escura, mas, quando ele engole em seco e se vira para encontrar algumas pedras boas entre a bagunça, sei o que estou vendo.

Ponto. Ele pode achar que catadores são um lixo de gente, e que os saqueadores aqui de Gaia são os mais nojentos do lixão, mas ele joga no meu time e acha que sou bonitinha. Dá para trabalhar com isso.

Às vezes ser bonitinha atrapalha quando se está viajando sozinha. Não sou idiota. Mas é só olhar para Jules para saber que ele não é um cara *desses.* Tenho bastante certeza que ele é o tipo de cara que se desculparia na primeira vez em que beijasse uma garota, para caso tivesse feito algo errado.

Se, lá no fundo, ele ainda me acha bonitinha mesmo depois de saber que sou basicamente sua arqui-inimiga, então talvez a gente possa trabalhar juntos de qualquer forma.

Eu me enrosco no cobertor, seguro o pote de comida contra meu peito e o observo através da fumaça aromática que se ergue em frente ao meu rosto.

Estou tentando avaliar o que está sob aquela calça cáqui, aquela camisa de botão, aquele suéter de lã – não *desse* jeito, embora os hormônios façam o que fazem, não tenho culpa –, para descobrir se ele tem alguma capacidade atlética que complete a genialidade da qual se gaba. Ele é forte, mais do que eu esperaria de um tipo acadêmico: ele me deixou sem ar de tanto que me apertou quando estávamos na bike e manteve meu ritmo correndo. Mas não sei se ele tem o condicionamento necessário para quando entrarmos. Na real, sinceramente, não sei *qual* tipo de condicionamento precisaremos lá dentro. Só ia dar uma olhada nas antecâmaras do templo que nem o resto dos catadores; nenhum de nós tem a capacidade de avançar pela rede de armadilhas e truques dos Eternos que matou os astronautas da *Explorer*. Não sei se precisarei largá-lo para andar mais rápido, depois que ele me levar para além das barreiras de segurança dos Eternos.

Não quero largá-lo. Não só porque seu conhecimento será útil para descobrir que armadilhas os Eternos deixaram para matar pilhadores sem valor. Gosto desse cara. Ele é bonitinho, parece um cachorrinho perdido. Na real, ele é tão bonitinho que eu levaria para casa para conhecer meu cachorrinho.

Mas estou em Gaia. Em um planeta alienígena. Arrisquei minha vida, tudo que tenho, tudo que eu *poderia* ter, ser ou fazer, por esta oportunidade. Olhos castanhos enormes e um sorriso tímido que brilha no escuro quando ele me nota observando... isso eu posso encontrar quando voltar para casa. Talvez não seja o mesmo sorriso, nem os mesmos olhos, mas será alguma coisa.

Suspiro e dou uma mordida na comida.

Ah, cacete.

Devo ter feito algum som de muito prazer, porque, quando consigo erguer o rosto, vejo Jules me encarando, boquiaberto. Ele fecha a boca com um estalo. Definitivamente corado, mas, neste exato momento, não ligo.

— Isso é incrível pra *caramba* — solto, deixando o cobertor cair ao erguer a coluna para devorar o jantar.

Qualquer pensamento sobre aliados, traições e a cor dos seus olhos sai voando da minha cabeça. *Frango. O que quer que seja esse tal de porcini, já gostei.*

Só quando acabamos de comer, limpar os pratos e colocar pedras quentes em nossos sacos de dormir – o meu é um cobertor simples e grosso que enrolo; o dele é uma maravilha da engenharia da era espacial, com zíperes, bolsos acolchoados sei lá do quê e um travesseiro inflável na ponta – conseguimos conversar de novo. Tenho memórias vagas dele tentando puxar assunto durante o jantar, mas eu estava mais interessada no que minha colher dizia.

Agora, entretanto, olhando para a luz fria e azul da lamparina fraca e sentindo o frio do deserto no meu rosto, tudo que resta do frango é o calor no meu estômago e o cheiro de limão nos dedos. Sinto a realidade chegando de novo.

Bonitinho ou não... ele basicamente acha que sou um monstro. Ele acha que o que faço em casa é saquear, roubar, atos inteiramente criminosos; mesmo que ninguém vá voltar para buscar o lixo que ficou para trás quando as tempestades de areia varreram a Lincoln Square. Se ele acha que meu trabalho normal é um problema, vê o que estou fazendo aqui como muito pior, infinitamente pior. Para ele estou aqui para matar o que ele claramente dedicou a vida a descobrir e preservar. Sou um *monstro*.

— Por que Gaia?

As palavras dele surgem tão abruptamente da escuridão que me assusto, afastando o olhar da lamparina e procurando o dele do outro lado. Meus olhos estão tão afetados pela luz que só enxergo o rastro de imagem vermelho esverdeado, na forma da lamparina, dançando de um lado para o outro.

— Quê?

— Por que veio para Gaia para isso? As gangues de saqueadores, eu... bem, eu não *entendo*, mas sei por que estão aqui. Dinheiro leva pessoas a fazerem coisas muito idiotas, mas você... você não pode ter mais de, o quê, quinze anos? Você deveria estar na escola, deveria estar... deveria estar em casa.

Ele estava pensando exatamente a mesma coisa que eu. Tem tanto que eu quero dizer. *Que casa? Não vou à escola desde os treze anos. Não sou que nem você, não posso pensar no que "devo" fazer, só no que preciso fazer. Você não pode decidir que minhas escolhas são idiotas sem saber nada sobre mim.*

Em vez disso, o que respondo, em uma voz tão emburrada que pareço ter treze anos, é:

— Tenho *dezesseis*, Oxford.

— Tanto faz — responde, inalterado. — Mesmo que você tenha um motivo para não estar com seus pais, ou na escola, poderia procurar um trabalho que não incluísse "morte quase certa" no contrato. Você é jovem, você poderia...

— Ah, e você tem quantos anos, senhor "começo a faculdade adiantado ano que vem"? Trinta?

Agora que o brilho da lamparina está sumindo dos meus olhos, vejo que ele está franzindo a testa.

— Dezessete — admite finalmente. — Olha, Amelia, está saindo tudo errado. Não estou tentando... só... por que alguém como você precisaria do tipo de dinheiro que se consegue em uma expedição perigosa como essa, além do que um trabalho normal arranjaria?

— Alguém *como eu*? — Sei o que ele quer dizer quando diz "alguém como você". Ele viu o cabelo sujo com mechas azuis e cor de rosa e raízes castanhas aparentes, as botas velhas, o equipamento arranjado em restos de armazéns velhos; ele ouviu a gramática ruim, o conselho de alguém que viveu anos de crime. — Você acha que sou só uma catadora punk idiota de lixão que pensou "Ah, opa, vou subir de nível e pegar uma nave para o outro canto da galáxia", mas, como claramente sou pobre à beça, burra também, e nem sei te dizer o que é esse porcini que comi, não saberia nem o que fazer com umas cem mil pilas de artefatos eternos roubados, então era melhor achar a lanchonete mais próxima e...

— Acho que você é inteligente — interrompe Jules, em voz baixa. — E esperta, o que não é a mesma coisa. Acho que você está sofrendo com algo e não acho que gosta do que está fazendo aqui, mas é orgulhosa demais para admitir, então está colocando palavras na minha boca. E acho que você vai notar que não gosto nada disso.

O silêncio que se fecha sobre nós quando ele para de falar faz minha garganta doer. Estou zonza, uma combinação de exaustão, da comida mais pesada do que estou acostumada e da falta de ar. Algo no que ele acabou de dizer me faz querer cobrir o rosto com o cobertor e chorar, só um pouco, onde ninguém pode ouvir. Mas *ele* está aqui; ele ouviria.

Jules pigarreia, me avisando que vai falar.

— O que quero dizer é que você parece uma garota esperta e linda que poderia mais do que se sustentar de várias formas na Terra, o que significa que talvez eu esteja errado quanto a você, e não acho que estou, apesar de agora notar que não queria dizer "linda" porque não sei como afeta qualquer coisa... — Ele para, pigarreia de novo para se concentrar. — Ou eu estou errado quanto a você, ou você tem outro motivo para estar aqui — conclui.

Quem ainda chama alguém de "linda"? Meus pensamentos não param. *Isso não é um filme água com açúcar bobinho.* Resisto ao impulso de cobrir a cara com o cobertor e ignorá-lo. Nem estou mais sentindo frio no rosto, de qualquer forma.

Boa noite, Oxford.

As palavras se formam com clareza em minha mente. Mas então vejo o rosto de Evie, a mancha vermelha em seus lábios quando ela sopra um beijo, a esperança em sua expressão quando sussurra a palavra "Amsterdã". Quando abro a boca, digo outra coisa:

— Estou tentando comprar minha irmãzinha de volta.

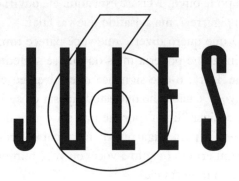

JULES

O amanhecer é frio e fraco, conforme os dois sóis de Gaia surgem sobre a beira do cânion. Metade do céu ainda é preta como nanquim, salpicada de estrelas espalhadas, mas a outra muda de um cinza metálico para um laranja suave. Ao meio-dia, já estará um forno de novo, mas agora o ar é fresco e eu viveria para sempre neste casulo prateado, sem reclamar.

Exceto, isto é, pelo templo ao nosso lado, que me atrai com uma força tão potente que eu quase acharia ser sobrenatural, se eu não a sentisse desde que aprendi sobre os Eternos com meu pai. Minha memória mais antiga é de me sentar no seu colo enquanto ele tentava trabalhar, e eu alternava entre tentar arrancar seus óculos e usar meus melhores lápis para pintar os símbolos nos quais ele trabalhava, a mesa coberta de gráficos. Foi essa minha jornada desde que nasci. Não sei quanto dormi à noite, tremendo com a necessidade de pular fora do meu saco de dormir e correr para a entrada do templo.

Ao meu lado, Mia se senta, tirando a máscara do respirador e apertando os olhos na direção da beira do cânion, como se ele fosse culpado por todos os seus problemas.

— Malditos sóis alienígenas idiotas — resmunga, transferindo a culpa. — Como é para eu saber que horas são quando tem dois sóis?

Eu me mexo até soltar as mãos, bato na tela e ligo o computador de pulso. Tiro minha máscara.

— Seis — digo, minha voz ainda rouca por causa do sono e do ar seco do respirador.

Mia me encara com um olhar que indica que me acrescentou à lista de coisas que culpa pela situação atual, mas, enrolada no cobertor como se fosse uma capa, se levanta devagar, mudando o peso de um pé para o outro para circular o sangue.

— Vou conferir o cânion, ver se encontro sinais de outros acampamentos.

— Vou fazer o café da manhã. — Me obrigo a me mover, fazendo uma careta quando cada músculo do meu corpo entra na fila para reclamar das aventuras do dia anterior. *E eu achei que estivesse em forma.* — Se encontrar algum grupo hostil, avise que precisamos de mais ou menos uma hora antes de estarmos prontos para sair correndo — continuo.

Isso merece um som que certamente não é uma risada, mas pode ser um parente distante de uma, espiando constrangido na beira da foto de família. Começo a trabalhar no fogão-ondas, preparando o café da manhã mais rápido que consigo. Só ganhei uma discussão em todo o dia anterior, mas, sentindo o cheiro de mingau e canela que me revive devagar, fico bem feliz que foi a respeito de guardar meus temperos.

Enquanto ela está longe, não consigo parar de pensar no que disse na noite anterior. *A irmã dela.* Ela não disse mais nada depois, só fingiu dormir, mas sei que era fingimento pelo ritmo variado da respiração. Ter uma irmã deveria ser ilegal, especialmente nos EUA, onde as leis de controle populacional são extremamente rígidas. Não sou tão ingênuo quanto ela supõe, entretanto. Posso imaginar o que aconteceu.

Recebemos a primeira transmissão Eterna há mais de cinquenta anos, mas o processo de decodificar a mensagem, construir o portal e testá-lo com sondas, drones e, por fim, missões tripuladas levou décadas. Só uns quinze anos atrás, quando eu e a Mia ainda éramos bebês, chegaram as primeiras imagens claras de Gaia. Foi nessa época que algumas pessoas começaram a desrespeitar as leis do filho único, achando que em um ou dois anos nos instalaríamos neste planeta e haveria espaço para todos criarem mais de um filho.

Eu e Mia ainda éramos crianças quando geólogos e astrônomos descobriram que um dos sóis de Gaia emite uma erupção solar a cada poucas décadas, como uma versão cosmológica do gêiser Old Faithful, acabando com qualquer esperança de que Gaia pudesse ser uma segunda casa para nós. Só as bactérias simples e unicelulares dos oceanos sobrevivem às erupções. A descoberta de vida tangível em outro planeta pasmou a comunidade científica quando chegaram as primeiras amostras, mas o resto do mundo estava mais concentrado na raça extinta de seres sencientes tentando se comunicar conosco. Para a maioria de nós, as bactérias são só um lembrete que nada mais complexo viveria em Gaia.

Por outro lado, sem essas erupções solares, não conseguiríamos datar as ruínas Eternas. As pedras usadas nas estruturas absorvem radiação a cada erupção solar desde a construção – ou seja, por menos tempo do que o chão e os penhascos ao redor –, o que permitiu que meu pai e seus colegas calculassem a idade dos templos, chegando ao valor assustador de cinquenta mil anos.

Mesmo assim, quer Gaia fosse a resposta para os problemas de superpopulação na Terra ou não, os pais de Mia desrespeitaram a lei.

A existência da sua irmã é ilegal, o que explica por que Mia precisaria fugir do óbvio pra ajudá-la a sair de qualquer que seja a circunstância na qual ela se encontra. Também complica meu papel nisso tudo. Por mais que eu sinta aversão a trazer uma catadora para o templo comigo, não posso negar a urgência de sua missão. Posso não ter vindo do mesmo tipo de submundo que Mia – posso nunca nem ter pisado nele –, mas sei o suficiente para entender que não é hipérbole quando ela fala em "comprar" a irmã de volta. A questão para ela não é só dinheiro, assim como não é para mim. E continuo a mentir.

Ficamos em silêncio durante o café da manhã e enquanto guardamos nossas coisas. Mia parece menos irritada, tranquilizada pelo mingau, mas o cabelo rosa e azul ainda está bagunçado, os olhos ainda sonolentos. Ela claramente não gosta de manhãs. Eu me acostumei, com relutância, aos anos acordando cedo para o treino de polo na piscina, mas agora não parece a hora certa para me gabar.

— Acho que a gente precisa começar os crimes do dia — proponho, procurando a etapa mais lógica.

Apesar da minha avidez para entrar no templo, me concentrar na fachada magnífica de pedra acima de nós é mais difícil do que eu esperava. Quero me concentrar na garota morta de sono ao meu lado. Depois de anos ouvindo que eu cresci rápido demais e que eu precisava relaxar e agir mais como o adolescente que sou, agora *não* é o momento para meus hormônios acordarem e decidirem fazer exatamente isso.

Entretanto, aparentemente a lógica não tem direito a voto.

Encaramos o templo que estamos prestes a desbravar. Colunas ladeiam os degraus, convidativas, levando à boca escura da entrada. De relance, um passante – se alguém passasse por Gaia – poderia achar que era uma relíquia de nosso próprio passado, combinando com a cidade rochosa de Petra ou os templos de Abu Simbel do Egito antigo. No entanto, o templo Eterno parece emergir do penhasco como se fosse orgânico, uma parte de Gaia, de uma forma que nenhuma civilização humana seria capaz de tentar. As pedras são cortadas de forma tão precisa que é impossível ver a ligação entre elas, exceto em alguns pedaços que a areia e o vento carcomeram ao longo das eras. Apesar da fachada à nossa frente ser feita da mesma rocha avermelhada do cânion abaixo e do penhasco acima, um brilho na porta escura me lembra de que podemos encontrar qualquer coisa ao entrar neste templo.

"Templo" não é a palavra correta – meu pai e seus colegas faziam uma careta sempre que a ouviam; preferiam "estrutura" ou "complexo", por não ter conotação espiritual –, pois não há sinais de religião na transmissão ou nas mensagens crípticas dos Eternos em Gaia. Não há provas de que as estruturas foram construídas para honrar uma divindade ou abrigar os mortos. Mas aqui, expirando vapor no que resta da noite do deserto e vendo o amanhecer delinear os penhascos dourados, a palavra "estrutura" soa oca.

Entendo por que os primeiros astronautas na superfície de Gaia, também cientistas, sussurraram a palavra "templo".

Bancos e supermercados são estruturas. Estruturas são construídas, usadas, destruídas, reconstruídas, recicladas e acabam como papelão e plástico. Este lugar... este lugar pesa de tanta importância. Atrai, como os sinos da igreja chamam a congregação para a missa ou o almuadem convoca os fiéis a rezar. Espera com gravidade e consequência, com a serenidade antiga de um carvalho gigante. Não preciso escanear os níveis de radiação nas rochas para saber por quanto tempo nos esperou, porque é o tempo que eu também esperei: *desde sempre*.

O momento me carrega tão abruptamente que meus joelhos querem ceder, me deixando perdido, a esmo, incapaz de me mover, como se estivesse em gravidade zero. Desvio meu olhar e vejo Mia, olhos arregalados e respiração irregular enquanto encara o templo. Observo seu rosto, vendo como o medo em seus olhos não chega nem perto de ganhar da determinação firme de sua boca. De repente, meus pés estão no chão de novo.

— Precisamos tomar cuidado — minha voz é seca e áspera, como a areia no chão, e obrigo meus pés a se moverem.

— Quando estivermos lá dentro, não podemos nos separar, não podemos correr, não podemos nem atravessar uma porta sem pensar direito antes.

Sou recompensado com uma revirada de olhos enquanto andamos na direção dos degraus.

— Quer dizer que eu *não* devo sair correndo por uma tumba alienígena cheia de perigos e armadilhas? Vi o que aconteceu com a equipe da *Explorer IV*. Não me ofereci para ter o mesmo destino.

Faço uma careta. *Todo mundo* viu o que aconteceu com a equipe da *Explorer IV*, os primeiros astronautas a pousar em Gaia. No desespero por boa propaganda, a Aliança Internacional aceitou transmitir a exploração ao vivo por satélite, assim como fizeram com a ida à lua, muito tempo atrás. Isso significa que todos ouviram os gritos quando metade da equipe foi pulverizada depois de atravessar alguns cômodos do templo.

Depois disso, ficou claro que, sem alguém para servir como guia, alguém capaz de traduzir os avisos e instruções do templo, qualquer exploração além das antecâmaras dos templos seria praticamente impossível. Apesar de outras pessoas serem capazes de ler os símbolos, há uma diferença entre *ler* e *entender*. A nuance na tradução da língua Eterna não foi dominada por muitos.

Mia muda o peso de um pé para o outro e os cadarços das botas rangem em protesto.

— Olha só, Oxford — diz, com a voz mais suave. — Não é minha primeira vez. Sei me cuidar.

— E faz anos que treino para um momento como este — digo, apesar de, por dentro, pensar que o verão que passei limpando fragmentos de ossos hominídeos antigos na África do Sul não me preparou tanto para isso. — Mas nenhum de nós fez algo assim antes. Preciso que confie em mim no que disser respeito a interpretar a escrita, transmitir os avisos. Precisamos cuidar um do outro. — "Confie em mim", continuo a dizer, minha própria voz ecoando como um coro cômico. As palavras têm gosto de areia.

Ela demora para responder, chegando à base da escada e parando para olhar na minha direção. O que quer que ela tenha visto a faz sorrir; ela não curva a boca, mas seus olhos mudam, calorosos, enrugando na lateral.

— Pode ir — diz, devagar, observando meu rosto. — Não me importo em ser a segunda na História.

Sei que estou sorrindo como um idiota, mas não consigo me importar. *Ela entende.*

No complexo maior, a equipe da *Explorer IV* só ativou armadilhas depois de passar por várias salas do templo. Mesmo assim, meu corpo está rígido de preocupação, cada nervo em alerta enquanto subimos os degraus, quebrando o silêncio do amanhecer com o som dos passos. Precisamos escalar a escada; os degraus são um pouco mais altos do que é confortável, mesmo para alguém alto como eu. Não foram exatamente construídos na nossa escala, mas por pouco. O mundo passou anos especulando sobre a aparência dos Eternos, do sensacionalismo frenético dos filmes e livros sobre os Eternos às teorias cuidadosamente construídas da comunidade científica, mas até as teorias mais plausíveis não passam muito de chutes. Sabemos que eles deviam ser só um pouco maiores que a gente, considerando a escala das estruturas que construíram, mas, fora isso... não havia imagens deles entre os símbolos fotografados pela equipe *Explorer*. A não ser que as imagens estejam escondidas nos centros não explorados dos templos, os Eternos não deixaram sinal de sua aparência.

Estendo a mão para acender a lanterna que carrego na cabeça quando chegamos à entrada e até as pontas dos meus dedos parecem tremer de expectativa. Somos os primeiros humanos a entrar neste lugar.

— Só um passo para entrar na antecâmara — murmuro e ela concorda ao meu lado. — Então paramos e procuramos instruções.

Então, com um passo como qualquer outro – exceto o fato de talvez ser o passo mais importante da minha vida –, atravesso a entrada e piso na primeira laje.

Espero um momento e, quando nada acontece, me afasto para o lado para Mia se juntar a mim. Juntos, erguemos a cabeça e examinamos as paredes ao nosso redor. Estamos em uma câmara elevada, que se estende por muitos metros para cada lado. Uma enorme espiral composta por sequências longas de símbolos Eternos está entalhada em uma das paredes. Meu olhar recai sobre elas imediatamente e meu coração quase sai do meu peito: é a espiral de Nautilus, a forma escondida no código que me trouxe até aqui. Estou no lugar certo para desvendar o mistério.

Há uma energia nos entalhes, apesar de sua natureza estática, e os desenhos quase parecem se mover em meio às partículas de poeira que dançam na luz da lanterna. É assustadoramente familiar e absurdamente desconhecido ao mesmo tempo. Deixa meus cabelos em pé.

— Minha nossa — solta Mia ao meu lado. — Ela não tem uma lanterna como a minha no capacete, mas acende uma luz presa ao punho, uma ferramenta rudimentar de fibra ótica que ilumina o que ela aponta. — As imagens que a *Explorer IV* mandou não eram *assim* — continua.

— O lugar que eles exploraram não era o mais importante — murmuro. — Também nunca vi um padrão desses. A transmissão que o dr. Addison decodificou não tem fator estético e a equipe da *Explorer IV* estava mais interessada em sobreviver do que em fazer bons registros visuais. Esses símbolos são quase artísticos, apesar de talvez ser só projeção, já que somos programados para ver simetria e padrões e...

— Oxford.

Quando olho, ela está erguendo uma sobrancelha, com uma expressão confusa e os braços cruzados.

— Certo.

Claro, ela não tem motivos para se interessar pela forma de espiral. Preciso ver mais do que isso; preciso ver o máximo possível, se quiser entender do que se tratam os avisos. Precisamos continuar.

— Vou só tirar umas fotos — digo. — Tem texto por todos os lados aqui, não só nessa parte maior perto da entrada. Talvez eu possa decifrar um pouco quando pararmos para descansar. — Apesar de querer me sentar no chão e pegar o caderno aqui mesmo, me obrigo a fazer um arco com minha unidade de pulso, registrando as imagens. — Vejamos... — continuo. — A língua da transmissão original era de origem matemática, assim como esta língua escrita. As linhas de cada símbolo são determinadas por valores numéricos que correspondem a palavras e conceitos da transmissão, mas, aprendendo os símbolos, dá para ler quase como qualquer outra língua.

— Quase? — a voz de Amelia está tensa.

— Bem, alguns parecem mais com letras, como um alfabeto, e outros são palavras completas, até ideias. Os conceitos abstratos nem sempre são tão fáceis de entender. Este grupo aqui transmite um sentido de... — Preciso parar para procurar as palavras corretas. — Haverá consequências por andar aqui — prossigo. — Seguindo para o topo do arco, vemos o símbolo que os Eternos usavam para se referir a si próprios, aquele que parece um meteoro atravessando o céu. Quer dizer que é o lugar deles, território deles.

— Hm — murmura ela. — Você sabe *mesmo* ler. Diz onde está a tecnologia?

Escolho ignorar a surpresa, assim como a pergunta – um lembrete desconfortável de que ela *não* está aqui só pela alegria da descoberta –, e continuo.

— Esta parte do outro lado do arco indica aprendizado e educação, o que significa que precisaremos usar conhecimento para atravessar o templo. Esta outra parte aqui demarca a importância deste templo como maior do que os outros da área... falei que nossos amigos estavam procurando no lugar errado! Também diz que o que procuramos estará bem no centro do templo. Ou talvez no fundo, porque eles não parecem pensar exatamente como a gente em relação às três dimensões espaciais.

— Bem no centro — repete, a resposta seca misturada com o alívio óbvio de eu estar certo ao trazê-la aqui em vez do templo maior. — Claro. Depois das armadilhas.

— Exatamente.

— E você tem certeza que tem alguma tecnologia que eu possa levar? Não posso pagar minhas dívidas com fatos interessantes e análises culturais, Oxford.

Não tenho coragem de olhar para ela ao responder. De repente, "ela é só uma catadora" não parece um motivo bom o suficiente para sacrificar seus interesses em benefício dos meus. Prometo para mim mesmo, de novo, que darei um jeito de ela tirar algum dinheiro disso tudo.

— É exatamente o que eu esperava — digo.

Ela não parece notar que não é uma resposta ao que perguntou.

— Imagino que esses entalhes não digam que armadilhas devemos esperar?

— Temo que seja caso a caso — digo, testando com cuidado a laje seguinte com o pé e dando um passo à frente. — Podemos tentar adivinhar, baseados no que aconteceu com a *Explorer IV*. Algumas serão clássicas, armadilhas antigas feitas para aguentar a passagem do tempo. Pedras que caem, estacas que surgem do nada, coisas assim. Outras serão mais tecnológicas.

— Eu assisti a todos os vídeos da *Explorer* na internet — diz, seguindo minha deixa e testando cada laje cuidadosamente com o pé antes de pisar. — E também alguns confidenciais que a Mink, minha patrocinadora, arranjou. Mas você é o especialista. E agora?

— Boa pergunta — murmuro, encarando os símbolos. — Esta sequência diz que esta sala é segura, mas que a próxima conterá nosso primeiro teste. — Mesmo assim, ando com cuidado, ciente de que *acho* que sei ler os símbolos nas paredes, mas que posso facilmente errar simplesmente por não ver o mundo da mesma forma que os criadores.

Noto que Mia não está me seguindo e paro. Parece perturbada, mordendo o lábio. Começo a reconhecer essa expressão como sua "cara pensativa", mas a forma da sua boca me distrai e preciso parar de encarar.

— Mia?

— Sei lá. — Ela treme, como se para afastar um calafrio. — Só esperava que parecesse mais... alienígena — completa.

— Como assim?

— Quer dizer, este lugar parece com as Pirâmides, ou com aquela parada lá no... Camboja, sei lá...

— Angkor Wat — interrompo, sem conseguir conter o impulso.

— É — continua, distraída, sem parar. — Isso. Ou Stonehenge. Quer dizer, não é estranho que esses templos estejam aqui? O espaço é praticamente infinito, com possibilidades infinitas e formas infinitas para a vida, e estamos explorando um templo com degraus e portas. Só parece... estranho. Podia ter sido construído por nossos ancestrais.

Ela é muito mais perceptiva do que parece, e me pego na dúvida sobre o quanto disso é meu preconceito e o quanto é o fato de que ela não demonstra quão esperta é.

— Verdade — admito. — Mas os Eternos estavam viajando pelas estrelas antes de nossos ancestrais aprenderem a fazer fogo. Eles escreveram essas mensagens e foram extintos antes do primeiro ser humano aprender *como* escrever.

— Mas é só uma estimativa — protesta Mia. — Datam com radiação, né? Podem estar errados.

— Podem errar por umas centenas de anos, claro. Mas as pedras deste templo estão absorvendo radiação solar já faz cinquenta mil anos.

— E mesmo assim... — murmura.

— Não é *tão* estranho. Acontece muito na Terra. Evolução convergente. Duas criaturas completamente distantes acabam com os mesmos traços porque evoluíram em ambientes parecidos. Pense em pássaros, morcegos e borboletas. Não têm nenhum antepassado alado em comum, mas ter asas é um desenvolvimento útil, então todos acabaram assim. Ou golfinhos e tubarões. Nada relacionados, mas acabaram com mais ou menos a mesma forma e com muitas das mesmas características, porque encontraram um nicho em que funcionavam.

— Quer dizer que estamos no mesmo nicho que os Eternos? — pergunta, olhando para si e depois para mim, como se nos avaliasse.

— Talvez — digo. — Não temos como saber quão parecido eles eram com a gente fisiologicamente, mas talvez algo na nossa evolução tenha facilitado o fato de sermos a espécie dominante no nosso planeta e talvez seja o mesmo em outros lugares. É verdade que não há cidades ou registros que indiquem que eles evoluíram aqui, mas o fato de os Eternos escolherem Gaia para construir as estruturas sugere que conseguiam respirar nesta atmosfera, assim como nós. Faria sentido que duas espécies inteligentes que precisam de ambientes parecidos para sobreviver tivessem alguns traços em comum.

A careta de Mia fica mais leve e ela treme de novo.

— Vamos só continuar.

A passagem leva a uma caverna vasta, com um abismo escancarado poucos metros à nossa frente. Só uma ponte estreita de pedra atravessa o buraco até o outro lado, onde uma porta de pedra bloqueia a saída. A ponte em si é lindamente simétrica, tão matematicamente precisa quanto uma das nossas próprias pontes suspensas. Apesar de parecer intacta, não é difícil imaginar o destino que aguarda qualquer um que der um passo em falso.

— Você acha que é simples, só atravessar? — pergunta Mia ao meu lado; o LED em seu punho brilha futilmente na direção da escuridão impenetrável lá embaixo.

Estou examinando as paredes, procurando entalhes que contem como resolver o desafio que os Eternos criaram para nós. Encaro as fileiras de símbolos, deixando as traduções se abrirem devagar em minha mente. É uma narrativa: a mesma história da transmissão original, eu acho. Tiro uma foto cuidadosa com minha unidade de pulso. Posso traduzir mais tarde, quando pararmos para usar os respiradores.

O que não está entre os símbolos, entretanto, é qualquer coisa que pareça com instruções para lidar com a ponte.

A única coisa que não entendo é uma curva leve entalhada na pedra acima da porta do outro lado, que não se parece em nada com os símbolos que estudei, nem com a espiral a respeito da qual vim aqui para aprender mais.

Deve haver uma resposta em algum lugar, mas, se for o caso, não está nos símbolos que fui treinado para ler. Passo uma hora inteira examinando cada centímetro de parede que nossas lanternas alcançam, em busca de pistas. Finalmente, com o coração na garganta, piso na ponte.

Parece sólida e firme, mas ainda sinto o coração batendo com força contra minha costela. Agora que estou iluminando diretamente a pedra da ponte, vejo que não é o mesmo tipo de rocha do resto da sala. Não foi simplesmente entalhada ou construída com a rocha dos penhascos.

O material da ponte é estranhamente cristalino, percorrido por estrias com um leve brilho que escapam dançando da minha vista assim que tento me concentrar. Em um instante há um padrão e, no instante seguinte, quando acho que vou entender, já sumiu. Não é exatamente um circuito, mas é... alguma coisa.

Isso, o desconhecido brilhando nas pedras da ponte, me assusta ainda mais do que a ponte em si.

Felizmente, a ponte não é tão longa, e foi tão precisamente construída que, apesar de uma rachadura aqui e uma lasca faltando ali, nem treme até eu chegar do outro lado, que dá bem na porta de pedra selada para a próxima sala. Vou devagar, procurando avisos na superfície, antes de colocar minha mão na porta, com cuidado. Depois apoio meu ombro... e, finalmente, o peso do meu corpo inteiro. Não se mexe. Meu esforço nem causa uma queda de areia ou cascalho. Não há sinal de maçaneta ou de qualquer outro mecanismo para abri-la.

— *Perfututi* — resmungo.

Depois de algum tempo, sou obrigado a fazer o caminho de volta, e é então que eu vejo. Arranhado em uma pedra no lado da ponte, uma pequena forma. Como uma nota, um detalhe acrescentado rapidamente no último minuto, sem sinal de cuidado dos outros símbolos.

É o Nautilus, escondido onde ninguém o veria, a não ser quem estivesse procurando na câmara toda por uma pista para atravessar a ponte em segurança. A palavra que o acompanhava na transmissão original não está ali, mas minha memória oferece a tradução sombria mesmo assim: *Catástrofe. Apocalipse. O fim de tudo.*

Pelo menos significa que estou no lugar certo para desvendar meu mistério. Só queria estar sentindo menos calafrios enquanto o faço. Eu me ajoelho, fingindo inspecionar a própria ponte. Explicar o Nautilus para Amelia significaria expor minha mentira.

— Você ouviu isso? — pergunta Mia, franzindo a testa e apontando a luz ao redor da sala. — Alguma coisa chacoalhando?

— A sala provavelmente está canalizando vento do deserto — respondo, sem tirar o olhar da forma na minha frente.

— Hmm...

Mia está andando para o lado, seguindo o som do vento. Ela continua falando, mas sua voz é um zumbido no fundo da minha mente, enquanto fotografo cuidadosamente o Nautilus – e a linha saindo dele, que nunca vi – com minha unidade de pulso.

— Sim — digo, quando uma pausa parece sugerir que ela está esperando eu dizer algo, e só noto tarde demais que não sei com o que concordei.

Ergo a cabeça de uma vez só e meu coração para. Ela subiu em uma plataforma ao lado da entrada, que fica escondida quando se está na entrada, como eu estava.

— Olha só, parece um tipo de trinco.

— Espere... espere, não...

Mas ela já segurou, e o mecanismo antigo cede sob seus dedos, permitindo a uma peça de pedra descer, entrando na rocha e abrindo um canal que solta um pequeno vendaval que quase a derruba de susto.

Apesar do vento em si assustar, nenhum de nós está preparado para o que ele causa: uma série de notas estridentes e dissonantes enchem a sala, nos forçando a cobrir os ouvidos com as mãos. Mia grita algo, tentando, sem sucesso, puxar a peça para bloquear o vento de novo.

Esquecendo o Nautilus, corro para me juntar a ela, meio furioso, meio empolgado.

— Você precisa tomar mais cuidado! — digo em meio às notas incômodas, que são ocas e ressonantes como um fagote grave.

— Você disse sim! — retruca ela.

Theós, preciso prestar mais atenção com o que concordo.

Ela me poupa da necessidade me justificar, apontando para baixo, onde uma sequência de cinco buracos na plataforma de pedra segue a mesma curva do alto da porta imóvel.

— Diga, Oxford. Acha que há alguma relação?

Se estivesse silêncio, eu seria obrigado a admitir que ela está certa. No entanto, com o barulho da "música" sendo como é, só respondo sacudindo a cabeça, e nós dois nos inclinamos para a frente para inspecionar a peça, o vento jogando o cabelo de Mia para trás. Ela se ajoelha e cobre um dos buracos com a mão, fazendo com que uma das notas pare de soar.

— Parece alguém soprando uma garrafa — diz, se movendo para cobrir mais buracos com o corpo, abafando um pouco a cacofonia.

— Parece horrível para caramba, isso sim.

Quero muito admirar os Eternos neste momento, mas os dois buracos que continuam descobertos estão só sutilmente desafinados entre si, fazendo meus dentes doerem.

Ela olha para mim e aponta com a cabeça para o lado.

— Fique ali em frente ao vento, por favor? Para ganharmos um pouco de silêncio.

Obediente, apoio os ombros contra o canal, sentindo o vento tentando me expulsar. Os buracos da plataforma estão quase silenciosos agora, exceto pelo vento ocasional que escapa de trás de mim. Agora que as coisas estão um pouco mais calmas, vejo que a peça de pedra que desceu é feita do mesmo tipo de rocha cristalina estranha da ponte.

— O que significam? — pergunta ela, apontando para os poucos símbolos entalhados na parede.

— Nada de útil — digo. — Dizem o que já sabemos, que temos que passar no teste, e acho que começam a contar a história dos Eternos.

— E aquilo? — pergunta, apontando para a curva acima da porta distante e em seguida traçando os buracos no chão.

— Não sei... não é um símbolo Eterno.

— Bem, precisa significar alguma coisa, né? Se não fosse o caso, por que estaria ali?

Ela se inclina para a frente para iluminar os buracos, pensativa.

— Talvez não seja uma língua — propõe. — Talvez seja matemática.

— Matemática? — Olho para ela de lado, me esforçando para manter as costas contra o túnel de vento.

— Isso. Você disse que as letras são baseadas em matemática, e a transmissão original também era matemática, certo? — Ela olha para mim. — Talvez isso também seja. Tipo... sabe, quando você marca pontos em um gráfico e eles formam imagens.

Eu pauso, olhando para a ponte. Daqui, não dá para ver a forma do Nautilus marcada do outro lado. O que ela está mencionando é exatamente como meu pai encontrou a espiral: equações escondidas no fundo do código Eterno que, em um gráfico, formavam a imagem que me trouxe até aqui. Respiro fundo.

— Mas não tem número nenhum, nem símbolos para...

— Não, não são símbolos... olha.

Ela desce para pegar uma pedra solta e sobe de novo para perto de mim.

Antes que eu possa impedi-la, ela usa a pedra para marcar linhas na plataforma. Estou tão chocado pela destruição casual deste lugar antigo que não consigo formar um discurso para impedi-la, só a encaro.

Ela marca duas linhas cruzadas para fazer os eixos do gráfico, então arranha uma curva conectando os buracos na pedra. Em seguida, franze a testa, mordendo o lábio enquanto examina o resultado, batendo a pedra contra o queixo e parecendo exatamente um dos colegas do meu pai com uma caneta em frente ao tablet. Por fim, ela faz mais marcas, uma linha horizontal atravessando o primeiro buraco, outra atravessando o segundo, e assim por diante.

Meu pé escorrega e desisto de tentar bloquear o vento. Há uma enchente de som discordante por alguns momentos antes de eu me ajoelhar e cobrir os buracos que minhas mãos e um pé alcançam.

— Sei que já faz uns cinquenta mil anos, mas seria bom se eles fossem mais caprichosos ao afinar os instrumentos.

Ela pisca e me encara.

— Afinar? — Antes que possa responder, ela abre um sorriso enorme. — Afinar... — diz. — Você é um gênio, Jules. É esse o desafio. Precisamos *afinar* isso.

— Como se afina buracos no chão? — pergunto, descrente.

— Bem... — Mia hesita, experimentando cobrir e descobrir o segundo buraco com a mão, ouvindo a dissonância horrível entre ele e o primeiro. — Se fosse um instrumento de sopro, seria preciso encurtar os tubos para... — Ela olha para mim de repente. — Cadê sua garrafa d'água?

— Minha garrafa d'água?

— É, você tem um daqueles troços caros de condensação de ar, não tem? Vai encher com a água que tira do ar. Podemos usar para jogar água nos buracos e encurtar os tubos.

Pego a garrafa, atento demais à preciosidade do que estou emprestando. Por outro lado, se não passarmos pela primeira porta, nem ter uma piscina cheia d'água teria alguma serventia.

— Como sabemos o jeito certo de "afinar" os buracos?

— Com o símbolo. O gráfico. O que quer que seja. — Ela indica as linhas que marcou com orgulho e preciso me conter para não explodir com todos os motivos pelos quais ela não devia ter feito o que fez, vandalizando uma descoberta tão preciosa. — Os buracos são pontos na curva, números na equação — explica. — Se você considerar o primeiro buraco um tubo ou uma garrafa cheia de ar, precisamos que o segundo buraco fique metade cheio... porque o ponto está na altura média do gráfico.

Encaro ela.

— Hm... quê?

Ela faz um gesto, rejeitando minha incredulidade.

— Confie em mim — diz. — Matemática é meio que a única coisa que sinto falta da escola. Números são minha praia, sempre fazem sentido, são sempre iguais. Aqui, são frações. Um sobre um, um sobre dois, ou seja, metade, um sobre três...

Um por um, ela coloca água nos buracos. Uma por uma, as notas sobem de tom. O segundo buraco, meio cheio, toca a mesma nota que o buraco vazio, mas uma oitava acima. A terceira nota sobe até harmonizar com as duas primeiras, fazendo o ar ressoar.

De repente, a depredação da pedra aos nossos pés não é minha maior preocupação. A simples genialidade do quebra-cabeça faz com que eu sinta dor por saudades do meu pai. Eu daria qualquer coisa para ouvir o suspiro que ele sempre dá ao descobrir algo novo, para ver a forma como as rugas apertam ao redor dos olhos quando ele sorri como um adolescente. Ele se inclinaria para tão perto da pedra que quase encostaria o nariz nela, então se lembraria dos óculos e os abaixaria, se afastando um pouco.

— Você está fazendo harmonias com um templo alienígena antigo, Mia — murmuro, só para vê-la olhar para mim e sorrir com deleite. Não é o sorriso do meu pai, mas é difícil olhar para outra coisa. É difícil não olhar para *ela*, alegre assim.

Acabamos o trabalho juntos, enchendo cada buraco de acordo com o que o arco na pedra indica e, desta vez, quando me afasto, tudo toca de uma vez.

É um acorde. Lindo, emocionante, ressoando com a sala até as solas dos meus pés doerem, até minha cabeça zumbir, a sala balançando ao meu redor...

Mas a sala *não* está balançando. É a ponte.

Com a voz de Mia soando nos meus ouvidos, lembrando que matemática é música e música é matemática... de alguma forma, os Eternos *afinaram* a ponte na mesma frequência que o acorde. Está se retorcendo, a própria pedra se deformando, brilhando na luz das lanternas. Enquanto meu coração pesa, enquanto penso que acabamos a jornada antes mesmo de começar, que a ponte vai cair no abismo a qualquer momento...

A porta se move.

A ponte está presa sob a porta e, com cada flutuação, ela empurra a pedra um pouco mais para o lado. Alguns segundos depois, a porta estará aberta o suficiente para passarmos.

Não preciso falar para saber que Mia está pensando exatamente o mesmo que eu: que atravessar a bela ponte de pedra era uma coisa quando a sala estava quieta e parada. Agora, com cada lado subindo e descendo como uma onda...

— Precisamos ir — digo, tentando não pensar no abismo. — Se ficarmos no meio, as ondas não vão nos derrubar. Só vão se retorcer ao nosso redor. Eu... vou primeiro. Fique aqui. Se qualquer coisa der errado, talvez você possa voltar para o começo.

Mia começa a protestar, mas olha de volta para a entrada do templo e sei que está pensando na irmã que mencionou. Não pode ajudá-la se morrer.

— Tá — sussurra. — É bom que a tecnologia do outro lado da porta valha uma verdadeira *fortuna*. Vamos lá.

A ponte balançando sob meus pés faz com que eu queira me jogar na pedra e me agarrar com força, mas me obrigo a prestar atenção no destino, não no caminho incerto e ondulante. Minhas pernas parecem mais moles a cada passo, mas repito para mim mesmo que é só medo, só exaustão, só...

— Está piorando? — A voz de Mia, vários passos atrás de mim, está aguda, em pânico.

Cometo o erro de olhar para ela. De onde estou, vejo quase toda a ponte atrás de mim, se sacudindo com tanta força que os lados estão quase acima da cabeça de Mia e ela está precisando se esforçar para continuar de pé.

Está claro que a ponte foi formulada para se mover, para abrir a porta. Mas isso... alguma coisa está errada. Tempo, erro de cálculo, algo que não fizemos direito... a ponte está se destruindo, as ondas harmônicas se somando uma à outra. E Mia ainda está na metade do caminho.

— Corra! — grito, e ela obedece sem hesitar. Mas um grito de rochas cobre a música assustadora das flautas de pedra dos Eternos, e um pedaço enorme da ponte atrás de Mia desaba.

Ergo o rosto na direção dela bem em tempo para nossos olhares se encontrarem.

Então a pedra cede sob seus pés.

Ela some com um berro quando a ponte desmorona, os dois primeiros terços arrancados do outro lado, descendo e descendo pelo abismo. O rangido da pedra quebrando e o rugido das rochas caindo afogam o resto do grito de Mia e da música, até a ponte destruir a plataforma, silenciando a flauta antiga para sempre. Não consigo me mover. Não consigo pensar.

É só então que meus ouvidos distinguem uma sequência de palavrões sem fôlego e minha mente acende novamente. Vejo algo pálido na escuridão e percebo que é uma mão, se agarrando com força a uma ponta de rocha. Mia deve ter se jogado pelo ar para se segurar ali antes de o resto da ponte cair.

Eu me jogo até a borda antes mesmo de processar que ela está viva, antes de meu cérebro avisar que ir atrás dela pode ser um plano fatal. Quando a pedra sob meus pés treme, fazendo meu corpo inteiro se encolher e se revirar, preciso me obrigar a avançar com um cuidado agonizante para evitar outro desmoronamento. Meu coração bate no ritmo do "não, não, não, não" em refrão no meu cérebro conforme eu testo cada pedra antes de transferir meu peso, conferindo se mais alguma parte da ponte vai quebrar.

— Se segure.

— Acha mesmo? — ofega Mia, sua outra mão aparecendo na beira da pedra enquanto ela geme de esforço.

Dou um passo para continuar, rápido demais e impaciente, e um pedaço de pedra cede. Parte da ponte restante se desfaz e meu braço escorrega pelo vão que ela deixa, fazendo meus dedos se agarrarem ao vazio. Por um momento, juro ter visto um circuito, mas não posso olhar de novo. Cheio de adrenalina, ofegante, volto para trás e me obrigo a passar por cima, conferindo a pedra do outro lado.

Levo um momento para notar que não ouvi os destroços atingirem nada. O buraco é *fundo*.

Uma das mãos de Mia some e reaparece pouco depois, segurando o tal canivete. Ela bate com o canivete na pedra algumas vezes, e de repente pontas brotam dele, fincando-se na rocha para que ela se segure melhor. Ela geme de novo e, por um instante, seu rosto aparece um metro à minha frente, os olhos tão arregalados que vejo a parte branca em todos os lados. Então a pedra range em aviso e ela desiste de tentar se erguer, congelando no lugar.

Finalmente, *finalmente*, eu chego e me abaixo, deitando de barriga, rezando para a ponte aguentar quando estendo a mão para segurar seu bíceps, deixando que ela segure o meu também.

— Não vou te deixar cair — murmuro, me segurando para mantê-la firme. — Theós, é minha culpa, eu disse para você ficar para trás.

— Podemos distribuir culpa depois? — pergunta ela, rangendo os dentes, agarrando minha manga e com os pés balançando no vazio.

Só um peso na academia, penso, fechando os olhos por um momento, conferindo como a estou segurando, respirando mais devagar. *Fique calmo, não estrague tudo.* Expiro com força e me empurro para trás, me ajoelhando e puxando-a junto. Ela bate com o canivete na pedra outra vez, usando a ajuda para se erguer sobre a borda. Assim que a puxo um pouco mais para trás, ela joga as pernas para o lado, prendendo a bota na beira da pedra. Ela se move como um dos alpinistas na academia, leve e veloz – mas é claro, ela treinava em arranha-céus. E provavelmente não tinha ninguém para segurá-la caso caísse.

Eu a seguro e ela me segura e, juntos, engatinhamos pelo fragmento restante da ponte, eu de costas e ela de frente, até cairmos juntos na porta agora aberta entre esta sala e a próxima.

— Os Eternos sabiam mesmo fazer uma recepção caprichada — consigo dizer, encontrando seu olhar. Ela está tão assustada quanto eu, e sei que aquela queda infinita vai piscar no fundo do seus olhos enquanto ela tenta dormir à noite, assim como nos meus. *Se sobrevivermos até a hora de dormir.*

— Se essa é a recepção, odiaria ver a despedida — diz, com um riso fraco.

Tento me juntar a ela, mas notamos ao mesmo tempo que ainda estamos nos segurando, braços e pernas entrelaçados. Nossos olhares continuam um no outro e vejo seu rosto corar mesmo quando ela expira, visivelmente decidindo, por enquanto, não ligar que estamos abraçados. Acho que nenhum de nós dá bola para orgulho agora. Não tenho vergonha de dizer que o calor firme dela está me impedindo de tremer.

— Obrigada por voltar para me buscar — sussurra Mia, agora sóbria, voltando à realidade.

— Claro — murmuro, sem conseguir nem sinal de um comentário irônico ou uma piada sobre não ter nada melhor para fazer.

Porque era *claro*.

Noto agora que nem pensei antes de me jogar atrás dela. Talvez eu não conhecesse essa garota uns dias atrás, mas a conheço agora.

Sei que ela é forte e inteligente, determinada e engraçada.

Sei também que não estou enrolando deitado e abraçado com ela só por estar exausto demais para me mover. É uma hora horrível para descobrir que ela faz meu coração bater tão rápido quanto o perigo, mas é verdade.

Sei também que menti para ela, a trouxe para cá sem saber se ela encontrará a tecnologia que precisa, sendo que a vida da sua irmã está em jogo. Mesmo que eu esteja tentando salvar a vida de todos no meu planeta, sei que não importará quando Mia descobrir o que eu fiz. Nem posso culpá-la, porque, por mais que eu esteja fazendo isso pelas pessoas que meu pai queria proteger, estou fazendo por ele, também. Estou aqui por uma pessoa, assim como ela.

Não sei como as coisas acabarão entre nós, mas sei que não acabarão bem. Queria que fosse diferente.

— Lanche? — pergunto, me obrigando a voltar a um território mais seguro, fazendo com que minha mente se concentre na praticidade. Não consigo imaginar me mexer a ponto de pegar a mochila nas minhas costas, e levantar parece impossível. Por enquanto, pelo menos, posso pegar meu respirador e inspirar profundamente.

— Lanche — concorda, tirando duas barras de cereal de um bolso na coxa. — Se atravessarmos a próxima sala, espero um jantar comemorativo bem elegante — continua.

Theós, a próxima *sala.* Juntos, viramos o rosto, iluminando a passagem com as lanternas.

O próximo desafio nos espera.

AMÉLIA 7

Estou conferindo as tiras do meu arnês de escalada e ouvindo sem muita atenção enquanto Jules fala sozinho. Sempre que tem uma oportunidade, ele começa a rabiscar no caderninho, refletindo em voz alta e encarando fotos de símbolos na unidade de pulso. Ele traduz esses troços como se sua vida dependesse disso. *Acho que talvez dependa. Ou possa vir a depender.* Mesmo assim, precisei lembrá-lo de mastigar a barra de cereal. Depois tive que lembrá-lo de engolir.

Quando a sala seguinte acabou sendo pouco mais do que um poço gigante, ele me mandou ficar na beirada enquanto investigava, certo de que era algum novo tipo de quebra-cabeça. No entanto, mal há símbolos para se ver. Tem uns poucos em uma porta e, aos nossos pés, uma forma em espiral, com uma linha que sai dela. Ele disse que não era um símbolo, mas tirou uma foto discreta mesmo assim. Talvez não tenha tanta certeza quanto diz ter em relação aos símbolos.

O teto acima de nós é tão alto que quase se perde na escuridão e os feixes das lanternas só iluminam um pouco os cabos e a pedra brilhante lá em cima. Logo depois da porta, estamos na beirada, e o resto da sala é um buraco gigante no chão.

Para mim, parece um quebra-cabeça que desmoronou, uma armadilha que o tempo ativou, talvez, considerando a época em que este lugar foi construído.

Não me incomodo com a pausa. Assim ganho tempo para pensar no mistério de Jules.

Elliott Addison trabalhava na Universidade de Oxford antes de ser mandado para a prisão pela AI por traição depois da notória aparição na televisão. Foi em Oxford que decifrou a transmissão Eterna, quando era só um pouco mais velho do que eu e Jules somos agora. Queria ter sinal no telefone aqui, para encontrar fotos de Addison naquela época. Olhando para Jules agora, para o brilho animado em seus olhos enquanto ele tenta descobrir qual deve ser nosso próximo passo, é difícil não questionar. Ele disse que o sobrenome era Thomas. Mas eu também mentiria sobre meu nome se fosse parente de um lunático traidor conhecido mundialmente.

— Talvez seja um truque de luz — murmura Jules, movendo a cabeça de um lado para o outro, para iluminar a caverna vazia com a lanterna do capacete, quase me cegando. — Uma ponte, alguma coisa que pareça invisível até encontrar a luz certa... mas não vejo uma saída, então, a não ser que também esteja camuflada...

Eu me sacudo, deixando ele falar enquanto enfio a mão em um dos bolsos até tirar uns minibastões de luz química. Estalo uma meia dúzia e sacudo bem até começarem a brilhar com uma cor verde cada vez mais forte. Então, com toda minha força, arremesso-os bem no meio do vão.

— Espere... o que você *fez*? — pergunta Jules, indo me segurar, como se achasse que eu fosse me jogar também.

— Você pensa em duas dimensões — retruco, vendo os bastões caírem: um dos bastões quica na parede mais distante e volta para o centro do buraco. Quando eles chegam ao fundo, revelam uma superfície coberta por pedras quebradas em pedaços enormes. A rocha parece brilhar na luz. —

Quando entramos, você disse que os Eternos não necessariamente pensam no espaço, nas distâncias e nessas coisas que nem a gente. Qualquer que fosse o labirinto ou teste daqui, já se foi faz tempo. Mas a próxima câmara talvez não esteja do outro lado de uma ponte invisível, mas... ah, pelo amor de... apague a lanterna, por favor?

Estou quase cega por causa da luz, mas ouço o suspiro e consigo imaginar a irritação em seu rosto. Mesmo assim, ele obedece e, depois de alguns segundos, enxergo o brilho fraco no fundo do poço de novo. A profundidade parece equivaler a uns cinco ou seis andares, maior do que eu pensara originalmente.

— Ali... viu? — me aproximo de Jules para apontar, fazendo com que ele enxergue o que indico com a mão esticada.

No fundo do poço, há uma seção da parede arredondada e irregular mais escura do que o resto. Uma abertura. Jules se abaixa para ver o que vejo, o rosto quase tocando o meu, e sinto o calor de sua pele.

— Mehercule, o caminho descia — suspira Jules.

Ele pode estar predisposto a pensar de forma bidimensional, mas pelo menos entende rápido.

— Mas como... — começa. Acendo a lanterninha de LED no meu pulso e ele para de falar, olhando para mim. Seu olhar passa pelo arnês de escalada que eu estava ajeitando enquanto ele fala: — Sabe, você podia ter dito algo ao chegar à conclusão antes.

— E estragar sua diversão? — pergunto, sorrindo. — Acha que as armadilhas e tal estão quebradas também?

— Bem, não vejo nada escrito — responde Jules, tirando a mochila, que larga na beirada para poder remexer atrás do próprio equipamento de escalada. — Se existiam instruções ou avisos, estão lá embaixo com o resto do caminho.

Ele inclina a cabeça na direção do fundo da descida, onde pedaços enormes de entulho se espalham em estilhaços. Como se para reforçar o risco, ouvimos o som de uns pedaços de pedra caindo da ponte desmoronada que deixamos para trás, o rangido de rochas quebrando.

Pego meu canivete, ignorando o pânico de lembrar seu último uso: para me segurar na pedra, pendurada sobre um abismo, tentando me sustentar até Jules chegar. Giro o canivete até encontrar a função broca e aperto o botão. Montar uma ancoragem de escalada já é trabalhoso nos melhores momentos, e minhas mãos já estão cansadas do esforço desesperado anterior. Mesmo assim, tiro o martelo do cinto e começo, batendo no chão de rocha para garantir que é firme. A estrutura e a tecnologia dos Eternos são construídas com um tipo de pedra metálica, mas este templo foi construído no penhasco, e o lugar que estou furando é só pedra comum. Rangendo os dentes, aperto e giro para baixo com o canivete, batendo nele com o martelo.

Jules observa atentamente enquanto veste o próprio arnês, franzindo as sobrancelhas, e quero implicar com ele – "Ora, nem precisa se oferecer para ajudar" –, mas me lembro de como ele se jogou na ponte desabando para segurar meu braço. Fico calada.

Ele só se aproxima depois de ajeitar bem o arnês e acende a lanterna do capacete para ver o que estou fazendo.

— Posso tentar?

Ele se ajoelha, como se fosse uma nova habilidade fascinante, em vez de algo que faz meu corpo inteiro doer e o suor escorrer pelo meu rosto – de forma muito sensual, tenho certeza.

— Precisa ser feito da forma correta para ser seguro — respondo, sem fôlego, mas paro ao falar e, no segundo em que relaxo o braço, sinto cãibras na mão que segura a broca.

É, melhor aceitar essa oferta depois que acabar de criticá-lo por não ajudar.

— Aprendo rápido — promete Jules.

Olho para cima e avalio seu equipamento. Levo meio segundo para notar que é novo em folha: as dobras do pacote do fabricante ainda são visíveis perto das coxas, e as faixas são de um vermelho novo e brilhante.

— Não se aprende isso virando a noite na biblioteca, Oxford. No entanto, estou exausta. Ele ergue uma daquelas sobrancelhas expressivas e eu me afasto para ele tomar meu lugar. Seus dedos esbarram nos meus quando ele segura o canivete; eu flexiono a mão.

— Você precisa manter uma pressão firme sobre a superfície, girando a broca, enquanto bate com o martelo — falo, me ajoelhando ao seu lado para ficar de olho no procedimento. — Não é para bater com força, são só umas batidinhas. Se fizer força demais, vai quebrar a pedra.

Jules começa a bater na base do canivete, com movimentos quase exatamente imitando os meus. Observo suas mãos enquanto ele trabalha para garantir que está fazendo certo. Apesar de não saber exatamente quanta pressão está colocando na broca, não ouço nenhum dos barulhos que indicariam que está quebrando as beiras do buraco.

— Assim? — pergunta.

Ele me pega de surpresa. Ainda estou encarando suas mãos, que não são calejadas como as minhas, mas que, mesmo assim, seguram o canivete com firmeza.

— Quê? Ah. É, tá fazendo direito — respondo.

Pauso, tentando pensar em uma forma de fazer a pergunta sem parecer uma idiota que só pensa em garotos... porque não tem nada a ver com os tendões que se destacam em seu braço quando ele arregaça as mangas.

É só curiosidade.

Principalmente curiosidade, pelo menos.

Afasto meu olhar lentamente, encarando a parede de pedra lá embaixo, levemente iluminada pelos bastões de luz.

— Então... — começo. — Carregar livros é um bom exercício, hein?

Jules pausa e sinto seu olhar em mim por um momento.

— Posso dizer "sim"? Você vai me odiar se eu contar a verdade.

— Fala sério — retruco. — Você é um universitário acampando com um conjunto completo de talheres e um fogão-ondas que vale mais do que tudo que tenho junto. Não dá para piorar muito.

— Ei, boas maneiras à mesa são o último sinal de... — ele para de falar com um resmungo, voltando a se esforçar com a broca. — Jogo polo aquático.

Ele fala como se significasse algo, tivesse peso, como se as palavras em si fossem acender uma resposta furiosa.

— Que raios é polo aquático?

Ele para, olhando para mim com as sobrancelhas levantadas.

— Ah. Hm. Bom, é um esporte. É jogado em uma piscina, com dois times que ficam nadando, se atacando e tentando jogar a bola nos gols de cada lado.

Engulo em seco, só de pensar em tanta água. Agora sei por que ele esperava que eu fosse surtar. Já vi piscinas, dezenas delas. Mas nenhuma delas tinha algo além de lixo e brinquedos aquáticos velhos e murchos. Piscinas são um luxo do passado, quando água fresca era abundante. Um luxo do passado... ou dos absurdamente ricos. Mesmo em Los Angeles, que tem água fresca por causa da célula solar, não desperdiçam uma gota, muito menos com piscinas.

— Cacete, Oxford. E tipo... você treina nessa piscina? Quando quiser, pode só mergulhar e... céus, nem sei *nadar*. Seria água potável para dezenas de pessoas, talvez centenas...

Cai o silêncio, até o barulho do martelo para. Parece meia-noite, nesta escuridão subterrânea interrompida só pelas lanternas que trouxemos, e nossa quietude é tão íntima quanto se estivéssemos mesmo abraçados no meio da noite.

— Não somos nem do mesmo mundo, né? — sussurro.

Ele parece entender que não espero uma resposta, então continua a furar depois de alguns momentos de silêncio estranho e tenso.

— Conte sobre seu mundo, então — diz, finalmente.

— Meu mundo?

— Sua vida, como você veio parar aqui.

— Não tenho muito a contar.

Penso na sequência de eventos que me trouxeram para cá, tentando encontrar algum que não me faça parecer... bem, o que eu sou, na frente de um cara desses. A melhor estratégia talvez seja contar rápido, que nem arrancar esparadrapo.

— Larguei a escola uns anos atrás para fazer uns bicos e pagar a dívida da Evie — começo. — Não me levou a lugar nenhum. Comecei a catar meio por acidente... fui demitida da lanchonete porque não queria... — Pauso, me lembrando do avental gorduroso do dono da lanchonete e do cheiro de cebola frita com uma onda de náusea. — Enfim, fui demitida, não tinha onde ficar e peguei carona até Chicago porque ouvi falar de umas cidades acampadas por lá e porque ainda era perto o suficiente para voltar para casa se precisasse — continuo. — Quando vi a grana que as gangues de catadores tiravam recuperando e reciclando as tralhas que as pessoas deixavam para trás, bem... notei que podia fazer o mesmo. Alguns catadores são gente boa e me ensinaram direito, sabe. O que vale a pena pegar, o que é melhor desmontar, o que nem presta para olhar. Outros não ajudam tanto, precisei segui-los na encolha, aprender as técnicas no improviso.

Ele está escutando. Apesar do "tap-tap-tap" regular do martelo continuar, vejo que ele franze a testa, o que me diz que está pensando.

— Enfim, trabalhei sozinha até uns seis meses atrás, quando essa tal chefona Mink precisou de novos funcionários e um dos meus contatos me indicou. Eu a impressionei e, no fim, ela me ofereceu isto. Gaia. Precisei decidir na hora se vinha ou não, e sinto que, se não topasse, Mink garantiria com certeza que eu não pudesse contar o plano para ninguém. Mas a grana é boa demais. Precisava tentar. — Suspiro, alongando a mão e massageando a palma, que ainda reclama do trabalho com a broca. — Agora estou aqui. Não é bem como suas historinhas épicas de literatura.

— Pelo contrário — as palavras de Jules são pontuadas pela respiração, porque ele está cansando, e vejo um tremor em seu braço que indica que trabalhar com a broca é pesado para ele também. — Os épicos são cheios de testes e desafios para os heróis. As melhores histórias são sempre sobre heróis que começam do zero.

— Ha — é tudo que consigo dizer. Esse idiota me compara aos heróis das grandes histórias. Tem uma cidade fantasma cheia de "heróis" como eu em Chicago, mergulhados até a cintura em lixeiras e lojas de departamento abandonadas. Só calhou de eu ser a que Mink mandou para cá. — Deixe eu voltar a fazer, já está quase na profundidade necessária.

Jules solta a broca e eu testo a rocha algumas vezes antes de sacudir o canivete um pouquinho para tirá-la dali. Enfio a mão nos bolsos até encontrar o tubo que procuro, do comprimento de uma mão, e o coloco no buraco para colocar minha boca na outra ponta, soprar a poeira de rocha e, em seguida, para medir a profundidade.

Estou procurando os pitões de alpinismo na mochila quando ele rompe o silêncio de novo.

— Conte sobre Evie.

Seguro um pitão e olho para Jules.

— É o nome da sua irmã, imagino — diz ele. — O motivo para você se importar que Chicago fosse próximo o suficiente para você conseguir visitar?

Expiro, encaixando a ponta do pitão no buraco. Estou tentando evitar que o rosto de Evie, na última vez que a vi, me distraia da tarefa. *Continue a trabalhar*, digo para mim mesma. Começo a martelar o pitão, com a intenção de ignorar Jules até ele desistir. Mas, em vez disso, me pego falando, quase antes de formar as palavras na minha mente.

— Ela é um terror. Nunca pensa, só *faz*, sabe?

— Não conheço ninguém assim — responde ele, sarcástico e provocador.

— Cala a boca — respondo automaticamente, ainda martelando.

— Não foi um insulto — responde Jules, e algo em sua voz me faz olhar de volta. Ele parece quase tão surpreso quanto eu pelo que disse. — Talvez para ela seja, não sei, mas você... você não perde tempo. Você descobre o que precisa fazer e faz.

Engulo em seco, piscando e me obrigando a olhar de volta para o pitão.

— É assim que continuo viva — digo, dando de ombros.

— Se parar por tempo demais no campo para considerar as opções, alguém vai chegar no próximo saque antes de você, ou roubar o seu último.

— Talvez Evie só esteja tentando ser mais como você.

— Talvez. — Paro de mexer a mão, mas meu coração está apertado demais para que eu pense em como disfarçar o quanto isso dói. — Penso muito em por que ela fez o que fez... — continuo. — Digo, por que foi trabalhar na casa noturna, na empresa que tem seu contrato. Ela não sabia o que estava fazendo, era só uma criança. Achou que estava me ajudando — expiro e o pitão à minha frente fica borrado. — Tentando ser como eu.

Jules fica em silêncio, o que me dá tempo para me acalmar. Prendo bem o pitão e enfio o martelo de volta no lugar no meu cinto, secando a sobrancelha. Devo estar coberta de sujeira, poeira de rocha, areia e sei lá mais o quê, tudo misturado ao meu suor. Pelo menos está escuro.

Mudo o canivete para o modo chave inglesa, que giro até estar na largura necessária para o pitão. Aperto com força contra a rocha, jogando todo meu peso até estar bem firme. Fecho o canivete, guardo de volta no bolso da minha manga, e respiro fundo. Agora só resta descer.

No escuro, devagar, me pego sussurrando:

— Sinto saudade dela.

Jules não responde, mas o silêncio que nos envolve é suave e, por um momento estranho, é quase como se eu pudesse sentir sua empatia no ar entre nós. Inspiro profundamente, então tiro a corda da minha mochila e começo a amarrar.

Já fiz isso tantas vezes que amarrar os nós é mais fácil do que assinar meu próprio nome, mas, na hora de amarrar a corda de Jules – novinha em folha, claro, que nem o arnês –, meus dedos tremem. Eu me digo que é porque nunca fiz isso em outra pessoa, que os movimentos são mais difíceis quando invertidos. Eu me digo isso pois a outra opção é eu estar tremendo porque, para amarrá-lo, estou necessariamente com a mão bem perto da sua virilha, e homens com arnês de alpinismo não deixam muito escondido para a imaginação.

Concentração, idiota. Aperto os dentes e finalmente acerto a curva em "S" do nó, amarrado pelos dois elos do arnês. Passo a mão pelos nós apertados, roçando as calças cáqui e esquentando perto de suas pernas. Aperto um deles com um pouco mais de força. Quando olho para cima, ele está encarando intensamente o teto, o feixe da lanterna do capacete parado em um pedaço sem graça de pedra.

Expiro sonoramente e fico de pé, dando a ele a chance de se afastar. Mesmo apontando a luz de LED para o seu rosto, não consigo ver se está corando. Mas a forma casual demais com que ele tenta enfiar as mãos nos bolsos, descobre que estão bloqueados pelo arnês e então cruza os braços... é melhor do que vê-lo corar. Resisto ao impulso de rir, principalmente porque, mesmo constrangido, ele é gato. Especialmente com equipamento de alpinismo.

— Ok, vou descer primeiro — digo, erguendo as cordas, presas no freio. — Quando chegar lá embaixo, vou poder...

— Quê? — Jules solta os braços e a luz do capacete se vira para me cegar ao parar em meu rosto. — Precisamos ficar juntos. Você não deveria descer sozinha.

— Que cavalheiro. — Reviro os olhos, sabendo que ele consegue ver com a luz do capacete. — *Preciso* descer primeiro... — explico. — Só tenho um dispositivo descensor para frear, e fazer rapel sem um descensor exige muita prática.

Jules olha para baixo, para onde seguro o equipamento na minha cintura, e volto a enxergar o suficiente para ver seu rosto confuso. Desta vez, sou eu que uso palavras complexas que ele não entende.

— Olhe — digo, devagar, aproveitando a oportunidade de *dar* uma aula para ele, para variar. *Vamos ver se ele gosta.* — Desço fazendo rapel, usando este dispositivo. Quando chegar lá embaixo, posso ser seu freio, segurando a corda enquanto você desce. Posso amarrá-la no chão, para conseguir usar meu freio e desacelerar sua descida mesmo sendo mais leve que você.

A luz percorre o abismo e treme. Abruptamente, me dou conta de algo: talvez não seja cavalheirismo desnecessário, afinal. Seu equipamento é novinho, a corda ainda dura, sem uso. Ele não é um alpinista. Um penhasco desses deve parecer um sanduíche de morte para alguém como ele.

— Vai ser fácil — prometo, com uma voz mais suave. — Prometo que não te deixarei cair. Já fiz isso tantas vezes que perdi a conta. — Então, enquanto ele se concentra na queda, nas cordas e no medo, decido usar a oportunidade para equilibrar a balança um pouco. Acabei de contar sobre a Evie e quero saber mais sobre ele. Por isso, acrescento mais algumas palavras: — Confie em mim, Jules Addison.

Ele leva alguns segundos para assimilar o que eu disse. Ele continua olhando para o abismo, expirando e mexendo a cabeça com um ar distraído... até que congela. Naquele momento, sei que estou certa sobre quem ele é. Porque, quando ele olha para mim, seu rosto mostra culpa e medo, não confusão. Vejo que ele entra em pânico; vejo que está tentando decidir se vale a pena negar que é o filho de Elliott Addison.

Então ele fecha os olhos.

— Faz quanto tempo que você sabe?

— Uns dois segundos — respondo, meu coração acelerando enquanto tento não pensar nas consequências. — Mas comecei a cogitar logo que você apareceu. Especialmente depois de contar o que sabe, coisas que a AI mataria para saber.

— Você descobriu só com isso?

— Bem, você se parece com ele. E mencionou seu pai várias vezes, mas nunca uma mãe. A internet toda comentou quando a esposa do dr. Addison o largou quando ele começou com essa merda de "tecnologia Eterna é perigosa"... — tarde demais, noto que não estou sendo muito sensível. — Desculpe. Hm.

— Mehercule — diz ele, se virando e andando em círculos.

— Desculpe pela mentira — fala, finalmente, com firmeza. — Fui instruído a manter minha identidade em segredo.

É este o momento pelo qual eu esperava. Ele precisa de mim, da minha experiência com alpinismo, para continuar. É agora que posso fazer todas as perguntas que quiser. Não só isso, mas todas as perguntas e acusações que já quis fazer ao seu pai. Mas, quando abro a boca, a única coisa que sai é:

— Não somos *mesmo* do mesmo planeta.

Jules ergue o rosto rapidamente.

— Como assim?

— Você teve em algum momento qualquer intenção de me ajudar, ajudar Evie? Seu pai até se recusou a vir para cá... É para eu acreditar que você vai me deixar lucrar com a tecnologia Eterna que fez seu pai sacrificar a carreira, a liberdade, só para mantê-la afastada da humanidade?

Jules está tenso, isso vejo no escuro.

— Eu dei minha palavra — diz, com frieza. Apesar da insistência, meu instinto diz que ele está escondendo algo.

Agora que sei, vejo Elliott Addison em seu rosto. Sua pele é mais clara, imagino que por causa da genética da mãe, e ele não tem barba, mas o nariz é o mesmo, assim como as sobrancelhas, até a leve curva dos ombros. Estou viajando com o filho de *Elliott Addison*.

Quando a primeira transmissão chegou cinquenta anos atrás, antes de descobrirmos Gaia, Addison foi pioneiro no campo da xenoarqueologia. Ainda jovem, foi o primeiro a decifrar a transmissão. Ele é um doido, basicamente: matemática, linguística, arqueologia, tudo combinado perfeitamente para esse cara ser o primeiro a entender o que os alienígenas falavam. Ele descobriu aos *dezoito* anos.

Aí uns dois anos atrás ele ficou totalmente surtado em uma transmissão de noticiário ao vivo que viralizou na internet.

De um dia para o outro, ele tinha mudado o refrão: de repente estava resmungando sobre como era perigoso usar a tecnologia Eterna, assim que começaram a usar a célula solar trazida pela *Explorer IV* para fornecer energia a LA e sua unidade de purificação de água. Assim que cientistas começaram a notar que essa fonte de energia quase mágica podia ser o milagre que nosso planeta desprovido de energia precisava para sobreviver, desde que encontrássemos mais, ou descobríssemos como produzir as células por contra própria... ele começou a pregar para quem quisesse ouvir que a célula precisava ser destruída e que a exploração dos templos de Gaia deveria ser interrompida até sabermos com certeza o que estávamos fazendo.

Interrompida, enquanto pessoas como eu, como Evie, sofriam.

Apesar de suspeitar antes, tudo é diferente agora que eu *sei*. Agora que ele sabe. Quero dizer que não acredito nele; que, se ele tem os olhos e o zelo acadêmico do pai, provavelmente também tem os mesmos ideais; que talvez seja melhor nos separarmos e seguirmos sozinhos. Exceto pelo fato de que não sei ler esses símbolos estúpidos e de que não passarei de onde a equipe da *Explorer IV* chegou no outro templo sem ele. Essa revelação só prova que ele sabe mesmo do que está falando; que, por mais que eu odeie sua vida mimada e seu entrave de pai, ele é mesmo a única pessoa que poderia me levar ao centro de um templo Eterno, além dos arredores que eu planejava saquear.

E ele não chegará tão longe sem mim.

A verdade é que não faço a menor ideia do que dizer.

Felizmente, tenho outra saída. Inclino a corda no dispositivo o suficiente para passar da beira do poço e começo a descer no escuro.

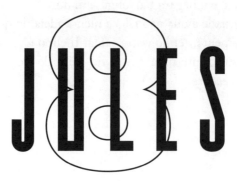

JULES

Mia já desceu um terço do caminho, segurando a corda no quadril, com os pés firmes na rocha, se impulsionando para quicar lentamente, como se estivesse pulando em gravidade baixa. Fico à beira do penhasco para observá-la, iluminando o caminho com a lanterna, vendo poeira e areia dançando no feixe de luz.

Ela fica em silêncio o caminho inteiro, me deixando sozinho com meu medo – e com o fato de que *ela sabe quem eu sou* – o tempo todo. É aterrorizante de todas as formas possíveis.

Fiz um curso básico de escalada antes de partir, porque não contava com ter Mia aqui para ajudar, mas a parede limpa e previsível da academia não se parecia em nada com o penhasco de rocha antiga e desmoronada à minha frente. Já não gostava de alpinismo antes, mas agora *odeio*.

Quando ela atinge o fundo da caverna, desata a corda com rapidez, em movimentos que não consigo distinguir, e usa as duas mãos para trazer uma pedra grande para perto. Quando grita para mim, sua voz está firme, e tento fingir que não estou sem fôlego e que minhas mãos não estão tremendo enquanto passo a corda pelo ponto de ancoragem e jogo para ela. O prospecto da descida está me distraindo do que eu deveria pensar agora, que é o fato de meu disfarce ter sido descoberto. Mas como posso pensar nisso quando estou prestes a depender de um ponto de ancoragem que enfiamos na rocha sozinhos?

A corda se desdobra e escorre, sussurrando como o vento, e leva uma vida para chegar ao chão. Apesar de que esses segundos não parecerão tão longos se eu estiver caindo. Ela prende uma ponta da corda sob a pedra, porque é leve demais para fazer contrapeso sozinha, e grita que eu devo me jogar no ar. Assim mesmo, nada demais.

Você fez isso na academia, lembro, me virando com cuidado e andando até a beira do penhasco. Para descer como ela, com os pés firmes contra a pedra e o corpo dobrado em um "L", preciso descer de costas pelo penhasco, contra todos os meus instintos, enquanto meu estômago e meu cérebro gritam em coro para que eu fique em segurança aqui em cima, onde a gravidade não pode me machucar.

Theós, vou morrer.

Sinto frio na espinha, um calafrio até a nuca, tentando me avisar que o perigo está próximo. Preciso esperar até quase não estar pensando nisso, até a visão do rosto do meu pai – e do rosto de Mia, quando descobriu quem eu era – flutuar na frente da minha mente, e me permito ir para trás, pegando meus instintos de surpresa.

Não é tão ruim, depois que começo a descer. Não dou pulos grandes como ela, só desço andando, posicionando cada pé com cuidado antes de mover o próximo, inclinando a cabeça de vez em quando para verificar a corda. Parece que o ponto de ancoragem está firme. Depois de alguns momentos até ouso olhar para o lado, pela beira irregular do penhasco. Lá longe, acho que vejo cabos saindo da rocha, da grossura do meu braço, se estendendo escuridão abaixo. Provavelmente alguma parte do mecanismo desta armadilha quebrada, mas não vejo nada além disso.

Uma pedrinha escorre sob meu pé, arrancando minha atenção de volta para a rocha à minha frente. Não estou lento só por falta de experiência – é também porque preciso saber o que direi quando chegar ao chão.

Ela ouviu as histórias sobre meu pai e acredita nelas, dava para ver na sua cara. Eu entendo. A questão é que ele tentou todos os canais possíveis antes de fazer uma proclamação pública.

Ele decifrou a língua dos Eternos. Estudou todos os textos, todos os segundos das gravações das sondas e da equipe da *Explorer IV*. Dedicou a vida a essa civilização antiga, desde antes do meu nascimento.

Quando descobrimos que podíamos usar a tecnologia Eterna como uma fonte de energia quase infinita, ele entendeu o que significava para a Terra. Disseram que ele não sabia – foi chamado de acadêmico acomodado, de elitista, acusado de estar tão distante do mundo real que nem imaginava o que a energia para filtrar água, iluminar cidades e proteger plantações significaria para... bem, para gente como Amelia.

Entretanto, ninguém mais estava com ele enquanto ele lutava com traduções de décadas, obcecado por elas, inteiramente consumido. Ninguém mais o viu codificar e decodificar a transmissão sem parar, assim como os fragmentos de texto da missão *Explorer*, rezando em voz alta para estar errado. Ninguém mais foi criado por um homem desesperado para refutar o trabalho da própria vida para então não ter que contar ao mundo que, no fim, não tínhamos descoberto uma salvação.

Nada o impediu, nem minha mãe, quando foi embora. Na época eu o odiava por isso, por nos ignorar em prol de um bando de problemas matemáticos estúpidos nas paredes do escritório. Meus pais eram – são – muito diferentes. Uma química e um linguista. Era de se pensar que a especialidade dele em matemática o ajudaria a ficar no mundo dela, na esfera científica de sim e não, certo e errado, tese e prova.

Mas matemática e linguística sempre funcionaram para ele como uma combinação de arte e ciência, um mundo cheio de tons de cinza, enquanto o dela era preto e branco. Os dois eram como óleo e água, nunca misturados, e quando tudo ficou demais para ela, a resposta foi clara. Era como uma reação química.

Quando se acrescenta pressão social desesperada e publicidade mundial a um marido teimoso, a normalidade evapora e o estresse se multiplica. Solução? Remover o marido.

Então ela deixou tudo para trás e me chamou para ir junto, mas alguém precisava ficar, para impedi-lo de se afogar completamente. Além disso, eu já tinha começado a aprender a língua que ele lia: não só os símbolos Eternos, mas a língua dos mistérios e dos segredos.

As paredes do escritório do meu pai eram cobertas de traduções da transmissão original, assim como anotações, imagens de satélite e fotos de missões exploratórias. Ainda consigo enxergar uma passagem em particular que levara a dezenas de notas: "Saiba que destrancar a porta pode levar à salvação ou à desgraça".

"Salvação de quem?", ele escrevera com caneta preta no papel de parede estampado e gasto. "Desgraça de quem?"

É fácil a Aliança Internacional dizer que tomará cuidado com Gaia. É fácil desconsiderar os avisos dos Eternos, as histórias da queda da civilização. Mas a espécie humana já desconsidera o declínio do nosso planeta e a destruição de seus recursos há séculos. Ficamos bem bons nisso.

Não sei o que quero encontrar aqui. Seguirei o Nautilus, tentarei entender por que aquele aviso estranho e deselegante estava enfiado na transmissão. Parte de mim quer que meu pai esteja certo. Não quero que ele tenha desperdiçado nossas vidas por nada.

Outra parte de mim, é claro, quer que ele esteja errado. Porque, se não for o caso, é o fim. Não nesta geração, provavelmente nem na próxima, mas chegará rápido. Nosso mundo irá desmoronar. Mia é uma entre bilhões de pessoas que precisam dessas tecnologias, cujas vidas serão transformadas se encontrarmos o suficiente, ou, ainda melhor, descobrirmos como reproduzi-las. Se eu lhe contasse que ele queria vetar as tecnologias pelo próprio bem dela, eu levaria um soco e não a culparia.

Deixei até ser tarde demais para contar o que estou realmente buscando aqui, para falar do mistério da espiral de Nautilus e do símbolo e aviso. Mas, se eu tivesse contado antes, ela não teria vindo, não teria me ajudado.

E daí?, pergunta uma voz na minha cabeça. *Teria sido escolha dela. Você escolheu por ela.*

Outra voz rebate: *Escolhi mesmo. Foi pelo bem de todos na Terra, de todos que importam para ela. Ela estava aqui para roubar... ela está aqui para roubar. Para profanar este lugar antes que possamos aprender com ele.*

Ainda estou procurando as palavras certas quando noto que estou a meio metro do chão e posso abaixar os pés até minhas botas atingirem a superfície de cascalho, ajeitando o peso para ficar de pé. Estamos entre ruínas, próximos da entrada de outra câmara.

Minhas mãos ainda estão tremendo da descida quando começo a desatar o arnês. Apesar de eu ainda não ter encontrado as palavras, é Amelia que quebra o silêncio.

— Explica muito, na verdade. Ele ser seu pai.

Sou tomado por uma onda familiar de frustração, apesar de ser difícil de distinguir da adrenalina.

— Theós, você acha que ele fez lavagem cerebral em mim? É o que costumam achar. Minha idade faz com que ninguém acredite na minha capacidade de formar opiniões próprias. Isso tudo apesar de eu ter me formado na escola aos treze anos, assistir a aulas de nível universitário desde então e, perdoe a pouca modéstia, ser capaz de encarar qualquer acadêmico no campo, em qualquer nível. Formei minhas próprias opiniões, inclusive sobre como medir o conhecimento dele, e acredito nele.

— Na verdade... — diz ela, se aproximando para me ajudar a desfazer o arnês, uma intimidade que tento ignorar, sem sucesso. — Só quis dizer que o que você está fazendo faz mais sentido agora. Arriscar sua vida por um punhado de pedras eu não entendo. É diferente se você o faz por alguém que ama.

— Ah — digo, em um dos meus momentos mais eloquentes.

— Você vai manter sua parte do acordo? — pergunta ela, em voz baixa.

— Vou.

É sincero. *De alguma forma, vou.*

Ela concorda com a cabeça, soltando um pouco da tensão.

— Caso importe, sou mais ou menos da sua idade e acho que somos bem capazes de tomar nossas próprias decisões — acrescenta.

— Acho que só nós dois achamos que enfrentar um monte de armadilhas desmoronadas é uma boa decisão — brinco, meio desajeitado. A força está começando a voltar ao meu corpo, mas, quando ela sorri, noto que meus joelhos não estão tão firmes quanto eu achava.

Eu *gosto* dessa garota.

E menti para ela.

— Além disso, explica por que você é tão bizarro — diz Mia, interrompendo meus pensamentos confusos. — Quer dizer, seu pai é bizarro e decifrou a transmissão quando tinha... bem, a nossa idade. Faz sentido você ser um gênio doido também.

Isso sempre foi um problema para mim. As pessoas ao meu redor que me tratam como gênio – o que, numa lógica perversa, em geral envolve supor que não sei nem amarrar cadarços, de tão perdido que estou na minha mente brilhante. E também aquelas que acham que não posso ser, não com minha idade.

Quanto a mim, sempre soube que tenho o que meu pai tem. Não é arrogância. É só verdade. Não fiz nada para merecer isso; nasci assim, recebi um dom.

O que é minha responsabilidade é o desafio e a pressão de fazer algo de útil com isso.

Meu pai sempre falou que minha integridade é mais importante do que qualquer outra parte de mim, e ele mostrou a sua inúmeras vezes, enfrentando pressões insuportáveis para proteger até aqueles que não queriam sua proteção.

— Bem — digo. — Se você acha que *eu* sou um gênio, é porque nunca o conheceu. Agora sou o único do lado do meu pai, bizarro ou não. Por isso estou aqui.

— Por isso e porque fica todo excitado de andar onde nenhum pé humano pisou antes — provoca ela.

Você *me deixa todo excitado, Mia.*

— Hm — começo, deixando esse pensamento de lado.

— Bom, é verdade. Já ouviu falar de Walt Whitman? Era um dos seus poetas americanos. Ele disse "Meu espírito é amplo, contenho multidões" — digo, dando de ombros. — Posso estar aqui por mais de um motivo. *Estou* aqui por mais de um motivo.

— Posso fazer uma pergunta? — diz ela, em voz baixa.

— Já ouvi o pior de todos os lados possíveis — respondo, apesar da minha mente já estar se preparando para o ataque que vem. — Pergunte, não me importo.

— Ajudar seu pai, encontrar algo que prove que a tecnologia é perigosa, encontrar algo que o tire da prisão, isso tudo eu entendo. Mas aprender sobre os Eternos... por que importa? — Ela pausa, para ver se me ofendi, mas faço um gesto com a cabeça indicando que ela deve prosseguir. — Entendo arqueologia. Entendo olhar para nosso passado para nos entender, isso faz sentido. Mas esses... seres... eram completamente diferentes de nós, não têm nenhuma relação. Eles deixaram tecnologias que podemos usar, claro, e vale a pena aprender mais sobre isso, sobre como usá-las. Mas por que importa quem eles eram e por que morreram? Não podemos usar nossas energias melhor com outras coisas?

Considero a pergunta enquanto uma chuva de pedrinhas cai devagar pelo penhasco à minha frente.

— Bem, quem disse que aprender sobre isso *não é* a mesma coisa que garantir nossa sobrevivência e bem-estar? — digo, finalmente. — Para começo de conversa, não sabemos quão diferentes eles eram. Você mesma disse que este lugar te lembra de Angkor Wat, das Pirâmides. Eles criaram desafios com harmonias musicais que soam bem para nós, construíram portas do tamanho certo para atravessarmos.

— Mesmo que você esteja certo — retruca. — A questão continua. Entendo querer aprender sobre a tecnologia, provar ou refutar a teoria do seu pai. Mas as histórias? Para que servem?

— Os Eternos foram extintos — digo. — E, apesar da transmissão não especificar, diz que eles próprios foram responsáveis. Quantas vezes, como espécie, tentamos aniquilar uns aos outros? Por quanto tempo a autoridade da AI vai se manter, conforme as coisas pioram na Terra? Os Eternos tinham a tecnologia que achamos que precisamos tanto, mas ainda assim se destruíram. Acho que precisamos saber como e por quê.

Ela fica em silêncio por um tempo.

— Você acha que os desafios e a estrutura deste lugar significam que eles talvez pensassem como nós — diz, finalmente. — Então podemos cometer os mesmos erros que eles. Sabemos que humanos são capazes de violência e manipulação. Acha que os Eternos eram iguais?

Eu queria poder responder honestamente. Sei que há um aviso escondido na transmissão, e que alguém, ou algo, o colocou lá.

— Eu... eu não sei — respondo. — Eles mencionam guerra na transmissão. Mas são a única outra espécie inteligente que já descobrimos. Considerando a distância entre a Terra e o outro astro mais próximo do nosso sol, provavelmente são a única outra espécie inteligente que encontraremos, mesmo que extinta. Devemos saber quem eles eram. Eles já se foram, mas alguém deve saber sua história.

— Vale a pena morrer por isso? — pergunta ela.

— Talvez. — A palavra sai antes que eu considere minha resposta; mas, na verdade, já decidi isso faz tempo, quando dei os primeiros passos no caminho para Gaia. — Mas não quero ser como a equipe da *Explorer IV*, se puder evitar.

Todos se lembram do destino dos astronautas que morreram descobrindo que os templos de Gaia eram cheios de perigos e armadilhas. Foi uma bagunça. E foi pública, graças à transmissão ao vivo pelo portal para a Terra.

Ficamos os dois em silêncio após eu acabar minha aula improvisada e ela me olha de um jeito que não entendo, mas quero entender. Como se estivesse somando tudo que sabe sobre mim e, talvez, chegando a um resultado que não a desagrada completamente. Finalmente, concorda com a cabeça.

— Espero que encontre o que está procurando, Jules.

A sinceridade em sua voz me abala, e tudo que posso fazer é concordar com a cabeça também.

No instante seguinte, ela pigarreia e volta ao tom prático.

— Vamos acampar aqui. Foi um dia... cheio. — Sua voz é irônica e não posso culpá-la. Afinar templos antigos, cair de pontes, furar pedras e fazer rapel em penhascos... cheio é apelido. — Vamos acabar fazendo alguma besteira se arriscarmos o próximo quebra-cabeça hoje — diz, depois pausa, sorrindo. — Bem, uma besteira maior do que estar aqui para começo de conversa.

Não tenho como discordar, então trabalhamos juntos na montagem do acampamento, em um silêncio agradável. Mesmo que esta armadilha já tenha sido ativada, não confiamos que não trará uma última surpresa ruim. Então ela abre entre as rochas na base do penhasco um espaço grande o suficiente para nós dois deitarmos para dormir, e eu me sento em uma das pontas para preparar o jantar. Estamos entre os restos da armadilha que estava aqui antes e, mais uma vez, me lembro de que não poderia ser uma caverna qualquer na

Terra. Linhas metálicas percorrem o pedregulho mais próximo, finas como meu cabelo. Elas se cruzam e entrelaçam em padrões infinitamente complexos. A pedra não se parece com nada que temos em casa.

No entanto, encarar ruínas de uma armadilha quebrada não me ajudará agora, então retorno minha atenção para a refeição. Depois de comer, posso continuar a traduzir os símbolos que vimos nas primeiras salas.

A minha garrafa d'água passou o dia presa do lado de fora da mochila. O conceito do mecanismo absurdamente caro é que condensaria água do ar, se enchendo continuamente em gotinhas. Quando eu a ergo para inspecionar com a luz da minha lanterna, só está cheia até a metade. O ar aqui é seco demais para ter máxima eficácia.

Mostro para Amelia, que olha de onde está, juntando uma pequena camada de pedras para nos impedir de rolar até o perigo enquanto dormimos, e faz uma careta. Precisamos usar a água, senão não teríamos chegado até aqui, mas sempre imaginei que nosso recurso mais limitado seria o ar dos respiradores, não a água.

Abandono meu plano de fazer um jantar quente cozinhando macarrão e, em vez disso, abro um pacote de pão ázimo, que cubro com pedaços grossos de queijo amarelo, lambendo farelos salgados dos dedos. Corto tiras grossas de salame para colocar por cima e o cheiro saboroso me dá água na boca.

Amelia separa nossos respiradores para quando precisarmos para dormir, e se aproxima para se sentar de pernas cruzadas ao meu lado, tocando minha mão ao aceitar a porção de pão.

— Sal, gordura e proteína — diz, com comida na boca. — Isso que é a santíssima trindade.

Por um tempo, só há o som de nós dois mastigando em paz, sentados juntos com as costas apoiadas no penhasco, iluminados por uma só lanterna, para economizar energia. Acabamos lambendo a gordura do salame dos dedos e catando farelos de queijo nas roupas, dividindo meu lenço para nos limparmos.

Nossos ombros quase se tocam e me sinto atento demais à sua presença. Há algo de especial em estar em um lugar assim: não só em outro planeta como no fundo de um templo, onde ninguém nos encontraria, juntos no escuro. Algo que inspira proximidade, confiança... intimidade. Um lugar assim encoraja verdades e confissões.

Minha própria confissão está na ponta da língua, mas, enquanto inspiro para falar, ela quebra o silêncio.

— Aprendi sobre o seu pai na escola — diz ela. — Antes de largar.

— Você mencionou. — Minha curiosidade está me matando, apesar de não querer ofendê-la. Só deveria ser impossível fazer o que ela fez. — Como você largou a escola? Não mandaram os guardas de frequência atrás de você?

Ela ri.

— Você provavelmente nunca ouviu falar de drones de presença, né? Uma galera aluga o próprio tempo, responde a perguntas de vez em quando, entre as outras doze contas que controlam. Você não tira notas boas, a não ser que pague a mais, mas passa de ano.

— Nunca ouvi falar de drones de presença — confesso, o que sei que não a surpreende nem um pouco. — Como você engana o scanner de retina? Fiz a maior parte das aulas presencialmente, porque é tradição em Oxford e tal, mas fiz duas à distância e a presença constante retinal era exigida.

— O scanner de retina só precisa de um olho — responde. — Não precisa ser meu olho e, na verdade, nem um olho *humano*. — Estou me esforçando para não pensar no que isso significa, mas ela continua: — Como assim, fazer aulas presencialmente?

Isso vai acabar que nem a história a piscina de polo aquático, e eu fui idiota por ter mencionado.

— O professor e os alunos ficam fisicamente na mesma sala — digo. — Não é virtual.

Ela quase deixa cair o último pedaço de pão, que se esforça para pegar, esbarrando na minha perna.

— Como assim? O cara da tela é uma pessoa de verdade para você? Dá para falar com ele? — pergunta.

— E ele fala com você — respondo. — Ou grita quando você se distrai. E depois conta tudo para o seu pai na hora do chá.— E, agora que paro para pensar, isso nem se compara à lista de desventuras dela. Tento mudar de assunto antes de falar mais besteira. — Você disse que a matéria que mais gostava era matemática. — Claro que agora parece que estou tentando descobrir quão pouco educada ela é, o que não é o que tentei fazer. A engenhosidade dela me fascina. É admirável.

— Faz sentido para mim — responde ela. — É bonito. Quando você acerta a matemática pra valer, é perfeitamente alinhado. Tudo tem uma função, tudo tem um propósito, todos os elementos trabalham juntos, em harmonia. Na matemática, dá para saber exatamente onde você está e o que é preciso para fazer dar certo. Mas não serve para muita coisa na minha carreira atual. — Ela abaixou a voz e, com nós dois sentados e de ombros encostados, ela virou a cabeça e eu virei a minha, então sussurrarmos na quase escuridão.

A luz fraca ilumina metade do seu rosto: as pintinhas, o canto da boca em um sorriso saudoso, a curva graciosa dos cílios. A outra metade está inteiramente obscurecida, desconhecida.

— Às vezes eu odeio — continua ela. — Catar os restos das vidas dos outros, que nem um urubu, pegar tudo que puder ser vendido, desmontado ou reciclado. Mas no começo eu montei uma coleção, sabe? Coisas sem valor, que não ajudariam Evie, mas que tinham *algo*. Como pequenos retratos. Histórias das pessoas que estavam ali antes. A maior parte das coisas pessoais já se foi, mas dá para entender muito com as peças encontradas. Adoro essa parte.

Minha boca se curva em um sorriso como o dela, mas o meu é mais caloroso do que saudoso.

— Isso é arqueologia, sabia? — digo, também em voz baixa. — Montar histórias a partir do que foi deixado para trás. É o que eu faço.

Ela entende afinal e, quando nossos olhares se encontram, compartilhamos esse conhecimento por alguns segundos: que vemos no outro o mesmo amor por descobrir uma história escondida. Gostaria de compartilhar mais que isso, gostaria de conhecer mesmo sua mente. Somos de dois mundos diferentes de todas as formas possíveis. Eu deveria odiá-la só por estar aqui. Eu deveria detestar tudo que ela fez e tudo que fará, se escaparmos deste lugar. Mas, assim como as histórias abandonadas que descobrimos – as dela em ruínas de prédios, as minhas em civilizações desaparecidas –, nossa própria história é mais complicada do que uma verdade simples.

Entretanto, aqui está uma verdade simples: eu poderia me inclinar só um pouquinho e, se ela fizesse o mesmo, nossas bocas se encontrariam. Seu olhar passa pela minha boca e acende uma luz em mim, um momento de esperança de que ela esteja pensando o mesmo que eu.

Ela pigarreia e vira para o outro lado, abaixando a cabeça para abrir a mochila e remexer nela, como se estivesse fazendo inventário.

— Deve estar te matando estar aqui sem o tempo para estudar tudo o que estamos encontrando.

Você está me matando.

Suspiro e apoio a cabeça na parede.

— Por aí — concordo. — Mas estamos aqui por algo mais importante.

Acima de nós, se abre o vazio obscuro das paredes do poço que descemos mais cedo, a escuridão carregando o peso de todo o conhecimento e todas as histórias que a pressa me obrigou a deixar para trás. Sou atingido por uma vertigem repentina, como se nosso feixe de luz de lanterna se prendesse à rocha e eu fosse cair no escuro se Mia não me segurasse no chão.

— E aquelas fotos?

Sua voz me faz sobressaltar.

— Que fotos?

Ela faz uma careta e indica meu braço com o queixo.

— Aquelas que você tirou quando entramos, das paredes e tal. Que ia analisar quando parássemos depois da ponte.

— Mehercule, eu esque...

Paro, piscando. Eu *tenho*. Tenho imagens novas, símbolos novos para estudar. Esquecidos por causa dessa criminosa surpreendente de cabelo azul e rosa ao meu lado. Olho para baixo e ligo a tela no meu punho sacudindo a mão. Algumas das fotos estão borradas por causa da pressa para registrar os símbolos na primeira sala, mas outras estão mais claras e, conforme a névoa de Mia se dissipa no meu cérebro, começam a entrar em foco. Tateio com a outra mão até achar o caderno na mochila, que coloco no meu colo, sem tirar o olhar das fotos.

Mia ri ao meu lado.

— Eeeee lá se vai ele.

Eu poderia dizer que ela é um desafio tão fascinante quanto as mensagens codificadas que os Eternos deixaram. Que, se ela quisesse, poderia ter minha atenção completa. Mas ela quebrou aquele clima antes, se afastou primeiro... e eu sei quando não abusar da sorte. De qualquer forma, não seria honesto. Menti e ela acredita que sou alguém que não sou. Então tento afastá-la dos meus pensamentos – assim como o som que ela cantarola, as sombras oscilantes enquanto ela mexe com os mosquetões, o cheiro dela ainda no ar – e me concentrar nas traduções.

Não faço ideia de quanto tempo passou quando finalmente ergo meu rosto de novo. Com cada nova imagem, sinto que estou mergulhando mais fundo na língua dos Eternos, entendendo melhor as nuances. Entretanto, nada ali fala do

Nautilus – e, considerando a forma como estava entalhado tão discretamente nos dois lugares que encontrei até agora, não sei *se* os entalhes formais vão ajudar. Até agora, só vi a história da transmissão original ser contada de novo.

Mia se afastou um pouco de mim e está olhando para o telefone celular. A tela está com a luz mais fraca possível, mas vejo o reflexo em seu rosto – ela está assistindo a um vídeo. Está sem som, mas parece muito concentrada. Estamos muito abaixo do solo para ter sinal, mesmo que a estação estivesse bem em cima. Suponho que seja a mensagem em vídeo que ela recebeu na noite anterior.

Sob a luz da tela, seu rosto está cansado, triste e sujo, e seus ombros estão curvados. Começo a falar, mas me contenho. Mesmo assim, devo ter feito algum som, porque ela ergue o olhar de repente e faz uma careta imediata, apertando o botão para desligar a tela do telefone.

— Que foi? — sua voz é um desafio, para ver se ouso comentar.

— Nada. — Deixo minha unidade de pulso apagar e uso a caneta para marcar a página do caderno. — Só estava pensando no meu pai. Fazer esse trabalho me lembra do quanto sinto falta dele, acho.

Mia perde um pouco da tensão nos ombros e, depois de alguns segundos, ela se aproxima de novo para guardar o celular de volta no bolso protegido da mochila e senta novamente ao meu lado.

— Alguma sorte com as traduções?

— Um pouco. — É quase impossível me controlar para não pegar o caderno de novo, mas a exaustão ajuda. Posso ter virado muitas noites na vida, mas nunca depois de um dia tentando sobreviver em um templo alienígena. — Os símbolos são bem menos formais do que aqueles no templo principal, que a equipe da *Explorer* fotografou — explico. — São quase casuais.

— Bem, pode guardar o resto como um mimo para amanhã.

Sorrio e, juntos, nos ajeitamos para deitar no chão de pedra fria, abrindo espaço para os sacos de dormir entre os escombros. Colocamos as máscaras dos respiradores sobre o nariz e a boca para suplementar o ar com oxigênio durante a noite. Meu corpo está pronto para isso, o que noto assim que inspiro.

Estamos bem próximos, o que é necessário, porque as pedras maiores formam um caminho labiríntico que não deixa muito espaço para deitar. No entanto, noto uma única fileira estreita de pedrinhas entre meu saco de dormir e o cobertor dela, e fico tentando me lembrar de quem montou a cama primeiro. Fui eu? Foi ela que escolheu essa proximidade?

Minha consciência briga comigo de novo, mesmo enquanto faço essa pergunta. *Você está mentindo para ela. Você está mentindo para ela.*

Ela desliga a lanterna sem muito aviso, antes que eu possa ver seu rosto, ou a parte que continua visível atrás da máscara. Antes que ela possa ver o meu e a culpa nele.

Ouço o cobertor se mexendo enquanto ela se ajeita e faço o mesmo, meus pensamentos rodopiando. Ficamos em silêncio por um tempo e então vem sua voz, baixa e suave, um pouco abafada pela máscara.

— E aí, as traduções... o que elas dizem?

— Vou levar um tempo para entender tudo. — De novo, sinto o impulso de acender a lanterna e estudar minhas anotações na luz fraca, e preciso suprimi-lo. É mais fácil com Mia a um palmo de distância de mim. — Não temos a história inteira ainda, mas o que encontramos elabora o que foi dito na transmissão original — continuo. — Acho que é a história da civilização deles. Como se elevaram, como caíram. Por que deixaram esses lugares para uma nova espécie encontrá-los.

— Deve ser tão maior do que a nossa — murmura ela, e por um momento preciso forçar minha mente a retroceder, a lembrar o que acabei de dizer. — Toda a nossa história é de um planeta. Uma tentativa breve de abandoná-lo, com a missão Alfa Centauri, e, tirando isso, nem um sinal até agora.

— E o relatado neste templo diz que eles viram a galáxia inteira. Dá para imaginar todas as histórias que poderiam contar?

— Histórias — ecoa Mia, sua voz pesada com significado. — Revelar o que foi deixado para trás.

É difícil saber exatamente a que ela se refere: aos Eternos, talvez, ou à nossa conversa sobre catadores e arqueólogos. Ou talvez ela esteja falando de Evie e do meu pai, da família que deixamos para trás. Minha carreira acadêmica arruinada e seu trabalho perigoso em Chicago. O sol e o céu, seus arranha-céus e minha piscina... nossas vidas, talvez. Nenhum de nós está escrevendo a história que previu.

Suas próximas palavras me dizem exatamente o que está em sua mente:

— Jules — diz, em voz baixa. — Já passamos por algumas salas, e ainda não vi nada que eu possa levar para vender. Tem certeza que encontraremos algo?

Meu silêncio dura tempo demais. Sei disso mesmo enquanto acontece, enquanto procuro palavras que não serão mentiras.

— Eu prometi que te ajudaria — digo finalmente, uma vida depois.

A lanterna se acende de novo e ela se apoia em um ombro, com a expressão preocupada ao me olhar.

— Jules? — um aviso, uma pergunta.

— Este é com certeza o lugar mais importante no qual poderíamos estar em Gaia — as palavras saem da minha boca de uma vez, na defensiva.

— Por causa da segunda camada de código — diz ela, sem emoção, e por um momento meu coração pula. Então me lembro da mentira que contei: que a segunda camada indicava a localização das melhores tecnologias.

— Isso — digo devagar, pausadamente. Porque não posso mentir, não de novo. Não para Mia, não quando ela está fazendo uma pergunta tão direta. Eu deveria, é importante *assim*, mas não posso. — Por causa da segunda camada. Mas a segunda camada não leva à tecnologia escondida. Pelo menos eu acho que não.

Viro o rosto, finalmente, encontrando seu olhar. De repente, como água escapando de uma barragem rompida, conto tudo que sei: explico a equação na segunda camada de código que forma uma espiral de Fibonacci perfeita no gráfico, uma sequência encontrada pela natureza toda, inclusive na concha do Nautilus que usei para nomear a espiral. Conto sobre o símbolo, sobre o significado fluido, difícil de traduzir. "Catástrofe." "Apocalipse." "O fim de tudo."

— De cima, este templo é idêntico à espiral perfeita, como no gráfico — digo. — Não sei se alguém estava avisando que este templo está cheio de perigo, ou que nos dirá como identificar o perigo, mas só eu sei disso, e ninguém me escuta agora que meu pai está...

Fico em silêncio, procurando uma palavra. *Preso? Detido?*

Quando entendi o que estava vendo nas imagens de satélite, quando meu cérebro se acendeu de repente e conectei a forma em espiral a este templo, soube o que precisava fazer. Tentei contar para meu pai, na nossa última chamada por vídeo. "Lembra minha primeira escavação?", perguntei, mostrando a ponta de lança que meus dedos de cinco anos arrancaram da terra. Seu rosto se suavizou, então ergui uma concha do Nautilus, com linhas cor de creme e de ferrugem marcando suas curvas. Ele ficou em silêncio: sabia que a concha não vinha de qualquer escavação minha. Sabia o significado da forma. "Acho que vou voltar", falei, torcendo para ele manter seu rosto discreto. "Ver o que mais encontro. Te amo, pai."

Antes que ele pudesse protestar, desliguei. Ele sabia aonde eu ia. Ele sabia o porquê. E os oficiais da AI monitorando nossa chamada semanal achavam que eu estava indo me distrair em uma excursão universitária.

Eu me arrasto de volta ao presente.

— Eu precisava vir, Mia. Esta forma, esta espiral, significa algo. Este é o lugar que explicará o quê.

Ela me encara na luz fraca, ainda apoiada no cotovelo. Pisca uma vez e engole em seco. Quando fala, sua voz é cuidadosa e calma de um jeito que nunca a ouvi:

— A espiral significa perigo. Mas você não sabe se este lugar está *cheio* de perigo ou se nos ensina *sobre* o perigo.

— Não — confesso. — Mas sei que estamos no lugar certo. Logo antes de subirmos na ponte, vi o Nautilus entalhado na rocha, como um sinal. Também vi no alto do penhasco. É aqui que precisamos estar para descobrir mais.

— Você não sabe se este lugar é fatal. — Apesar de estar em uma pose relaxada, até no escuro vejo que seu corpo está tenso. — E me trouxe para cá, sem nem... Você só *me trouxe para cá*, sem perguntar se eu me dispunha a esse risco. Então viu um símbolo que provavelmente significa *"apocalipse"* e só continuou andando sem compartilhar a informação?

Eu a encaro em silêncio. Não posso oferecer nada em minha defesa. Ela está certa.

— Você faz alguma ideia se tem algo de valor aqui para mim? Para Evie? — pergunta ela, controlada de novo.

Meu coração quer se encolher até sumir.

— Não sei — sussurro. *Pode ter*, diz minha mente. *Espero que tenha. Quero que tenha.* Mas nenhuma dessas palavras atravessa o nó da minha garganta.

Ela se senta em um movimento ágil e repentino, erguendo as mãos para passá-las pelo cabelo, os dedos brancos de tanta força e tensão.

— Você não sabe — repete, fria como gelo. Em um piscar de olhos, o gelo some, derretido pelo calor da sua fúria. — *Você não sabe?* A *vida* da minha irmã depende de mim, minha única família, minha irmãzinha... tudo que importa no meu mundo, e você só decidiu me arrastar alegremente para brincar de um joguinho idiota de detetive, porque é Jules Addison e sabe mais do que todo mundo. Você sabia que eu tinha um objetivo aqui, só uma coisa que vim fazer. Eu precisava de tecnologia e você... você *mentiu* para mim. Isso não é um jogo, não é... Mesmo se não ligar a mínima para ajudar minha irmã, sem nada de valor eu não conseguirei pagar para sair deste planeta. Eu *morrerei* aqui, Jules.

— Eu te ajudo — tento, quando ela pausa para respirar ou, pelo que parece, chorar. — Eu prometi. Foi sincero.

— Com que dinheiro? — A voz dela enfraquece, e o som faz com que eu queira derreter nas pedras e no lixo. — De onde vem esse dinheiro mágico? — insiste. — Você é tão rico assim, Jules?

Não sou, claro que não. Posso viver nos arredores luxuosos de Oxford, mas meu pai vive do salário de professor. Não tenho o dinheiro que Mia precisa para comprar a liberdade da irmã.

— Vamos encontrar algo — murmuro, mas não me convenço. — Não temos como saber o que encontraremos no fim deste caminho.

Os olhos de Mia queimam na luz da lanterna.

— É isso que você disse pra si mesmo esse tempo todo? Para se sentir melhor?

Não respondo. Não posso. Ela está certa, nós dois sabemos, e, mesmo que eu saiba que estou fazendo a coisa certa, que tenho que chegar ao centro do templo para descobrir os perigos da tecnologia Eterna... olhando para seu rosto, tudo que sei parece menos certo.

Ela tem razão. Meu silêncio confirma esse fato.

Ela me encara por mais um segundo, dois, seu olhar furioso me medindo e me achando decepcionante de todas as formas possíveis. Então ela olha para o equipamento, para o arnês de alpinismo, antes de erguer o rosto – e meu coração dói – para o penhasco. Vejo na tensão raivosa de seu maxilar que tudo que ela quer é ir embora, me largar para recolher os cacos do plano original. Mas, se estiver com metade do cansaço que estou, nunca conseguirá. Então, em vez disso, ela toca a lanterna e nos mergulha na escuridão de novo.

Quero convencê-la que *vou* dar um jeito de ajudá-la.

Quero tentar explicar mais uma vez que podemos estar prestes a fazer a descoberta mais importante em Gaia, que podemos estar salvando nosso mundo todo.

Quero...

— Mia...

— Não.

A palavra é como uma bala que me silencia.

AMÉLIA

Quando acordo, sei que o tempo passou, mas não o suficiente: minhas pálpebras ainda estão pesadas, meu estômago se revira com a náusea que vem ao acordar cedo demais depois de noites de pouco sono. Algo toca meu rosto e eu levo um momento para entender que é meu respirador, que deveria mesmo estar ali.

Uma luz brilha na minha linha de visão e uma pedra bate em outra perto da minha cabeça. Será que Jules está abrindo caminho para mijar, algo assim? Não, espera… ele ainda está deitado atrás de mim. Nos aproximamos enquanto dormíamos – *porque está frio*, digo a mim mesma, *e juntos nos aquecemos* – e a curva das minhas costas se encaixa na frente do corpo dele. Quando respiro fundo, tremendo, reparo que ele está me abraçando. É como se soubesse que eu estava pensando em ir embora, como se até seu inconsciente quisesse me manter aqui com ele.

Vamos embora, Mia, penso, deixando a raiva da noite anterior voltar. Eu sabia que ele era ingênuo, idealista, cabeça-dura; mas de alguma forma, no curto tempo desde que o conheci, comecei a confiar nele. *Idiota*, grita a voz na minha cabeça.

A luz brilha nos meus olhos de novo e de repente fico desperta e tomada por adrenalina enquanto me sento. Jules resmunga em protesto, mas deve ter sido tomado pelo mesmo instinto, porque, logo depois, se senta atrás de mim.

— Acordamos o casalzinho? — É a voz de uma mulher, americana, dura.

— Quem é você? — pergunto, meu coração batendo forte no peito, me obrigando a procurar meu canivete sob as cobertas lentamente. Preciso escondê-lo em um lugar acessível. Não tem chance de essas pessoas serem amigáveis e eu não posso me deixar ser sequestrada. Jules não sabe o que estou fazendo, mas continua me abraçando, o que disfarça o movimento.

— Me chamo Liz, querida — responde a mulher, abaixando um pouco a lanterna. Vejo a silhueta de mais quatro pessoas ao nosso redor. Devem ter descido pelo penhasco enquanto dormíamos. Ouço o desprezo na voz de Liz. — Você não achou que Mink apostou tudo em uma pessoa só, né? — pergunta.

Merda. Merda merda merda.

— Mink? — pergunto, piscando sem parar no meio da luz, sem enxergar muito além do brilho. Preciso ganhar tempo. Na minha mochila está uma das armas que roubamos dos saqueadores lá na fonte, mas não tenho como pegá-la sem que eles notem, e eles vão procurar armas se formos revistados. Mas o canivete na minha mão... se eu conseguisse escondê-lo em algum lugar... — Não sei de quem...

— Não se faça de boba — interrompe ela. — Já passamos muito desse ponto, molecada.

Considero enfiar o canivete na minha bota, mas é o primeiro lugar que qualquer idiota confere numa revista.

Em vez disso, enfio o canivete na minha calça, por dentro da calcinha, de lado, para com sorte parecer parte do elástico. Catadores às vezes aproveitam a revista para passar a mão, mas costumam preferir os peitos ou a bunda.

— O que está acontecendo? — Jules está se esforçando para parecer confuso, seguindo minha deixa. Quando ele abaixa a máscara para falar, sinto sua respiração em meu pescoço. Ele continua assim, como se sem a máscara pudesse vê-los melhor, entendê-los. Parece um acadêmico confuso olhando através dos óculos.

Liz só ri, uma gargalhada fria. Atrás dela, uma sombra se move e escuto o som de um sinalizador acendendo. Uma luz alaranjada surge no escuro e cai no chão.

Meu coração afunda. São cinco deles e, apesar de Jules ser mais alto do que alguns, os homens de Liz são musculosos, ao passo que ele é magro... e são todos maiores do que eu. Não reconheço nenhum do grupo cujas armas e bike roubamos, mas isso não é tão reconfortante. Significa que não sei o que esses caras querem, o que não me coloca em vantagem nenhuma.

Meu primeiro instinto, de supor que eram enviados da AI para impedir pirataria, claramente está errado: Liz mencionou Mink, e Mink se esforçou *muito* para garantir que sua operação clandestina estivesse fora do radar da AI. Ela teve que subornar um bando de funcionários de baixo escalão da AI para entrar com sua equipe na estação orbital, e os funcionários não podiam expô-la sem se expor também. Se essa tal de Liz conhece Mink, não é da AI.

A equipe de Liz começa a revirar nossas mochilas, encontrando as armas e reagindo com resmungos antes de confiscá-las. Deixam a maior parte do resto do equipamento nas mochilas, mas analisam tudo com cuidado e pegam uns objetos selecionados da mochila de Jules, incluindo o fogão-ondas valioso. Minhas coisas, suponho, são velhas e baratas demais para interessar.

Então ela se vira para nós, estalando os dedos e estendendo a mão. Nós dois a encaramos sem expressão, esperando que a instrução seja esclarecida.

— Os respiradores, casalzinho — diz, impaciente.

Meu coração afunda ainda mais, chegando ao estômago. Nossa sobrevivência. Sem eles, morreremos em poucos dias. Um dos homens da gangue se aproxima dela, com uma arma pesando intencionalmente na mão, e nós dois soltamos as máscaras e as entregamos. É a estratégia mais esperta que ela poderia escolher. Não podemos correr agora, mesmo se conseguíssemos escapar só com unhas e dentes de cinco saqueadores armados.

— Levantem — ordena Liz, tirando a lanterna da minha cara para fazer um gesto e se levantar da posição agachada. Ela está na casa dos quarenta anos, com um rosto anguloso que seria bem bonito se não fossem os olhos gélidos e estreitos e a boca fina e dura.

— Estamos levantando — Aperto o braço de Jules sob o cobertor compartilhado e me levanto devagar. Ele faz o mesmo, meio segundo depois de mim. Eu estava pronta para partir ao acordar, para escalar esta armadilha espiral dele e tentar retomar o que resta do meu plano original. Mas só porque não consigo nem olhar para seu rosto – e, céus, eu gostaria –, não significa que quero ver seu cérebro todo espalhado pelo penhasco. Quero sair dessa viva e quero que ele saia vivo também, se possível. Agradeço a qualquer divindade, ancestral espiritual ou monstro de macarrão que esteja ouvindo por ele manter a boca fechada, reconhecendo que, entre nós dois, tenho a maior probabilidade de fazer com que saiamos da situação na base da conversa. — Deixa eu entender: Mink te mandou?

— Isso aí, docinho. — Liz olha para mim de cima a baixo, então faz o mesmo com Jules. Seu olhar atento se demora nele, certamente processando as mesmas qualidades que notei. Apesar de as roupas novinhas não estarem tão limpas agora, das botas caras estarem menos brilhantes.

— Bem, pelo menos estamos no mesmo lado. — Vale tentar. Tento parecer relaxada, mas é difícil com a adrenalina percorrendo meu corpo.

— Trabalhamos para a mesma pessoa — responde Liz, me observando com olhos de ave de rapina. — Não significa que estamos do mesmo lado.

Preciso agir rápido. Só tenho uma jogada boa aqui, uma informação que posso usar para convencer que valho o que peso e, no segundo em que descobrirem sozinhos, não me serve para nada. É para isso que a vida como catadora me treinou: pesar riscos e oportunidades em um piscar de olhos, agir sem hesitação.

— Ei — digo, erguendo a voz, com um tom leve de irritação, como se estivessem me fazendo perder tempo. — Vocês sabem quem é esse garoto? Quanto ele vale? É Jules Addison, filho único de Elliott Addison. — Ouço o suspiro chocado de Jules atrás de mim e me obrigo a ignorá-lo, minha voz dura. — Ele sabe mais sobre Gaia do que todo mundo nesse planeta junto, e eu ando mantendo ele vivo. Então vamos parar de pose e descobrir como prosseguir, tá?

Liz me encara longamente e ergue os cantos a boca como se quisesse rir de uma piada que só ela entende.

— Querida, a gente sabe quem ele é.

Fico sem ar para responder, desesperada. Sua identidade era o único item de valor que eu tinha, a única moeda de troca.

Liz sorri e o ângulo de sua boca me faz querer atacá-la.

— Mink sabe tudo sobre ele. Por que tropeçar no escuro quando podemos seguir o rato treinado até o centro do labirinto? — Ela está se divertindo, é óbvio; é uma dessas pessoas que sentem um prazer perverso por ter todo o poder. Mas informação tem seu valor. Se eu mantê-la falando, talvez ela deixe escapar algo que eu possa usar.

— Mas... — gaguejo, e, apesar de ser fingimento, não preciso me esforçar para que minha voz trema. — Mas eu trabalho pra Mink, ela teria me dito...

— Era para você ter ido ao templo principal com os outros catadores imbecis — fala Liz, mudando o peso de um pé para o outro, impaciência se sobrepondo à diversão. — Garantia. Carniceiros de lixão... nada a perder com mais pés no chão, e se um ou dois de vocês voltassem com algo valioso, seria um pagamento extra.

Estou tonta. Liz desvia o olhar para Jules e, quando espio pelo canto do olho, vejo que sua expressão é de pedra. Ele me ouviu trair sua identidade. Não importa que Liz já soubesse quem ele era, ou que eu estivesse tentando salvar nossas vidas ao argumentar que valia mais nos manter respirando. Do seu ponto de vista, ontem brigamos e hoje me voltei contra ele.

Qualquer chance frágil que tínhamos de agir como um time está em frangalhos. Talvez estivesse perdida desde o começo. Talvez aquele momento deitados juntos depois da ponte desmoronar tenha sido a mentira.

Afinal, sou uma catadora. Sou uma saqueadora. Sou uma ladra, uma vândala, uma criminosa. Ele é um acadêmico privilegiado e idealista que mandaria a polícia me prender se pudesse, em outra vida, outro mundo.

Sempre iríamos fraturar. Respiro fundo e me endureço contra o arrependimento e o luto em meu coração. É o que faço. Afasto a dor e continuo, aconteça o que acontecer. *Fique viva. Salve Evie. Faça o que veio fazer.*

Liz interrompe a inspeção de Jules com uma ordem rápida. Dois homens se aproximam para esvaziar nossos bolsos e nos revistar, procurando armas, enquanto os outros pegam nossas mochilas de novo. Estou atenta demais ao canivete na minha barriga, lentamente chegando à temperatura corporal. O cara me revistando é um barbudo de uns vinte e poucos anos que precisa muito de um banho – assim como todos nós – e de roupas novas. Ele é profissional até chegar à minha cintura. Quando começa a pressionar a mão na minha bunda, me afasto e grito:

— Ei, quer perder essa mão?

Ele começa a reclamar, mas o cara latino de meia-idade que está revistando Jules interfere:

— Para com isso, Hansen. É só uma garota.

— Dane-se — resmunga Hansen, acabando a revista dos meus bolsos o mais rápido que pode. Ele confere minhas botas por alto e se afasta, me deixando tremendo, tentando não mostrar o alívio por não ter encontrado meu canivete. Há uma lâmina nele. Não estou indefesa. Ele deixa o outro homem para ficar de olho em mim e em Jules enquanto Liz conversa com o resto do grupo, distante o suficiente para não ouvirmos. Um deles é um baixinho de cabelo claro, o outro usa uma boina que cobre o rosto e tem uma barba ridícula na bochecha.

— Peço desculpas por ele — diz o cara latino, que deve ter a idade de Liz, pouco mais ou menos de quarenta anos. Ele segue meu olhar enquanto observo Hansen se afastar. — Me chamo Javier. Só façam o que ela mandar e vocês ficarão bem.

— Obrigada. — Aceno com a cabeça, mesmo querendo jogar essas "desculpas" na fuça dele. Ele ainda a está ajudando a nos atrapalhar. Mas não custa nada tentar uma abordagem amigável. Talvez me compre um ou dois segundos de hesitação se Liz mandar que ele atire na minha cabeça.

Jules não diz nada, só encara um ponto fixo distante, como se tivesse fugido para o próprio mundo. Parte de mim gostaria de poder explicar que seu nome era uma moeda de troca, que eu estava tentando comprar alguma confiança para podermos sair dessa, mas outra parte de mim recua, ainda furiosa, insistindo que não devo lealdade nenhuma.

Eles acabam de nos revistar e colocam as mochilas de volta em nossos ombros. Amarram nossas mãos com minha corda de alpinismo, nos prendendo um ao outro e deixando uma ponta sobrando, como a correia de uma coleira. *Ótimo. Somos mulas.* É Hansen que ata os nós, apertando os meus com ainda mais força, soltando um gemido de satisfação. Javier pode ter compaixão com a gente, mas Hansen com certeza não é mais meu fã.

Liz acaba o papo com a equipe e se aproxima de nós para pegar a ponta da corda.

— Você primeiro — informa para Jules, colocando o capacete na cabeça dele e acendendo a lanterna. — Visto que foi tão bom em decifrar armadilhas e riscos até agora. Será bem mais fácil te seguir agora, sem arnês nem ganchos. Você fez uma boa bagunça naquela primeira sala.

— Nossos respiradores? — pergunto. Não vi onde foram parar, provavelmente de propósito. Sei que é um esforço inútil, que eles os pegaram para não podermos correr, mesmo se escapássemos das cordas. — Não conseguimos uma noite inteira com eles — acrescento.

Liz enrola a ponta da corda na mão.

— Vamos devolver quando acamparmos, se fizerem o que mando e nos guiarem em segurança. Se nos enterrarem sob uma tonelada de pedras, os respiradores vão conosco.

Perguntei para Jules se os Eternos tinham a mesma capacidade para violência e mentira que os humanos. Eu devia ter continuado a me preocupar com minha própria espécie.

Jules engole em seco, passando o olhar por Liz e por mim antes de se concentrar na escuridão à beira do campo de detritos. Há medo ali, no seu rosto... mas não o suficiente. Não contei tudo sobre meu passado para Jules, sobre o tipo de gente que se encontra sendo catador. Contei que alguns eram legais, o que era verdade.

Só não contei sobre gente como Liz. Gente que prefere atirar a conversar, que deixa qualquer um amarrado para secar no deserto só para roubar um punhado de equipamentos.

Para gente como ela, tudo, *todos*, tem valor. Não é diferente de como separei o equipamento de Jules no começo dessa nossa parceria: tudo que não valer a pena carregar deve ser deixado para trás.

O fato de que não decidiram me matar agora não significa que não acontecerá, só que ainda não têm certeza, ou que querem me usar como um canário em uma mina velha para ativar armadilhas caso Jules não as note. Se servir a seus objetivos mais tarde, não tenho dúvidas de que Liz é capaz de me matar sem pensar duas vezes.

Jules é útil para eles, mas, por enquanto, estou só ganhando tempo.

Preciso garantir que valha a pena carregar nós dois.

* * *

A próxima sala parece relativamente intacta, mas, considerando como descer pelo quebra-cabeça destruído antes de acampar foi mais fácil do que resolver o quebra-cabeça da afinação e atravessar a ponte fatal, isso não é necessariamente bom. Depois de examinar rapidamente os símbolos espalhados pelas paredes, Jules começa a guiar a expedição em um circuito pela sala.

Demoro um pouco para reconhecer: parece com um dos primeiros desafios do templo da expedição *Explorer IV*. Assisti aos vídeos dos astronautas dezenas de vezes, para estudar nas semanas depois de ser recrutada pela Mink. Este não é exatamente o mesmo, mas é um quebra-cabeça relativamente simples de grade. Apesar de eu não saber ler os símbolos, Jules sabe.

Cada vez que ele pisa no ladrilho correto, uma luz brilhante o percorre, acendendo os filamentos prateados por um instante. Essa pedra-que-não-é-pedra é perturbadora. Também é perturbador pensar que cinquenta mil anos atrás, quando ainda estávamos começando a trocar lanças por arcos e flechas, antes de desenvolvermos qualquer coisa que chamaríamos de língua, os Eternos estavam construindo este lugar, transmitindo sua última mensagem pelo espaço para seus sucessores, criando tecnologia que ainda não entendemos.

Continuamos, esperando Jules descobrir onde podemos pisar em segurança, por minutos, depois horas. Dá para notar, pelos gestos que faz com o pulso amarrado, que ainda está fotografando os símbolos, como se traduzir as sagas dos Eternos ainda importasse. Ele não faz ideia da gravidade da situação, de como estamos ferrados; de como é pouco provável ele ter a oportunidade de voltar para casa e compartilhar essas fotos.

No entanto, tudo que posso fazer é continuar por perto, garantindo que as cordas nos prendendo não afastem nenhum de nós dois do caminho, não nos leve a terreno instável.

Segui-lo tão de perto me dá tempo para pensar. De alguma forma, eles sabem quem é Jules: Mink sabia que ele estava vindo para Gaia, sabia que ele seria o truque para atravessar a armadilha que é esse templo. E que valeria a pena segui-lo. Isso me dá uma pontinha de esperança. Mink não ligaria para pesquisa acadêmica se não tivesse uma boa recompensa. Talvez, só talvez, eu ainda tenha a oportunidade de ganhar o suficiente para ajudar Evie.

Já que Liz segura a corda que me prende a Jules, não há como conversarmos em particular, o que provavelmente é mesmo melhor. Nunca sei se quero salvá-lo ou jogá-lo em um desses buracos sem fundo por ter mentido.

Afasto meus pensamentos de Jules com muito esforço e me concentro em andar. Então, enquanto escuto pedras nos movendo atrás de nós e areia arrastando no chão, me dou conta de uma coisa.

Eu os ouvi. Eu os *vi*. O que achei que era só o labirinto se ajustando depois de passarmos, o que supus que fosse o brilho de um sol alienígena na beira do cânion… eram sinais de que estávamos sendo seguidos.

Eu poderia gritar de frustração. *Sou melhor que isso.* Eu deveria ter estado alerta… mas tínhamos tanta certeza que não havia motivo para alguém vir atrás de nós. Jules achou que ele estava seguindo um código espiral secundário e secreto da transmissão original que ninguém mais conhecia e eu achei que ele estava me levando a um tesouro que ninguém mais descobrira. Não tínhamos como adivinhar que Mink colocaria uma equipe atrás dele. Não tínhamos como adivinhar que ela sequer sabia que ele estava aqui.

Meus olhos queimam – *cansaço*, digo para mim mesma – e eu os aperto com força. Não sei quanta água darão para os prisioneiros. Não posso arriscar perder uma gota na forma de lágrimas.

Aqui embaixo, sem janelas para a superfície, é impossível acompanhar a passagem de tempo sem um relógio, e não alcanço o celular com as mãos amarradas. Um tempo depois, que parece levar horas, depois da sala e do corredor se abrirem para uma antecâmara cheia de detritos, Liz nos faz parar.

Ela puxa a corda sem aviso, torcendo meu ombro, e um grito de dor escapa antes que eu possa fechar a boca. Jules, amarrado a mim, também para, caindo de joelhos e quase me arrastando junto.

— Você — ordena, indicando Jules com o queixo. — É outro quebra-cabeça destruído?

Jules vira a cabeça o suficiente para vê-la com o canto do olho.

— Parece ser — responde. Vejo os músculos tensos do seu maxilar.

— É seguro acampar aqui?

— Imagino que sim.

Liz estreita os olhos.

— Olha, gracinha, se qualquer coisa acontecer com minha equipe porque você deixou alguma coisa "escapar", de propósito ou sem querer, vou garantir que aconteça com você também. Agora, de novo, com vontade: é seguro acampar aqui?

Jules range os dentes e olha ao redor da sala por alguns segundos longos e tensos.

— Pelo que consigo estimar, é.

— Ok. — Liz segue em frente e nos empurra para o lado, obrigando Jules a se levantar de supetão. Ela nos obriga a sentar e amarra a ponta da corda em uma pedra imensa. Então ela e seus homens – Javier e Hansen, além dos outros dois cujos nomes ainda não sei – se espalham, inspecionando a sala com cuidado, testando o chão, sem confiar completamente em Jules. Não posso culpá-los: também não confiaria, se fosse eles.

Não tem outro jeito de descansar por causa de como estamos amarrados, então me apoio em Jules, deixando que a exaustão me tome por alguns momentos. Mesmo se pudéssemos nos soltar, para onde fugiríamos? Cairíamos em mais armadilhas e, com todos atrás de nós, não teríamos tempo de decifrar as soluções. Além disso, só aguentaríamos um ou dois dias sem os respiradores.

— Você está bem? — a voz de Jules é baixa e ele parece sofrer com a pergunta.

A parte assustada, exausta e quase histérica da minha mente quer rir. Um cavalheiro, mesmo amarrado a uma garota suja, suada e traidora no fundo de um templo mortífero, cercado por mercenários prontos para atirar na nossa cara.

— Estou. E você?

— Estou também. — Ele pausa por um instante. — E bem irritado.

Desta vez eu sorrio, alimentada por uma faísca de alívio, ou esperança, de ele entender por que traí sua identidade.

— Bom saber — respondo.

Inclino a cabeça para trás, ousada, para apoiá-la em seu ombro em uma demonstração silenciosa de solidariedade, mas ele se afasta. A faísca de calor em meu peito desaparece.

Ao nosso redor, os membros da equipe de Liz estão montando um acampamento rudimentar, deixando as mochilas no chão e abrindo espaço para os sacos de dormir. Eu os observo por um momento, até saber que ninguém escutará meu murmúrio.

— Jules, eu só dei seu nome porque...

— Não — diz por entre dentes cerrados, com olhos fechados. — Não quero ouvir sua desculpa.

Ranjo meus dentes também.

— Você não tem direito de ficar tão puto comigo — digo, fria. — Eu não estaria aqui se você não tivesse mentido.

— Talvez eu não tivesse te trazido se soubesse que você exporia minha identidade no primeiro momento de perigo.

— Vamos sobreviver a isso — mantenho a voz distante.
— Depois cada um pode seguir seu caminho.

Sinto sua tensão contra minhas costas. A intimidade forçada de estarmos amarrados faz com que cada um de seus movimentos e reações pareçam meus também. Tento me manter firme, fortalecer meus pensamentos. Não devo nada a Jules. Me agarro a esse pensamento e mantenho meu corpo o mais rígido possível onde nos tocamos.

— Tá bom — responde ele, finalmente.

— Tenho quase certeza de que eles estão nos seguindo desde o cânion — falo e pauso, para garantir que ninguém da gangue de Liz se aproxime o suficiente para ouvir. — Daqui a pouco alguém estará nos guardando, não temos muito tempo. Você faz ideia de quem são essas pessoas?

— Nenhuma. Nunca vi, não conheço nenhuma Liz.

— O grupo que você deveria encontrar ao pousar? Quando achou que ia se juntar a uma expedição?

Sinto Jules sacudir a cabeça, sua orelha toca meu cabelo.

— Não foi o que me descreveram, pelo menos.

— Mink é uma manipuladora notória — penso em voz alta, tonta de fome e exaustão. — Talvez ela tenha descoberto que você estava na nave e… e tenha montado uma equipe para te seguir, sabendo que aonde quer que você fosse valeria algo.

— Talvez — a voz de Jules é suave, mas cansada em vez de gentil. — A empresa que me contratou, a mulher que me abordou, Charlotte, tomou muitas precauções. Eu passei semanas investigando, examinei anos de presença online de todos os envolvidos, mas se Mink é tão bem conectada… talvez ela tenha alguém dentro da Global, alguém que deu a dica.

Fecho os olhos, desejando conseguir bloquear os sons da gangue da Liz. Antes ficava perturbada pelo silêncio entre nós dois, sozinhos em um templo alienígena antigo, mas agora sinto falta.

Se Mink tiver conseguido uma dica de um espião – ou de qualquer outra fonte –, então ela saberia desde o começo que o templo principal não seria o melhor alvo de saque. Jules nunca teria ajudado uma gangue de saqueadores, muito menos de mercenários tão implacáveis e eficientes quanto a gangue de Liz, se eles o tivessem sequestrado logo de cara.

Mink é esperta o suficiente para pesquisar bem e saberia que ele valoriza demais seus princípios para isso. Eles o deixariam vir na conta da Global, acabariam com a equipe que deveria encontrá-lo e apoiá-lo, deixariam que ele os levasse ao lugar certo e esperariam até não ter mais volta antes de montar a armadilha.

É um plano brilhante e meu estômago se revira com a pontada de admiração que sinto. O que me deixa mesmo enjoada é a crueldade. Liz teria recebido ordens de não interferir, não dar sinal de sua presença, até ele estar fundo o suficiente no templo para não ter como fugir. Então deveria amarrá-lo, usá-lo como cão de caça, fazê-lo assistir a eles arrancando qualquer resto de evidência que pudesse ajudar seu pai. E o plano todo está se desdobrando com tranquilidade.

Exceto por um elemento: eu.

Eu deveria ir ao templo principal. Uma garantia, provavelmente, caso sua suspeita estivesse errada ou caso Jules tivesse desistido ou morrido. Eu nunca deveria ter conhecido ele, e certamente nunca deveria ter me juntado a ele. Jules deveria estar sozinho.

O que significa que sou peso morto para Liz.

Medo, quente e palpável, percorre meu corpo de forma tão visceral que tenho quase certeza de que Jules consegue senti-lo pelo nosso contato.

Não vale a pena me carregar.

— Jules — ofego, tomando cuidado para não sussurrar, porque, em cavernas como esta, um sussurro ecoa muito mais do que uma voz baixa. — Precisamos nos soltar.

— Jura?

Seu sarcasmo normalmente me faria sorrir, mas estou assustada demais.

— Não, *eu* preciso...

Um dos homens está vindo na nossa direção, então paro de falar. É Javier, que impediu Hansen de me apalpar, que mostrou uma pontinha de pena da nossa situação.

— Vamos parar aqui por hoje — anuncia. — Apesar de não sabermos que hora é, não importa aqui embaixo, na escuridão perpétua. — Preciso arrumar vocês — continua.

Por "arrumar" ele quer dizer "prender corretamente".

Ele agacha ao nosso lado e faz uma careta ao ver os nós que Hansen amarrou mais cedo. Não sinto mais meus dedos e levo um tempo para notar a pressão das mãos de Javier soltando as cordas.

— Posso dar uns dois minutos para vocês retomarem a circulação.

— Preciso do caderno na minha mochila — diz Jules, tão frio e educado que é impressionante Javier não congelar ali mesmo. — Preciso continuar trabalhando nas traduções, caso queiram progredir amanhã.

Javier considera o pedido, mas aparentemente está disposto a arriscar uma arma perigosa como um lápis nas mãos de Jules, porque entrega o caderno antes de soltar meus nós.

O sangue volta de uma vez aos meus dedos, queimando e ardendo o suficiente para me fazer morder o lábio. Apesar da dor, me obrigo a massagear minhas mãos e Jules faz o mesmo. Nós dois conseguimos nos virar um pouco e agora vejo seu rosto. O que vejo faz meu coração apertar.

Ele está com *raiva*. Nunca o vi assim e, apesar de só conhecê-lo há poucos dias, conheço o suficiente para saber que esse tipo de fúria é desconhecida para ele também. Ele viu, talvez pela primeira vez, como as pessoas podem ser mercenárias e calculistas. Para alguém como Jules – inteligente, dedicado, apaixonado –, notar que nada que ele pode dizer fará com que essas pessoas o entendam, com que vejam as questões maiores com as quais ele se importa tanto, deve ser completamente devastador.

Eu, pelo menos, cresci em um mundo de ideias menores e mais egoístas. Para ele, este tipo de traição é novo.

Vou tirar a gente dessa bagunça dos infernos. Eu *e* Jules.

— Preciso mijar — solto, formando um plano no improviso. — Antes de ser amarrada de novo.

O resto do acampamento escuta e um dos outros homens, cujo nome ainda não sei – o cara baixinho e loiro –, ri. Ele joga uma garrafa de plástico vazia que para ao bater na minha coxa.

Olho para a garrafa e depois para ele, com horror exagerado.

— Está falando *sério*? Garotas não conseguem mijar em garrafas, seu imbecil. Olha... sua chefe pode me levar. Posso ir no corredor do qual viemos. É seguro lá, né?

Essa pergunta é para Jules, e ele olha para mim por um longo momento antes de concordar com a cabeça. Eu gostaria de explicar o plano para ele, pedir que ele confie em mim, mas só posso encará-lo por um segundo antes que Liz se levante, dando de ombros.

— A garota está certa, Alex. Sempre posso atirar nela se tentar alguma gracinha.

Tento não deixar que isso me atinja, mas não consigo, e meu corpo pinica de desejo de fugir e me esconder, como fazia ao encontrar gangues de catadores armadas em Chicago. Lá eu tinha pelo menos meia dúzia de esconderijos para os quais poderia correr, independentemente de onde estivesse trabalhando. Aqui, só tem armadilhas fatais à frente e um penhasco atrás.

Liz me leva de volta por onde viemos, para o corredor, até sairmos da vista do resto do grupo. Sinto um calafrio, sabendo que ela está bem atrás de mim. Apesar de não ter visto sua arma, sei que ela está carregando uma. Seria fácil para ela usar esta oportunidade para se livrar do peso morto, em vez de me deixar fazer as minhas coisas.

Então falo rápido.

— Olha só — digo, parando de repente. Me viro, erguendo as mãos para mostrar que meu movimento brusco não é uma tentativa de brigar. Mesmo assim, quando consigo vê-la, ela tem uma arma apontada para minha cara. Engulo em seco.

— Não preciso ir ao banheiro, só queria falar com você longe dele. — Inclino a cabeça na direção do grupo, onde consigo ouvir Jules pedindo comida para o resto da gangue.

Liz ergue uma sobrancelha, mas não move a arma.

— Pode falar. Tem dez segundos para ficar interessante.

— Você sabe quem ele é? Eu também. Ele foi burro o suficiente para me contar de cara quando nos encontramos.

— As mentiras vêm fáceis e rápidas. É nisso que sou boa. — Acho que sei por que você está aqui... É por isso que estou aqui também. Você está certa, eu devia ter ido ao templo principal, mas, quando encontrei Jules, notei que ele ia para outro lugar e que *saberia* onde estavam as melhores coisas. Então fui com ele.

— Estou ficando entediada. — Liz não passa de uma silhueta no escuro, mas ouço impaciência em sua voz.

— Sou uma catadora, que nem você — falo mais rápido. — Acha que dou a mínima pra baboseira acadêmica desse cara? Mas a parada é que ele não vai te ajudar. Você o viu: mimado, fresco, criado em Oxford. Ele tem a cabeça cheia de lealdade, heroísmo, honra e todas essas idiotices. É burro o suficiente para morrer antes de ajudar catadores a chegarem aos artefatos que está tentando salvar.

— Todo mundo gosta de dizer isso, mas costumam mudar de ideia quando encaram o cano de uma arma.

— Não é o caso desse cara. Eu o conheci bem. Ele é coisa séria. É doido que nem o pai, e Elliott Addison deixou que destruíssem todo seu trabalho e o jogassem na prisão para não ajudar a AI a chegar aqui. Respiro fundo, tonta por causa do risco que estou prestes a tomar. — Você acha que não valho nada. Que sou só uma das garantias de Mink. Aquele idiota lá dentro é o tesouro, você está certa. Mas eu sou a chave para abri-lo.

Liz muda o peso de um pé para o outro.

— Do que raios você está falando?

— Ele não vai te ajudar... mas eu já consegui que ele me ajudasse. Inventei uma historinha triste sobre uma irmã ilegal inventada, uma dívida a pagar. — Meu coração aperta e parte de mim quer chorar só por falar isso. Evie não é uma historinha triste. Ela é tudo que tenho. Mas endureço minha voz e continuo: — Você mesma disse quando nos encontrou: parecemos um casalzinho. Ele está apaixonado, nunca conheceu uma garota como eu. Já está pensando em um jeito de fugir, te garanto. Ele pode ser ingênuo, mas você está tentando prender um gênio, o que não vai funcionar. Ele vai escapar. Mas se eu estiver como você, se me juntar ao seu time, ele ficará. Posso convencê-lo que é melhor trabalhar com você e te levar aos tesouros.

— E o que você ganha com isso?

— Bom, para começo de conversa, não levo um tiro na cara.

Liz esboça um sorriso e abaixa a arma.

— E?

— Nossos respiradores. — Ouço Liz inspirar, pronta para discutir, e a interrompo rapidamente: — Ele ainda está amarrado e eu nem tenho para onde ir. Não sei resolver esses quebra-cabeças idiotas melhor do que você. Mas nossos respiradores ajudariam muito a convencê-lo que é melhor seguir seu plano.

Liz ergue uma sobrancelha e engatilha a arma com um clique que ecoa pelas paredes de pedra como uma explosão.

— Matar a amiguinha dele ajudaria muito a convencê-lo de que estamos falando sério.

Preciso usar cada pedacinho de força para me manter firme, para não deixar que o medo me consuma e me transforme em uma bolha de terror. Mas minha boca sabe o que dizer, mesmo que meu cérebro implore para eu chorar em posição fetal:

— Se me matar, destruirá a única influência que tem sobre ele. Sabe a primeira coisa que ele disse quando paramos?

Que se jogará de cabeça no próximo buraco sem fundo antes de levar vocês ao tesouro.

Liz estreita os olhos.

— Acho difícil de acreditar.

Dou de ombros, esperando que pareça despreocupada.

— Acredite no que quiser. Mas, se ele é o motivo para Mink ter te mandado para cá, *eu* acho difícil acreditar que ela pagaria para te tirar de Gaia se soubesse que você o deixou mergulhar de um penhasco.

Liz morde a bochecha por alguns segundos, então guarda a arma. Há um coldre dentro da jaqueta, mas, no escuro, não vejo exatamente onde.

— Tá — diz, e a tensão estala nos meus pulmões como um elástico. — Mas você vai continuar prisioneira pelas aparências. É melhor do que ele achar que você o traiu.

Merda, estava esperando que ela não pensasse nisso. Preciso estar livre, até mesmo ganhar confiança, para sair dessa. É por isso que Jules me trouxe para cá, mesmo que não soubesse disso no começo. É este meu mundo, a meio universo da minha casa.

— Se eu for prisioneira, ele vai ficar pensando em formas de fugir. Uma hora ou outra, ele pensará em algo bom o suficiente para que eu não possa negar sem deixar óbvio que não *quero* que ele escape. Não, preciso fazê-lo pensar que *ajudar* o grupo é o que o tirará dessa, e para isso preciso estar do lado de vocês. Ele vai ficar puto, claro. Mas sei quando prendi um cara no anzol — arranco um sorriso de não sei onde. — Ele gosta de mim mais do que ficará puto comigo, e posso convencê-lo que só estou fingindo estar do seu lado. Posso fazê-lo acreditar que ainda estou do lado dele.

Liz fica em silêncio por um bom tempo, pensando.

— Tá bem. Mas os caras todos vão ficar de olho em você, e são treinados para atirar antes, para nem *ter* perguntas depois. Entendeu?

Quero me jogar no chão. A corda bamba que armei para mim mesma é exaustiva só de pensar.

— Entendi.

— E *eu* ficarei de olho também.

Isso é ainda pior do que todo o resto do grupo junto.

Voltamos pelo corredor até o acampamento da gangue, meu estômago se revirando. Não consigo deixar de pensar em como seria mais fácil se eu não estivesse mentindo, se eu mudasse mesmo de lado. Eu teria mais chances de manter Jules vivo e de continuar viva também. E se eu fizer parte dessa equipe, se Mink os mandou mesmo para cá... talvez eu pudesse ser paga como eles. Jules provavelmente também encontraria suas respostas, mesmo que fosse um prisioneiro.

Ele mentiu para mim. As palavras se repetem em minha mente, ressoando com cada passo ecoante que damos. *Não devo nada a ele, muito menos lealdade.*

Quando chegamos ao campo, emergindo na luz das várias lanternas, todos erguem o olhar.

— Boa notícia — anuncia Liz, me empurrando para a frente. — Cheguei a um acordo com essa daqui. Ela está com a gente.

Protestos surgem pelo círculo e Javier me encara com intensidade, mas estou me esforçando tanto para não olhar para Jules que as vozes se misturam em uma névoa. Depois de me ver revelar seu nome, ele não terá dificuldade de acreditar que mudei de lado. *Bom mesmo*, penso com veemência, me agarrando à traição, ao fato de que ele me trouxe para cá com uma mentira. *Deixe ele sofrer.* O pensamento não me oferece tanto conforto.

— Vamos ficar de olho nela — continua Liz. — Mas ela é uma das catadoras da Mink, como nós, e é esperta. Esperta o suficiente para chegar até aqui. Mais um par de olhos e ouvidos neste lugar só pode ajudar.

No fim, eles ainda me amarram. Liz é cuidadosa demais para simplesmente me aceitar com uma conversa e um aperto de mão. No entanto, só amarram minhas mãos, na minha frente e sem força, quase confortavelmente. Só inconveniente o suficiente para que faça barulho se eu tentar fugir à noite. Mas basta para eu segurar o respirador que Liz joga no meu colo, para colocar a máscara no meu rosto e respirar fundo. Olhando ao redor do acampamento, vejo o respirador de Jules, que ainda não devolveram para ele.

É isso que me faz parar, que drena minha raiva e minha mágoa. Porque, quando chegarmos ao centro do templo, quando Jules servir seu propósito e levar Liz e os outros ao lucro ou à revelação que nos espera, não precisarão mais dele. Ele será mais uma ponta solta, uma testemunha contra Liz, contra sua gangue, contra a própria Mink. Não vão simplesmente soltá-lo.

Vão matá-lo.

Eu me obrigo a olhar para Jules, desejando com tudo que tenho que ele entenda, confie em mim, me deixe fazer o que faço melhor. Que ele entenda que eu já ganhei uma pequena vantagem para o nosso lado, o melhor tipo de vantagem: que o outro lado não sabe que temos. Mas ele me encara por um longo momento, gélido, e fecha os olhos. Por mais que eu espere, ele não os abre de novo. Não imagino que ele esteja dormindo, mas ele se recusa a olhar para mim.

Encaro o chão enquanto a conversa vai mudando de assunto. Fico ali sentada em silêncio conforme os mercenários começam a relaxar, falar de aventuras passadas, rir de piadas internas. Começam a se divertir um pouco, agora que estão ganhando.

A voz de Liz sobe, chamando minha atenção. Estão todos rindo de algo, risadas altas e roucas.

— Claro, Hansen — ri, pausando para tomar um gole longo da garrafa d'água. — A sua *namorada* — enfatiza a palavra para deixar claro que a namorada não existe; é, no melhor dos casos, um desejo de Hansen — pode ser amiga da irmãzinha da nossa nova amiga. Amigos imaginários sempre se dão muito bem.

Mais risadas e um buraco se abre no meu estômago.

Viro a cabeça, sabendo o que verei. Jules abriu os olhos e está me encarando. Ela pegou minha mentira, minha negação da existência de Evie, e falou em voz alta. Ela riu.

E Jules a ouviu transformar Evie em uma garota imaginária.

Uma a uma, as lanternas vão se apagando, conforme os mercenários cansados vão deitar. Quando só resta uma luz, junto a coragem para olhar para Jules, para ver onde o instalaram.

Apesar de tudo, apesar da fúria que ainda resta em mim por suas mentiras, não quero alimentar minha mágoa pela traição. Ele acabou de ver como as pessoas podem ser cruéis e eu murcho por dentro por saber que sou parte disso. Minha mente está tão desesperada para que ele veja, entenda o que estou fazendo – ou pelo menos confie que não estou me voltando contra ele, como parece – que consigo imaginar sua piscadela, seu sorriso rápido, seu gesto de aceitação. São tão vívidos que quase acho que os vejo de verdade.

No entanto, quando meus olhos entram em foco, eu o vejo amarrado em uma pedra com o dobro de seu tamanho, com a corda tão apertada que ele mal consegue deitar de lado nela. Alguém jogou um cobertor sobre ele, mas já está caindo.

O caderno e o lápis estão no chão ao seu lado e, apesar de terem finalmente colocado o respirador em seu rosto, ainda vejo os olhos, vermelhos, duros e penetrantes. A raiva que vi antes, a fúria e a dor por ter sido seguido pela equipe da Mink e trazido para esta armadilha, não era nada.

Porque a forma como ele me olha agora...

Desvio o rosto e me enrosco sob o cobertor, sabendo que Jules não tem quase nada para esquentá-lo no frio subterrâneo deste lugar antigo. Tremendo de frio, fecho os olhos e tento dormir. Mas tudo que vejo é o rosto de Jules, em parte escondido pelo respirador, e o nojo em seu olhar.

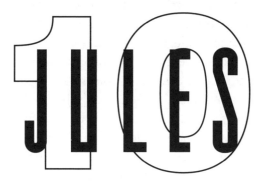

10 JULES

Na terceira sala do dia seguinte, já estou tropeçando. Mal dormi na noite anterior, em parte por estar tremendo de tanto frio e em parte por causa da dor. Meus músculos estavam gritando por uma nova posição depois de uma hora. De manhã, quando tentei me levantar, dois deles tiveram que me erguer até eu voltar a sentir as pernas e a agonia espetar até meus pés. Ainda não usamos os respiradores o suficiente e meu corpo está pesado e lento.

Mesmo assim, a principal razão para eu não dormir é ter passado a noite ensaiando conversas furiosas e acusatórias com Amelia, nas quais jogava cada insulto intimidador que minha mente conseguia criar e ela não conseguia se defender. Não parava de ouvir sua voz, suas perguntas sobre os Eternos, sobre violência e mentiras. A ironia da lembrança é tão forte que quase engasgo. Não acredito que confiei nessa garota, nessa... nessa criminosa.

Talvez soe hipócrita, vindo de mim, mas há uma enorme diferença entre nossas mentiras. Eu precisava de ajuda em nome do mundo inteiro; precisei colocar o trabalho que vim fazer acima das necessidades de todos, inclusive das minhas. Mesmo que essa desculpa não bastasse – e talvez não baste –, me prometi que, apesar da mentira que contei para trazê-la ao templo comigo, encontraria um jeito de arranjar o dinheiro do qual ela precisava.

Ela, por outro lado, me jogou aos lobos na primeira oportunidade que teve e, logo depois, fez isso de novo.

Não acredito que me fiz de bobo por causa dela. Gostei dela, até a admirei... *céus, como sou idiota*. Ela jogou meu nome para eles como um escudo, como um suborno. Se Liz já não soubesse quem eu era, teria garantido meu destino.

Decepcionei todo mundo. Charlotte, que acreditou que eu poderia fazer isso, que me defendeu para convencer a Global a me apoiar e gastar uma quantidade absurda de dinheiro para me trazer clandestinamente, que apostou sua carreira no fato de eu conseguir trazer informações o suficiente para ela manter seu trabalho e provar que meu pai estava certo.

Meu pai.

Meus olhos queimam. Vim para cá contra o que ele queria – ou o que quereria se soubesse o que eu planejava –, ajudei uma saqueadora a chegar ao coração do templo e deixei que ela me distraísse até eu perder de vista o que vim fazer.

Agora só consigo pensar no meu pai, tão preso quanto eu. Ele não é um acadêmico de papelão, um homem imaginário defendendo um argumento ético intelectual.

É meu *pai*. Meu pai, que esquece o casaco ao sair de casa quando tem uma ideia. Que sonha acordado até pegar no sono no sofá, deixando o chá esfriar. Que ainda se vira para falar com minha mãe, mesmo que já faça um ano que ela não está lá.

Ele está sozinho, teimoso e desesperado, se mantendo firme frente à pressão da AI e do mundo, se preocupando comigo, com o que acontecerá enquanto ele está preso e impotente. Sou tudo que ele tem. E o decepcionei.

Mas preciso ficar vivo se quiser qualquer oportunidade de retificar esse erro, então obrigo minha mente a voltar ao corredor à minha frente.

Até agora não encontramos um desafio como o da ponte musical, só instruções simples para decodificar sobre como evitar armadilhas: ficar do lado direito da sala, só pisar nas pedras pretas, esse tipo de coisa. Encontrei o símbolo do Nautilus disfarçado em cantos ou lá no alto, riscado como se ninguém devesse vê-lo. Toda vez tinha uma linha saindo em um ângulo levemente diferente. Toda vez fotografei. Na noite anterior, me sentei com meu caderno, desenhando a espiral sem parar, inventando e descartando códigos que explicassem as linhas aparentemente aleatórias. Não cheguei a lugar nenhum.

Pelo lado bom, os bandidos atrás de mim estão levando minhas instruções um pouco mais a sério desde que um deles – acho que Alex – tirou a mochila para procurar um lanche enquanto eu pensava e a apoiou em uma pedra qualquer.

Dezesseis estacas afiadas dispostas em uma grade de quatro por quatro saíram da pedra onde estava a mochila, atravessando-a como uma faca em manteiga mole. Agora as posses de Alex estão bem arejadas e todos estão escutando com mais atenção.

Parece que estou traduzindo faz horas, tentando forçar meu cérebro cansado a pensar em como sair disso. Mal consigo me concentrar nos símbolos, algo que normalmente é natural para mim, muito menos pensar estrategicamente. Quando tropeço com a ponta da bota em um ladrilho solto e quase caio na próxima sala antes de conseguir ler as instruções, Liz nos faz parar.

Estamos em um corredor largo entre salas, um lugar seguro como qualquer outro. Eu me agacho, me apoiando contra a parede, erguendo os pulsos amarrados para coçar o rosto. A corda não me ajuda com o equilíbrio, mas aparentemente são obrigatórias.

Javier se agacha à minha frente para verificar minha circulação e soltar um pouco os nós, e me entrega alguns biscoitos e um pedaço de queijo dos meus próprios mantimentos. Eu me obrigo a mastigar e engolir, apoiando a cabeça, que dói, contra a pedra fria atrás de mim, tentando me forçar a *pensar.*

Vai ser um trabalho dos infernos sair daqui, escalando cânions e pulando sobre pedras desmoronadas. É possível, mas perseguido e sem a experiência da Mia com alpinismo? Vou precisar de quase tanto esforço mental para sair quanto precisei para entrar. Conto com Liz pensar o mesmo e me manter vivo tempo suficiente para levá-los embora quando tiverem roubado o que quer que esteja no centro, mas sei que, assim que sairmos, minha utilidade é nula.

Falando nisso, nem sei o que encontraremos no meio do templo. A resposta ao quebra-cabeça do Nautilus, com certeza. Mas tecnologia? Bens valiosos? Honestamente não sei. Se eu tiver azar, ela pode perder a cabeça antes de ser hora de partir.

Para sobreviver, preciso pensar em como melhorar minhas chances. Não é só meu pai que depende de mim, mas – se sua teoria estiver correta – talvez todo o resto da humanidade também. Não posso me dar ao luxo de parar de lutar. Não posso arriscar gritar com Amelia pela traição, ou dar minha vida em um ato idiota de liberdade, porque, se levar um tiro, não há mais ninguém. Preciso *pensar*.

E preciso estar preparado para agir.

Um momento depois, o quarto cara, que estão chamando de Costela – na minha cabeça por causa das costeletas pretas e cheias que vejo sob a borda do chapéu –, me faz ficar de pé. Logo voltamos a andar, a passagem de pedra iluminada por nossas lanternas de cabeça. Estou na frente, como o rato de laboratório que sou, e Amelia anda com o resto, suas mãos agora soltas, apesar de estar acompanhada por Javier e Alex. Fico satisfeito por eles não confiarem totalmente nela.

O que me mata é eles estarem certos por acreditar que, por mais que ela tenha me traído, eu não acho que sou capaz de abandoná-la à mercê deste lugar, sabendo o que significa. Eles claramente acham que ela serve como garantia do meu bom comportamento. E estão certos.

Quando chegamos na próxima sala, fica imediatamente óbvio que é outro desafio elaborado, em vez de uma sequência simples de instruções. Símbolos indicando perigo se espalham pelo teto e pela parede. Além disso, o chão é um padrão complexo e muito detalhado de pavimento, incluindo muitas pedras entalhadas. Inclino meu pulso para fotografar um desenho do Nautilus, meio escondido nas sombras, sobre a porta do outro lado do campo de pedras.

Rocha cristalina brilha refletindo a luz da minha lanterna quando olho para o chão, e, ao virar a cabeça para cima, vejo sinais de cabos na escuridão dos vãos do teto no alto. Veias metálicas dançam pelas rochas das paredes e, a cada lado que vejo, há mais para processar.

Fico plantado no lugar, encarando, sentindo meu coração afundar. Parece impossível.

— E aí? — diz Liz atrás de mim, impaciente.

— Vai demorar um pouco — respondo e, apesar de ela rosnar baixinho, quando se aproxima para olhar sobre meu ombro, o que vê a convence de que não estou enrolando.

O grupo acende luzes para que eu veja a caverna inteira e se senta para lanchar enquanto trabalho. Uma pequena parte de mim – a parte minúscula que não está preocupada com sobreviver ou imaginar planos de vingança exóticos e impossíveis – queria poder filmar cada parte desta caverna, preservar cada símbolo e pedra para estudo. Além do aviso sobre o Nautilus, sobre o que o símbolo a seu lado significava – "Catástrofe." "Apocalipse." "O fim de tudo." –, meu pai passou inúmeras horas tentando discutir com a Aliança Internacional sobre o valor da exploração, sobre as possibilidades infinitas geradas pela oportunidade de estudar uma civilização tão antiga e vasta.

É uma conversa que tivemos muitas vezes. A primeira que lembro foi quando eu tinha doze anos. Estava de férias e tínhamos nos juntado a uma expedição da Universidade de Valência, na Espanha. Miguel, um amigo do meu pai, liderava o grupo e, para mim, era o rei de tudo que supervisava. Estávamos escavando um grupo de casas centenárias perto da universidade, recentemente (e brevemente) descobertas por conta de um trabalho de construção na área. No intervalo entre demolição e construção, os arqueólogos chegaram como um enxame.

Miguel e meu pai me deixaram auxiliar uns pós-graduandos e, quando voltei ao hotel na primeira noite, estava transbordando de coisas para contar. Passei foto por foto no meu celular, mostrando todos os artefatos que tínhamos encontrado, repetindo o que eu aprendera sobre os museus que poderiam se interessar e o valor de cada item.

Ele escutou, concordou com a cabeça e, quando falou, disse a última coisa que eu esperava ouvir:

"É uma lista longa, Jules. Mas o que você *aprendeu* hoje?"

Eu me lembro do que senti como se tivesse acontecido agora: de como o chão se abriu sob meus pés, como eu fiquei incerto de repente. Eu fizera algo de errado, mas não sabia o quê. Olhei para o celular, com seu catálogo de fotos, em silêncio.

"Cada uma dessas peças terá um papel importante em um museu", dissera ele, delicadamente. "Mas, juntas, contam uma história ainda mais importante. Olhe para as coisas que vocês encontraram no quarto. Vejo cinco pentes diferentes. O que isso diz sobre a pessoa que vivia neste quarto?"

"Provavelmente era rica", arrisquei. "Ou se preocupava muito com o cabelo."

"Ou ambos", concordou ele, sorrindo. "Vamos ver o que mais temos aqui e que história podemos construir. Nunca se sabe o que descobriremos."

Eu não teria como imaginar o quanto encontraríamos. Ficamos acordados até muito tarde, montando histórias sobre as pessoas que poderiam ter vivido naquela casa. Aprendendo sobre elas, observando-as por um ponto de vista, depois por outro.

Sem aquela noite, nunca teríamos descoberto que a casa que escavávamos pertencia a um poeta do século xv ainda estudado hoje em dia. Outros pesquisadores nunca teriam encontrado novas interpretações para sua obra, sabendo onde ele morava. Nunca teríamos visto a beleza de seu trabalho refletida, ou aprendido mais do que sabíamos antes sobre o mundo em que ele vivia. Por sua vez, assim aprendemos sobre o mundo em que vivíamos também.

"A humanidade se supera quando abre a mente para a descoberta", dissera meu pai, naquela primeira noite. "Quando mergulhamos nas maravilhas da curiosidade, em vez de andar direto para o objetivo que escolhemos. Para o objetivo que achamos ser o mais importante, porque é o que podemos ver. Quando nos permitimos explorar, descobrimos destinos que nem estavam no nosso mapa."

Meu pai mudou minha visão de mundo naquele dia. Foi o motivo para eu entender por que ele pediu que a exploração de Gaia fosse interrompida, antes mesmo de encontrarmos o aviso escondido, a espiral de Nautilus. Ainda me pergunto como tudo poderia ter sido – como nossas vidas seriam diferentes – se pelo menos alguns dos funcionários da AI tivesse uma experiência como a daquela noite em Valência.

Eu e meu pai passamos anos sonhando em explorar uma sala como a que vejo à minha frente. Mas agora não tenho o luxo da exploração, porque preciso usar todas as minhas forças para sobreviver. Que é exatamente o que a Aliança Internacional está fazendo na Terra, se concentrando no imediatismo de salvar vidas, as suas e as do resto da humanidade. Depois de anos me posicionando contra os críticos do meu pai, agora soo exatamente como eles.

Então tiro todas as fotos que consigo e começo a ler. O problema de ler símbolos conceituais – signos e sinais que não significam uma palavra específica, mas mudam de acordo com os outros símbolos – é que é preciso ler a inscrição inteira e mantê-la em mente para traduzi-la. E eu não faço ideia de por onde começar. Por isso, passo os olhos pelos símbolos, considero seus significados possíveis, e espero que o padrão apareça. Queria muito ter o dom do meu pai para a matemática agora… ou até o de Amelia, se fosse o caso.

Reparo que o quebra-cabeça é ligado ao tempo. Os símbolos falam da natureza do tempo: acho que dizem que é linear, que é possível ir e voltar nele, como uma estrada, mas não faz sentido. Por outro lado, são alienígenas, e fico feliz que eles entendam tempo de uma forma que faz pelo menos algum sentido para mim. Eles podem estar falando de literalmente viajar no tempo, mas é mais provável que se trate de algo abstrato, como imaginar o futuro ou lembrar o passado.

Não posso voltar no tempo, mas quero poder. Quero voltar aos momentos em que confiava em Mia. Quero voltar a sorrir para ela do outro lado da fogueira. Quero voltar a não saber a que ponto ela é capaz de chegar, quem ela é capaz de trair, para conseguir dinheiro.

Piso na primeira pedra, sentindo a atenção atrás de mim se concentrar quando começo a me mover.

— Não sigam ainda — digo, erguendo minhas mãos amarradas para indicar que eles devem parar. — Posso precisar voltar rápido se cometer um erro.

Os primeiros desafios são simples, repetições de alguns que já vi. *Um passo à esquerda aqui. Pise na pedra escura. Bata nesta com o pé antes de pisar.*

Então encaro uma curva conhecida, arregalando os olhos. Também já vi isso antes, mas não é um símbolo. É o gráfico que Mia decifrou, a chave para afinar os tubos e ativar a ponte que abria a porta imóvel. Por que está aqui de novo?

Não há vento desta vez, nem música, mas *é* um desafio do meu passado imediato. Assim como as instruções que vi até agora foram repetidas.

De repente, entendo do que se trata esta sala. É uma jornada pelo tempo, do que ficou atrás de nós ao que nos espera à frente, mas não sei como eu deveria entender desafios futuros, que ainda não encontrei. Mesmo assim, posso começar pelo que sei. Talvez o resto fique claro depois. Ou eu entenda como fugir.

— Preciso de Amelia e de uma garrafa d'água — peço.

Escuto a frieza em minha voz e gostaria que fosse ainda mais gelada, usando seu sobrenome, em vez da intimidade de seu primeiro nome. Mas noto que não posso pedir pela "srta." qualquer coisa, porque não faço ideia de seu sobrenome. *Não sei muito sobre ela. Na verdade, como posso ter certeza que* sei *qualquer coisa sobre ela?*

— Por que você precisa dela? — retruca Liz, da entrada atrás de mim.

— É uma referência ao primeiro quebra-cabeça — digo. — Ela me ajudou a resolver. Não consigo sozinho.

Há uma conversa silenciosa atrás de mim, um murmúrio de vozes que não decifro, seguido por passos. Amelia caminha cuidadosamente pelas pedras que firmei, chegando ao meu lado. Ela ainda tem as mãos livres e traz uma garrafa d'água.

— Estamos apontando nossas armas — grita Liz. — Cuidado, Amelia. Não queremos que sua *irmã* sofra sem você, né?

Só posso supor que Liz é uma dessas pessoas que me acham um gênio em uma área da vida e um idiota em todas as outras. Que, agora, não ouço a ênfase que ela dá para a palavra "irmã", como se fosse entre aspas. Minha raiva é visceral, pesa no peito, fecha a garganta. A irmã que eu silenciosamente prometi que daria um jeito de ajudar. A irmã que Amelia me ofereceu como uma amostra da sua parte mais profunda. A irmã que fechou sua mentira. A irmã que não existe.

— Pode deixar — responde Amelia, tensa, sem olhar para cima. Em vez disso, ela olha para a frente, para que eu possa ouvi-la sem que Liz veja sua boca se mover. — Jules — murmura. — Estou fazendo isso para nossa segurança.

Bufo, mas mantenho minha voz baixa, apesar da indignação:

— Nossa? Já estou em segurança, eles precisam de mim. Eu ainda estava pronto para tentar te proteger, mas você já me jogou aos lobos duas vezes e está andando livre com eles enquanto apontam armas para mim. Espero que me perdoe por não me preocupar muito com as suas necessidades agora.

Ela aperta o maxilar, mas continua em voz baixa:

— Você tem todo o direito de achar isso. Mas eu prometo que não te abandonarei. Sei como é ser a única pessoa que pode ajudar alguém que você ama.

— Sabe, é? — Meu tom é afiado e faz com que ela arregale os olhos já grandes. *Não*, penso, enquanto a raiva enrijece meus músculos. *Não finja estar chocada ou magoada. Não olhe para mim como se fôssemos amigos.*

Antes que Amelia encontre uma resposta, a voz de Liz corta o espaço entre nós mais uma vez.

— Acabou o papo, criançada. Vamos andando, se vocês já sabem completar esta parte.

A frustração que estava fervilhando em mim explode como uma onda, me derrubando e afogando.

— Olha — ataco. — Se quiser que isso seja feito, pode fazer sozinha, ou esperar até eu estar pronto, caramba. Se quiser que o teto caia sobre nós, o que acontecerá com um passo em falso, vai nessa.

Não há resposta, mas tenho certeza que ganhei alguma punição: uma refeição a menos, um chute nas costelas. Vale a pena. Certamente estão olhando para os cabos escuros e para os reflexos de metal acima de nós, impossíveis de ver direito na escuridão, e chegando à conclusão de que é muito teto para cair. Talvez eles deem um tempo para que eu me concentre agora.

Indico a curva para Amelia, que entende imediatamente: as próximas cinco pedras têm buracos e ela enche cada um, cuidadosamente, com a mesma fração de água que usou no primeiro desafio. As próximas pedras pavimentadas se encaixam e, juntos, pisamos nelas. Atrás de nós, alguns dos bandidos comemoram o progresso, mas ficam abruptamente em silêncio quando Liz os interrompe.

Mia olha de lado para mim, curvando a boca em um sorriso, e por um momento eu me pergunto se é possível ir e voltar no tempo, como esta sala sugere. Porque, por um único instante, viajo de volta para o momento que desejei, quando confiávamos um no outro, quando trabalhávamos juntos sem dúvida.

O momento acaba e traduzo a próxima etapa, pisando na pedra. Amelia fica ao meu lado e ninguém a chama de volta, mas sei que as armas ainda estão apontadas para nós. Tomo um gole longo da garrafa d'água, porque estou com sede e não me sinto particularmente motivado a conservar os recursos dos meus aliados, e recebo um aviso rosnado de Liz.

Andamos mais seis passos, chegando a uns dois terços do caminho, antes de chegarmos ao próximo grande desafio. Imediatamente, sei que temos um problema.

— Mehercule — resmungo, erguendo as mãos amarradas para passá-las pelo meu cabelo.

— Jules? — sussurra Mia, antes que Liz note que parei por tempo demais.

— Acho que isso é da armadilha que já tinha desmoronado, o penhasco pelo qual descemos — murmuro.

Só leva um segundo para as implicações da informação registrarem em seu rosto, quando ela abre a boca. Nunca resolvemos esse quebra-cabeça, o que significa que não fazemos ideia de como resolver agora. Se tentarmos, há uma boa chance de tudo desmoronar sobre nossas cabeças.

— Se errarmos aqui… — sussurra ela.

Concordo rapidamente com a cabeça, erguendo o olhar para o teto. Muito está escondido no escuro, mas não há dúvida de que quem projetou esta sala deu muita atenção ao teto. Cabos brilham, parecendo se mover e balançar por um momento sob a luz vacilante da minha lanterna. Mia engole em seco.

— Algum problema, queridinho? — grita Liz pelo espaço entre nós.

Em um acordo silencioso, a ignoramos.

— Continue a pensar — sussurra Mia. — Olhe para tudo, talvez tenha alguma pista.

— Alex, vai lá — diz Liz, irritada, quando não respondemos. — Traz a garota de volta.

Os próximos segundos se arrastam, enquanto minha mente passa por milhares de pensamentos, um depois do outro.

O bandido baixinho e loiro, Alex, pisa pelo caminho que firmei atrás de nós.

Só temos alguns momentos até ele arrastar Mia de volta, me deixando aqui sozinho. Por esses instantes até ele nos alcançar, ele está em uma armadilha literal. Está vulnerável.

Vulnerável.

É uma palavra simples que evita a realidade impensável do que poderia significar: é minha chance de me dar alguma vantagem.

É minha chance de acabar com um deles.

Mais um segundo passa.

Não é só minha sobrevivência que está em jogo. Meu pai também está. O perigo da tecnologia Eterna, a chance de prová-lo. O futuro do meu planeta, do nosso planeta.

— Mia — sussurro, com a cabeça abaixada, olhando de lado.

Ela vira o rosto direito agora, hesitante, e olha para mim. Está cansada e suja, seus olhos mostram medo e ela parece solitária, o que faz minha garganta entalar. Gostaria de saber se ela está me enganando, se juntando ao lado que vai levá-la para mais longe, qualquer que seja.

Sei que quero acreditar.

Sei que ela parou para me ajudar antes de saber que eu tinha o que oferecer.

Sei que estou furioso por ela me entregar a esses criminosos.

Mas, o que quer que ela tenha feito, ela não merece morrer. Não serei parte disso.

Respiro fundo, tremendo.

— Você confia em mim? — pergunto.

Mais um segundo se passa enquanto observo seu rosto, absorvendo o que vejo. Em silêncio, ela apoia uma mão livre nas minhas mãos amarradas, respondendo com um aperto dos nossos dedos.

Aperto de volta, o único aviso antes de me preparar para me mover.

— Corra!

Juntos, arrancamos na direção da porta à nossa frente, por segurança. No mesmo instante, um rugido trovejante acima de nós indica que o teto começou a ceder, soltando uma pedra que bate no meu ombro e me desequilibra. Tropeço para a frente, quase caindo, e Mia me empurra com o próprio ombro, sem parar de correr, para me manter de pé.

No instante seguinte, o chão cede sob nossos pés. *Perfututi, estamos ferrados, não vi nenhum símbolo falando do chão.*

Perdi um detalhe, e isso é o que vai nos matar: a armadilha não era só no teto, mas também no chão. Estamos pulando de pedra em pedra conforme elas caem, voando na direção da segurança e impulsionados pela inércia, mas não é rápido o suficiente, *não é suficiente.* De algum jeito, Mia está segurando seu canivete, e estamos quase em segurança, mas não vamos conseguir.

A última pedra cai sob meus pés e me jogo na direção da porta, que de repente é uma plataforma acima de mim conforme caio – *errei os cálculos, é minha culpa, já era –*, quando Mia enfia a mão entre meus pulsos amarrados e crava o canivete na parede de pedra.

As cordas na minha mão se agarram à superfície; meus braços estão queimando e meus ombros gritando quando paro, pendurado na faca mergulhada na rocha, o chão desaparecido sob meus pés, o teto ainda caindo. O ímpeto leva Mia para baixo, cada vez mais baixo, e meu coração para, porque não posso fazer nada... então ela consegue agarrar uma das minhas pernas, me fazendo sentir uma pontada de agonia nos ombros por causa do peso a mais. Não consigo deixar de gritar, mas é tanto de alívio como de dor.

Ela nem pausa para reconhecer o fato de que quase morreu, só escala meu corpo, como se eu fosse uma escada. Assim que chega à beirada, se vira para pegar meus braços. Ela é pequena demais para me levantar, leve demais, e meu peso a arrasta. Chuto desesperado, até minha bota encontrar uma pequena reentrância, na qual enfio meu pé, me empurrando para cima, mesmo quando um pedaço de pedra cai perto da minha cabeça.

De algum jeito, estou sobre a beirada do penhasco e estamos juntos e seguros na entrada, largados e entrelaçados no chão. Ela se inclina para arrancar o canivete da pedra. O teto continua a cair e em breve a sala pela qual passamos estará toda coberta de pedras caídas.

E, no meio delas, Alex está morto. Estamos seguros do outro lado, separados de Liz, dos homens restantes e de quase todo nosso equipamento, mas estamos vivos e...

Então aquilo me atinge. *Alex está morto. Eu o matei.*

Sou provavelmente o primeiro assassino em Gaia. *Acabar com um deles*, pensei... *assassinar* um deles, era o que queria dizer. Fugi da palavra. Não posso fugir do ato.

Eu me afasto de Mia engatinhando e minha tosse vira náusea; minha pele está gelada, encharcada de suor. Sem dizer nada, Mia pega meus braços para alcançar as cordas que me prendem. Ela precisa tentar três vezes até conseguir cortá-las, porque os dedos não funcionam de tanto que suas mãos tremem.

— É melhor continuarmos — diz, sua voz tremendo também, e não acho que consigo olhar para ela sem perder meu último resquício de calma. — Liz não vai desistir. Precisamos começar com uma vantagem.

Um homem está morto. Liz está atrás de nós, com ainda mais raiva.

E estou preso do lado errado de um desmoronamento, com uma aliada incerta.

Ela me salvou porque ainda precisa de mim ou... Nem sei qual é o final da frase.

Ficamos de pé, com as perguntas na minha cabeça batendo com tanta força quanto meu coração.

AMELIA

Guio o caminho por um tempo. Nem todas as salas são desafios que exigem o conhecimento de Jules e, apesar de não saber ler os símbolos, começo a entender o que os padrões indicam. Como disse Jules, os símbolos são baseados em matemática. Então, quando começo a reconhecer a equação do idioma deles, as instruções simples, como "pise aqui" ou "não ande aqui", não são tão difíceis de traduzir. As armadilhas mais comuns, como buracos e estacas escondidas, também ficam mais fáceis de identificar e evitar. É quase como se os Eternos as tivessem colocado ali para serem vistas, para sabermos que estamos no caminho certo.

Talvez o fato de eu ficar mais desconfortável conforme fica mais fácil diga algo sobre mim. Como se até uma espécie antiga que morreu antes dos humanos aprenderem a usar ferramentas pudesse estar esperando para dar o bote.

— Isso não te incomoda? — pergunto para Jules, quebrando o silêncio.

— O quê? — vem a voz distraída de trás de mim.

— Parece que estão brincando com a gente. Esta parte é fácil demais.

— Talvez — responde ele, parecendo cansado e irritado. Não sei se é frustração com minha suspeita constante, se é a nova barreira que se formou entre nós, ou uma combinação das duas coisas. — Mas não podemos supor que eles eram como nós, Amelia. Ou que estavam colocando esses testes aqui só como tortura. Não eram humanos, não temos razão para acreditar que eles entenderiam o tipo de crueldade de que somos capazes.

Ele só me chama de Amelia quando está sendo formal ou quando está incomodado. Fora isso, é Mia, com o sotaque que pesa nas vogais. *Crueldade*, penso, enjoada, e fico em silêncio novamente.

Eu digo a mim mesma que estou guiando para me testar, para garantir que tenho alguma possibilidade de sobreviver aqui sem Jules, se ele decidir que não sou confiável. No entanto, a verdade é que estou andando na frente para não precisar olhar para ele. Ele está tão cansado, tão imundo, tão *diferente*. Aquela sua disposição para acreditar sinceramente nos outros, que eu desprezei e achei que o mataria, se foi. Quando olho para ele posso ver a mudança na postura, na linguagem corporal. Em vez da leve curvatura de seus ombros acadêmicos, agora ele parece estar carregando o peso de todo o desmoronamento que matou aquele homem.

Claro que, andando à frente, sinto seu olhar me queimando. Imagino sentir, pelo menos. Apesar do calor de sua mão quando corremos do último quebra-cabeça, apesar do seu aceno de cabeça quando sugeri que continuássemos a andar *juntos*, tudo que vejo em minha memória é o olhar furioso da noite anterior, quando eu deitei com a gangue de Liz e ele continuou amarrado a uma pedra, sem conseguir se mover. Quando tudo que construímos começou a ruir, sob as risadas a respeito da minha irmã "imaginária".

Você não deve nada a ele, insiste minha mente, mostrando em câmera lenta o momento em que ele admitiu ter mentido para que eu o ajudasse, para que eu o trouxesse ao templo dos seus sonhos altruístas. *Não há nada a explicar.*

Mesmo que eu quisesse explicar, não temos tempo para parar. Estamos andando. Já basta.

Meu passo é incerto e não é só a exaustão que faz minhas pernas tremerem. Apesar da minha pose, em todo o tempo que passei catando entre ruínas com assassinos e ladrões, nunca tinha visto alguém morrer. É verdade que também não vi aquele cara – que Liz chamava de Alex – morrer, nem o ouvi gritar. Um pedaço de mim insiste que talvez ele tenha sobrevivido, que talvez tenha pulado de volta para o outro lado em segurança enquanto eu e Jules fugíamos. No entanto, estávamos mais próximos da beira do que ele e, graças a Jules, estávamos prontos... e, mesmo assim, mal conseguimos escapar.

Aquele cara morreu.

Quero desesperadamente parar, me virar, agarrar a mão de Jules e puxá-lo para perto; abraçá-lo e sentir seu calor, apesar de odiá-lo pela mentira, por arruinar meu futuro e o de Evie, pelos crimes do seu pai, por tudo.

Já parece que passaram séculos desde que ele abraçou minha cintura enquanto dormíamos, tudo que eu senti por um instante antes que a lanterna de Liz trouxesse a realidade de volta com força. Sei que havia química entre nós e acho que ele também sabia, mas somos diferentes demais. Além disso, as mentiras foram muitas.

Apesar de só ter durado um segundo, sinto falta de seu abraço. Eu estava me mantendo distante dele, desse garoto que é ao mesmo tempo absurdamente genial e absurdamente ingênuo, que é ao mesmo tempo o melhor candidato a chegar ao centro do tempo e o melhor candidato a se meter em perigo sem saber o que está fazendo. Mantive distância de propósito, porque minha irmã é prioridade e, no fim das contas, sempre soube que poderia chegar um momento em que precisaria escolher entre ela e Jules.

Preciso escolher Evie. *Sempre* preciso escolher Evie. Eu e Evie fugiremos para Amsterdã, e o resto do mundo não importa.

Mesmo assim, naquela noite, enquanto ele me abraçava e minha cabeça estava abrigada sob seu queixo... Pela primeira vez, não só desde pousar em Gaia, não me senti sozinha. Exatamente como Evie desejava.

Quer dizer, no fim, só nos conhecemos há poucos dias e o que não sabemos um sobre o outro vai muito além do que as histórias que contamos até agora. Ainda assim, há algo especial nele: sinto o potencial do que seríamos juntos, como equipe, ou mais que isso, e sei que, pelo menos por um tempo, ele também sentiu.

Queria poder dizer isso a ele. Nossa confiança está tão rompida agora que ele não acreditaria em mim. Não sei se ele acredita em qualquer coisa que eu tenha contado.

Naquela noite, por outro lado, havia um "nós". Agora que só há "eu" de novo, me sinto mais sozinha do que nunca.

Sou obrigada a deixar esses pensamentos de lado quando chegamos a um arco indicando uma das salas com desafios maiores e mais complexos. Quando Jules para ao meu lado, apontamos as lanternas para avaliar o que nos espera.

A câmara enorme parece vazia, mas cada azulejo tem uma inscrição. Consigo adivinhar o estilo do desafio facilmente: se pisarmos nos azulejos corretos, passaremos; se pisarmos nos errados, não.

Jules deve estar pensando em Liz nos perseguindo, ou talvez em Alex, mas toma seu tempo, estudando os azulejos um de cada vez, franzindo a testa.

— Não são os símbolos que estudei — diz finalmente. Quando olho para baixo, noto que está certo. Eu tinha suposto que seriam, mas, agora que os estudo, vejo que não têm a precisão matemática dos outros símbolos, os padrões que comecei a reconhecer. É uma escrita completamente diferente.

Sinto meu coração pesar. Não temos tempo para Jules aprender uma língua inteiramente diferente para atravessarmos a sala. Inclino a cabeça, olhando para o teto e tentando criar um novo plano. Talvez tenha algum jeito de escalar a sala, pular o desafio de alguma forma. Não gosto das probabilidades. Estamos exaustos e quase não temos equipamento.

— Há um padrão — diz Jules finalmente, muito devagar, como se estivesse testando a ideia. Ele ergue a mão e aponta para a fileira de caracteres. — Está vendo como as letras mudam um pouco? Assim como as palavras, se é que podemos chamá-las assim?

— Estou — concordo. — Se não sabemos lê-las, o padrão ajuda? Podem estar dizendo qualquer coisa.

— Podem não dizer nada — admite. — Cérebros humanos procuram padrões em tudo, é como funcionamos. Não significa que os Eternos pensavam da mesma forma.

Eu me obrigo a ficar em silêncio, tentando não pressioná-lo enquanto ele pensa, dando mais dez segundos para ele refletir antes que eu volte a falar.

— Eles ouviam música como a gente — menciono. — Precisamos harmonizar notas para atravessar a ponte. Então talvez a gente possa supor que é um padrão proposital. Quer dizer, se não for, não temos outras opções e estamos lascados. Podemos pelo menos esperar que seja.

— Concordo — diz ele, ainda olhando para o chão. — Olhe. Está vendo esse ponto e, ao lado, essas três... vou chamar de palavras, apesar de não serem de uma língua que eu conheça. Podem nem ser uma língua, podem só ser parte do quebra-cabeça.

— Vejo — digo, me obrigando a ser paciente. — Um ponto.

— Ali tem dois pontos — diz ele, apontando para o azulejo seguinte. — E depois essas três palavras de novo.

— Estamos contando pontos? — digo, estreitando os olhos para enxergar os azulejos mais distantes. A maioria parece ter um, dois ou três pontos, seguidos da lista de palavras.

— Acho... — começa ele, mas fica em silêncio de novo. Tento não gritar; aperto as unhas na palma da mão e espero. Depois de um tempo, sou recompensada quando ele volta a falar.

— Estou tentando pensar no que notaria nessas palavras se fossem em inglês, francês, chinês ou outra língua que falo — murmura. — Como elas mudam quando estão ao lado de um ponto, ou ao lado de dois. Porque, fora isso, são muito parecidas. Acho que é... De repente ele se perde nos próprios pensamentos, assentindo lentamente com a cabeça.

— Jules? — chamo.

— Conjugação — continua ele, suspirando como se rezasse. — É... é como em verbos. Sabe como verbos mudam? *Eu corro, ela corre*? Em outras línguas pode mudar de forma ainda mais drástica. Em francês, por exemplo... *j'ai, tu as, elle a, nous avons*, assim por diante.

— Acredito — concordo, e ele sai do modo acadêmico e retoma a atenção para algo mais útil.

— Os Eternos usam verbos da mesma forma que nós, em alguns casos. Muda dependendo da pessoa, se é *eu, tu, nós*, assim por diante. Acho que essa é uma língua sem sentido que usa um padrão assim, que precisamos aprender.

— Estamos em meio a uma *aula de gramática*? — O impulso de rir cresce em mim e eu me controlo. Se começar, talvez não consiga parar.

— Estamos — responde, mais entusiasmado que eu. — As palavras com um ponto são *eu*. *Eu corro*. As com dois pontos são outro sujeito, segunda pessoa. *Tu corres*. Três pontos, terceira pessoa. *Ela corre*. Só precisamos aprender a terminação de cada uma e pisar nos azulejos com a inscrição correta. Quando virmos três pontos, pisamos no azulejo com a terminação de terceira pessoa.

— Que simples — murmuro.

Sigo o olhar de Jules enquanto ele mapeia o padrão que encontrou, a sequência de palavras com terminações variáveis.

Encontramos uma vez, então duas e, quando estamos seguros o suficiente, começamos a pisar nas pedras, escolhendo as com um ou dois pontos. Todos os nervos no meu corpo tremem, mas não há tremores ou rachaduras repentinas; o chão se mantém firme. Uma por uma, encontramos as novas palavras, entendemos a conjugação e pisamos no lugar certo. É quase como um quebra-cabeça matemático, quando pego o jeito.

Quando chegamos do outro lado, expiro, me apoiando no arco da saída e olhando para trás. Nossos passos marcaram um caminho visível na poeira, que Liz e seu time podem seguir se ultrapassarem o desmoronamento, mas não podemos fazer nada para esconder os rastros sem correr o risco de ativar qualquer que seja a armadilha mortal feita para punir erros nesta sala.

Andamos em silêncio pelos labirintos e corredores sem fim. As próximas salas são muito mais simples: chegamos a um quebra-cabeça com cubos de pedra que devem ser transferidos de um lado para o outro até seus pesos combinados serem equivalentes. É um pouco difícil sem ter como pesá-los, mas medimos na mão e não levamos tanto tempo. Claramente, matemática e lógica são universais entre nossas espécies. Talvez universais entre todas as espécies inteligentes, não sei.

Continuamos, chegando a uma bifurcação: cada um dos caminhos tem símbolos talhados na entrada. Desta vez eu reconheço o tipo de quebra-cabeça: é uma variação do desafio dos dois guardas em frente a dois túneis. Um sempre mente, outro sempre diz a verdade, mas não sabemos qual é qual. Quando os dois dizem que há morte no fim de seus respectivos túneis, é preciso decidir em qual acreditar. Jules resmunga em voz baixa enquanto traduz as fileiras de símbolos. Segundo ele, o significado muda de acordo com o contexto, como o kanji no japonês ou como várias outras línguas da Terra. Ele tenta traduzir trocadilhos em uma língua alienígena, ao que parece. Prendo a respiração e tento não me mostrar impaciente, até ele finalmente indicar um túnel, hesitante.

Andamos cuidadosamente, prontos para correr ou esquivar caso algo se movesse no caminho, mas parece que escolhemos o lado certo. Os próximos corredores estão cheios das armadilhas típicas e minha mente começa a divagar... até ver Jules, logo à minha frente, pisar em uma placa de pressão.

Corro para a frente, agarro sua mochila e o puxo para trás com toda a força. Sou tão mais leve que ele que só o movo um pouquinho, mas basta: quando a armadilha é ativada, derrubando uma chuva de pedras do tamanho de uma cabeça, eu e Jules estamos empilhados bem à margem.

Meio zonzo, Jules encara a pilha de destroços por um momento antes de grunhir e esfregar a cabeça. Arrisco olhar para ele e vejo sua exaustão. Não paramos de andar desde que fugimos de Liz e seu capangas, o que faz *pelo menos* um dia inteiro.

O pouco que dormimos antes de sermos capturados foi interrompido pelo sequestro, e nenhum de nós descansou muito na noite em que fomos prisioneiros. Especialmente Jules, preso com tanta força à pedra.

— Precisamos parar — ofego.

Jules tosse enquanto a poeira do desmoronamento cai ao nosso redor.

— Liz — diz, ainda deitado, sacudindo a cabeça.

Sei o que ele quer dizer. O grupo de Liz conseguiu atravessar o abismo sob o desafio musical, apesar de a ponte estar destruída. Eles desceram a sala quebrada na qual estávamos acampados tão silenciosamente que não nos acordaram. Vão dar um jeito de atravessar aquele desmoronamento mais cedo ou mais tarde e não podemos estar por perto quando acontecer.

— Vamos ouvi-los — digo, soando mais segura do que me sinto. — Vão precisar atravessar aquelas pedras todas, o que vai demorar, e farão muito barulho quando saírem. É o tipo de som que ecoa, vamos ouvir daqui.

— Mas já resolvemos os outros quebra-cabeças, abrindo caminho e deixando rastros. Se eles atravessarem o desmoronamento, só precisam correr até nós.

Engulo em seco. É como se ele estivesse falando meus medos em voz alta.

— Eu sei. Mas olhe como você está, Jules. Por dois segundos não virou panqueca. Olhe para *mim*! Eu estava quase dormindo, podia também nem ter notado aquela placa. Demos sorte. Não sei se você notou, mas nossa sorte até agora não tem sido das melhores. Não quero confiar nela. Precisamos dormir. Precisamos usar nossos respiradores. Mesmo se você conseguisse se forçar a andar, não conseguirá pensar direito sem um pouco mais de oxigênio.

Jules expira e se arrasta até estar sentado.

— Mehercule — resmunga, um de seus xingamentos incompreensíveis. — Tem razão — concorda finalmente. — Parece que estamos em frente a mais uma sala. Se for seguro, podemos parar lá.

Vejo o buraco escuro que ele indica. As salas em si, as que contêm quebra-cabeças, têm entradas semelhantes, arcos com bordas entalhadas em aviso, ao passo que os corredores e túneis são passagens simples entre cômodos. Eu fico em pé e ofereço uma mão para ajudar Jules, mas ele recusa e se levanta sozinho. No estado em que me encontro, não teria sido de muita ajuda, mas o gesto me lembra do que mudou entre nós. Seguimos lentamente em direção à próxima sala, alertas. Parando na entrada, Jules olha ao redor, procurando os símbolos de aviso e explicação que marcaram todos os desafios até agora.

Não encontra nenhum.

As paredes e o teto estão completamente *vazios*. O chão também, sem azulejos, poços ou placas de pressão. Não há entalhes, pinturas, brilhos de metal ou rocha cristalina, cabos escuros no teto, nada. Nada além de uma sala vazia. A única coisa visível é outro arco do lado oposto, mas, em vez de dar na escuridão, ele mostra uma parede de pedra entalhada com os símbolos mais complexos que já vimos. Se for uma porta, não tem uma fechadura óbvia.

Esta sala é totalmente diferente das que vimos até agora e, apesar de não sabermos o que significa, Jules não precisa me avisar para tomar cuidado. Andamos lentamente, com cautela, esperando a armadilha. No entanto, chegamos ao centro da sala sem acidentes. Após tocar o chão ao nosso redor, pisar nele com força e, finalmente, pular nele, Jules larga a mochila.

— Parece seguro — diz. — Podemos examinar os entalhes depois que tivermos dormido.

— Você acha que essa sala ser tão diferente das outras tem um significado especial?

— Não tenho certeza, mas devemos estar bem perto do centro. O que quer que seja importante neste templo, o que o Nautilus anda avisando... Acho que pode estar do outro lado desta sala.

Ele olha para a porta e eu sinto a mesma atração. Depois desse caminho todo, o prêmio está finalmente ao nosso alcance.

— Ainda mais importante dormir — me obrigo a dizer. — Se tivermos que enfrentar algum teste, é melhor estarmos mais fortes.

Jules concorda lentamente com a cabeça.

— Mehercule, estou exausto.

Deixo minha mochila cair também e me sento no chão de pedra.

— O que isso significa? Você sempre diz. É uma das suas línguas?

Ele parece um pouco envergonhado.

— Hm, é latim. Significa "Por Hércules". Levávamos bronca dos professores por falar palavrão, então nós... fomos criativos.

Eu o olho de soslaio, sem saber se rio, choro ou caio em um ataque histérico de exaustão.

— Sempre que acho que você não tem como ficar mais...
— Não sei que palavra estou procurando. Mais *Jules*. Ele é o Jules mais *Jules* que já conheci.

Ficamos em silêncio nos ajeitando no chão. É congelante, mas estou tão cansada que poderia dormir aqui mesmo, com o rosto colado na superfície fria da pedra. Apesar de meu corpo estar gritando de sono, minha mente sabe que pelo menos parte da exaustão é por falta de comida e oxigênio. Por isso, me obrigo a abrir a mochila e olhar o que há nela.

— Que bom que eles eram preguiçosos e nos fizeram carregar nosso equipamento — digo, quebrando o silêncio. A luz fraca do meu LED de punho faz sombras na mochila e confunde meus olhos cansados.

— Eles ficaram com o fogão-ondas — vem a resposta de Jules na escuridão. — Não teremos mais comida quente.

Eu me retraio fisicamente ao lembrar. Comida quente na minha barriga teria sido como um raio de luz na noite infinita deste labirinto subterrâneo. Tento não suspirar alto demais e pego meu respirador. Posiciono o elástico no lugar e inspiro o ar algumas vezes.

Sei que só injeta um pouco de oxigênio a mais no ar fraco de Gaia, mas faz tanta diferença que me pego tonta com o influxo repentino. Ouço Jules mexendo na própria mochila, vejo sua lanterna de cabeça apontando de um lado para o outro no escuro. Pego meu cobertor e algumas barrinhas de proteína e engatinho até ele. Ele está montando a lamparina, desmontando a lanterna de forma que jogue um brilho amarelado suave pela sala vazia; finalmente, desliga a luz do capacete e o guarda ao lado da mochila.

Ele montou a lamparina entre nós dois propositalmente e já pegou o caderno e o lápis, se atrapalhando de tão cansado ao tentar escrever. Arrastado de volta para as traduções como se não pudesse se conter, continuando a trabalhar desesperadamente como se fosse nos salvar, nos preparar para o outro lado da porta.

Tento não tremer ao pensar em dormir sozinha na pedra fria. Jogo uma das barrinhas para ele, que cai no chão e bate em sua perna. Ele não reage.

— Coma — digo, a voz distorcida pela máscara cobrindo meu rosto.

— Sem fome — responde irritado, apoiando a cabeça nas mãos.

Estou tão devagar que levo um tempo para entender por que a voz dele soa tão diferente da minha.

— Pelo menos use seu respirador — sugiro. — Ficará com mais fome quando tiver oxigênio no sangue.

Ele levanta o rosto em silêncio, encontrando meu olhar em silêncio antes de se voltar para a mochila. Finalmente, entendo.

Quando negociei com Liz, minha única exigência, além de não levar um tiro na cara, era que devolvessem nossos respiradores. Vi o meu sendo colocado de volta na mochila, mas o de Jules... Eu estava tão ocupada tentando evitar seu olhar acusatório que nunca vi o que fizeram com o dele quando voltamos a andar.

Ele não tem mais um respirador.

Meus pensamentos são um redemoinho e sinto meu estômago pesar. Mink me forneceu um tanque que equilibrava cuidadosamente o peso e o tempo, com oxigênio o suficiente só até o encontro marcado. Ainda deve faltar pelo menos duas semanas, apesar de eu precisar voltar à superfície para saber exatamente que dia é hoje. Desde que eu seja cuidadosa, limitando o uso às oito horas diárias que meu corpo exige, em vez das muitas horas a mais que meu corpo *quer*, é o suficiente.

Para uma pessoa.

Compartilhar meu respirador reduz o tempo pela metade e eu não chegarei ao encontro. Não sairei de Gaia, não voltarei para Evie.

Minha próxima expiração é trêmula e barulhenta, o som amplificado pela máscara no meu rosto. Engatinho para a frente, fazendo minha sombra à luz da lamparina balançar pela parede de pedra até chegar a Jules. Tiro a máscara e a ofereço para ele, com as mãos tremendo.

Ele ergue o olhar, confuso e surpreso.

— Respire — sussurro. — Enquanto eu como. Depois trocamos.

Ele sustenta meu olhar por um longo momento, curioso. Nossas mentiras estão ali, como camadas de poeira e destroços deixadas pelo tempo e abandono, escondendo as verdades entalhadas no fundo. Não posso deixar de me perguntar se nos soterramos demais, se a honestidade daquele momento em que acordamos abraçados se perdeu para sempre, como a espécie que construiu este lugar.

Finalmente, ele abaixa o caderno e o lápis e estende as duas mãos: uma se apoia em meus dedos trêmulos, para acalmá-los, e a outra segura a máscara. Expiro e um pouco da poeira que sufoca meu coração se espalha pelo ar do meu suspiro.

Nosso jantar é necessariamente silencioso. Neste momento, parece que conservar o ar é uma boa ideia. Trocamos quando acabo de comer, depois trocamos mais uma vez. Jules fica de cabeça abaixada, apoiando as mãos nos joelhos dobrados, respirando ofegante por trás da máscara.

Pela primeira vez desde o ataque da gangue de Liz, pego meu telefone. É um lixo velho e gasto. Anos atrás, todo mundo tinha um igual: eram tão universais que funcionavam como identidades antes de tudo virar digital. Agora dezenas de empresas diferentes fazem versões mais novas e melhores, com tecnologias de ponta que o meu celular não tem. O aparelho no punho de Jules, por exemplo, tem uma interface holográfica e é carregado por energia cinética, para a bateria nunca acabar.

A melhor coisa do meu telefone, apesar de ser antigo em termos tecnológicos, é que é tão universal que sempre encontro partes para trocar. É resistente e barato. Sendo uma catadora, não carregaria tecnologia cara a não ser que quisesse ser roubada por uma gangue rival durante a noite.

Funciona com energia solar, mas não vejo o sol há dias. Quando toco a tela, o ícone de bateria pisca com um aviso vermelho antes do círculo para minha impressão digital aparecer. Só devo ter alguns minutos antes que a bateria acabe.

Mesmo se a estação estivesse bem acima de nós agora, estamos tão abaixo da terra que não há sinal. Não posso ligar para ninguém, nem acessar dados. Se tentasse assistir à última mensagem de Evie, a bateria morreria de uma vez. Mesmo assim, me inclino sobre a tela, diminuo o brilho para conservar energia e abro minha galeria de fotos.

Vejo a selfie que mandei para Evie antes de embarcar na nave e, antes disso, algumas imagens de itens que catei para vender on-line. Continuo deslizando a tela para encontrar a foto que procuro.

É da última vez em que estive com Evie. Ela ainda está usando a maquiagem do trabalho, parecendo ter muito mais de catorze anos com os olhos escuros e esfumaçados e o batom vermelho. Dá para ver a pulseira rastreadora na borda da foto: a pulseira que o clube noturno colocou em seu braço, preso ao osso por dezenas de pequenas âncoras. A única forma de removê-lo é pagar sua dívida impossível ou arrancar o braço fora.

Apesar de ser difícil ignorar a maquiagem e a pulseira, ela está vestindo pijamas estampados com elefantes cor-de-rosa e eu também estou de pijamas, abraçada com ela no sofá gasto do quarto em que ela vive, sob o clube noturno ao qual está presa por contrato. Nossas cabeças estão próximas e dá para ver meu braço levantando o celular, capturando os sorrisos. Estávamos rindo logo antes de tirar a foto, então os sorrisos são verdadeiros.

Não lembro por que estávamos rindo. Minha visão fica embaçada enquanto minha mente se prende a isso, tentando, tentando e tentando. *Por que* não lembro a piada? Por que não lembro a última coisa que fez com que eu e minha irmã ríssemos juntas?

Engasgo e fico sem ar, abraçando os joelhos e aproximando o telefone até a foto escura estar bem em frente aos meus olhos.

— Ela é de verdade, afinal.

Sobressalto e corro para secar as lágrimas. No entanto, o olhar de Jules já encontrou meu rosto; ele já me viu chorar.

— Ela é de verdade — confirmo.

Olho de volta para o celular, desesperada para ver seu rosto. Presa atrás de um desmoronamento, perseguida por mercenários sanguinários, debaixo de toneladas de rocha e areia em um planeta tão longe de casa que nem sei imaginar a distância, sem ar o suficiente para pegar a carona de volta mesmo se conseguir voltar... só estou tentando olhar para Evie, não para o símbolo de bateria piscando com urgência no canto da tela.

— Você estava certa — diz Jules, afastando a máscara do respirador. Ele se sentou ao meu lado para ver a foto da minha irmã. — Ela é linda. Parece você.

Isso me faz rir, mas continuo chorando, então acabo guinchando e erguendo o braço para secar o nariz na manga antes de começar a escorrer catarro.

— Mentiroso.

— Não é mentira — diz em voz baixa, e de repente lembro por que havia distância entre nós. O calor dele parece se afastar, apesar de nossos corpos estarem parados. — Não desta vez.

Não desvio o olhar do telefone, sabendo que pode apagar a qualquer momento, mas queria poder ver Jules também.

— Nunca me juntaria a eles, Jules. Não menti para você, nem sobre mim, nem sobre Evie. A mentira foi lá atrás, com eles. Não aqui.

Parece mais importante do que nunca que ele saiba disso, que ele ouça a verdade da minha boca mesmo que já a tenha visto em meu rosto ou sentido quando ofereci o respirador. Parece estranhamente fundamental que ele entenda sem precisar se esforçar, adivinhar ou decifrar minha expressão. Não sei o que nos espera do outro lado da porta, mas preciso que ele me enxergue de verdade antes de atravessarmos.

Jules ergue a máscara para respirar mais uma vez, mas sei que é em parte para ganhar tempo antes de responder. Mesmo depois, ele fica em silêncio por um tempo antes de suspirar.

— Não sei mais o que é verdade. Só sei que preciso estar aqui. Preciso encontrar respostas para meu pai, para mim.

— Eu sou de verdade. — Minha voz soa fraca e baixa contra a pedra. — E estou aqui. — Ergo a cabeça, procurando seu rosto na luz vacilante da lamparina. "Estou aqui". O que quis dizer foi: "Estou com você". As palavras que deviam ser reconfortantes acabam soando como uma promessa.

Ele abre a boca para responder, mas, antes que o faça, a luz pisca. Sei, mesmo antes de olhar, que não é a lanterna; é meu celular.

A tela está apagada. O rosto de Evie se foi. Em um momento de pânico completo, não lembro como era a foto. Não estava vendo quando se foi, não estava olhando para ela nos últimos segundos preciosos. Nunca poderei retomá-los.

Choro de novo, segurando o telefone na mão como se fosse um ser vivo, abraçando o aparelho como se a perda de uma pilha de plástico, circuitos e chips de computador tivesse partido meu coração. Jules me abraça, tira meu telefone da mão com cuidado e me puxa para mais perto.

Ficamos deitados assim, encostados, com as pernas entrelaçadas no calor de seu saco de dormir, a máscara do respirador entre nós. Passamos a máscara de um para o outro no escuro, encontrando nossas mãos, nossos dedos e nossos rostos pelo toque. Quando durmo, ele me acorda depois de um tempo pra colocar a máscara no meu rosto. Depois de uma ou duas horas, faço o mesmo por ele. Nos entrelaçamos enquanto nos preparamos para o que quer que nos aguarde do outro lado da porta.

A noite toda, descobrimos as mãos e os lábios um do outro ao compartilhar este único vínculo com a vida, o calor de sua pele ainda na máscara de plástico sempre que ele a encaixa na curva de meu rosto. Cada toque é mais íntimo que um beijo, nossas mentes entre o alerta e o sonho, nossos corpos dividindo uma respiração.

* * *

Sou arrancada do sono pelo chão tremendo. Ofego, abrindo os olhos e encontrando o rosto de Jules, seus dedos ainda cobrindo delicadamente a máscara em meu rosto. Sonolenta e confusa, acharia que era um sonho se não fosse o medo claro no rosto de Jules, como se fosse um espelho.

O ar é cortado por um som: uma explosão enorme seguida do rugido de rochas desmoronando e do eco reverberante e complexo de uma pedra se rachando.

Nós dois nos sentamos de uma vez, enrolados, mas nos movendo como um. Minha voz está rouca por causa do ar seco do respirador, da exaustão e do sono.

— Foi uma explosão — digo, assustada. — Não foi uma queda natural.

— Eu sei — responde Jules, me soltando para pegar a mochila e enfiar o equipamento de volta nela. — Foi uma demolição.

Fico de pé com dificuldade, segurando o respirador em uma mão e o telefone morto em outra, tropeçando no frio repentino fora do saco de dormir.

A explosão nos destroços só pode significar uma coisa: não temos mais tempo.

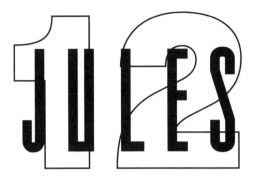

— Ok — murmuro, tentando me forçar a ficar calmo. — Ok, a porta.

Por que não olhei ontem à noite? Sei a resposta: porque estava tão cansado e tão privado de oxigênio que não conseguia pensar direito. Agora só temos o tempo que Liz, Javier e o resto da equipe levarão para atravessar as armadilhas pelas quais passamos no caminho, o que, considerando os rastros que deixamos, não será muito tempo.

Mia ilumina a porta com a lanterna, se afastando para que a luz cubra a porta inteira. Ela fica em silêncio, esperando eu traduzir os símbolos: aqueles entalhados na porta são as únicas marcas nesta sala vazia. Sinto sua presença atrás de mim, mas agora seu silêncio é de apoio. Algo mudou entre nós durante a noite. Nós dois ainda temos dúvidas, ainda vemos o abismo entre nós. Mesmo assim, voltamos a ser "nós".

Os símbolos parecem se misturar, combinações novas que nunca vi entremeadas com as antigas. Traduzi-los não se parece com ler outras línguas que conheço; é mais questão de absorver todos os significados possíveis e permitir que eles se juntem em minha mente, até, de repente, como uma ilusão de ótica deliberada, enxergar o que dizem.

— Estão falando de energia — murmuro, franzindo a testa. — De... não é o sol. Mia, não sei.

Fico grato por ela se manter em silêncio. Este não é o momento para me lembrar de que "não sei" pode significar nossa morte.

— Aqui — falo lentamente, erguendo minha mão livre para indicar uma linha curvada pelo lado inferior direito das portas duplas. — Preciso me concentrar em alguma coisa aqui, como se...

Há um quadrado entalhado na parede no final da curva de símbolos; pressiono-o com meus dedos. Com um clique, a parte que toco desliza, abrindo um retângulo oco menor que minha mão. Algo brilha lá dentro – algo cristalino, que parece os artefatos Eternos que estudamos – e sinto meu coração afundar. *Não, não, não.*

— O que foi? — pergunta Mia, se aproximando para entender e em seguida olhando para trás, como se Liz estivesse logo ali e não a algumas salas de distância.

— Acho que precisamos encaixar um objeto tecnológico aqui — digo, com dificuldade. — De tecnologia Eterna. Que não temos. Devemos ter perdido algo, talvez tivesse alguma chave no caminho para pegar, que não vimos, ou que estava em uma das salas desmoronadas — continuo, tropeçando nas palavras. — Não sei.

— Quê? — reage ela, a voz aguda. — Não, não pode ser! Jules, não atravessamos pontes musicais, estacas saindo do chão e pedras caindo do teto para chegar a essa porta sem uma chave idiota. Não precisamos de chave, podemos arrombar a porta, manipular a fechadura. *Precisa* ter solução!

"Manipular a fechadura"... Encaro o circuito no espaço.

Arranco meu aparelho de pulso, que é tecnologia terráquea, mas pelo menos condutora, e o coloco no espaço, mas não adianta: não vai de uma ponta à outra, não dá nem para fingir que encaixa. Preciso de alguma coisa do tamanho certo... em um instante sei o que é, sentindo a conclusão como um segundo soco no estômago.

— O telefone — digo. — Acho que seu telefone cabe.

— Está sem bateria — protesta ela, mas sei que não é o único motivo. Claro que não.

— Ainda funciona como condutor — respondo. — Sinto muito... mas você não pode ajudar Evie se morrer tentando proteger uma foto dela.

Ela concorda com a cabeça e, apesar do custo disso ser visível na tensão em seu rosto, não hesita. Tira o telefone do bolso e o coloca no espaço, onde se encaixa perfeitamente.

Trocamos um olhar surpreso, aliviado e confuso quando a pedra se retrai novamente. Dentro das portas enormes, ouvimos o ranger conhecido de engrenagens e máquinas indicando que o templo está prestes a revelar algo novo. Ficamos tensos, prontos para pular ou fugir, tentar desesperadamente sobreviver, mas as portas simplesmente se abrem, deslizando para dentro das paredes de rocha ao lado.

Apontamos as lanternas, mas elas iluminam pouco da sala escura que nos espera, e não temos tempo para o cuidado que aprendemos a ter nos últimos dias. Eu seguro a mão dela e ela entrelaça os dedos nos meus, apertando. O que quer que seja, enfrentaremos juntos.

Damos um passo para a frente, atravessando o arco, e pisamos no primeiro azulejo lá dentro. Sinto um clique e sou tomado por uma pontada de medo: será que pisamos em uma placa de pressão? Há algo vindo na nossa direção no escuro? No entanto, tudo que acontece é o estrondo das portas voltando à posição original, se fechando atrás de nós novamente.

Mia se vira – me fazendo soltar sua mão com relutância – e usa todo seu peso para empurrar uma das portas, que continua imóvel.

— Bem — resmunga. — Pelo menos vamos ouvi-los tentando passar. — Ela não diz o que estamos pensando: o telefone está perdido, preso à parede do outro lado. — Vamos ver se este lugar tem, hm, sei lá, talvez uma placa indicando a saída.

Juntos, apontamos as lanternas mais uma vez, iluminando o teto alto e abobadado, assim como uma massa enorme que não consigo identificar no centro da câmara. A sala em si é imensa, mas não vejo um único símbolo explicando sua importância. Meu objetivo duplo ressoa como tambores em minha mente: *preciso* descobrir por que o Nautilus me trouxe até aqui. O que justificaria um aviso escondido em uma transmissão, em um templo, na própria arquitetura deste lugar.

Precisamos também encontrar outra saída que não seja voltar pelo caminho que viemos, porque, se Liz nos alcançar, não deve estar disposta a negociar.

— Vamos — murmura Mia, se movendo com cuidado, testando cada passo antes de pisar com força, como aprendeu a fazer, agora um pouco mais lentamente, visto que estamos mais protegidos de Liz.

Mantenho minha lanterna abaixada, examinando o chão à frente dela, para garantir que estou seguindo seus passos com precisão. Quando ela para abruptamente, esbarro nela e a seguro pela cintura para garantir que não a derrubarei no chão incerto. Por um momento, ela tensiona os músculos, mas acaba se apoiando em mim.

— O que você viu? — pergunto, erguendo meu olhar.

— Tem alguma coisa… Espere. — Ela apaga a lanterna e, seguindo o gesto, faço o mesmo. — Ali em cima, Jules — aponta.

Vejo o que ela diz. Acima de nós há um ponto fraco, estável e claro de iluminação que não faz nada para dissipar a escuridão da sala, mas é inteiramente diferente da luz das lanternas. Meu coração bate mais forte.

— Pode ser alguma indicação residual de energia da porta — me obrigo a dizer. — Ou uma armadilha.

O que quero muito que seja, o que sei que ela também está pensando, é luz do sol. Se for luz do sol, pode ser uma saída.

— Eles *de fato* nos mostrariam luz, depois desse tempo todo, para montar uma armadilha — resmunga ela, seu cinismo quase tão espesso quanto a escuridão ao nosso redor.

— Vamos lá, o que você quer que a gente faça?

— Talvez uma pedra tenha se soltado lá no alto — sugiro, mas nós dois acendemos as lanternas de novo, iluminando a sala em busca de uma pista.

É Mia que encontra algo, soltando um gritinho de triunfo. Ela passa por mim e volta pelo caminho que tomamos até a porta. Finalmente vejo o que ela viu.

Descendo do breu do teto, há um grupo de cabos feitos de um material estranho e prateado que parece quase molhado. Ela ilumina o outro lado da porta, mostrando mais cabos, que se juntam aos outros acima da entrada enorme, desaparecendo na escuridão. Sob os cabos dos dois lados, paralela à parede, há uma enorme alavanca.

A Mia de antigamente teria simplesmente começado a puxar sem pensar duas vezes, mas ela aprendeu, então olha para mim.

— Tem algum motivo para eu não puxar isso?

— Consigo pensar em dezenas de coisas horríveis que podem acontecer — confesso. — Mas também não podemos passar uma eternidade aqui. Os cabos estão visíveis, assim como as alavancas, então não são armadilhas escondidas. Acho que é melhor tentar puxar mesmo. — Ando para me juntar a ela e, na luz da minha lanterna, vejo seu sorrisinho irônico. Talvez eu devesse ter dito algo mais reconfortante. Não sou bom com essas coisas. — Só por garantia, foi um prazer te conhecer — acrescento.

Ela ri.

— Foi um pesadelo infernal, Oxford.

— Bom, eu sou inglês — respondo. — Sou ótimo em me divertir nas piores circunstâncias. Além disso, gostei mesmo de andar de bike. — Estou brincando, tentando fazer com que ela erga um canto da boca em um sorriso relutante, mas é verdade. Parte dessa aventura *foi* um prazer. Apesar de ter aprendido coisas que não queria sobre meus conterrâneos humanos, também aprendi coisas que gostei. Conheci Mia.

Juntos, somos mais do que separados, mais do que jamais fui antes.

Não quero abrir mão do que somos.

Gostaria de mais tempo para pensar nisso, mas ela agarra a alavanca e, depois de um puxão leve não causar efeito, usa toda sua força para tentar deixá-la horizontal. Engrenagens antigas rangem acima de nós e a claridade no teto fica levemente mais intensa, como um feixe de luz entrando em foco.

Não há espaço para quatro mãos na alavanca, então agarro os cabos e me penduro para trás, usando meu peso. Nunca senti um material parecido: é forte e firme como metal, mas parece se retorcer ao meu toque de um jeito que me deixa enjoado. Lentamente, os cabos vão se movendo e a claridade aumenta, mais forte e ampla. Não há mais dúvidas: é a luz do dia, mas tão alta que não temos como alcançá-la. Os cabos estão presos a algum tipo de teto solar, ou uma cortina cobrindo uma claraboia.

— Para que serve isso? — pergunto. — Por que queriam que a gente fizesse isso?

Quando viro o rosto para Amelia, ela não está olhando ao redor. Consigo vê-la na pouca luz, encarando o outro grupo de cabos, do lado oposto da porta.

— Eu acho... — murmura, e sei que devo esperar quando ela pausa, para que ela complete o pensamento. Aprendi a identificar esses pequenos sinais nos últimos dias; ela está pensando e, quanto mais elaborados ficam os pensamentos, mais silenciosa ela fica.

Sou recompensado pelo meu silêncio quando ela continua.

— Em Chicago, o sinal de celular é péssimo — diz ela, a voz cheia de empolgação. — Tem alguma coisa a ver com prótons, íons ou o que quer que seja nos ventos do deserto, sei lá. Enfim, às vezes eu ganhava uma grana como vigia para uma gangue e, como não dá pra usar o telefone, e definitivamente não dá para gritar como alarme, é preciso um sinal visual. À noite, é isso — explica, acendendo e apagando a lanterna, uma mudança ainda visível sob a fraca luz do dia. — Mas de dia... de dia, usamos espelhos. — Ela aponta a lanterna para onde os cabos se dividem, ramificando-se em ângulos diferentes pela sala.

Não faço a menor ideia do que ela quer dizer.

— Mas não tem... — começo.

Ela anda até o outro lado da porta, agarra a alavanca e joga todo seu peso contra ela.

— Se tiver um espelho, será para redirecionar... — diz, mas se interrompe para tentar mexer a segunda alavanca de novo.

Por um momento, nada se move. Então, com o ranger das engrenagens, a alavanca começa a descer, se posicionando na horizontal, sob o peso de Amelia. O feixe de luz começa a ficar mais forte e claro. Consigo ver um disco refletor, assim como um segundo espelho para pegar a luz quando a rotação o posicionar, antes de a luz refletida ficar forte demais para que eu consiga enxergar. Finalmente, entre duas batidas de meu coração, os espelhos se alinham e a câmara se transforma em um mar de arco-íris.

A luz se estilhaça pela sala em um brilho chocante e deslumbrante. À minha esquerda, ouço um grito empolgado quando Mia se joga em mim. Eu a abraço automaticamente e continuamos abraçados enquanto nossos arredores ganham vida com um esplendor que me cega momentaneamente. Meu olhar dança com estrelas e faíscas e, enquanto tento piscar para afastar as lágrimas e me concentrar, ela se vira em meus braços para observar a câmara de luz.

— Minha nossa... — Ela para de falar, boquiaberta, encarando os feixes de luz. Conforme os cabos rangem e se ajeitam, os arco-íris cintilam e o espanto de Mia é visível em seu rosto. — É tão lindo — sussurra ela, erguendo o olhar para o teto abobadado e para as paredes cobertas em arco-íris fraturados. — Você acha que eles conheciam? — pergunta, desviando o olhar na minha direção. — Conheciam beleza?

Meu coração bate forte no meu peito e não é só por estarmos abraçados de novo, por eu estar olhando para ela, por nossas bocas estarem quase se encostando. É que, neste instante, ela é como eu fui em Valência. Ela se abriu para a exploração, para a curiosidade. Não é apenas que, por um momento, ela compartilha a alegria da descoberta. Ela está *vivendo* essa alegria. Ela entende.

Ao atravessar os milênios até os Eternos, se perguntando se eles conheciam beleza, se perguntando por que criaram algo tão delicado e perfeito, ela abre a mente para todas as possibilidades que eles representam.

Ela está se comunicando com eles, pegando as histórias que deixaram para trás e acrescentando suas próprias palavras, fazendo suas próprias perguntas. É o que eu faço – o que exploração e arqueologia representam – e, neste momento, Mia está comigo. Neste momento, todas as nossas dúvidas e suspeitas sobre os Eternos são deixadas de lado, pois compartilhamos algo com eles, algo que foi deixado para nós esse tempo todo.

— Acho que deviam conhecer — murmuro. — Conhecer beleza. Olhe para o que fizeram.

— Uau, Jules. Veja o que *mais* fizeram — murmura ela, encarando o centro da sala.

Iluminado pela luz refratada, ali se encontra um enorme monólito, um pedaço gigantesco e pontudo de rocha preta. Invisível na escuridão de antes, a imensa estrutura de pedra é impossível de ignorar agora que não estamos mais distraídos pela beleza da iluminação. Não se parece em nada com as cores avermelhadas, cinzentas, azuladas e claras das rochas desta área de Gaia, ou com a pedra metálica usada nas construções Eternas; não se parece com nada que vi neste planeta.

Tem pelo menos duas vezes a minha altura e suas pontas são irregulares, exceto um lado, cortado e polido até atingir uma aparência lisa de mármore. Está apoiado em um pequeno suporte de pedra e é cercado por um círculo largo do mesmo material, que o emoldura como uma pintura. É, sem dúvida, a peça central da sala, mas não faço ideia do que se trata.

Mia se afasta de mim e nós dois nos movemos cuidadosamente, apesar de termos cada vez mais certeza que não há armadilhas aqui. É o fim da caça, é o que viemos encontrar. Passamos pelos testes e deixamos as armadilhas para trás.

A equação secreta do Nautilus enterrada na transmissão, cada espiral escondida marcada nas salas rochosas deste templo e misturada à arquitetura, tudo me trouxe para cá. Agora saberei o porquê.

Apontamos as lanternas para cima e, agora que conseguimos localizar os cabos no teto abobadado, vemos que, em vez de um ou dois espelhos que Mia imaginou serem usados para iluminar a sala, são dezenas e mais dezenas, todos inclinados na direção de um cristal multifacetado próximo ao teto. Ele espalha os raios de sol em fragmentos de arco-íris que pintam as paredes em feixes coloridos, claros como o dia.

O propósito da rocha enorme e da moldura de pedra ao seu redor é muito menos óbvio. Fico em frente ao lado polido e o encaro, mas não há símbolos ou instruções.

— Deve ser isso que devemos observar — digo. — É a única coisa na sala.

— É a última sala — diz Mia. — Mas... — para, se virando em um círculo lento, observando as paredes coloridas que a encantaram um minuto antes. — Nada — diz, sua voz fraquejando de repente. — Não tem saída. Só este pedaço de pedra.

— Deve ter alguma coisa — digo, mas repito seu movimento e olho ao redor, sentindo meu coração pesar mais a cada segundo. *Como não procurei por outra porta?* Por causa da escuridão, dos arco-íris, da emoção de Mia, da minha ansiedade, e... *Não há saída.*

Estamos presos aqui e Liz está a caminho. Não há sinal do Nautilus ou do que ele significa.

— A claraboia — proponho, apertando os olhos para encarar a origem da luz, ignorando a questão do Nautilus por um momento. Não nos serve de nada se morrermos.

— É alto demais — responde Mia em voz baixa, encarando a pedra no meio da sala como se fosse culpada pelo nosso problema. — Não temos uma corda comprida o suficiente. Nosso equipamento de alpinismo não daria conta, mesmo se tivéssemos como jogá-lo e prendê-lo — continua, sem nem precisar olhar para garantir. — Vamos *morrer* aqui, Jules.

A luz espalhada não ajuda a esconder a preocupação em seu rosto, seus olhos e nariz avermelhados, o desespero em seu olhar. *Lá se foi a emoção da descoberta. Desgraça iminente tem esse efeito.*

Ela volta a falar, com a voz trêmula:

— Estamos presos em um lugar que ninguém além de você conseguiria alcançar, exceto pela equipe treinada de catadores que está prestes a atravessar aquela porta para nos matar assim que chegarem e instalarem bombas. Mesmo que eles errem o caminho ou não consigam entrar, só temos comida por uma semana, um respirador que durará ainda menos e nem um pedacinho de tecnologia que possamos usar para barganhar nossa saída do planeta, muito menos para pagar por Evie!

Seu corpo todo está tenso, mãos fechadas em punhos, e, quando me aproximo, ela dá as costas em um gesto só e anda até o outro lado do monólito, que fica entre nós.

— Theós — murmuro, passando uma mão no cabelo e puxando um pouco por frustração. *Precisamos* dar um jeito de sair dessa e precisamos que seja agora. Liz não hesitará em atirar em Mia assim que encontrá-la. Eu não ficarei muito atrás, seja porque não deixarei Mia ser machucada em paz, ou porque Liz notará que não vou mais cooperar.

Isso significa que precisamos encontrar uma saída logo. Fecho os olhos.

Se toda essa jornada foi a versão Eterna de um teste para determinar a dignidade de nossa espécie, deve existir uma resposta. *A não ser que não sejamos dignos*, propõe o pânico em minha mente. *A não ser que a solução não esteja ao alcance da nossa razão.*

A voz de Mia interrompe meus pensamentos confusos, vindo do outro lado da rocha.

— Jules, o que significa *"pergite si audetis"*? — Ela pronuncia as palavras pausadamente, com cuidado.

Pisco.

— Quando você aprendeu latim?

— Não aprendi — diz ela, em voz baixa. Quando dou a volta para encontrá-la, ela me encara com os olhos arregalados e aponta para a base do monólito. — Está escrito ali.

Olho para baixo e lá estão as letras, entalhadas na base da pedra.

PERGITE SI AUDETIS.

Minha garganta está seca e meu coração bate como um tambor frenético. Mia olha para mim, sua preocupação crescendo quando vê a expressão em meu rosto. Ela espera que eu responda e preciso fazer um enorme esforço para me obrigar a falar.

— Significa... significa "siga em frente, se ousar".

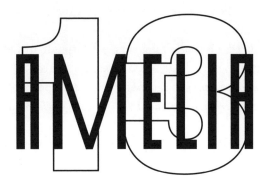

AMELIA

Latim. Em um templo do outro lado da galáxia, construído por criaturas que foram extintas muito antes do surgimento de Roma.

Estou tonta e sei que Jules está tão confuso quanto eu.

— É uma mensagem para nós — digo, rouca. — Para humanos.

— É — sussurra ele.

— Quer dizer, é *latim*, cacete! — minha voz chega a ficar aguda. — Que diabos é isso, Jules?

— Usaram essas mesmas palavras na transmissão — responde ele, espantado, o olhar desfocado. — "Siga em frente, se ousar." Agora aqui está, é… O teste sempre foi para nós. É o *nosso* mérito que estava sendo testado.

— Não gosto nada disso — murmuro, encarando o monólito preto como se pudesse se mexer. — Não confio nisso. Nos esforçamos para explicar tudo… cinquenta mil anos, evolução convergente, mas…

— *Eu* estava explicando tudo — corrige ele, ainda em voz baixa. — Você estava perguntado de que outras formas eles se assemelhariam a nós. Se eles sabiam mentir. Enganar. Sabemos a resposta agora.

— Mas é uma resposta impossível — retruco. — A resposta é que eles estiveram procurando a humanidade, se concentrando na Terra, desde sempre. É *impossível*.

— Mesmo assim, cá está.

Acho que a cabeça dele quebrou. Excesso de estímulo intelectual, qualquer coisa assim. Ele fica sacudindo a cabeça devagar, encarando a frase em latim.

Um som, fraco e distante, me traz de volta à realidade. Talvez eu esteja imaginando – Jules claramente não ouve, perdido demais em seus pensamentos –, mas mesmo assim me lembra que ainda estamos correndo contra o tempo para sobreviver, não importa o que tenhamos descoberto.

Quero sacudi-lo, gritar que Liz está nos seguindo e que não se dará o trabalho de resolver o quebra-cabeça da porta, só irá explodi-la. No entanto, preciso que ele pense.

— Ok — digo, tentando me acalmar. — Diz "Siga em frente, se ousar". Isso significa que deve ter um jeito de *continuar*, certo? Quer dizer, não gosto nada disso e tenho mais perguntas do que consigo contar, mas sabemos que Liz *com certeza* vai atirar na gente se nos alcançar, então continuar a viagem ainda parece melhor do que as outras opções.

Jules abre a boca algumas vezes antes de conseguir responder.

— Certo. Isso. Deve ter um jeito.

— Talvez isso também seja um quebra-cabeça. Pode ter a ver com este negócio — proponho, me aproximando da estrutura imensa de rocha no centro da sala, me obrigando a olhar e apontar para as letras entalhadas. — Pode virar uma escada, um alçapão, uma segunda porta invisível, qualquer coisa. Talvez a gente possa tentar escalar a moldura. – Porém, mesmo enquanto falo, noto sua curvatura lisa, sem uma única rachadura ou irregularidade para apoiar os pés.

— Talvez — responde Jules, tão chocado que mal escuta. — Mas não... O latim só diz para continuar a viagem, não fala nada de quebra-cabeça, não tem símbolos como nas outras salas. Se este é o fim do labirinto, onde estão as respostas? O Nautilus...

— Ok. — Respiro fundo e me aproximo dele. Uma parte de mim quer segurar sua mão, afogar meu medo ao sentir nossos dedos entrelaçados, mas preciso que ele pense naquele troço-estátua, não em mim. — Ok, Jules... Esqueça o latim. Esqueça os símbolos, o Nautilus, os Eternos, Gaia. Esqueça o resto do templo. Você é um arqueólogo. Por onde começamos?

Jules se sacode, para afastar a confusão, o medo e o espanto.

— Nós... observamos — responde. — Procuramos padrões de desgaste que indiquem se isso teve alguma utilidade, procuramos fragmentos de outros artefatos. Qualquer coisa que indique por que isso seria importante para a civilização que o construiu.

Ele começa a examinar cada centímetro do negócio e eu faço o mesmo, sem saber o que estou procurando. Quando me aproximo, fica óbvio que a estrutura faz *algo*, porque seções da pedra são atravessadas por linhas estreitas, quase invisíveis, que permitiriam que as partes se movessem se operadas por um mecanismo invisível.

Outro som distante, abafado pela porta de pedra grossa, se infiltra no silêncio e faz meu coração bater mais rápido. Jules escuta dessa vez e encontra meu olhar com os olhos arregalados.

— Ignore — falo rápido, mas tento soar calma. — Temos tempo. Concentração.

Mas, por dentro, estou gritando. *Resolva esse mistério ou vamos acabar explodidos, baleados ou amarrados e largados para morrer.*

Parece que espero horas até Jules soltar uma exclamação, por mais que eu saiba que são só alguns momentos. Corro até onde ele está agachado na base da estátua, inspecionando um detalhe meio escondido pela sombra. É outro dos desenhos riscados que ele estava acompanhando: a curva da forma do Nautilus, irradiando uma linha. Respirando fundo para estabilizar a mão, ele inclina o aparelho de pulso para fotografar.

Em seguida, aproxima a mão, quase tocando uma forma semelhante, mas definitivamente não idêntica, ao lado. Desta vez, não está riscada na superfície, mas desenhada em relevo.

— Está vendo? — pergunta em voz baixa, tenso com a concentração. Ele gesticula, sem tocar, para a curva desenhada e a sombra que faz. — Acho que é um *alfa*.

— Um o quê? — Desta vez, não consigo esconder a impaciência de minha voz.

— É a primeira letra do alfabeto grego antigo.

A curva que ele indica parece um desenho simples de um peixe, ou um "A" minúsculo numa caligrafia feia.

— Os gregos antigos não falavam latim? — pergunto.

— Na verdade, não, eles falavam grego. Várias formas diferentes de latim eram as línguas dominantes durante o Império Romano, mas depende da área do império, porque às vezes ele ocupava territórios que hoje em dia...

— Jules!

— Certo. Certo. Acho que a estátua *é* outro desafio. Pode ser só um quebra-cabeça simples alfabético.

— Começando com esse tal de alfa?

Ele concorda com a cabeça, desenhando a forma no ar.

— Tá bom.

Estico a mão e sei que nós dois estamos prendendo a respiração. A letra se sobressai da pedra, então é fácil de segurar. Sob meus dedos, ela cede um pouco e a camada de pedra na qual está desenhada parece se separar do resto. Puxo com mais força. O ladrilho com o alfa gira 90° para a direita e se encaixa com um clique.

A moldura que cerca o monólito polido estremece e, de repente, a pedra solta uma fumaça de poeira e areia, ganhando vida. Mais desenhos de pedra surgem na superfície, até a moldura inteira estar coberta por letras gregas.

Antes de termos tempo para inspecioná-las, um estrondo e uma chuva de poeira da parede atrás de nós nos faz ficar de pé, prontos para correr se o teto estiver caindo, embora saiba que estamos ambos nos perguntando: *Correr para onde?*

A origem do som é outra sequência de caracteres, cada um com pelo menos trinta centímetros, surgindo da parede de pedra de repente, na altura do meu rosto onde não havia nada antes, assim como as letras na estátua. As palavras não são gregas; são escritas em outro alfabeto que não sei ler, mas reconheço.

— O que... isso é *chinês?* — ofego.

Jules está encarando os caracteres em silêncio, espantado e atordoado.

Antes que possamos especular, ouvimos um som que não deixa dúvidas da proximidade de Liz e sua equipe: vozes.

Eles estão atrás da porta.

O olhar de Jules encontra o meu e, naquele momento, não precisamos falar.

Me viro imediatamente para analisar a moldura.

— Qual é a próxima letra no alfabeto grego?

— Beta. Parece um "B" maiúsculo com uma reta comprida...

Procuramos a moldura circular, correndo. Jules grita descrições e nós dois tentamos encontrar as letras que vieram à superfície quando girei a pedra alfa. Ele encontra a maioria, com o olhar já treinado para reconhecê-las, mas vez ou outra sou eu que pulo e giro a próxima peça do quebra-cabeça.

Cada vez que acionamos uma letra, mais palavras surgem das paredes, às vezes quatro ou cinco frases de uma vez. Aparecem em todos os lados da sala, até a área inteira estar coberta por palavras em mais línguas que eu sabia que existiam. Em certo ponto, surge uma sequência de linhas que mais parecem rabiscos, mas, ao encará-las, me lembro vagamente de uma aula que tive antes de largar a escola. Cuneiforme é o nome. A escrita de uma civilização antiga, antes mesmo dos gregos e romanos.

O que raios está acontecendo?

O fato de que Liz e seus capangas ainda não entraram significa que não encontraram o buraco que contém meu telefone, a chave para destrancar a porta. No entanto, duvido que só tenham explosivos para uma detonação. Se explodirem a porta para entrar, vamos morrer: se a bomba não nos matar, Liz matará. Ela pode até deixar Jules vivo mais um pouco, mas só enquanto ainda for útil.

— Já falei — grita Jules, com urgência. — Parece um "W" minúsculo.

— E *eu* já falei — retruco. — A única coisa parecida com um "W" é o *psi* que apertamos. Parece o filho de um "W" e um "Y".

— Continue procurando, tem que estar aqui. Ômega. É a última letra.

Procuro com os olhos lacrimejando por causa do esforço e da claridade dos raios de sol inundando a sala, quando meu olhar de repente entra em foco: não na moldura ao redor do monólito, mas na parede atrás dele. Há uma frase lá… em inglês.

Os dignos se elevarão até as estrelas…

Não paro para me impressionar por estar lendo uma inscrição de um templo antigo. Não me preocupo por ser misterioso, por só conseguir pensar literalmente, por um universitário ingênuo e uma catadora ignorante claramente não serem "dignos" de forma alguma.

Só olho para cima.

— Jules… como é um *ômega* maiúsculo?

— Todas as outras letras eram minúsculas…

— Eu sei, mas é a última, e aquela frase… fala de "elevar"… O que é aquilo lá em cima? — Aponto, *erguida para as estrelas*, para um desenho semicircular bem no meio do topo da moldura.

— Mehercule — murmura Jules.

— Me dá uma mãozinha — mando, correndo para perto. Ele se ajoelha, segura as mãos como pedi e me levanta, soltando um grunhido por causa do esforço. Mal consigo tocar o alto da moldura, mas basta: meus dedos roçam a borda do ômega e a letra gira e se encaixa na superfície.

O chão sob nós treme. Jules grita e eu caio, pensando *Ah, céus, eles explodiram a parede... Já era...*

Porém, quando caio em cima de Jules, que solta algo entre um grunhido e um gemido por causa do impacto, ergo a cabeça e descubro que a porta está intacta. O tremor vem da *estrutura*. Eu estava tão concentrada em Jules – tão desesperada para mantê-lo trabalhando, traduzindo, pensando – que nem tive tempo de processar meu próprio medo. A onda repentina de esperança que me inunda é tão visceral que eu cairia de joelhos se já não estivesse embolada com Jules no chão.

A estrutura *é* um quebra-cabeça e *está* fazendo algo. Abrindo uma porta, criando uma escada... Não me importo, desde que nos afaste desta armadilha mortal sem saída.

Ficamos de pé aos trancos e barrancos, bem a tempo de ver uma ondulação perturbadora fluir pela pedra sólida do monólito. Dou um passo para trás e Jules tropeça comigo; noto que nossos dedos estão entrelaçados, mas não faço ideia de quem fez o primeiro gesto.

Outra onda passa pelo centro polido da estátua. De repente, não parece mais pedra. A superfície parece uma poça de óleo, fluida e meio espelhada.

Mudei de ideia. Quero uma escada, caramba.

— O que raios é isso? — pergunto.

Eu me aproximo mais de Jules, me sentindo reconfortada por seu calor no ar frio que agora vibra com uma energia estranha, como se estivéssemos debaixo de fios elétricos ou em um campo aberto durante uma tempestade.

— Não... — começa Jules, mas para abruptamente, arregalando os olhos. — Espere... Eu já *vi* isso antes. Você não reconhece? Parece a superfície do portal que trouxe nossas naves para Gaia.

— Eu passei a viagem enfiada em um caixote, lembra? — respondo.

Apesar de todos meus sonhos de exploração espacial, só pude ver a parte de dentro de uma caixa... e sentir a dor horrível, devastadora e flamejante de atravessar o portal.

A lembrança me faz querer fugir do objeto oleoso à minha frente. *Não posso passar por isso de novo. Não dá. Só para ir para casa... para voltar para Evie.*

— Não podemos pular sem pensar — diz Jules, encarando, espantado, o portal. — Não sabemos por que construíram este lugar, não sabemos por que estavam nos testando, não sabemos mais nada. Ainda não sabemos qual era o perigo dos avisos do Nautilus. É esta sala, Mia, é *isto*. O motivo pelo qual eu vim. Eles nos trouxeram aqui e precisamos encontrar a resposta. O portal pode ser a ameaça que devemos evitar... a espiral está desenhada bem na base. Precisamos de mais tempo.

— Não *temos* tempo — lembro, odiando ter que dizer isso. — Não temos mais escolha.

— Mia, não *podemos* atravessar isso sem saber aonde vai. Pode nos levar a outro planeta, onde precisaríamos de mais do que respiradores para sobreviver. Poderia nos jogar em meio a um buraco negro. Poderia nos largar para morrer no meio do espaço sideral, até.

Pelo menos eu veria o espaço antes dos meus olhos explodirem no vácuo.

— Olhe para as paredes — falo, puxando sua mão para virá-lo, fazendo com que a lanterna do capacete ilumine as várias línguas e caracteres que emergiram enquanto abríamos o portal. — São línguas *humanas*. Não faço ideia do que significa, mas não sei por que os Eternos fariam um caminho que leva diretamente a este portal, assim como uma mensagem dizendo que devemos continuar, em uma língua que entendemos, em literalmente *dezenas* de línguas que humanos entenderiam, se o portal fosse nos matar.

— Você está pressupondo as intenções...

— Não temos *escolha*! — interrompo. — Não sei o que está acontecendo, mas *sei* que vamos morrer quando Liz e sua equipe atravessarem a porta. Prefiro arriscar o portal.

Ele sacode a cabeça, apertando o maxilar e olhando ao redor.

— As respostas estão aqui, Mia. — Ele continua tirando fotos (*fotos, pelo amor de...*) das paredes e das mensagens em várias línguas, seu olhar queimando com o fervor que os acende sempre que ele afunda nos segredos dos Eternos. — As paredes... É por isso que vim para Gaia, é por isso que arrisquei minha vida. Traduzir essas mensagens pode ser a chave para provar que meu pai estava certo por não confiar cegamente na tecnologia deixada pelos Eternos. Os templos foram construídos muito antes de essas línguas existirem. Você não pode me mandar deixar isso para trás.

Fecho os olhos, tentando respirar fundo. Se a sala estivesse cheia de artefatos valiosos, eu estaria pegando tudo que coubesse na mochila, por Evie. As mensagens são a versão dele dessa escolha. Não posso negar a ele a chance de cumprir o que veio fazer só porque falhei. Além disso, ele está certo: há perguntas aqui que *precisamos* responder.

Olho para a porta, que ainda se mantém entre nós e Liz, e expiro lentamente.

— Talvez haja algum lugar para esconder que não tenhamos notado — digo em voz baixa. — Vou procurar, agora que abrimos o...

Não consigo terminar. Sou interrompida por um estalo e um estrondo ensurdecedores e sinto o chão tremer de novo, desta vez o suficiente para me derrubar, apesar de Jules se segurar em pé. Quando ergo a cabeça, parte da porta sumiu, o suficiente para ver luzes das lanternas na escuridão. O resto da porta está coberto por uma rede de rachaduras e, antes que eu consiga respirar, o tinido de picaretas parece perfurar meus ouvidos. Metade dos espelhos foram deslocados pela explosão e os raios de luz restantes não batem no cristal; os arco-íris se foram.

A lanterna de Jules se vira para a porta. O ar está tão empoeirado por conta da explosão que o feixe do capacete parece quase sólido ao tremer e hesitar.

Ouço Liz berrando ordens atrás da porta, apesar dos meus ouvidos ainda estarem doendo tanto que não identifico o que ela diz. Fico de pé em pernas bambas, ainda tonta com o choque.

— Precisamos ir! — grito para Jules, tropeçando até poder me segurar em seus braços. — Agora!

Ele me encara, esquecendo por um momento que me cega com a lanterna, mas não preciso vê-lo para saber que está dividido, seu corpo tenso com as necessidades contraditórias de fugir e de ficar para estudar a sala cheia de segredos.

— Não posso — responde, quase inaudível aos meus ouvidos machucados. — Mia... não podemos mergulhar em uma coisa dessas sem saber aonde vai dar. Especialmente depois de ver isso tudo — continua, apontando para as paredes. — Você pode falar com a Liz de novo, podemos convencê-los a esperar, nos deixar viver o suficiente para...

— Para o quê? Encontrar outra forma milagrosa de escapar de quatro mercenários treinados e armados que não hesitariam em atirar? Jules, não me faça entrar no portal sozinha.

Mesmo assim, ele hesita. Um tiro ressoa pelo buraco na porta e quica na pedra, um pouco mais longe de nós. Levo um susto e estendo a mão, apagando a lanterna do capacete para que não nos vejam com tanta facilidade.

Seguro o braço de Jules com mais força, tentando puxá-lo na direção do portal, mas, mesmo que ele não fosse tão mais alto que eu, ainda é forte e eu mal consigo movê-lo.

— Existe a hora certa para estudar, planejar, esperar e prestar atenção nos detalhes, como você costuma fazer, e também existe a hora certa para respostas, mas às vezes é preciso seguir sua intuição, seu...

Sou interrompida por um desmoronamento de pedras e um grito, quando um dos capangas de Liz derruba outra parte da porta. Em poucos segundos, o buraco estará grande o suficiente para eles passarem.

Agora que a lanterna está desligada e não ofusca mais meus olhos, consigo ver um pouco do rosto de Jules na meia--luz que resta dos espelhos. Seu dilema está tão estampado que meu coração chega a doer. Naquele momento, sei o que preciso fazer.

— Às vezes é preciso seguir seu instinto — sussurro.

Eu me apoio nele, fico na ponta dos pés, subo uma mão pelo seu braço até segurar sua nuca e o puxo para um beijo.

Por um instante, não há portal. Não há Liz, nem um time armado pronto para nos matar, nem entes queridos esperando na Terra. No primeiro momento, ele não reage, mas então me abraça pela cintura e me puxa para mais perto, colando nossos corpos e me deixando sem ar.

Ele toca meu rosto com a outra mão, tão suave quanto o abraço é forte, e minha pele queima sob o toque. Queria chocá-lo, distrai-lo, interromper sua indecisão paralisante, mas sou eu que estou derretendo, meu corpo encaixado no dele, minha boca se abrindo para a dele, um calor tão intenso me percorrendo que preciso me afastar para não me incendiar…

Dou um passo para trás, tonta. Eu o encaro, vejo o fervor de seus olhos, e minha voz está tão distante que preciso procurá-la em meio aos destroços dos meus pensamentos.

— Instinto — sussurro.

Finalmente, antes de mudar de ideia, antes de pensar na agonia da minha viagem pelo portal da Terra para Gaia, antes de Jules me segurar para me impedir, eu me viro e saio correndo.

Por favor, Jules. Só penso nisso em direção à superfície turva e escura do portal. *Não me deixe ir sozinha.*

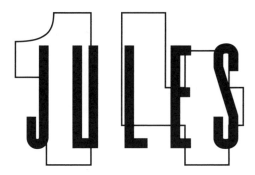

JULES

O pânico me invade quando Mia pula na superfície preta e oleosa do portal e desaparece em uma onda, me deixando boquiaberto.

Ainda estou eletrizado, meu coração batendo forte, e sinto o toque da sua boca na minha. Só ficamos juntos alguns segundos e já sinto uma ausência dolorida no lugar dela.

Esta sala contém tudo que eu procurava.
Tudo que meu pai temia.
Tudo que nosso mundo precisa ver.

O Nautilus. Um aviso. Línguas que só nasceram dezenas de milhares de anos depois de este lugar ser abandonado. Se eu correr, estarei jogando fora tudo que me custou chegar aqui.

Entretanto, Mia atravessou o portal.

Só há uma escolha a ser feita e eu a faço. Tropeço por uns seis passos e saio correndo na direção do brilho preto no qual Mia desapareceu, rezando para encontrar oxigênio do outro lado. Uma voz berra dos destroços da porta, mas Liz chegou tarde demais: a escuridão me devora, estou sozinho e só resta silêncio.

Dor se espalha pelos meus braços e pernas, bate na minha cabeça, rasga meus órgãos. Enjoo revira meu estômago e perco qualquer noção de espaço. Ondas de verde e dourado passam na minha visão mesmo com olhos fechados e apertados, mesmo quando estendo as mãos procurando algo a que me agarrar. Não encontro nada.

Estou prestes a gritar quando atinjo algo duro. O impacto me deixa sem ar e faz meu corpo rolar pelo chão, congelando intensamente minha pele em todos os pontos de contato. Paro de barriga para baixo e, ao abrir os olhos, ainda não sei se sinto meus braços e pernas. Só vejo um borrão branco. A areia é branca.

Não, oferece meu cérebro, sentindo a ardência do frio atacando minha testa. *A neve é branca. Você caiu de cara na neve.*

Não consigo pensar em nada mais coerente: não me lembro onde estou, onde deveria estar, mas tudo dói e, de alguma forma, tenho certeza de que preciso me mover.

Há um monólito preto e enorme na paisagem congelada atrás de mim, uma rocha pontuda e polida, e eu o encaro, esperando. A informação chega com uma onda repentina de adrenalina: é o portal.

Mia.

Viro a cabeça para procurá-la na luz fraca, viro para o outro lado e a encontro um pouco distante, encolhida no chão, completamente inerte. Eu me forço a engatinhar até ela, sentindo a neve queimar minhas mãos e encharcar minhas calças, sentindo a mochila tentando me derrubar como o casco pesado demais de uma tartaruga gigante.

— Mia — ofego, segurando seu ombro com uma mão. — Tudo bem?

Ela geme; é um som longo, grave e rouco, como se ela tivesse gritado pouco antes. Na nave a caminho de Gaia, metade da equipe ficou incapacitada pela passagem do portal, e claramente Amelia está do lado dos sofredores. Eu achei a situação extremamente desagradável, mas, como agora, me recuperei rápido. Por isso, agora, preciso pensar por nós dois.

Eu me viro para olhar novamente para o portal, me ajoelhando ao notar que minhas mãos estão ficando dormentes com o contato com a neve. O monólito parece sólido, uma massa preta na quase escuridão. *Não tem volta.* No entanto, não há garantia de que, por parecer pedra deste lado, deixou de ser um portal do outro. É difícil imaginar que um mercenário escolheria "portal alienígena desconhecido" se tivesse a opção "dar meia-volta e ir embora", mas claramente não é um mundo que entendo bem.

É um mundo que acabou de nos jogar por um portal porque o medo dos humanos atrás de nós era maior do que o medo do desconhecido à nossa frente. Talvez não seja nem o mundo deles. Talvez seja nosso mundo.

De qualquer forma, abandonei o que vim ver, mas preciso acreditar que, onde há vida, há esperança. Minhas prioridades são encontrar um esconderijo, caso Liz e seus capangas acabem aparecendo, e descobrir onde estamos e o que fazer.

Olho para a paisagem ao nosso redor. Estamos em uma espécie de ravina congelada, deitados na neve espessa, cercados por paredes de gelo. Mesmo na luz fraca, enxergo onde me mexi na neve. Aonde quer que a gente ande, vamos deixar marcas, rastros indicando nosso esconderijo.

Fico de pé, sem me preocupar com limpar o gelo colado nas roupas, e me viro para olhar para todos os lados da ravina. Atrás da pedra preta do portal, o chão se eleva um pouco, entrando em uma área marrom de terra congelada, ou de rocha, onde a neve se dissipa. *Por ali, então.* Precisamos torcer para encontrar um esconderijo naquela direção.

— Mia — digo, me abaixando para sussurrar em seu ouvido, apoiando uma mão nas suas costas. — Precisamos sair daqui. Liz pode nos seguir.

— N-n-n-não dá — responde ela, se enroscando ainda mais e passando de tremer de frio para se sacudir inteira. Ela não protesta quando tiro cuidadosamente a mochila de seus ombros.

— Vou te ajudar a ficar de pé — murmuro, segurando suas mãos, geladas mesmo ao meu toque meio dormente. — Não vamos para longe, só precisamos nos esconder e nos aquecer. Vamos lá, você consegue.

É sinal de como ela é determinada, e de tudo que passei a admirar nela, o fato de que ela tenta se levantar. Vejo quanto custa cada movimento. Passo minhas mãos sob seus braços e a ergo, a segurando com firmeza até ela conseguir esticar as pernas e ficar de pé na neve, apoiada em mim. Eu a abraço, apoiando meu queixo em sua cabeça, só para segurá-la por um momento e deixar que ela se recomponha.

— Ob-obrigada — consegue dizer depois de meio minuto, com a voz rouca e fraca, quase um sussurro. — Por me seguir.

Ela deve ter passado por isso no caminho da Terra para Gaia e *mesmo assim* pulou pelo portal, sabendo o que sentiria e sem saber, pelo menos com certeza, que eu viria logo atrás para ajudá-la do outro lado. Apesar de ter feito um bom trabalho de garantir que eu a seguisse.

— Bem — digo, firmando o corpo dela com uma mão enquanto enfio a outra no bolso da sua calça para pegar a última barrinha de granola. Um sorriso tenta tomar minha voz, apesar da adrenalina ainda em meu sistema, só porque estou próximo dela. Eu me permito sorrir, só um pouquinho. — Precisava te seguir. Não sabia se o beijo tinha acabado e não queria arriscar perder outros beijos.

Ela expira lentamente, soltando uma nuvem branca no ar, mas não responde. Nenhum de nós fala. Quando a névoa branca da sua respiração se dissipa, o calor em meu peito vai junto.

Não acredito que o beijo foi só estratégico; sei que ela sentiu a mesma tontura emocionante que senti, eu *sei*. Mesmo assim, isso não significa que ela queira repetir o feito. É tão concentrada na sua busca não só por sobrevivência, como por uma forma de salvar sua irmã, que, até onde eu sei, a intimidade do momento deve tê-la assustado. Ela não pode permitir que eu a distraia. Talvez eu não possa permitir que *ela* me distraia.

Uso os dentes para abrir a barrinha de granola, tiro da embalagem com uma mão só e a aproximo da boca de Mia. Ela dá uma mordida, apesar de mastigar exigir muito esforço. Também dou umas mordidas antes de guardar o resto no bolso. Quero devorar a barrinha toda, mas uma parte do meu cérebro sabe que preciso parar. Temos que controlar os mantimentos de forma ainda mais rígida agora que não sabemos onde estamos, nem como voltar para o ponto de encontro de Mia e Mink. Só sei que não podemos ficar aqui para sempre. Precisamos continuar a andar. Não consigo pensar além disso, pois a impossibilidade da nossa situação é sobrepujante demais para contemplar.

— Pronta para tentar se mexer? — pergunto.

Ela concorda com a cabeça, mas balança quando me abaixo para pegar sua mochila, que penduro no ombro direito, deixando a minha no esquerdo. Precisamos de um esconderijo próximo: nossos primeiros passos hesitantes confirmam esse fato.

— Jules — sussurra ela, rouca, mas audível. — Por que está escuro?

Por um instante a pergunta não faz sentido, mas noto que ela está certa. Perdemos a noção do tempo dentro do templo, mas, logo antes de pularmos no portal, a sala estava pintada com milhares de arco-íris; com a luz do sol refratada pelo cristal no teto. Agora, no entanto, é logo antes do crepúsculo ou logo depois do amanhecer, a julgar pela luz.

— Não sei — confesso. — Ainda devemos estar em Gaia, porque o ar parece o mesmo e não estamos sufocando, mas a neve... não sei.

Andamos lentamente mas sem parar e, quando chegamos ao chão congelado do outro lado da pedra do portal, olho para trás, acendendo minha lanterna. Agora que estamos no gelo em vez da neve, parece que não deixamos mais pegadas, ou pelo menos deixamos pegadas que só serão vistas de dia.

Seguimos por aproximadamente dez minutos pela fenda na qual nos encontramos, ladeados por penhascos gelados muito maiores do que nós. Se não estivéssemos tão exaustos, poderíamos escalar e sair da fenda, apesar de não sabermos o que encontraríamos lá em cima. De qualquer forma, acho que não conseguiria escalar tão alto agora e tenho certeza que Mia também não.

Tento escutar atentamente qualquer som de passos atrás de nós e uso minha lanterna para observar metodicamente os penhascos, procurando qualquer sinal de rachadura, caverna ou outro esconderijo possível. Os passos de Mia estão ficando mais fracos e estou precisando apoiá-la mais em mim quando finalmente encontro. Há uma abertura no penhasco congelado só um pouco acima da minha cabeça, o que significa que deve ficar dois metros acima do chão. Não é muito mais larga do que meus ombros, mas, se pudermos entrar com os pés – e se for suficientemente estável e profunda – vai servir como esconderijo até estarmos revigorados.

Abaixo Mia com cuidado até ela sentar no chão congelado com as mochilas, encostada no penhasco, e encaro a abertura. Não é tão alta, mas a queda poderia ser grave. Isso se não desmoronar quando eu tentar escalá-la.

Mia ergue a cabeça para olhar para mim, o rosto branco na escuridão. Ela pressiona os dedos no gelo e eu me dou conta que, se ela cresceu como catadora em desertos como aquele que dizimou Chicago, provavelmente nunca viu gelo, nem neve, certamente não nessa quantidade. Só estive em uma paisagem como esta uma vez, em uma expedição geológica com meu pai na Antártida. Para Mia, que quase teve um derrame quando tentou me imaginar em uma piscina, essa quantidade de água fresca, mesmo congelada, deve ser quase incompreensível.

Testo o gelo com o toque e não é tão escorregadio quanto temia, apesar de o frio me queimar. Puxo as mangas para cobrir parte da mão, apoio meu pé em uma reentrância estreita e estendo os braços, sentindo todos os músculos do meu corpo protestarem quando tento me erguer. O penhasco se sustenta.

Não preciso subir tanto para olhar pela abertura – que nem merece ser chamada de caverna –, mas basta para garantir que o penhasco é firme e o alívio me aquece quando vejo nosso possível esconderijo. É fundo o suficiente para cabermos e, visto que não carregarei Mia para nenhum outro lugar tão cedo, vai servir.

Desço e pego as mochilas, que ergo sobre minha cabeça e guardo na abertura, antes de ajudar Mia a se levantar.

— Mais alpinismo — brinco, fazendo com que ela sorria de leve. — Você ama alpinismo.

— Você odeia — murmura.

— Odeio — concordo. — Aqui jaz Jules Addison. Morreu em nome da arqueologia, ao tentar escalar um penhasco congelado e cair de cabeça.

— Prometo escrever isso na sua lápide — responde, com a voz um pouco mais firme. Quando me abaixo para juntar as mãos para impulsioná-la, ela está forte o suficiente para levantar o pé e apoiar a bota nelas, esticando os braços para se agarrar às reentrâncias mais altas que encontra no penhasco.

— Em latim, por favor — digo, fazendo força para levantá-la o suficiente para segurar a beira do nosso canto. Ela entra de cabeça, impulsionando com os pés, e se revira lá dentro para botar a cabeça para fora de novo.

— Você vai precisar escrever para mim, se for em latim — diz ela, enquanto olho para o chão, desfaço uma marca de pegada com a bota e começo a escalar. — Além disso, baseado no que vimos hoje, acho que mais Eternos entenderiam do que humanos.

O espaço é apertado para nós dois. Consigo entrar de cabeça com facilidade, mas demoro para me virar. Se tento engatinhar, acabo batendo no teto do esconderijo.

Finalmente, acabamos deitados juntos, com Mia entre meu corpo e as mochilas, enrolados no meu cobertor. Acabamos de comer a barra de cereal em silêncio e ela não protesta quando ofereço meu respirador.

O momento me lembra – e deve lembrá-la, sem dúvida – dos nossos recursos limitados. Quando meu corpo começa a descongelar um pouco, volto a pensar no próximo item da lista de prioridades.

Manter Mia viva, feito.

Encontrar um esconderijo, feito.

Descobrir onde estamos e o que diabos está acontecendo ... não faço ideia.

Como se estivesse lendo minha mente, Amelia desliga o respirador depois de uns minutos e o afasta da boca para falar.

— Então — começa devagar, expirando fumaça no ar frio. — Temos oxigênio limitado, comida limitada e nenhum objeto saqueado para trocar por uma saída do planeta. Ainda estamos em Gaia, mas a neve indica que estamos muito longe de onde começamos, o que significa que nem temos como entrar em contato com Mink na estação. — A voz de Mia é baixa, quase monótona, e ela mantém o olhar fixo no penhasco do lado oposto à nossa pequena caverna.

— É isso mesmo — concordo, me ajeitando de lado para olhá-la. — Mas ainda não morremos.

Ela se revira para ficar de frente para mim também, com nossos rostos quase grudados.

— Vou te socar se você falar alguma cafonice do tipo "onde há vida, há esperança" — avisa.

— Justo — concordo, querendo sorrir um pouco quando me lembro das primeiras coisas que pensei quando tentei fazer com que ela se movesse. Que bom que fiquei quieto, senão ela poderia ter ficado no chão só para contrariar.

O que quero mesmo é acabar com o pequeno espaço entre nós, beijar sua boca, sentir seu calor e fornecer o meu, mas não sei se posso, nem se devo. Ela não disse nada quando mencionei o beijo de antes, deixando espaço para brincadeiras caso só estivesse mesmo tentando me convencer a atravessar o portal. Por isso, só a abraço e a aproximo, para aquecê-la assim. Voltamos a conversar, ela voltou a implicar comigo, e isso já é bom. Fisicamente, estamos tão próximos quanto eu desejo – *bom, quase* –, mas ainda fico desconfortável por não saber se ela queria mesmo aquele beijo.

—Vamos conversar sobre o que aconteceu? — murmura Mia.

Por um momento, me pergunto se ela leu meus pensamentos, se ela também não para de pensar no beijo. No entanto, vejo seu olhar distante e assustado e entendo que está falando da sala do portal, como qualquer pessoa razoável faria.

Jules, se controle.

Demoro para responder e Mia ajeita as costas, se afastando de mim um pouco.

— Eram línguas terráqueas escritas nas paredes, Jules. Digo, não falo russo nem chinês, mas sei reconhecer. Além do francês e de todo o resto das línguas com letras normais.

— Eu sei. — As palavras escapam de mim, baixas e impotentes, antes que eu possa impedir. Estou perdido.

— Tinha inglês também — continua. — Só vi de relance, mas falava de se elevar para os céus? Não era uma parte da transmissão original?

— Era, estava no final da mensagem. Achávamos que significava que deveríamos construir e usar um portal.

— Mas... fizemos isso. Estamos aqui, afinal. Por que continuam dando as mesmas instruções? Para nos elevarmos?

— Eu... não sei explicar, Mia. — Minha voz soa fraca e sombria. Por mais que eu queira encontrar algo reconfortante para dizer, não sei o que está acontecendo. Nem tenho uma hipótese, mesmo das mais absurdas. Pela primeira vez na vida, estou à deriva em um mar de desconhecimento. É um sentimento profundo e aterrorizante.

— Você é o especialista — protesta, soando acusatória por causa da exaustão. — Será que eles ouviram transmissões de rádio da Terra e aprenderam as línguas assim?

— Não estamos mais sequer na Via Láctea... levaria milhões de anos para as ondas de rádio chegarem da Terra.

— Bem... só faz cinquenta mil anos que os templos foram construídos e mesmo assim ouvimos a transmissão Eterna que nos trouxe para Gaia. Talvez eles possam usar portais para mandar e receber transmissões.

Levanto o braço livre para massagear minha cabeça, que está doendo.

— Mesmo que tivessem razão para nos encontrar, usar portais e escutar sinais de rádio... Mia, a civilização dos Eternos desmoronou antes da humanidade *ter* rádios. Antes que tivéssemos qualquer coisa além de ferramentas rudimentares de pedra. O templo que nos trouxe aqui, cujas paredes contam a história da destruição da espécie... tem mais de cinquenta mil anos.

— Então *como* as línguas humanas chegaram àquelas paredes? — pergunta Mia, a voz cheia de confusão e cansaço, e sinto seu olhar, esperando que eu forneça a resposta que ela tem certeza que virá. — Todos os seus símbolos do Nautilus nos levaram a uma sala cheia de desenhos nas nossas línguas, que só poderiam ser feitos para humanos, mas como é possível se foram feitos antes de essas línguas existirem?

— Eu não *sei*! — solto, soando fraco e raivoso.

Espero que ela retribua com raiva, se afaste inteiramente, me acuse de nem entender o nível de horror da nossa situação por causa da minha história. Em vez disso, ela fica silenciosa por alguns segundos até inspirar profundamente.

— Bem — fala, finalmente. — Devíamos continuar a andar.

— Quê?

Olho para ela e vejo de novo aquela expressão determinada, de quem está pronta para o que der e vier.

— Andar para onde? — pergunto.

Mia dá de ombros e estende as palmas das mãos.

— Qualquer lugar — responde. — Olha só, você disse que o templo era importante. Que continha a chave para o aviso escondido na transmissão, para provar ou refutar a teoria do seu pai. Que o mais importante estava lá no centro, no fundo. Era o portal. Eles queriam que acabássemos aqui... deve ter um motivo. Não vamos descobrir sentados aqui.

A lógica parece um bote salva-vidas surgindo no meu mar de incerteza no instante em que fico cansado demais para nadar.

— Talvez tenha outro templo aqui — digo, devagar. — Talvez aquela sala não seja a última peça do quebra-cabeça do Nautilus. Talvez seja só uma etapa. As imagens de satélite dos polos de Gaia são bem confusas, por causa dos campos magnéticos, então podem ter perdido algo. Podemos encontrar um ponto mais alto para ter uma vista melhor.

Mia concorda com a cabeça, pronta para aproveitar qualquer possibilidade.

— Bom, então, vamos lá.

Respiro fundo, lentamente, e concordo com a cabeça também. Entretanto, antes que possa abrir a boca para responder, um som interrompe o silêncio. É baixo, distante e abafado, mas inconfundível.

São vozes.

Liz e seus capangas atravessaram o portal.

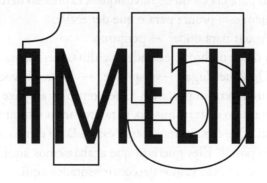

Paralisamos. Estamos próximos o suficiente para que eu sinta os músculos tensos de Jules, o corte em sua respiração, como se fosse em meu próprio corpo. Ouço um dos capangas de Liz botando as tripas para fora lá embaixo, um efeito colateral de atravessar o portal, e o som faz com que meu estômago se revire em resposta.

Sei bem como é, cara.

Liz, por outro lado, parece tão imune aos efeitos do portal quanto Jules, ou só está tão acostumada a ignorar desconforto físico que é capaz de deixar para lá. Consigo ouvi-la dando ordens, mandando os homens se espalharem em buscas de rastros.

Rastros...

Minha memória dos momentos depois de parar em uma nevasca do outro lado do portal é um pouco confusa: a primeira coisa que lembro com clareza é Jules falando de escalar. Mesmo assim, sei que estamos um pouco distantes do portal e que chegamos aqui de algum jeito.

Rastros.

— Rastros — solto, quando minha voz finalmente retorna. — Precisamos ir. Eles verão nossos passos na neve e nos encontrarão logo.

Jules se move rápido, se remexendo no buraco apertado de gelo para devolver minha mochila.

— Escondi o melhor que pude — responde. — Nos últimos minutos estávamos andando no gelo, então as pegadas serão mais difíceis de identificar, mas não impossíveis. Se descermos, certamente encontraremos mais neve e deixaremos mais passos. Se subirmos, estaremos expostos, qualquer um no alto do penhasco poderá nos ver.

Aperto as alças da mochila nos meus ombros de novo, botando a cabeça para fora do esconderijo com cuidado para garantir que ainda não seguiram nossa pista. Apesar de ver um ou outro feixe de lanterna refletido no gelo, as vozes não se aproximaram. Inclino o pescoço, inspecionando o caminho. Não tenho nenhum equipamento necessário para escalar o gelo em segurança.

— A picareta — sussurro, abaixando a cabeça de novo para ver a silhueta de Jules no escuro. — A que você trouxe para os artefatos e tal.

— Quê? — Ele me encara como se eu tivesse enlouquecido; talvez eu tenha.

— Se não podemos descer nem subir, vamos de lado — explico, pegando meu canivete do bolso e desdobrando a machadinha. — Pelo gelo.

Jules resmunga algo e agora reconheço que provavelmente foi algo em grego ou latim. *Latim*. Temos tantas, tantas perguntas que precisam ser respondidas agora e, assim que não estivermos mais correndo pela sobrevivência, vou fazê-lo ligar aquele cérebro enorme para entendê-las. Agora, entretanto, sobreviver é a prioridade.

Saio do buraco até o tronco e enfio a lâmina no gelo um pouco mais distante. Tiro uma perna com cuidado, tentando encontrar apoio com a bota e escorregando um pouco até achar firmeza para chutar o gelo e abrir uma reentrância. Jules faz o mesmo, ofegando atrás de mim. Não estamos longe do chão, mas a queda deixará um traço óbvio para Liz seguir e fará barulho o suficiente para eles escutarem. Seria uma ameaça de morte tão certeira quanto qualquer queda fatal.

Vi muitos filmes com alpinistas do gelo e sempre pareceu muito mais fácil do que escalar arranha-céus: é só fazer os próprios apoios, quando necessário, com as picaretas. No entanto, conforme nos movemos horizontalmente pelas paredes do penhasco, entendo que os filmes me enganaram. Para começo de conversa, cada um de nós tem só uma picareta. Precisamos ficar juntos para que eu possa usar os apoios de Jules enquanto solto a machadinha, e vice-versa. Além disso, pelo menos metade das vezes o gelo cede assim que coloco qualquer peso no canivete, derrubando um deslize de gelo até o fundo da fenda. Felizmente, pedaços de gelo já cobrem os lados do cânion há anos, talvez séculos, por causa da ventania. Acho que o nosso rastro não será fácil de seguir. De qualquer forma, é melhor do que tentar esconder pegadas.

Nosso progresso é lento e às vezes juro que escuto minha respiração ecoar contra a parede oposta. Estamos em um desfiladeiro estreito de gelo, com neve abaixo e céu visível acima.

Quando a fenda se bifurca e depois se bifurca mais uma vez, somos obrigados a continuar na mesma parede, sempre seguindo à direita pelo labirinto de gelo. Conforme as vozes de Liz e seus capangas somem à distância, me sinto melhor quanto às nossas chances de escapar disso.

Bem, de escapar de Liz, pelo menos. O resto… nem posso pensar no resto, em nada além de sobreviver às próximas horas.

Finalmente, meus braços trêmulos e pulmões ardentes me obrigam a desistir.

— Acho que já ficamos longe o suficiente — ofego, tentando não soar tão exausta quanto estou. Meu único consolo é que Jules se joga na neve quase imediatamente depois, deitando de exaustão.

Desço ao lado dele. Estimo que tenhamos nos distanciado um quilômetro das últimas pegadas, sendo que a fenda se bifurcou duas vezes. Liz só tem quatro capangas agora, depois de perder Alex no desmoronamento causado por Jules. Vão levar um tempo para nos encontrar. Paramos para descansar por alguns minutos, dividir o respirador e nos alongar. O horizonte está definitivamente ficando mais claro, apesar de um manto de estrelas ainda brilhar no céu lilás. Olho para cima, tentando não pensar em como tudo parece alienígena, como não vejo nenhuma constelação do céu de Chicago.

Sinto que deveria dizer algo para Jules: não a respeito das línguas impossíveis que vimos, nem de como sairemos deste planeta, mas do que aconteceu antes de pularmos pelo portal. Eu o beijei. Ele me beijou muito de volta. Só que nem sei o que *tenho* a dizer.

No final, me sacudo e guardo o canivete no bolso.

— Vamos lá.

* * *

Jules e eu continuamos próximos à parede, caminhando entre os pedaços de gelo caídos da borda do penhasco. Nossos rastros ainda são visíveis, mas menos óbvios. Quando Liz encontrar o percurso, será fácil de seguir, mas nos distanciamos o suficiente para que eles levem horas até que isso aconteça.

Abandonamos a discrição em nome da velocidade, tentando aumentar nossa vantagem. Apesar de estar equipada para frio, era para frio de deserto: abaixo de zero, sim, mas não *tão* abaixo. Meus pés ficam dormentes logo e meu rosto descasca no vento congelante.

A fenda fica cada vez mais estreita, nos obrigando a andar um atrás do outro, até eu ouvir Jules sussurrando um aviso.

Paro, mas o gelo é tão estreito que não consigo virar a cabeça. É então que noto que ele não consegue mais passar. Meu quadril mal cabe e ele não consegue forçar os ombros largos nesse espaço.

Eu ando para trás até conseguir inclinar a cabeça e olhar para ele.

— Cacete — resmungo, concedendo que chegamos a um beco sem saída. — Quão longe estamos da última bifurcação?

— Uns dois quilômetros — responde Jules, também inclinando a cabeça para se apoiar no gelo, soltando nuvens acima de nós ao ofegar.

— Merda. — Apoio minha cabeça também. Ficamos assim por um tempo, vendo nossa expiração subir e sumir no céu, que está bem mais claro. — Bem. Acho que agora subimos.

— Precisamos mesmo subir — concorda Jules. — Para ver se encontramos outro templo. Até onde sabemos, podemos estar andando em círculos.

O fato de que estamos quase esmagados torna a subida bem mais fácil do que a escalada lateral de umas horas antes. Nem preciso do canivete, só encaixo as botas nas duas paredes e vou me impulsionando. O topo é a parte mais difícil, porque estou com tanta pressa para acabar de subir que deslizo e chuto a cara de Jules antes que ele impeça minha queda.

Seu gemido de dor e esforço me leva a fazer uma careta e agarrar a beira do penhasco. Eu me ergo, apoiada nos braços, rezando para não ter quebrado seu nariz. É a última coisa que preciso acrescentar à minha lista de pecados. Quando chego ao topo, me deito de barriga para baixo, enfio as pontas das botas numa rachadura do gelo e ofereço uma mão para Jules, que sobe atrás de mim. Finalmente, rolamos de costas, ignorando por um momento o frio do gelo sob nós, ofegando e encarando o azul prateado do céu da manhã.

Quando finalmente encontro forças para me sentar e olhar ao redor, fico sem ar e quase engasgo.

Os sóis estão logo acima do horizonte marcado por montanhas distantes tão visíveis no céu cristalino que sinto que posso tocá-las. Os dois sóis de Gaia se sobrepõem no céu, vermelhos e alaranjados sobre os cumes das montanhas, e a luz pinta as bordas do gelo de um dourado carmesim ardente.

À nossa frente se estende um planalto de gelo, interrompido por fendas como a que subimos, cada uma banhada em fogo que cai em um azul profundo.

Seguro a mão de Jules sem pensar, para que ele também se levante. Apesar de segurar minha mão, ele fica de pé com as próprias forças, sem soltar meus dedos.

Não dizemos nada. Estou estonteada com a beleza repentina deste lugar, sem palavras para preencher o silêncio. De qualquer forma, é um silêncio que não precisa ser preenchido, um silêncio tão cheio de reverência que falar só diminuiria a importância.

O campo de fendas se espalha atrás de nós infinitamente, mas à frente há uma linha na vastidão branca que sugere uma mudança de terreno. Andamos nessa direção sem precisar discutir.

Apesar de não ter neve para atrapalhar nossos passos, logo descobrimos o motivo: sem a proteção dos penhascos, o vento aqui é forte demais para qualquer neve se manter no planalto. Precisamos curvar os ombros e nos inclinar para a frente para seguirmos adiante, apesar do vento variar, nos dando descansos eventuais para andar consideravelmente mais rápido.

O que vimos como mudança de terreno acaba sendo um penhasco, mas ainda estamos distantes demais para enxergar o vale. Já faz pelo menos uma hora que estamos andando quando Jules para, apertando meus dedos gelados com os seus para me avisar antes que eu pare de repente também.

— Os sóis não continuaram a subir — comenta, franzindo a testa ao inspecionar o horizonte. — Eles se moveram, mas só ao longo da cadeia montanhosa.

Cansada, minha mente se recusa a interpretar o que ele diz.

— E daí?

— E daí que é uma evidência forte de que estamos próximos de um polo. O polo sul, aposto, baseado na localização dos sóis. É por isso que foi de claro para escuro quando atravessamos o portal. Não foi nenhum tipo de viagem no tempo, só nos transportamos para uma parte do planeta onde os sóis ainda não tinham nascido.

— O polo sul? — repito. Confusa, tento me lembrar do que estudei do planeta. Conhecia o terreno perto do ponto de encontro como minha própria casa, mas não consigo pensar no que de fato *havia* na superfície do planeta. — Ele fica...

— Pelo menos quinze mil quilômetros de onde estávamos.

Devia ser um choque. Devia me derrubar ao confirmar quão longe estamos do ponto de encontro. Devia me fazer querer cair no gelo e esperar ser congelada até a morte.

No entanto, acho que parte de mim já sabia. Mesmo na sala do prisma, quando ativamos o portal, eu sabia. O plano antigo – entrar, saquear, voltar – já tinha sido descartado naquele ponto, largado nas ruínas de uma das armadilhas do templo.

Tudo começou a desmoronar antes disso, antes de Liz nos encontrar, até antes de entrarmos. Começou a desmoronar no instante em que me juntei a Jules em direção ao templo escondido. Desintegrou quando encontramos todas as línguas da Terra no centro do templo, uma imagem impossível.

— Esta parte do planeta chega a ser coberta pelos satélites? — pergunto, mesmo sabendo a resposta.

Jules balança a cabeça lentamente.

— Os campos magnéticos de Gaia são tão fortes nos polos que não há nenhum tipo de vigilância aqui.

Absorvo o novo choque sem vacilar. Não temos como ligar para Mink, mesmo que ela estivesse disposta a nos buscar. E mesmo que fosse possível ligar, ela não teria mapas ou imagens deste terreno. Daria na mesma estarmos em outro planeta.

Jules aperta minha mão e a leva à sua boca. Ele cobre meus dedos com as duas mãos e os beija onde a pele é mais quente, mas não mais quente que sua respiração, que sopra vida em meu corpo dormente.

De repente, o ar é cortado por um estalo e nós dois nos assustamos, quase caindo no gelo. Parecia um tiro, mas seus ecos são abafados pelo rugido quebradiço do gelo. Atrás de nós, alguém quebrou um pedaço enorme de gelo da fenda. Apesar de ser impossível identificar a distância, o som ecoa ao nosso redor e, enterrado no barulho de gelo caindo, ouvimos o som mais caloroso de vozes surpresas.

Encontro o olhar de Jules por meio segundo, antes de sairmos correndo. Alguns instantes depois, um grito percorre o ar. Os capangas de Liz não só encontraram nossos rastros como fizeram como nós e escalaram a fenda em busca de uma vista mais vantajosa. Nós nos viramos simultaneamente para olhar para trás: eles estão há mais ou menos um quilômetro, só pontinhos no gelo. Mesmo assim, se conseguimos vê-los, eles conseguem nos ver.

Piso em falso sem aviso. Estava olhando para trás, em vez de me concentrar em correr. Jules cai antes mesmo de mim, quebrando o gelo sob nosso pés e nos derrubando em uma camada de gelo com uma força que sinto nos ossos.

A inércia nos carrega, deslizando na escuridão, unidos só pelas mãos que não soltamos, mesmo quando a força da queda ameaça nos separar. Caímos em algum tipo de sistema de caverna aquosa no gelo e, com cada momento, aceleramos e descemos.

Batemos em um grupo de estalactites de gelo delicadas que só servem para nos estontear, não desacelerar. Brilhos de luz piscam conforme passamos por buracos que mostram a luz quase matinal, mas estamos indo rápido demais para ver qualquer coisa. Jules me segura com mais força e aproxima nossos corpos.

Atravessamos outra camada de gelo e batemos em uma parede antes de cairmos para o lado e descermos por mais um deslize. Pisco para afastar o gelo e as lágrimas e vejo a escuridão começando a ceder, não com o brilho intenso de uma clareira, mas gradualmente, como se estivéssemos rapidamente nos aproximando do fim de...

— Se segure! — grito, pegando meu canivete.

Jules me abraça apertado e, quando abro a machadinha, segura minha mão e o canivete com sua mão livre. Juntos, golpeamos o gelo com a lâmina, que não se prende, só arranha como unhas em gesso, igualmente ineficiente.

A luz do dia corre para nos cobrir. Depois da total escuridão da caverna, até o amanhecer da primavera polar é estonteante. O canivete vibra de novo na minha palma, o único aviso que tenho antes de ele prender no gelo e parar de uma vez. Meu braço teria sido arrancado se Jules não estivesse segurando também; mesmo assim, a dor me faz chorar e soltar um gemido. O som de dor de Jules me diz que ele também quase não aguenta.

É então que entendo: estamos pendurados no ar.

As cavernas levam ao penhasco do vale além da camada de gelo e estamos pendurados pelo meu canivete de uma altura tão grande que meus olhos nem conseguem acompanhar os pedaços de gelo que deslocamos e que caem no vale abaixo.

Gemo de novo, apesar de desta vez ser quase um grito, o que basta para Jules olhar para baixo e fazer o mesmo. Juntos, nos seguramos e adrenalina nos dá força para voltarmos para o túnel, botas escorregando no gelo e nos destroços, até conseguirmos nos deitar, nos sacudindo e tossindo.

O canivete está tão enfiado no gelo que não consigo tirá-lo e Jules precisa me ajudar a soltar minha própria mão do cabo. Eu o empurro cuidadosamente de um lado para o outro e Jules usa a picareta para quebrar devagar o gelo ao redor.

Eu me encolho contra ele tanto por conforto como por segurança e ele não se afasta, seu próprio corpo tremendo tanto quanto o meu. Nós dois estamos hesitando em cada movimento, demorando mais do que precisamos, mas é uma ação pequena e concreta à qual podemos nos prender, então continuamos. O canivete é valioso e, o que quer que aconteça, precisaremos dele. Finalmente, se solta do gelo. Pouco a pouco, nos acalmamos o suficiente pra voltar à beira da caverna e olhar o vale que se estende à frente.

O chão lá embaixo pareceria uma vastidão ininterrupta, como uma bacia marítima congelada, se não fosse um pedaço de rocha irrompendo em um ângulo estranho. Meu olhar confuso enxerga como um pilar de Stonehenge, finito e compreensível.

No entanto, quando identifico a teia fina de rachaduras no gelo radiando do objeto, quando minha mente reafirma quão longe estamos do chão, quão longe devemos estar daquilo, a escala real da rocha começa a ser compreendida. É gigantesca, muito maior do que qualquer templo, mesmo do complexo de fachada que eu planejava saquear originalmente. Também não tem o formato dos templos. Agora que olho com atenção, vejo que as bordas lisas do objeto se curvam nas partes enterradas no gelo, espiralando como se a rocha fosse uma cobra meio escondida, se preparando para atacar.

— Não é uma rocha — sussurra Jules. A forma da base curvada é familiar e sinto nossas duas mentes tentando entender. — É...

Ele pega o canivete da minha mão aberta. Está sem ar, como se quisesse falar mas não conseguisse. Mexe com a ferramenta, soltando a lâmina. Sem encontrar as palavras, arrasta lentamente a lâmina no gelo entre nós, desenhando o que quer me mostrar.

O Nautilus. Curvado, espiralado, torcido.

Eu o encaro e, em seguida, meu olhar volta para aquela coisa no gelo. A curva na base... Ele está certo. É um reflexo exato da espiral de Fibonacci que ele encontrou rabiscada no templo inteiro. Em uma escala nunca antes vista.

É então que minha mente vira o objeto de lado e tudo no formato fica mais claro. A seção alongada entra em perspectiva. É o corpo de um pássaro, de um peixe, de um caça. Projetado para atravessar o ar, a água, a realidade, quase sem perturbações.

Projetado.

— Elevar-se às estrelas — sussurra Jules ao meu lado e pela primeira vez nossas duas mentes seguem exatamente a mesma trajetória.

É isso que a transmissão Eterna e os templos queriam que encontrássemos. Também é sobre isso que quem quer que tenha escondido a equação do Nautilus – da forma dessa coisa – na transmissão e nas paredes do templo queria alertar.

Catástrofe. Apocalipse. O fim de todas as coisas.

É o tesouro que eles guardavam, o prêmio no fim do labirinto, a descoberta que mudará o destino da Terra para sempre. Não é um templo, um monumento ou uma formação rochosa.

É uma nave espacial.

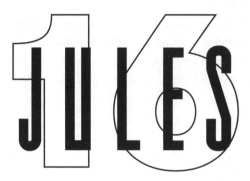

16 JULES

Deitado ao lado de Amelia e encarando a planície abaixo, me sinto tonto, meu coração parece tentar escapar do peito e não é porque quase morremos.

Tudo nos trouxe até aqui.

Cada teste pelo qual passamos, cada nota que afinamos, cada passo que demos, cada quebra-cabeça que resolvemos. Tudo nos levou ao portal na sala do arco-íris, ao caminho que nos traria a este lugar.

Encaramos o vale, expirando fumaça, o ar da minha boca se misturando com o dela. Amelia colocou os óculos protetores, certamente para ampliar a imagem, mas, mesmo sem esse recurso, sei o que vejo. É uma nave, inconfundível, e depois das dezenas de línguas dizendo para *elevar-se*, não há dúvidas de que os Eternos queriam que nós a encontrássemos.

Nós: humanos.

É aí que minha mente trava, onde meus pensamentos batem futilmente contra as paredes da lógica. Os Eternos deixaram de existir muito antes de inventarmos essas línguas e, além disso, não consigo pensar em nenhuma forma de uma espécie na outra ponta da galáxia saber sobre humanos primitivos evoluindo na Terra enquanto construíam esses templos. Fora a lógica, o que faz meu estômago se revirar de medo é que eles *mentiram*.

A transmissão parecia projetada para ser decodificada por qualquer espécie inteligente, mas o planeta ao qual ela nos trouxe prova que eles podiam ter mandado a transmissão em inglês ou em qualquer das outras dezenas de línguas que vimos no templo. Por que mentir, por que enganar, a não ser porque a verdade nos impediria de vir?

Estou exausto e uma parte de mim quer sugerir que a gente pare aqui, na plataforma que nos salvou de uma queda fatal no vale. O problema é que Liz e seus capangas ainda estão por aí e, se chegarem à nave primeiro, nunca entraremos para decifrar seus segredos.

Os símbolos do Nautilus estavam me avisando sobre este lago antigo congelado e sobre a nave parcialmente sepultada nele. Achei que tinha perdido minha chance de responder a todas as perguntas, mas agora a esperança cresce em mim de novo, derretendo a dor e a decepção. *Preciso* ser o primeiro a entrar na nave. Preciso saber a verdade. Custe o que custar.

Descobrir a existência da nave só fornece metade das respostas necessárias para provar que meu pai estava certo. Mostrar para a Aliança Internacional que a forma do Nautilus e seu aviso estão ligados a algo concreto não vai bastar. Preciso mostrar *por que* a nave é perigosa e, para isso, preciso sobreviver o suficiente para alcançá-la.

Respiro fundo antes de falar, para sugerir que continuemos, quando Mia levanta a cabeça de repente. Ela tira os óculos e vejo que seu olhar está distante: ela está escutando. Prendo a respiração para escutar também e finalmente ouço.

Um zumbido fraco, mas inconfundivelmente artificial, como o som de um ventilador, de rodas girando ou – o som fica mais forte – de um motor distante.

— Eles não podem ter motoneves nem nada do tipo — sussurra Mia, arregalando os olhos. — Vimos todo o equipamento deles e não tinha como saberem que íamos parar no polo...

Viro a cabeça de um lado para o outro, tentando encontrar a fonte do som, mas nessas cavernas de gelo e túneis é impossível diferenciar o eco da origem.

— Acho que não é uma motoneve... — digo devagar, temendo a verdade. — Acho que...

O som se tornou um rugido grave que ressoa em meu estômago e, com um lampejo de compreensão, boto a cabeça para fora do buraco onde estamos escondidos, me aproximando da queda, e olho para cima. Fico paralisado e Mia se junta a mim ao ver minha expressão.

No céu, descendo com uma velocidade atordoante, há uma nave.

Não, não *uma* nave: *várias naves*. Duas, três... quatro... o céu de repente está cheio delas.

Nenhuma se parece com a nave de carga cinzenta e grosseira que me deixou na superfície de Gaia, saindo da estação espacial. Também não se parecem com as naves triangulares e brancas que a AI usa para missões de exploração. São pretas e elegantes e se parecem mais com aviões de caça do que com veículos espaciais.

Elas sobrevoam o vale, circulam em formação e pousam relativamente perto da nave semienterrada.

Mia encontra a voz primeiro.

— São da sua empresa? Mundial, sei lá?

Global. Sacudo a cabeça, encarando o céu.

— Eles não tinham naves particulares assim — respondo. — Precisaram pagar propina para uma meia dúzia de funcionários da estação para me enfiarem em uma nave da AI que trazia equipamento científico. — As engrenagens da minha mente se arrastam com pesar, parecendo horrivelmente desalinhadas, emperrando a máquina dos pensamentos. — Será que... Mink? A equipe de Liz pode ter entrado em contato depois de nos seguir...

Mia sacode a cabeça, como eu fiz.

— De jeito nenhum que a Mink tem tecnologia desse tipo à disposição. Isso não é uma operação de recolhimento de restos. É militar, é... é do governo.

— A AI.

Pelo menos doze naves pousaram, parecendo pequenas e insignificantes agora que estão próximas da nave gigantesca no gelo. Um punhado de pessoas do tamanho de formiguinhas emerge da frota, deixando a escala da nave Eterna ainda mais impressionante.

— Como mantiveram isso em segredo? — pergunto.

— Não chegaram antes de nós — responde Mia. — Talvez não soubessem. Talvez Liz na verdade trabalhasse para eles... talvez ela... talvez...

Não temos mais respostas, nem possibilidades.

Meu único conforto, à deriva neste oceano escuro e profundo de incerteza, é que Mia está boiando comigo.

Uma coisa sobe à superfície, piscando em minha mente como um farol. Quem quer que sejam essas pessoas, elas terão comida. Água. Respiradores. *Um jeito de voltar para casa.*

— Aquelas naves — começo, devagar.

— Pois é — concorda Amelia. — A gente não pode descer de jeito nenhum.

— O quê? — pergunto, piscando. — Você está falando sério?

Ela levanta os óculos até prendê-los no cabelo, para me ver melhor.

— Jules, *você* está falando sério? É a AI lá embaixo, cacete. Somos catadores. Vão atirar na nossa cara.

— Como mais você propõe que a gente saia daqui? Eles têm o único transporte que vejo. Você sabe pilotar uma nave,

Amelia? Mesmo que a gente conseguisse roubar uma, você saberia navegá-la até passar da segurança no portal, entrar de volta na Terra e pousar em um canto tranquilo e discreto? Porque eu não saberia. — Ouço minha voz e sei que soo inglês e pedante demais, mas não consigo me conter. — Quaisquer que sejam nossas chances, não temos outras opções.

— Ainda não chegamos a esse ponto — retruca. — Não estamos desesperados o suficiente para arriscar.

— *Eu* estou! — Pauso para respirar fundo e ela pega o respirador enquanto falo. — Mal temos comida, o respirador só durará mais alguns dias, estamos exaustos e Liz está por aí nos procurando. Se quiser mesmo encontrar alguém para atirar na nossa cara, é só sair por aí que ela vai dar um jeito. Pelo menos tem *alguma* chance de as pessoas nesse acampamento terem algum tipo de código moral.

— Código moral — repete ela, como se eu fosse burro, me entregando o respirador. — Código moral, agora ouvi de tudo. De que planeta você é?

— Não sou deste aqui — respondo irritado, antes de puxar a faixa do respirador e encaixar a máscara no meu rosto. Basta para interromper a conversa, então nós dois ficamos parados, apoiados nos cotovelos, encarando o acampamento.

Conforme a luz aumenta, a atividade lá embaixo aumenta também. Equipes montam barracas e equipamento enquanto outros examinam o casco da nave maior, andando em grupos, monitorando os arredores. Devem estar procurando uma entrada.

Apesar de tudo, uma parte de mim está desesperada para descer, para ser parte da emoção da descoberta, para estar lá quando encontrarem uma porta, para ver a nave destrancar, abrir pela primeira vez em milênios. Deve ter uma entrada.

Os escolhidos verão o teste final e se elevarão para as estrelas...

Misturada à minha emoção está a voz do meu pai no fundo da memória. Se já é perigoso carregar partes da tecnologia Eterna para nosso planeta, como formigas carregando grãos preciosos de açúcar para o formigueiro, quão perigoso algo nesta escala deve ser? Por mais que tenhamos explorado, temos mais perguntas sobre os Eternos do que antes. Não sabemos nada sobre a nave, exceto que alguém entre os Eternos escondeu um aviso na transmissão que nos levou a ela.

Conforme encaro a nave, minha empolgação cede espaço a algo mais sombrio. Sinto que a criatura enorme e linda que acabei de conhecer mostrou os dentes e é carnívora.

— Olha, será que podemos dar mais um tempo? — diz Amelia, quebrando o silêncio, e noto que, enquanto eu especulava sobre o futuro da humanidade, ela pensava em coisas mais práticas. — Vamos juntar um pouco mais de informação sobre essa operação antes de tomar uma decisão. Temos algumas horas para analisar.

Ouço a concessão em seu tom: ela sabe o que teremos de fazer depois dessas algumas horas.

— Claro — respondo, sob o respirador, porque não há motivo para discutir. — Precisa de um pouco de ar?

— Pode ficar mais um pouco — responde ela. Mais uma vez, não digo: *Poderemos encontrar mais lá embaixo.*

Ficamos ali, lado a lado, às vezes deitados, às vezes apoiados nos cotovelos, às vezes apoiando o queixo nos braços dobrados. Passamos o respirador de um para o outro, descansamos o corpo e encontramos uns biscoitos para dividir na minha mochila. Mais uma vez, tento não notar sua proximidade. Tento não pensar no momento em que sorri, mencionei nosso beijo e ela não respondeu. Meu nó de sentimentos por ela fica cada vez mais complexo e, toda vez que acho uma ponta para puxar, só embola mais ainda.

Por outro lado, ela se ocupa estudando o acampamento. Será um risco descer, além de fisicamente difícil, considerando nosso cansaço. Vamos precisar subir de volta pelo túnel que descemos e encontrar um caminho para a planície e, depois, para o acampamento, evitando Liz e sua equipe. Nenhum de nós dois gosta das chances de sucesso.

Devem ter passado umas duas ou três horas quando Amelia me dá uma cotovelada e reparo que estava cochilando.

— Olha — murmura, colocando os óculos e apontando para a nave.

Demoro para ver o que ela quer dizer. Quando ela aponta, me aproximo, encosto minha testa na dela, sentindo o calor de sua pele por um momento, e sigo seu olhar.

Duas figuras estão caminhando da base do penhasco para o acampamento. Não estão vestidas de preto como todas as outras pessoas que vemos: estão usando o mesmo tipo de roupa marrom e cáqui que nós dois, carregando mochilas nas costas, esticando os braços para o lado na tradicional pose para mostrar que não estão armadas.

— Quem é? — sussurro, como se eles pudessem nos ouvir.

— Liz — responde Amelia, também em um sussurro. — E um dos outros caras. Não é Javier, nem Hansen. Não peguei o nome dele.

— Costela — digo, distraído. Era o cara das costeletas.

— Acho que Javier e Hansen não devem ter sobrevivido. — Me pergunto se os matei, se o desmoronamento que causei os pegou, além de Alex. Não importa como eles morreram, caso tenham mesmo morrido… mas importa para mim. Claro que importa.

— O que será que Liz vai dizer para eles? — pergunta Amelia, vendo um grupo de silhuetas de roupa preta se separarem do acampamento e correrem em formação na direção de Liz e seu companheiro, que foram notados. — O que vai dizer sobre *nós*?

Sinto um calafrio ao pensar nisso. Mesmo que ela não tenha mais credibilidade do que nós, o que quer que ela diga a nosso respeito será a primeira impressão que precisaremos quebrar.

— Talvez a gente possa convencê-los…

Eu paro de falar, porque, lá embaixo, os dois grupos se encontraram. Apesar de não conseguirmos escutar, a pausa deve indicar que estão conversando. O grupo de preto cerca a dupla em um semicírculo, e um deles – que imagino ser o líder, porque também está vestido de preto, mas usa um casaco diferente, mais comprido, mais marcante, chegando aos joelhos – fala com Liz e com o homem que veio com ela.

De repente, sem aviso, Liz e seu companheiro vão ao chão.

O som nos atinge um segundo depois, o estrondo ensurdecedor do tiro ecoando no gelo e preenchendo nosso canto, fazendo todo o penhasco tremer ao nosso redor. Não podemos fazer nada além de nos abaixar, cobrir a cabeça com as mãos e rezar para que a caverna não desmorone.

Quando finalmente abro os olhos, Amelia está encarando a planície de gelo abaixo de nós. O grupo de preto já está voltando ao acampamento, liderado pelo homem de casaco comprido, que anda sem olhar para trás. Mesmo sem a lente de aumento dos óculos de Mia, vejo o sangue pintando a neve de um vermelho forte ao redor dos dois corpos.

— Cacete — sussurra Mia. — Filho de uma... eles *não podem...*

Ela tinha começado a acreditar que ficaria tudo bem se descêssemos. Eu também.

Se tivéssemos... se eu tivesse ganhado a discussão, estaríamos mortos.

— Eles... — ecoo em um sussurro, como se os atiradores pudessem nos ouvir. — O equipamento continuou com eles — acrescento, sem acreditar que estou mesmo dizendo isso. — Os respiradores. Talvez, quando escurecer, a gente possa...

Mia se vira para mim, me encarando até eu ficar em silêncio.

— Cacete, Oxford — murmura.

— Eu não...

— Não, você está certo — concorda em voz baixa. — Só não achei que pensaria assim.

— Acho que estou em choque — murmuro.

— É bem justo — responde ela, apoiando a testa nos braços dobrados.

Por vários minutos, ficamos em silêncio, processando o que vimos, tentando entender. Finalmente, Amelia fala:

— Olha só, talvez...

Ela para aí, interrompida por um som suave de gelo escorregando pelo caminho pelo qual viemos. Ficamos parados para ver se vem mais gelo, embora a caverna apertada na qual estamos pareça suficientemente sólida.

Vem mais gelo, seguido de um som mais forte, e, abruptamente, um par de botas aparece. Amelia pega o canivete, eu pego minha picareta e nós dois nos viramos de uma vez para encarar o que se aproxima, ainda com a memória fresca do sangue de Liz na neve.

As botas se encaixam nas paredes, desacelerando a descida do dono, e, antes que eu tenha tempo de notar que as roupas não são pretas, me vejo cara a cara com o cano da arma de Javier.

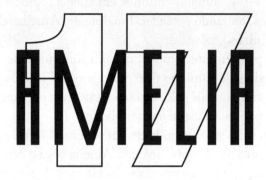

AMELIA

Por alguns segundos, ninguém fala. Javier está ofegante, olhando de mim para Jules. Ele está usando óculos de proteção, o que torna quase impossível decifrar sua expressão, mas seu corpo está tenso e pronto. Fica claro que é um profissional. Um mercenário, em vez de um simples catador. Ou, pelo menos, alguém que faz esse tipo de trabalho já há muito tempo.

— Se atirar aqui, vai derrubar todas as cavernas em cima da gente — digo, antes de saber a reação que espero dele.

— Talvez — responde. — Mas *você* vai morrer com certeza se eu puxar o gatilho.

— Por que veio atrás da gente? — pergunta Jules, imóvel, sem arriscar qualquer movimento que possa fazer o dedo nervoso de Javier escorregar. — O que você quer está lá embaixo. Não precisa mais de nós.

— Vocês são nossa moeda de troca — explica Javier, virando um pouco rosto, provavelmente para olhar o buraco relativamente claro da caverna que dá no vale. — Liz vai trocar vocês como prisioneiros para talvez fazer um acordo com as forças da Aliança lá embaixo. Esta operação está fora da nossa alçada.

— Liz?

Olho para Jules, que ergue as sobrancelhas. Ele olha para o buraco do qual Javier saiu e eu faço o mesmo. Descendo pelos túneis de gelo, Javier deve ter ouvido os tiros, mas provavelmente não viu o que aconteceu.

Por alguns momentos, penso em meia dúzia de formas de usar este conhecimento contra ele. Neste quesito, pelo menos, eu e Jules concordamos: conhecimento é poder. No entanto, estou cansada e perturbada demais e as últimas horas me atingem mais rápido do que meu pensamento consegue acompanhar.

Javier volta a prestar atenção na gente e, depois de mais alguns segundos de silêncio, levanta a mão livre para tirar os óculos. Aperta os olhos, mas não move a arma.

— Que foi? — pergunta.

Agora que vejo seus olhos, eu me lembro da sua voz mais gentil, de como ele soltou um pouco minhas amarras. Minha firmeza para lutar contra ele começa a fraquejar. Já tenho tantas coisas contra as quais lutar.

— Liz morreu — digo. — Os caras lá embaixo atiraram nela e no Costela.

Javier estreita os olhos.

— Atiraram?

— Pode ir ver — diz Jules, indicando a borda da caverna.

Javier se aproxima devagar, sem tirar o olhar da gente. Seria fácil me jogar no momento em que ele se virar para o vale, jogá-lo pelos ares. No entanto, quando encontro o olhar de Jules, sei que estamos pensando na mesma coisa. Sob a liderança de Liz, sua equipe era impiedosa, eficiente e esperta. Mesmo assim, aqueles soldados lá embaixo atiraram nela depois de alguns minutos de conversa, claramente sem aviso prévio.

Liz era uma ameaça quase intransponível para nós e eles a mataram como se não fosse nada demais. Sozinhos, eu e Jules não temos nenhuma chance.

Javier só leva alguns segundos para encontrar a poça distante de vermelho cercando os dois corpos na neve da planície congelada. Ele observa a área, se afasta da borda e se apoia de novo na parede da caverna.

— Que merda. — Ele aperta a trava de segurança da arma com um clique e a guarda de volta no coldre dentro da jaqueta.

Engulo em seco, sentindo a garganta arranhada e a boca rachada por causa do ar frio. Olho para Jules de relance e ele demonstra alívio, mas, graças aos acontecimentos recentes, não parece mais disposto do que eu a confiar na aparente mudança de ideia de Javier.

— Sinto muito — digo finalmente, apesar de ouvir a indiferença na minha própria voz.

Javier levanta o olhar e os cantos da boca em um sorriso.

— Não, não sente. Para ser sincero, também não sinto. Sabia que era um erro assim que ela começou a dar as ordens. Sou um mercenário, sigo o dinheiro. Mas matar duas crianças? — diz, fazendo uma careta e sacudindo a cabeça. — Tenho filhos. Não foi pra isso que me candidatei.

Sinto que agora não é a hora de protestar o uso da palavra "crianças". Em vez disso, expiro lentamente, tremendo.

— Isso quer dizer que você vai deixar a gente ir?

Javier dá de ombros, olhando de volta para o vale, apesar de estar longe demais da beirada para ver o corpo de Liz em sua poça de sangue.

— Ir aonde? — pergunta. — Aquilo ali é uma operação secreta. Tem muita coisa que a Aliança esconde do mundo e aquela equipe ali faz as organizações antigas, que nem a CIA ou o MI6, parecerem brincadeira de criança. Se nos mostrarmos, seremos tratados como Liz. Esse tipo de profissional não liga para a idade de vocês. A missão é guardar o segredo, e manter prisioneiros exige recursos. Eles precisariam alimentar vocês, ter onde esconder vocês, desperdiçar soldados para vigiar vocês. Precisariam de um motivo bom demais para manter vocês vivos. É mais provável levar um tiro, que nem ela.

— Bom, nossas opções estão acabando — digo, soando tão frustrada quanto me sinto, mas, felizmente, não tão aterrorizada. — Se ficarmos aqui, perderemos a extração de Mink e morreremos de fome ou asfixiados, o que acontecer primeiro.

— Se aparecermos lá, levaremos um tiro na cara. — A voz de Jules, apesar de seu tom sombrio, ainda consegue derreter um pouco do gelo dentro de mim. Pelo menos não estou sozinha.

— Só se formos vistos — digo.

Me aproximo da beirada e sinto a mão de Jules segurar meu tornozelo para me impedir de escorregar. Ao examinar a nave e as barracas sendo montadas ao seu redor, meu estômago se revira. Há dezenas deles, sem contar os que ainda não chegaram – provavelmente serão centenas. Mesmo assim, quando acabam as opções, é preciso abraçar a criatividade. O desespero também.

— Já vai escurecer, né? — pergunto. — Os dias não são mais curtos aqui no polo? Podemos pelo menos entrar discretamente para roubar umas provisões e talvez descobrir mais sobre o que está acontecendo. Não há motivo para eles patrulharem o perímetro de um lugar desses ainda, porque não esperam que ninguém apareça, mas não sabemos se Liz falou que outras pessoas estão por aqui. Precisamos agir rápido, antes que mudem a rotina e dificultem nossa vida. Se as naves deles ficarem indo e voltando de uma estação, talvez a gente possa pegar uma carona clandestina.

— Esse é um "talvez" bem grande — comenta Javier.

— Escuta aqui — respondo, irritada, me afastando da beirada até estar ao lado de Jules de novo. — Chegamos até aqui na base das incertezas, e fomos muito mais longe do que vocês teriam chegado sozinhos.

— Verdade — concorda Javier. Ele expira forte e deixa a cabeça bater na parede de gelo. Depois de alguns segundos, anuncia: — Vamos ajudar.

Isso me surpreende.

— Como assim "vamos"? — pergunta Jules.

— Eu e Hansen. Ele ficou na base. Já perdemos metade da equipe. Hansen é um piloto, então se chegarmos a uma nave.... Só quero sair deste planeta inteiro e ver minha família de novo. O plano de vocês é o que me resta.

Jules olha para mim, mas estou tão chocada que só dou de ombros, cansada demais para refletir sobre as ramificações de unir forças com o resto da gangue que, menos de um dia antes, estava tentando nos matar.

— Tá — concorda Jules depois de um momento. — Mas eu e Mia damos as ordens.

Javier dá de ombros.

— Não será a primeira vez que alguém muito mais novo do que eu manda em mim.

— E ganhamos armas.

— Certo.

Jules estreita os olhos antes de acrescentar:

— E nada de nos amarrar.

Javier dá um sorrisinho.

— Justo — responde.

Fico de joelhos, me preparando para sair dali e seguir Javier até sua base.

— Outra coisa — acrescento, pegando meu canivete e abrindo uma lâmina. — Se o seu colega Hansen tentar me apalpar de novo, vai perder a mão.

* * *

Quando chegamos ao acampamento, os sóis já estão abaixo das montanhas e a noite chega rápido. É uma trégua desconfortável, no mínimo. A confusão inicial de Hansen ao nos ver soltos só piora quando Javier explica a situação. Depois de alguns ataques – "como vou saber que você não virou a casaca e que a Liz não vai aparecer de repente e atirar em todos nós?" –, Hansen parece começar a digerir a situação e se acalma, apoiado na parede da fenda na qual estamos recolhidos.

Eu e Jules vamos para o lado oposto, embora o lugar seja tão estreito que estamos a poucos metros de Hansen. Dividimos meu respirador em silêncio por um tempo, até que o guincho de botas pisando na neve chama minha atenção. É Javier, atravessando a escuridão até nós e se abaixando para nos entregar algo. Fora uma lanterna fraca de LED, não arriscamos nenhuma luz, então só quando estendo a mão entendo o que é: outro respirador.

Cutuco Jules, que levanta a cabeça assustado antes de pegar o aparelho.

— Não é o meu — diz.

— O seu ficou na mochila de Liz, lá no gelo — responde Javier, em voz baixa. — Este era do Alex.

Se a ausência de Alex não fosse prova o bastante, a verdade está na voz de Javier. Alex, o cara que estava atrás de nós no meio do quebra-cabeça do templo quando o teto desmoronou. O cara que matamos.

Jules encara o respirador em sua mão como se fosse um tanque de veneno. Não o culpo. Cada inspiração naquela máscara representa uma que Alex nunca terá.

— Troque comigo — digo, sem pensar. — Posso ficar com essa.

Jules sacode a cabeça.

— É uma máscara pra homem. Vai caber melhor na minha cabeça. — Ele só hesita por mais um instante antes de encaixar a máscara e se encostar na parede.

Olho para os dois novos membros do nosso grupinho. Javier está ocupado conferindo o resto do equipamento, fazendo inventário do que ficou quando Liz saiu para conversar com a equipe escavando a nave destruída. Hansen pressiona os ombros contra a parede da fenda, como se estivesse se firmando. Ele abraça um fuzil automático como se fosse a única coisa que o separasse da morte certeira. Lá no templo, quando estava em uma gangue numerosa me amarrando, ele era um babaca arrogante de mãos bobas. Agora é só um cara um pouco mais velho que eu, perdido, como nós, em um planeta tão longe de casa que nossa galáxia não é nem uma manchinha no manto infinito de estrelas acima.

Minha respiração parece instável, ecoando no plástico da minha máscara até eu finalmente afastá-la. Apesar de meu cérebro saber que o ar do tanque é melhor, as máscaras ficam quentes e úmidas e agora eu *quero* o frio intenso do ar congelado no meu rosto.

— Precisamos de um plano — digo, soando muito mais forte do que me sinto.

Hansen levanta o rosto, com olhos tão arregalados que vejo a parte branca se movendo na minha direção.

— Um plano? Um plano? Vamos *morrer*, que tal esse plano? Merda. Quase fui com eles. Quase fui *com eles*.

Suponho que ele esteja falando de Liz e Costela, cujos corpos provavelmente estão inteiramente congelados agora, na ventania da planície. Respiro fundo, resistindo ao impulso de me juntar a Hansen no que é, confesso, um pânico justificado. Foi só perder a chefe durona e poderosa que ele está com mais medo do que a gente.

Reparo que estou tremendo, mas não é de frio. *Tá, talvez não esteja com mais medo do que a gente.*

— Ainda não morremos — diz Jules, afastando a máscara de Alex de seu rosto. — Precisamos saber mais sobre como dispuseram as coisas lá para arranjarmos alguns mantimentos e, de preferência, uma nave.

— Vamos *morrer* — geme Hansen.

— Cala a boca, garoto. — A voz agressiva de Javier é aliviada pelo fato de que ele se abaixa perto de Hansen e o oferece um cantil pequeno demais para conter água. — Você tem alguma ideia? — pergunta para Jules.

— Bem — começa Jules, pensativo. — Suponho que o primeiro passo deles seja tentar entrar na nave. Não sei como conseguirão, porque não a vi de perto, mas sou o mais capaz de descobrir.

Ele pausa e nós dois nos entreolhamos na luz fraca. Estamos pensando nas pistas que já vimos, nas línguas humanas desenhadas em um templo de mais de cinquenta mil anos. Eu me pergunto se Javier e Hansen chegaram a ver, ou se os espelhos foram tão desviados pela explosão que pararam de iluminar as paredes. Não mencionamos nada disso. Também não mencionamos o rastro de símbolos do Nautilus que nos avisaram sobre a nave, sobre um perigo que ainda não entendemos direito.

— Certo — concorda Javier, esperando Jules continuar.

— Suponho que *você* seja o mais capaz de imaginar como um acampamento militar deste tipo seria montado. De ler a paisagem, por assim dizer.

Javier concorda lentamente com a cabeça.

— Então você acha que podemos nos juntar para sondar a situação.

— Não adoro a ideia — confessa Jules. — Mas não tenho outras melhores.

Também não gosto do plano, porque muitos detalhes precisam dar certo, mas sou uma das melhores catadoras em escapar viva de qualquer situação e não consigo pensar em nada melhor.

Javier não parece muito mais empolgado do que eu, mas acaba resmungando e concordando com a cabeça.

— Vamos precisar observá-los por algumas horas antes de nos aproximarmos para analisar direito. Precisamos de tempo para ver quais são as medidas de segurança, para evitar sermos notados pelos caras armados, esse tipo de coisa.

— Amanhã — digo, firme. — Graças a vocês, não dormimos, pelo menos não *direito*, nos últimos dias. Não estou muito a fim de esbarrar em uma patrulha armada porque estou caindo de sono.

Ao ouvir isso, Javier ri; apesar de ser breve, é uma risada baixa e simpática, diferente da gargalhada grosseira que se esperaria de um cara tão grande e forte.

— É um bom argumento. Hansen, pega leve nisso aí.

Ele pega o cantil de Hansen, que ainda parece assustado demais para entender qualquer coisa.

— É melhor apagar a luz — comento, apontando para a luminária de LED com a cabeça. — Não queremos que alguém veja um brilho estranho no horizonte nem nada do tipo.

Nós nos instalamos nos lados opostos da fenda. Eu e Jules dividimos o calor inflável de seu saco de dormir tecnológico e usamos meu cobertor enrolado como travesseiro. Ele me abraça, principalmente para nos esquentarmos; isto é, até eu senti-lo suspirar, tirar a máscara de Alex e abaixar a cabeça até tocar meus cabelos com a boca.

— Ainda estamos vivos — sussurra ele.

Engulo em seco, me agarrando à sua camisa como se pudesse me aproximar mais dele assim.

— Mesmo se conseguirmos sair deste planeta, não tem jeito de fazê-lo com tesouro o suficiente para ajudar minha irmã. E o que quer que esteja acontecendo aqui é muito, muito pior do que o seu pai poderia prever. Ninguém inventa mentiras elaboradas e cheias de etapas por motivos altruístas; duvido que os Eternos tenham escondido seu conhecimento prévio da humanidade e de suas línguas porque queriam fazer uma festa surpresa. O que está acontecendo aqui é um golpe. Não consigo pensar em como isso pode acabar bem.

Jules aperta o maxilar.

— Também não consigo.

— Não há mais nada na transmissão? Nada nas traduções do templo?

Ele franze a testa.

— Não, mas...

Ele para, arregalando os olhos. Solta os braços para nós

dois podermos olhar para o aparelho em seu pulso, abrindo a tela e as centenas de fotos que tirou no templo. Ele passa por elas com movimentos rápidos dos dedos, separando as que quer, e eu observo em silêncio.

No final, separou umas dez, que encara com tanta intensidade que não ouso interromper. São só as fotos que tirou dos símbolos do Nautilus no templo, arranhadas na pedra em tantas das salas que atravessamos.

Ele torna as imagens semitransparentes. Então, com gestos lentos, começa a sobrepô-las. Todas as espirais de Nautilus se encaixam perfeitamente sobrepostas, como se fossem uma só concha, mas as linhas estão em lugares diferentes. Quando as fotos todas se juntam, as linhas também se encontram.

Elas formam a estrutura da nave, saindo da base do Nautilus.

— Esteve sempre aqui — sussurro, encarando a imagem.

— Era só sabermos procurar.

— A espiral estava escondida na transmissão — sussurra ele de volta. — E as espirais desenhadas no templo foram todas feitas na pressa e discretamente. Estávamos pesando nos Eternos como uma única entidade cultural com um único objetivo, mas pense na história da humanidade... ou pense em nós dois. Mal concordamos na maior parte do tempo. Podemos não saber a função da nave, mas claramente é importante, e pelo menos um membro da espécie dos Eternos tentou nos avisar que era perigosa.

Quero chorar, gritar contra a impossibilidade do quebra-cabeça que os Eternos deixaram para nós. O nó de tempo e de probabilidade é pior do que qualquer labirinto ou armadilha do templo. Nem Jules – genial, sagaz, especialista nos Eternos – consegue oferecer uma explicação que faça sentido.

Em vez disso, inspiro fundo.

— A pergunta é: qual facção, entre os engenheiros da transmissão e aqueles que nos avisaram em segredo, falava a verdade?

Ele engole em seco e sacode a cabeça em resposta, então, com um gesto, fecha as imagens. Parece determinado, a cara fechada, o olhar no horizonte, mas basta o movimento da garganta para parecer nervoso – mais do que nervoso, apavorado.

Viro o rosto de modo que só meus olhos fiquem aparentes acima do saco de dormir. Olhando para cima, vejo um pedacinho de céu por entre as paredes da fenda.

— Sabe do que eu sinto falta? — sussurro.

Ele pigarreia com esforço.

— Pizza?

Rio, até mais do que sua tentativa de humor merece, aliviada por ele ter tentado. Minha respiração contra seu pescoço o faz estremecer. Saber que eu tive esse efeito me dá calafrios em resposta. Eu me viro um pouco em seus braços para olhar melhor para o céu alienígena.

— Sinto falta da Lua — digo, finalmente.

A cabeça de Jules se move contra a minha e sei que também está olhando para cima. Nós dois procurando algo conhecido nos céus, sabendo que nada lá nos trará conforto.

Durante nossa vida toda, a Aliança Internacional foi um grupo de políticos briguentos e mesquinhos, mais preocupados com comprar votos do que com ajudar a humanidade, mas, muito tempo antes, eles foram a maior esperança da Terra. Quando todas as nações do mundo viraram seus olhares para as estrelas e trabalharam juntas para chegar a Alfa Centauri. Ao futuro.

É quando paramos de olhar para cima que desmoronamos.

Eu me viro nos braços de Jules e ele me puxa para perto, para nós dois conseguirmos cobrir o rosto com o saco de dormir, mas ainda deixarmos os olhos contemplando constelações alienígenas. É estranho o quanto me sinto confortável e acostumada com esse garoto que mal conheço. Tão confortável quanto com minhas próprias estrelas.

Até onde eu sei, amanhã seremos pegos por uma patrulha enquanto tentamos invadir e nossos corpos serão largados para congelar na neve, como o de Liz. Por hoje, fecho os olhos e finjo que estou aqui, deitada com Jules, olhando para a Lua.

* * *

Um barulhinho me acorda. Penso em dezenas de possibilidades, me aproximando da verdade com cada pulo da minha mente. O som chega de novo e reconheço o bipe de um walkie-talkie, o sussurro abafado da estática. Não me lembro de ninguém do grupo de Liz usar walkie-talkies.

Escuto então o som de passos na neve. A bota guincha de um jeito diferente da de Javier e consigo ver Hansen na luz das estrelas, desmaiado onde estava sentado quando dormi.

A arma que insisti para que Javier me desse está no saco de dormir conosco. Não sou boa com armas; não procurava muito confronto na Terra. De qualquer forma, pego a arma e seguro o braço de Jules, apertando com força e torcendo para que ele acorde rápido e em silêncio.

Presto atenção, tentando ouvir mais passos e descobrir de onde vêm, mas só escuto silêncio. A luz das estrelas reflete em algo metálico e eu me mexo antes que possa mudar de ideia. Puxo a arma, arrancando-a das dobras do saco de dormir, e a aponto para o brilho.

Instantaneamente, uma luz aponta diretamente para meu rosto.

— Largue a arma! — manda uma voz, dura e ligeiramente abafada por uma máscara respiratória.

— Largue a sua! — grito de volta, esperando que não dê para ver que minhas mãos estão tremendo.

A luz passa a apontar para Jules e, por um momento, piscando para me acostumar, vejo três, quatro… talvez até seis silhuetas, vestidas de preto como a patrulha que matou Liz, espalhadas pelo nosso acampamento. Não vejo distintivos, mas isso só confirma a teoria de Javier de que é uma força especial, algum exército secreto de elite. Cada soldado carrega um fuzil com mira a laser; vejo os pontinhos vermelhos indo de um lado para o outro até estarmos todos sob a mira deles. Só eu ergui minha arma.

O cara com o fuzil apontado para mim ri, abafado pela máscara.

— Da próxima vez é melhor tirar a trava de segurança, garota.

Olho para a arma, mas sei antes de ver que ele está certo. Minha cabeça está acelerada. Ouço estática novamente e desta vez o sujeito mais perto da gente responde.

— Quatro hostis. Armados, mas não perigosos. Ordens?

Não ouço a ordem que ele recebe, só o chiado de uma voz em seu ouvido. O cara muda o peso entre as pernas e suspira.

— Foi mal, garota.

Por um instante, só consigo pensar no brilho de uma arma sendo disparada, no som que fará, se chegarei a escutar antes de morrer. Jogo minha arma na neve e levanto os braços.

— Ele é Jules Addison! — ofego, rouca de medo.

O cara se interrompe. Ele provavelmente esperava que implorássemos por nossas vidas, mas não por isso.

— O quê?

— Jules Addison. — Sinto Jules ao meu lado, tenso... mas silencioso. Usei seu nome para nos manter vivos uma vez e quase o perdi por causa disso. Desta vez, ele espera. Desta vez, ele confia em mim. — É o filho de Elliott Addison. Não há nada que ele não saiba sobre os Eternos. Vai me dizer que ele não será útil para vocês? Vivo?

A luz do cara volta para o rosto de Jules, me deixando enxergar por alguns segundos preciosos.

— Hm — diz ele, inspecionando Jules, que pisca sob a luz forte presa ao capacete do sujeito.

A luz volta para mim e a última coisa que enxergo é a sombra escura da coronha de sua arma batendo na minha cabeça.

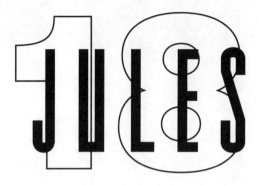

18 JULES

A barraca na qual estamos presos é uma estrutura fina que mal protege do frio. Com as mãos amarradas atrás de mim, não consigo me mover o suficiente para me aquecer. Não sei se meus dedos estão dormentes por causa do frio ou da falta de circulação causada pelas amarras. Não vejo Hansen e Javier em lugar nenhum – a última vez que vi qualquer um deles foi quando Hansen foi arrastado pelo escuro.

Mia, ainda inconsciente, está largada no chão ao meu lado. O máximo que posso fazer para checar se ela está bem é me arrastar pela lona para me aproximar e ver seu peito se erguendo regular e lentamente, mostrando que ela está viva.

Instalaram refletores lá fora que, diante da falta de luz aqui dentro, transformam cada movimento do acampamento em um teatro de sombras apavorante contra a lona. A única forma estável é a do guarda na entrada da barraca. Não nos amordaçaram, mas não grito. A rapidez do pensamento de Mia claramente salvou nossas vidas – e até fez os guardas tomarem cuidado para não me machucar –, mas não quero atrair mais atenção do que o necessário.

Talvez esqueçam que estamos aqui.

Improvável.

Mia... acorde.

Ela que tem a lábia. Posso conseguir decifrar quebra-cabeças em um templo alienígena de eras passadas, mas é ela que sabe blefar até ser solta. *Mia. Mia. Acorde, por favor, acorde.*

Uma segunda forma se junta ao guarda lá fora. Ouço um murmúrio breve de conversa antes de a barraca abrir para que a nova pessoa entre.

Os refletores me cegam e desvio o rosto, piscando forte e lacrimejando. Quando olho de novo, a pessoa está curvada sobre um caixote, de costas para mim, acendendo uma lanterna. Com um susto que revira meu estômago, reconheço o casaco longo que vi mais cedo: é a pessoa que atirou em Liz.

A pessoa se vira e o tempo congela. Reconheço o rosto.

O rosto *dela.*

Um rosto magro e comprido com um nariz adunco, sobrancelhas grossas que acentuam os olhos atentos, uma boca que transmite competência e certeza sem dizer uma palavra. O cabelo é castanho, diferente do loiro do qual me lembro, mas a franja reta que emoldura seu rosto continua igual. No uniforme militar, não a reconheceria, se não fosse pela forma como ela me olha, calculando, analisando, necessitada... mas o que vejo agora não é necessidade. É uma mistura aterrorizante de ganância, triunfo e motivação.

— Ch... Charlotte? — digo, rouco, chocado demais para fazer qualquer coisa além de encarar a funcionária da Global que me recrutou.

A última vez que a vi foi tomando café em um restaurante londrino. Vê-la aqui é como ver um cavalo puro sangue de corrida na sala de espera de uma delegacia: tão perturbador que não consigo sequer começar a conectar as duas coisas.

— Sr. Addison.

A voz dela seria quase carinhosa, não fosse seu olhar distante. Eu me lembro da nossa conversa claramente: ela era tão intensamente apaixonada quanto eu, dedicada a usar seu poder corporativo para patrocinar minha viagem. Preparada para vender a ideia a seus chefes, custasse o que custasse. Ela estava comprometida, era uma de nós. Tudo isso sumiu agora. Ela é forte, eficiente e calma.

— Você é mesmo o tesouro que eu esperava — diz.

Eu a encaro, sem conseguir parar de alternar o olhar entre seu rosto e seu uniforme, tentando conectá-los em minha mente. Os soldados não usam símbolos nem distintivos, mas nenhuma operação secreta usaria. O único grupo na Terra que ainda tem os recursos para estar aqui com uma presença tão numerosa, precisa e treinada é a AI.

Mas Charlotte não está na Aliança Internacional, protesta minha mente de novo. *Ela tem tanto nojo da politicagem deles quanto eu. Ela acredita no meu pai. Ela é como eu... ela quer salvar o mundo...*

Ela ergue as sobrancelhas escuras.

— Bateram na sua cabeça? Eu dei ordens específicas para não te machucarem.

Engulo em seco.

— Não bateram. — Faço uma pausa, boquiaberto, e ela espera. — Como... O que você está...

— ...fazendo aqui? — ela termina, quase parecendo achar graça. *Quase.* Não responde à pergunta, esperando que eu entenda sozinho.

— Você não é da Global Soluções de Energia — digo lentamente, enquanto meu cérebro exausto e dormente tenta trabalhar.

— A Global Soluções de Energia não existe — responde ela, se afastando da lamparina, deixando que ilumine melhor o interior da barraca. — Sinceramente, Jules, achei que você também não existisse mais. Perdemos o sinal do seu rastreador quando você entrou mais fundo no templo e não soubemos que você saiu de novo.

— Rastreador? — repito, soando idiota.

— Era para você *pensar* que não estava sendo observado — Charlotte diz, com paciência exagerada. — Claro que *estava*. Colocamos um rastreador no respirador que te demos. Quando encontramos o aparelho com os mercenários que mandamos para te seguir e a líder se recusou a dizer onde você estava, achei que ela só não quisesse dizer que te matou.

— Liz? — Estou tentando desesperadamente entender o sentido de tudo isso, piscando sem parar. *Isso, Liz estava com meu respirador. Que aparentemente tinha um rastreador. Ela não diria onde eu estava, porque tinha mandado Javier me buscar como troca.*

— Sim, Liz. Fique atento, sr. Addison — diz Charlotte, revirando os olhos. — Achei que você fosse o cérebro desta missão. — Ela acena a cabeça para o corpo inconsciente de Mia: — Talvez não devêssemos ter batido com tanta força na cabeça da sua namorada.

— Minha... — Toda minha confusão se condensa e, quando se solidifica em meu estômago, o nó é todo de fogo e fúria. — O que está acontecendo aqui? — pergunto. — Quem é você, e por que... — Por que *tudo*, quer perguntar minha mente.

Charlotte sorri e enfia uma mão em um bolso estreito do casaco longo e preto. Ouço um clique e vejo a lâmina saindo de sua mão enquanto ela avança. Afasto o corpo automaticamente, brigando contra as amarras que já sei que não consigo arrebentar, procurando Mia com o olhar e esperando que ela abra os olhos para me ver, que ela tenha uma saída... ou que eu ao menos possa vê-la olhar para mim uma última vez.

Charlotte dá uma risada.

— Calma, bebezão. Não te trouxe até aqui só pra te matar.

Continuo tenso, meus músculos querem me mandar correr, mas ela se inclina sobre meu ombro e segura as amarras nas minhas costas. Ela cheira a combustível e resina: acre, químico e nem um pouco humano. Depois de dias abraçado em Mia, me acostumando com o cheiro dela, mesmo que suado, sujo e "nojento", como ela diria, acho o cheiro de Charlotte esterilizado.

Ela deve achar que cheiro a esgoto.

Sinto uma pressão no plástico das amarras, arranhando meus pulsos com mais força, e mordo a boca. Em seguida, meus braços se soltam ao meu lado; livres da pressão, minhas mãos caem para os lados como chumbo.

Charlotte dá um passo para trás, fecha a faca e a guarda de volta.

— Não temos tempo a perder com explicações, sr. Addison. Nada mudou, exceto pelos recursos à sua disposição. Ainda queremos o que você quer: descobrir as habilidades tecnológicas dos Eternos.

— Você quer dizer *"usar"* as habilidades". — Ela é da AI. É parte do grupo que mandou meu pai para a prisão porque ele se recusou a guiá-los pelos templos. Ela não faz *ideia* do que estamos enfrentando. *Ela não sabe nada sobre os avisos deixados nas espirais a caminho daqui.*

Fecho o bico em relação a essa informação específica. Liz pode ter morrido por não contar tudo que sabia a Charlotte, mas fez bem. A AI nunca acreditou em meu pai e em suas décadas de experiência; nem em um milhão de anos Charlotte prestaria atenção se eu dissesse para não explorar a nave. Ela acharia que seria uma tática de distração, ou até uma mentira, e acabaria me olhando ainda mais de perto para garantir que não estou sabotando a missão. A única arma que tenho é o conhecimento, então, se tiver como usar o conhecimento para impedi-los ou para sair dessa enrascada com Mia, preciso guardá-lo bem.

— Você quer se aproveitar da tecnologia, seja lá qual for — digo. — Não importa o perigo.

— Você quer saber, não quer? — pergunta Charlotte, erguendo uma sobrancelha. — Se o seu pai estava certo. Se nossas vidas podem voltar a ser como eram. Esta é sua oportunidade de descobrir. As respostas estão naquela nave, sr. Addison, você só precisa descobrir como entrar.

— Espere aí. — Minha mente está se atualizando, muito devagar, até demais, como se se arrastasse no piche. Procurando uma saída. Eu me obrigo a falar de novo, enrolando com indignação. — Você mentiu para mim, me rastreou até aqui, amarrou meus amigos e agora quer que eu te *ajude*?

Charlotte faz uma cara feia e dá de ombros.

— Sempre podemos abrir caminho com explosivos, se você preferir.

Ainda resta algum pedaço acadêmico no meu cérebro, porque, mesmo sabendo que a coisa mais importante a fazer aqui é descobrir o que os Eternos sabiam sobre nós – *como* eles sabiam sobre nós e quem seríamos, por que nos enganaram –, suas palavras apertam meu coração. A ideia de explodir parte de um artefato tão impressionante ainda me causa uma dor visceral e tangível. O medo volta a tomar conta e engulo em seco.

— Você quer que eu abra a nave para vocês. E depois disso?

— Não é da sua conta, né?

— Quero dizer... o que vai acontecer comigo? E com M... meus amigos? Duvido que você nos deixe assinar um termo de confidencialidade e sigilo e sair por aí.

Estou pensando principalmente em Mia, mas uma parte do meu cérebro, da qual não me orgulho muito, ainda lembra que Hansen é piloto. Que Javier sabe lutar. Que os dois podem nos tirar daqui, se eu os mantiver vivos.

Charlotte sorri. Sinto meu coração apertar um pouco mais.

— Acredite no que quiser, sr. Addison, mas uma escolha entre a morte certa agora e uma possível morte depois não é nada difícil. Tenho certeza que chegaremos a um acordo.

Aperto os lábios. Sinto a fúria crescendo em mim, um pouco parecida com a raiva que senti quando achei que Mia tinha me traído para se juntar a Liz; parecida como um incêndio florestal se parece com uma vela aromatizada.

De repente, meu turbilhão de pensamentos se junta e tudo que há na minha mente é a voz de meu pai, o rosto dele. Cada um de seus avisos toca em meus ouvidos. Vejo os arco-íris refletidos no templo, as palavras em centenas de línguas gravadas, impossivelmente, em paredes com cinquenta mil anos de idade.

Cada um dos meus sentidos exaustos berra que este lugar, este planeta, é *perigoso*. E depois de tudo que a AI fez comigo, conosco, querem que eu abra a nave para eles. Abra o Nautilus, solte o perigo sobre o qual todos os símbolos escondidos nos avisaram.

Abro a boca para mandar essa mulher pular de um penhasco, para dizer que ela pode me matar se quiser, que só vou abrir a nave quando descobrirem uma forma de controle mental…

…mas Mia se mexe ao meu lado, sussurrando um gemido de dor e confusão que explode minha fúria como um alfinete tocando um balão cheio demais. Eu me inclino, colocando a mão no seu braço para apertá-lo um pouquinho. Descubro que minha mão não está dormente, afinal; que sinto o seu calor contra minha palma, o toque das costelas quando ela respira fundo.

— Jules — resmunga, antes mesmo de abrir os olhos, ao reconhecer meu toque. — Que diabos… acho que vou vomitar.

Ela está com traumatismo craniano, tenho certeza. Não sou médico, mas ela ficou apagada por uma hora e a forma como ela está tentando se sentar e não consegue me é familiar. Riem muito de polo aquático, mas é porque nunca viram um cara levar uma pancada na cabeça e terminar a jogada com sangue escorrendo antes de correr até a beira da piscina para vomitar no concreto.

— Aqui, vou ajudar — sussurro, esquecendo Charlotte, mas me lembrando das minhas mãos livres. Passo o braço sob os ombros de Mia e a ajudo a se sentar. Ela também foi amarrada e seus dedos parecem rosados e inchados demais. Ela se apoia em mim.

— Jules, o que... — começa, mas se interrompe; seu olhar perdido se afasta do meu rosto. — Espere — diz, com dificuldade. — Estou aluci... eluci... aloginan... Merda, estou vendo coisas?

Sigo seu olhar, concentrado em Charlotte. A mulher está bem ali, com braços cruzados, parecendo se divertir ao nos observar. Parece uma tia vendo as brincadeiras dos sobrinhos pequenos com uma paciência intrigada. Se a tal tia carregasse uma faca, vestisse uniforme militar preto e comandasse uma frota de dezenas de naves.

— Tudo bem — murmuro, abaixando a voz, mas sem me preocupar com Charlotte ouvir. — Vou dar um jeito.

— Mas... — Mia continua encarando e, depois de alguns segundos de esforço, solta: — *Mink*?

Agora *sei* que é traumatismo craniano. Aloginações também.

— Mia — digo devagar, tentando encorajá-la a olhar para mim. — Essa é Charlotte. Foi quem me recrutou, que patrocinou minha vinda com a empresa dela.

Exceto, é claro, pelo fato de que não patrocinou, porque a Global Soluções de Energia não existe. Ainda não consigo explicar nada disso para mim, muito menos para a garota machucada e semiconsciente apoiada em meu ombro.

— Não — diz Mia, piscando. — Não, ela é Mink. Minha patrocinadora. Ela me contratou. Contratou Liz e os caras. Como ela... Ainda estamos no polo sul?

Volto a encarar Charlotte. Ela não parece confusa. Não parece surpresa. Não parece nada – a não ser, talvez, a tal tia paciente, esperando as crianças que mostram dificuldade com uma lição primária, como aqueles livros de papelão que usam para alfabetizar crianças. "Olha a Jane", oferece minha mente, absurda e descontrolada.

— Mink... Mink é Charlotte?

Sinto minha cabeça girar tanto que me pergunto se o traumatismo craniano de Mia pode ser contagioso.

"Olha a Jane brincando".

— Fomos contratados pela mesma pessoa? — pergunta Mia, se apoiando mais em mim. Sei que ela quer segurar minha mão, mas não consegue. Em vez disso, a envolvo com meu braço.

Charlotte, ou quem quer que ela seja, suspira.

— Quando recrutamos o sr. Addison, ele não parava de perguntar se era mesmo possível chegar a Gaia em segredo com a AI monitorando as viagens pelo portal.

Mia se apoia ainda mais.

— Por isso vocês criaram provas — diz, devagar.

Olha a Jane pulando.

— Recrutamos alguns catadores para vir a este planeta — diz Charlotte. — Dissemos que o surto do pai dele na televisão ao vivo vazou todas as informações necessárias para um catador e que já estava tudo sendo contaminado. Cuidamos para escolher aqueles que não tinham ninguém importante na Terra para dar queixa do sumiço.

Mia fica tensa ao meu lado e eu sinto falta de ar, como se tivesse levado um soco no estômago. Ninguém viria buscar Mia. Mia também não ganhou a oportunidade de vir por talento, como achava.

Charlote – Mink – escolheu Mia porque era descartável. Sacrificável.

A mulher ergue as sobrancelhas.

— Pense por outro lado, Amelia. Todos os outros que recrutamos estão por aí, esperando uma carona que nunca chegará. No seu caso, talvez o sr. Addison consiga negociar sua saída do planeta antes de tudo acabar. Assim você poderá voltar para... Evelyn, né? A irmã querida.

Neste momento nem preciso olhar para Mia para ver o que ela está pensando, porque é o mesmo que estou pensando. Não atravessamos um universo, um planeta alienígena, um templo antigo e um portal desconhecido que podia nos obliterar só para que alguém *assim* nos destrua.

Charlotte descruza os braços e anda na direção da saída da barraca, sem dar sinal de que cortará as amarras de Mia. Em vez disso, faz um gesto na minha direção.

— Venha comigo, sr. Addison — diz, com uma voz educada e distante que, agora, é mais assustadora do que dez soldados sem rosto armados. — É hora de trabalhar.

Olha a Jane correndo.

— Preciso dela — digo rápido, sem sair do lado de Mia. — Ela conhece os símbolos tanto quanto eu a essa altura. Entende a matemática deles. Eu... eu preciso dela — respiro fundo e continuo. — Preciso também de prova de vida dos outros, se quiser que eu faça qualquer coisa para te ajudar. — *Meu piloto e meu soldado. Minha fuga.*

Charlotte... Mink... Tia Misteriosa... estreita os olhos e examina meu rosto e o de Mia, demoradamente, pensando. Ela escutou quem eu mencionei primeiro. Ela escutou o desespero em minha voz.

Ela move a boca só um pouquinho. Parece um sorriso.

— Tudo bem.

Corra, Jane. Corra.

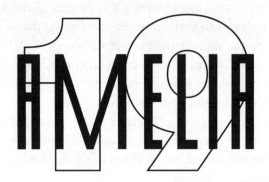

AMELIA

Minha cabeça gira e dói. O chão parece instável, não só por causa da neve velha esmagada sob minhas botas, mas porque ele não para de balançar enlouquecidamente, enquanto minha visão e meu labirinto competem em um embate fatal cuja primeira baixa é meu estômago. Não sei se seria mais humilhante ou satisfatório me virar e vomitar no uniforme elegante de Mink.

Fico perto de Jules e de vez em quando ele estende uma mão para me equilibrar. Ainda não me desamarraram, mas, mesmo que pudesse usar minhas mãos, acho que escolheria me apoiar em Jules. Não sei se ele fez bem em exigir que eu fosse com ele; não sei nem se ele fez bem em deixar que eles soubessem que temos qualquer conexão além da coincidência.

Não sei se foi a melhor ideia, mas poderia chorar de felicidade com essa decisão.

A nave Eterna se ergue à nossa frente, mesmo estando longe. É ainda maior do que eu supunha, só conseguindo usar as naves da AI como referência. Poderia abrigar centenas... não, milhares de pessoas. Ou de Eternos. Ou... nem sei mais. O tamanho é apropriado para nós, assim como o templo. O templo de cinquenta mil anos com entalhes em inglês.

Nunca fui o que chamariam de honesta: larguei a escola ilegalmente, trabalhei irregularmente, passei a roubar quando cheguei em Chicago. Mesmo assim, a profundidade e a complexidade da rede de manipulação que nos liga a Gaia faz meu corpo tremer. Os Eternos fingiram ser uma espécie que não poderia saber da existência da humanidade e criaram uma armadilha elaborada para nos trazer para cá; eles nos conheciam bem, sabiam que uma corrida por tesouro faria com que ignorássemos nossos instintos, nossas índoles, qualquer aviso, só para chegar primeiro e reivindicar o que quer que fosse.

Mink – ou Charlotte, tanto faz – me deixou acreditar que fui escolhida para ir a Gaia por causa dos meus talentos, da minha velocidade, da minha motivação. Saber que fui mandada simplesmente porque a única pessoa que notaria se eu desaparecesse é uma criança em escravidão que não tem como me resgatar foi um golpe violento. *Ai, céus, Evie, sinto muito.*

Até Jules. Jules mentiu para que eu o ajudasse. Jules me falou que o templo em espiral ignorado pelos outros catadores conteria riquezas inimagináveis. Jules deixou que eu o seguisse, sabendo que para isso eu abandonaria minha irmã.

Meus olhos queimam e por um momento quero fugir dos braços de Jules, quero correr para qualquer lugar, pela neve e pelo gelo, sem nem ligar se os soldados me darão um tiro nas coisas.

Jules me contou a verdade assim que notou que a mentira punha minha vida em risco. Jules abriu mão de descobrir suas respostas para que eu não pulasse sozinha pelo portal. Jules ainda está mentindo para me manter viva e segura, sabendo que provavelmente será morto se for descoberto.

Respiro fundo, tremendo, e pisco os olhos para afastar as lágrimas, pressionando meu corpo contra o de Jules. Sinto seu olhar em mim por um segundo.

Pelo menos isso é verdade.

Os sóis estão quase no horizonte, além das montanhas. A luz pinta feixes distantes de nuvens de um laranja rosado e, por um momento, parece tanto com minha casa que, apesar da nave alienígena, apesar das amarras cortando meus braços, apesar do ar congelante queimando meu nariz e enevoando minha respiração, eu quero parar para assistir, ver essa imagem uma última vez. Caso *seja* a última vez.

Quando chegamos à sombra da nave, o crepúsculo retorna.

— Tem uma porta. — Depois de tanto tempo escutando só os sons ambientes da base sendo montada ao redor da nave, a voz de Mink soa como uma chibatada. — Fizemos uma varredura com sonar, mas, sem saber quão estável é a nave, hesitamos em usar um explosivo mais pesado. Sabemos que há uma câmara atrás da porta, provavelmente uma eclusa de ar.

— Ótimo — responde Jules, sem emoção. Alguns dias antes ele daria um braço por qualquer informação sobre uma descoberta dessas, por menor e mais insignificante que fosse. O que me perturba, mais do que sua voz, é o quanto suas prioridades mudaram. — Não preciso saber nada disso para traduzir os símbolos.

Mink ri, soltando uma baforada de vapor no frio, e fica atrás de nós enquanto nos aproximamos mais da nave.

— Você acha que é só a tradução? Você e o seu pai não monopolizam mais essa habilidade, sr. Addison. Até eu consigo traduzir com alguma precisão, se tiver tempo. O problema é que o mecanismo de trava vai além dos símbolos. Por isso você está aqui. — Vejo, de canto de olho, ela virar a cabeça um pouco na minha direção, antes de acrescentar: — E você também.

— Tá — diz Jules, segurando meu braço e me levantando distraidamente, antes mesmo que eu notasse que estava cambaleando. — Mas quero ver um vídeo de Javier e Hansen dizendo que estão vivos e não estão sendo maltratados. Quero prova de vida, se você quiser que a gente trabalhe.

A risada de Mink é suave e, se eu já não a conhecesse, acharia que ela estava genuinamente emocionada pela preocupação.

— Como quiser — diz, abrindo os braços em um gesto expansivo.

— Neste caso, preciso da minha mochila. Das nossas mochilas.

Jules aperta meu braço um pouco. Estou tentando pensar, me lembrar do que continua lá depois de a gangue de Liz roubar os equipamentos.

— Diga o que precisa da mochila e eu mandarei trazer — responde Mink, cortando minhas amarras para que eu possa subir.

Ela para, com um guincho das botas na neve meio derretida, em frente a uns andaimes. Quando olho para cima, só vejo a nave, se erguendo como uma parede à nossa frente. Apesar do escuro, aperto os olhos, tentando me concentrar. A estrutura de andaimes pré-fabricada e instalada às pressas acaba em um painel liso e arredondado: a porta, provavelmente.

Não é tão alto, mas minha tontura faz com que a subida pareça duas vezes pior do que a escalada do poço no templo. Jules chega ao alto primeiro e me oferece uma mão para me puxar. Ele hesita, ainda segurando minha mão, como se quisesse me abraçar. Eu queria poder parar, respirar, entender o significado de nós dois termos sido contratados pela mesma mulher, entender o que significam as línguas que vimos no templo, por que essa nave está aqui, como se conecta com os avisos do Nautilus.

Queria que pudéssemos estar sozinhos de novo, mas Mink – Charlotte, sei lá – fica nos observando embaixo dos andaimes.

Por isso, quando Jules segura minha mão com mais força, sacudo a cabeça, ignorando a tontura causada pelo golpe na cabeça. *Aqui não. Pode ser usado como munição. Não entregue o jogo.*

Jules entende. Ele larga minha mão, expirando, e volta a atenção para Mink, listando o que precisamos das mochilas: tenta pedir o máximo de posses que consegue. Apoio a cabeça na barra ao meu lado enquanto trazem o equipamento, assim como um vídeo de Javier e Hansen, desconfiados, falando que ainda estão vivos.

Finalmente, eu e Jules olhamos para a porta.

É um painel circular cercado de símbolos e rachaduras finas irradiando do centro. Por meio segundo, me pergunto se a AI tentou explodir a entrada, mas noto que não são rachaduras: são emendas. A porta foi feita para se abrir girando as peças, assim como a porta do templo que abrimos causando um curto-circuito com o telefone.

Juntos, eu e Jules olhamos para o canto inferior direito. Lá está: uma reentrância pequena, disfarçada, na altura do nosso peito, brilhando com circuitos cristalinos.

Preciso lutar contra o impulso insano de rir, sentindo a histeria crescer em mim. Toda essa tensão, todo o drama de Mink, todas as forças e ameaças, ditas e implícitas, e nem é um quebra-cabeça. É só uma fechadura, que sabemos arrombar desde antes de encontrarmos a nave.

Faz perfeito sentido: se os Eternos queriam que quem quer que encontrasse a nave fosse "digno" do prêmio, usariam um quebra-cabeça que os mesmos dignos já resolveram no caminho para o portal pelo templo, passando por todos os testes.

Inspiro fundo, mas Jules ergue uma mão abruptamente, indicando algo acima de nós. Pauso.

— Tem símbolos aqui — diz, casualmente, gesticulando pra os símbolos cercando a porta. Mink está próxima o suficiente para ouvir cada palavra e não podemos arriscar sussurrar. — Precisarei traduzi-los e compará-los com as anotações que fiz sobre os entalhes no templo — continua.

— Certo — respondo, sem entender muito bem, mas, o que quer que ele esteja fazendo, estou dentro. — Vou pegar seu caderno.

Está entre as coisas que ele pediu, para ajudar a decifrar a porta. Eu me abaixo para pegá-lo da mochila e também encontro meu canivete. Ele deve ter incluído na lista enquanto eu estava distraída. Mink não precisa saber das modificações que fiz; ela nunca teria disponibilizado se soubesse quão útil era. Eu o seguro na mão por um momento, sentindo o peso familiar, mas, quando olho para baixo, Mink está me encarando. Não posso guardar o canivete no bolso enquanto ela observa, então eu o deixo no lugar com relutância.

— Ok — diz Jules, respirando fundo e soltando um suspiro exausto e dramático. *Vai com calma, Macbeth, isso não é um palco.* — Então, esse daqui...

Ele dita lentamente, traduzindo um a um, indo com calma e conferindo o que estou escrevendo. Jules, que eu vi ler a língua Eterna como se fosse inglês, como se ele tivesse crescido lendo... o que, parando para pensar, aconteceu mesmo. Finalmente, meu cérebro abalado entende.

Ele está enrolando para ganhar tempo.

Mink – ou Charlotte, quem quer que seja – não sabe com que facilidade ele lê os símbolos, nem que já sabemos abrir a porta. No entanto, assim que abrirmos, eu e Jules nos tornamos muito menos importantes, menos úteis.

Mais descartáveis.

Lutando contra o impulso de olhar para baixo para ver se Mink observa, volto algumas páginas até chegar às primeiras traduções, que espero que não decidam olhar se quiserem conferir seu trabalho aqui.

"Não podemos enrolar para sempre", escrevo, tentando impedir que minha mão trema com pura determinação.

Jules ainda está "traduzindo", recitando em uma voz monótona que me faz querer arrancar os cabelos – caramba, ele deve ter tido uns professores chatos demais para aprender a falar assim. Ele olha para baixo.

— Isso, ótimo, tá certo. O próximo...

"É gente demais para enfrentar." Aperto as palavras nas margens de um desenho do Nautilus e de símbolos anotados.

"Não podemos fugir... mesmo se conseguirmos, vamos morrer sem comida/água/O_2."

Jules concorda com a cabeça ao olhar para página, sombrio, mas com um leve ar de esperança. Ainda estamos juntos e, agora, neste momento, eles *precisam* de Jules. Isso nos dá poder. Por menor que seja. Sinto a esperança alimentar uma faísca em mim também.

— Esse grupo de símbolos tem a ver com uma troca, parece. Uma permuta, um negócio? Claro, isso se confiar nos símbolos... O templo estava cheio de mensagens falsas para nos enganar.

Nenhuma das instruções no templo era falsa – sobrevivemos às armadilhas. Apesar de não sabermos em que facção confiar, os Eternos que fizeram a transmissão para nos trazer ou os Eternos que deixaram as espirais de Fibonacci para nos afastar, Jules não está falando dos Eternos agora, não exatamente.

"Definitivamente não", escrevo, virando a página e girando o caderno para escrever na borda do desenho de um dos quebra-cabeças. "A desconfiança que tenho dessa gente é do tamanho dessa nave."

Jules ri e transforma o riso em uma tosse. Quando olho para baixo, Mink está franzindo a testa.

— Pode trazer um pouco de água? — grito.

É uma tentativa improvável e não me surpreendo quando, em vez de abandonar o posto aos pés do andaime, ela fala em um comunicador preso na gola.

— Hmm.

Jules esfrega a cara, mantendo o olhar fixo nos símbolos. Tenho certeza que eles dizem algo parecido com "Abra as portas com cuidado", mas ele não se mexe.

— Esse daqui é novo, estou empacado — diz.

Olho para cima lentamente, encarando na mesma direção que ele, apesar da minha cabeça estar a mil, assim como a dele deve estar. Tem que haver uma saída. Sempre há uma saída. No entanto, sentada em um andaime barato no polo sul de um planeta do lado oposto do universo, cercada por alguns dos soldados mais treinados do mundo, pela primeira vez não tenho ideias.

Acidentalmente mantive a caneta pressionada na folha e deixo uma mancha de tinta quando finalmente afasto a mão. Viro a página.

"Jules", escrevo, deixando que a caneta se arraste nas curvas e linhas das letras. Quero que minha mão memorize o padrão do seu nome, que meus olhos o absorvam. "Estou com medo."

Quando levanto o rosto, seu olhar está em mim e não no caderno. Ele engole em seco, apertando a mão apoiada na nave até formar um punho fechado. Concorda com a cabeça, em silêncio, e seus olhos dizem: "*eu também*".

Viro mais uma página e encontro um desenho ali, mas não é de símbolos, anomalias arquitetônicas ou diagramas do chão. Sou eu.

O rosto é estilizado, não exatamente realista, mas preciso e instantaneamente reconhecível. Estou olhando para baixo, de perfil, com o cabelo caindo no rosto e pareço triste, tão triste que quase sinto tristeza de verdade. Os traços enfatizam e escurecem algumas partes do meu rosto: os ângulos da minha mandíbula, como se estivesse apertando os dentes, determinada; meus olhos, refletindo a luz sob a qual ele deve ter desenhado; as sardas da minha bochecha, em um padrão que não sabia que reconhecia no espelho até agora, ao vê-lo capturado nos mínimos detalhes; e minha boca, na qual a caneta se demorou. Ele transformou a manchinha de tinta em uma sombra, a ajeitou e repetiu de novo e de novo.

O desenho é lindo. Nunca fui linda, mas aqui, nesta página, eu sou. Nesta imagem que me representa exatamente.

Levanto o rosto e vejo o olhar de Jules concentrado no caderno, sem olhar para mim. Ele está apertando os lábios e sei que, sob qualquer outra circunstância, este momento seria uma violação. Eu nunca tentei olhar seu caderno – em parte porque tenho certeza que não entenderia metade do que há nele – e deve ser por isso que ele sentiu que era seguro desenhar essa... essa declaração.

Engulo em seco e tento evitar as lágrimas queimando meus olhos.

Seguro a caneta de novo e, deixando cair uma gota de tinta na página, borrando parte do meu cabelo, escrevo:

eu também

Só temos tempo para eu levantar o rosto de novo, para ele olhar para o caderno e então para mim, os olhos um universo, uma língua que não precisa de tradução. Só temos tempo para eu me lembrar do momento antes de pular no portal, quando ele apertou seu abraço, quando esqueci onde estava, o que fazia, quem eu era e o que eu era. Só temos tempo para os cantos de sua boca, sua boca perfeita, se erguerem em um sorriso.

Não temos tempo nenhum.

O andaime balança de repente e eu ofego, segurando um dos suportes. Mink está subindo, o peso a mais fazendo tudo ranger e tremer. Sem pensar, esfrego meus olhos com a manga da camisa e viro as páginas com a outra mão, voltando para o fim do caderno, anotando os poucos símbolos que aprendi nos últimos dias, os poucos que reconheço aqui, para parecer que fizemos alguma coisa.

Paro quando ela chega no topo.

— Água? — pergunto, soando surpreendentemente tranquila e normal, considerando que sinto um vendaval no peito.

Mink franze a testa. Ela solta o cantil do ombro e o joga para Jules, antes de puxar o caderno da minha mão. Olho para Jules rapidamente, em pânico, e seu pânico visível basta para me centrar novamente. Faço um gesto indicando que ele deve beber, porque não sabemos quando teremos mais água, e fico de joelhos.

— É muito estranho, Mink — digo, tentando emular o tom de Jules quando ele está pensativo, esquecendo o perigo em nome do rigor acadêmico. — Não conseguimos entender as frases, estão...

— Mentira — diz Mink, com a voz ríspida.

— Hm, então...

— Vocês não fizeram nada. — Ela levanta o rosto e olha para mim, para Jules e para mim de volta. — Depois disso tudo, vocês realmente acham que sou idiota? Normalmente eu diria que temos todo o tempo no universo, que vocês podem enrolar o quanto quiserem e que a cavalaria não vai chegar e vocês vão começar a congelar logo, mas estou ficando impaciente. Abra a porta, sr. Addison.

Jules engole sua água e tenta se fortalecer.

— Estou tentando, Charlotte, só não vi...

— Tente *mais*.

— Olha, estou fazendo meu melhor!

A voz de Jules quebra, apesar da água, e meu coração responde com um aperto.

Mink o observa por um momento, apertando os lábios, com um olhar pensativo. Então, antes que possamos reagir, ela agarra meu braço e me puxa para ficar de pé. Ela é absurdamente forte pro tamanho que tem, como se o corpo inteiro fosse feito de músculo. Estendo a mão para pegar um suporte do andaime por instinto, mesmo sabendo que, se ela me jogasse, a altura não me mataria. Talvez eu quebrasse algum osso, se caísse torta, mas é pouco provável. Tenho experiência com quedas, sei me equilibrar.

Calculo isso tudo em uma fração de segundo, porque, no segundo seguinte, vai tudo embora.

Ela pega a arma e a pressiona contra minha têmpora.

— Abra a porta, sr. Addison.

Jules fica pálido. Ele me encara e vejo seu coração no olhar. Mesmo se não estivesse naquela página, eu o veria como vejo o nascer do sol que não quero abandonar, como as estrelas desconhecidas da última vez que ele me abraçou.

Mink sorri e engatilha a arma.

— Abra a porta.

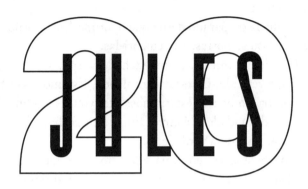

20 JULES

Estou perdido na névoa. Deveria estar fascinado e inspirado, deveria estar parando em todas as interseções, portas e rachaduras na parede, deveria estar lendo cada pedacinho de texto que encontro. Deveria estar em Valência, descobrindo as maravilhas todas de novo.

Estou andando pelo corredor de uma nave alienígena que tem dezenas de milhares de anos. Estou vendo algo que nenhum ser humano viu, pisando onde nenhum ser humano pisou. Nem nas minhas maiores fantasias de criança poderia sonhar com isso.

"Abra a porta, sr. Addison."

Eu deveria estar perdido nas histórias que este lugar espera para me contar. Em vez disso, estou só perdido.

"Eu… eu preciso de um telefone."

Em teoria, Charlotte me mandou na frente para o caso de ter armadilhas aqui como nos templos; assim ou as verei, ou serei atingido primeiro. Seguro a mochila contendo meu caderno na minha frente como um escudo, mas de alguma forma sei que não encontrarei armadilhas. É isso que a transmissão queria que víssemos… ou o que a mensagem escondida queria que temêssemos. Eu, Charlotte e meia dúzia de soldados, com capacetes e sem rosto, cruzando o ar com lanternas.

Ar que ficou parado desde que o último Eterno saiu desta nave e fechou as portas. Até eu abri-las.

"Confie em mim... é uma fechadura, só isso... não atire nela. Tá, é verdade. Eu estava enrolando. Estamos assustados pra caramba, como não estaríamos? Mas vou abrir. Um telefone... a condutividade... é uma... uma... uma chave. Por favor, eu... estou falando a verdade."

A porta se abriu em uma sala octogonal que poderia ser uma eclusa de ar. Além dela, corredores se abriam em um leque. Escolhi um ao acaso. Agora estamos andando. Explorando. Fazendo o que eu quis fazer desde criança, desde que meu pai me contou histórias de seres antigos que deixaram histórias para decifrar e lições para aprender.

Estou na mira de uma arma e estou sozinho.

"Espere... espere! Eu fiz o que você disse! O que está fazendo com ela? Preciso dela comigo, é minha especialista em matemática... Eu fiz o que você pediu... Eu fiz..."

Os corredores são todos iguais, com feixes cristalinos atravessando a pedra metálica como rios congelados, como se a nave inteira fosse feita de gelo, como se fosse derreter quando os sóis subissem mais um pouco no céu. Lá fora, escuto explosivos sendo detonados pelos soldados da AI, limpando o gelo do casco.

Uma parte do meu cérebro faz perguntas, centenas por minuto. Para que propósito os Eternos nos trouxeram para cá, para esta nave? Por que a nave é tão importante? O que queriam que fizéssemos com ela? Finalmente, a pergunta mais pesada de todas: quem deixou os avisos do Nautilus e de que perigo deveríamos escapar?

Quais eram as intenções desses alienígenas que sabiam nos enganar tão perfeitamente?

Quais eram as intenções dos que deixaram os avisos sobre este presente? Eram também membros dos Eternos? O que eles sabiam que não consigo adivinhar?

No entanto, não consigo me concentrar nas minhas perguntas sem mim, porque uma só vive no primeiro plano da minha mente, ocupando todo o espaço disponível: como posso manter Mia segura? Ainda escuto a voz de Javier reverberando em meus ouvidos, falando sobre como éramos descartáveis, depois de matarem Liz. "Precisariam de um motivo bom demais para manter vocês vivos", foi o que ele disse. Preciso mostrar um motivo bom demais.

Sei que devia tentar decorar a estrutura da nave. Sei que devia fazer *alguma coisa*. Enrolar eles, me aproximar, encontrar pontos fracos entre os soldados de Charlotte. Fazer o que Mia faria. O que Mia... Meus ouvidos reverberam e ecoam.

Minha memória está presa àquele momento. O clique leve da arma antes de Charlotte abaixá-la e guardá-la no coldre. Antes do meu coração voltar a bater.

"Preciso dela."

A última vez que vi Mia foi quando me enfiaram na nave. Vi seu rosto pálido, seus olhos grandes e escuros na luz fraca, o cabelo rosa desbotado brilhando conforme a luz do sol crescia do outro lado da nave. Eu a vi abrir a boca para me chamar... e ela se foi.

A voz de Charlotte ecoando em minha cabeça. "Não se preocupe, ela ficará viva. Se a matarmos, perdemos o poder sobre você. Por outro lado, se a machucarmos..." Seu rosto, sereno, quase brincalhão, quando ela deu de ombros.

Preciso me concentrar. Se fizer meu trabalho, Mia vive. Agora, é tudo o que sei. Agora, é tudo o que importa.

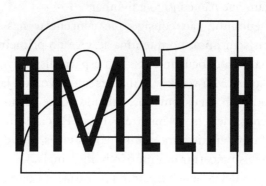

AMELIA

As horas se arrastam e eu continuo algemada aos andaimes na entrada da nave. Puxo as amarras algumas vezes, até um soldado apontar a arma para a minha cara e me fazer parar. Recado dado.

Estou tão acostumada à comoção passando ao redor que nem noto quando um dos soldados fardados para na minha frente, agarra meus braços e me solta dos andaimes. O movimento manda pontadas gêmeas de dor até meus ombros e eu solto um som rouco que nem sei se é de protesto, surpresa ou exaustão. Ele ignora e confere se minhas mãos continuam amarradas uma à outra.

O soldado da AI não diz nada, preferindo dar ordens na forma de força bruta. Ele me puxa pelas mãos amarradas até eu ficar de pé, me empurra pela entrada da nave e por um dos muitos corredores que se bifurcam lá dentro.

Minha cabeça está vazia. Anos fugindo da polícia e usando minha lábia para sair de confusões, e agora não tenho ideias. A qualquer segundo, verei Javier e Hansen, mortos, enfiados onde largam as pessoas de quem não precisam mais. A qualquer segundo, me juntarei a eles. Mesmo assim, não tenho ideias.

Eles me levam em uma rota tortuosa que atravessa os corredores compridos. Perco a noção de onde estamos, apesar de não ser um caminho neutro, mas sim marcado pela mesma combinação de rocha metálica e circuitos cristalinos que vimos no templo.

Suponho que deveria ficar feliz por estar dentro do templo em vez de lá fora; se planejassem me matar, certamente o fariam na neve, não onde meus miolos se espalhariam por todos os artefatos preciosos.

Sou levada a uma porta parecida com as do templo, que abrem com um pé-de-cabra que faz a rocha ranger. Cortam as amarras das minhas mãos e me jogam lá dentro. A porta bate atrás de mim, fazendo o ar voar nos meus ouvidos e deixando minha cabeça machucada ainda mais desorientada.

— Tudo bem aí?

Eu me viro ao ouvir a voz e imediatamente me arrependo do movimento brusco, gemendo e tentando sentir a área ferida onde me bateram. Meus braços estão moles como macarrão e minhas mãos dormentes formigam. Pisco e encontro Javier ali, não muito longe. Ele estende uma mão, como se estivesse pronto para me segurar. Como se eu parecesse prestes a cair de cara no chão.

Inspiro fundo e tento me fortalecer, piscando mais uma vez e analisando a sala. Javier e Hansen estão aqui, soltos mas sem equipamento, como eu. *Não estão mortos*, penso, com um alívio surpreendentemente profundo, considerando que um dia antes estávamos fugindo da ameaça mortal desses dois. Do jeito que andamos azarados, eu tinha certeza de que eles tinham levado um tiro no minuto em que acabaram de dizer para a câmera que estavam vivos.

— Tudo bem — respondo, mas pauso. — Quer dizer, o melhor que posso estar.

Nossa cela é pequena e parece uma cápsula, tão neutra quanto a planície congelada lá fora, iluminada por uma luz de LED simples, parte do equipamento de Javier. Há uma pequena reentrância ao lado da porta, mas é diferente da que Jules aprendeu a arrombar, mesmo que tivéssemos alguma coisa condutora. Esta é um pouco maior que uma mão, mas tocá-la não leva a nada. Se fosse um filme famoso de ficção científica, a porta abriria de uma vez ao nosso toque, mas aparentemente os Eternos nunca viram um filme desses. Ou a bateria acabou.

— Lar, doce lar — diz Javier, enquanto olho ao redor. — Seu amigo Jules passou aqui mais cedo e aparentemente disse que nada valia a pena na sala — continua, sorrindo de leve. — Acho que estão contando com o fato de que seria bem mais difícil escapar de paredes de pedra do que de lona.

Tento forçar a porta, mas mesmo com a ajuda de Javier e Hansen, a pedra nem se move. É impossível segurá-la com firmeza sem uma ferramenta para ajudar. Daria qualquer coisa pelo meu canivete agora.

— Bem, pelo menos parecem achar que o seu amigo é importante, como todo mundo — diz Javier, se sentando no chão, apoiado na parede. — Provavelmente estaríamos mortos se não achassem.

— Espero que esteja certo.

Minha mente desconfiada pensa em meia dúzia de motivos para nos manterem vivos que não têm nada a ver com Jules: como iscas para armadilhas, ou para mandar por corredores ainda não explorados. Mesmo assim, se tivesse algo para apostar, apostaria que o motivo é Jules.

Hansen olha entre nós dois, sem expressão, e de repente solta:

— Como caralhos vocês estão calmos? Digo, o que tem de errado com vocês? Estamos ferrados. Estamos tão ferrados que eu nem...

— Bom, o que você quer? — respondo, irritada. Minha compostura já está destruída e ele não ajuda ao ecoar os pensamentos que não ouso dizer em voz alta. — Quer que a gente caia aos prantos, berre, rasgue as roupas e se jogue contra a porta até morrer?

Hansen olha para mim com irritação. Pelo menos raiva é melhor do que pânico.

— Tudo isso é culpa sua, aliás.

— Culpa minha? — gaguejo. — Foram vocês que nos perseguiram! Ninguém te *obrigou* a nos seguir pelo portal!

— *Ela* me obrigou. Liz.

— Bom, ela morreu! — As palavras parecem ecoar apesar do tamanho da sala, levando a um silêncio repentino tão espesso e impenetrável quanto a porta de pedra que nos sepulta. Eu me arrependo por mais de um motivo: gritar faz minha cabeça latejar. Tento respirar fundo. — Olha só. Desculpa, eu só...

— Ela está certa — interrompe Javier, ainda no chão, erguendo a cabeça para olhar para mim e para Hansen. — Liz morreu. Ela se foi. Temos que supor que Jules se foi também, até onde sabemos. O que quer que estejam fazendo com ele não nos envolve. A identidade dele pode ter nos mantido vivos até agora, mas somos nós que precisamos sair daqui sozinhos.

— Não vou a lugar nenhum sem Jules. — As palavras saem automaticamente, antes que eu processe o pensamento. Eu deveria me surpreender com a força em minha voz, como os capangas restantes de Liz claramente se surpreenderam, mas me lembro do desenho e daquele sorrisinho quando escrevi "eu também", então não me surpreendo. Pigarreio. — Não vou deixa-lo aqui.

Javier levantas as sobrancelhas, mas não protesta.

— Uma coisa de cada vez — diz, em vez disso. — Não vamos a lugar nenhum aqui dentro, mas precisarão abrir em algum momento. Não tem entrada para comida nem nada, porque a sala não foi construída como prisão. Será preciso abrir a porta para nos alimentar, nos levar ao banheiro, essas coisas. Agora, quando me trouxeram com Hansen para a cela, estávamos acompanhados de seis caras, mas só vi um com você.

Ele me encara e eu desvio o olhar para Hansen, que de repente me observa com um interesse renovado.

— É, mas era um cara com fuzil automático, armadura e treinamento pra caramba. — Dou um passo para trás. — Eu escalo, me esgueiro e corro... mas não luto. Além disso, sou quase metade do tamanho deles. Não tenho a menor chance. Vocês se dariam melhor contra seis caras.

Javier sorri, sacudindo a cabeça.

— Você é ágil, o que conta muito mais do que tamanho ou força. Notei que você apontou uma arma para eles antes de eles aportarem para você, quando tomaram o acampamento.

— É, ainda com a trava de segurança — resmungo.

— Bom, duvido que eles usem as travas de segurança.

— É pra isso ser reconfortante?

Javier se levanta devagar.

— Você está certa, esses caras são bem treinados, mas acho que o treinamento não incluía o que fazer com prisioneiros. Um dos guardas me vigiando chegou a encostar a arma nas minhas costas enquanto andávamos, o que é um erro idiota. Posso te mostrar o que fazer, como ganhar vantagem.

— É, assim eu volto para casa com uns lindos piercings novos na forma de tiros.

— Eu e Hansen somos profissionais, claramente treinados. Eles nos vigiam demais, colocam gente demais atrás da gente. Você, por outro lado... Você é pequena, ágil e, ainda mais importante, eles te subestimam tanto quanto Liz subestimava.

Sinto meu estômago se revirar.

— Espera aí, você está falando *sério*? Quer que eu domine um guarda armado e treinado, duas vezes maior do que eu, sem nem uma colher como arma?

Javier chama Hansen, que resmunga como se soubesse o que vem por aí.

— Preste atenção em mim — diz Javier. — E finja que o Hansen é seu guarda.

* * *

— Pra mim, *chega* — diz Hansen, no chão, rolando até ficar de cara na pedra. — Outra pessoa pode ser o guarda um pouco.

Javier o ignora e sorri para mim.

— Nada mal. Está ficando mais rápida.

Olho para Hansen, principalmente porque não quero olhar para Javier, para a esperança e desespero em seu rosto. Ele está confiante de que sou nossa melhor opção para sair daqui. Queria eu estar confiante assim.

— Tá, mas estamos fingindo que o braço dele é a arma. Braços não atiram rápido. Tenho quase certeza que uma arma de verdade vai disparar antes que eu saia do caminho.

Javier dá de ombros.

— Talvez.

Eu o encaro.

— Olha, cara, você precisa aprender a mentir melhor.

— Mentir não adianta nada — responde ele, sério, fechando o sorriso. — Mas não estaria sugerindo esse plano se não achasse que há uma boa probabilidade de funcionar. Se um de nós tentar algo e falhar, será a desculpa necessária para atirar no resto e evitar mais problemas. Estamos juntos nessa. — Ele relaxa um pouco o olhar e me lembro do que ele deixou escapar antes de sermos capturados: ele tem filhos em algum lugar lá na Terra. — Você consegue.

Treinamos os movimentos tantas vezes que eles se repetem automaticamente na minha cabeça. Quando o guarda chegar perto o suficiente para pressionar o cano da arma nas minhas costas, posso me virar, mandando a arma para a direita, depois desviar para a esquerda, desestabilizar o guarda, bater nas suas costelas com o ombro e derrubá-lo. Em seguida, posso pisar na arma, apertando contra o guarda com todo meu peso para que ele não consiga levantá-la para atirar em mim.

No entanto, tudo isso é só o primeiro passo.

Deixamos Hansen descansar para se sentar na outra ponta da sala, cuidar dos machucados e me olhar com raiva. Meu coração bate forte por causa do exercício e da adrenalina. Eu me inclino contra a parede, apoiando todo meu peso nela.

— Você consegue — repete Javier, rapidamente. — A única pergunta é... você vai?

Engulo em seco, levantando a cabeça da parede de pedra para olhá-lo.

— Como assim?

— Segurar uma arma, até apontá-la para alguém, é uma coisa. Puxar o gatilho é outra. Especialmente tão de perto.

Todas as sessões de treinamento com Hansen acabaram com meu pé em seu braço, apertando o dedo esticado na garganta, antes de Javier dizer "Bang! Ok, mandou bem. Agora, da próxima vez..."

No entanto, na hora não será Javier dizendo *Bang*. Não será um braço, nem Hansen se levantando de novo, resmungando sobre os machucados e esfregando o peito. Não sorrirei, ofegarei e comemorarei com meu treinador.

Na hora, será uma explosão ensurdecedora, um coice que deixará minha perna dormente e o crânio de um cara espalhado pelo chão. Na hora, será eu matando alguém.

Estou enjoada desde que acordei, desde que vi Mink na nossa frente com um uniforme das forças especiais secretas da AI, mas não sei mais se é a cabeça contundida. Fecho os olhos, torcendo para fazer passar a tontura, mas só faz com que eu me sinta mergulhada em uma névoa densa que cresce e cresce a cada instante.

Antes que eu possa responder, antes mesmo de saber qual é a resposta, um som lá fora leva nós três a erguer a cabeça na direção da porta. Passos, o tinido de metal batendo em metal e o rangido leve de um pé-de-cabra encaixando na abertura de uma porta. Desvio o olhar e encontro Javier me encarando.

Expiro de forma longa e devagar.

— Acho que vamos descobrir — sussurro e me viro para a porta.

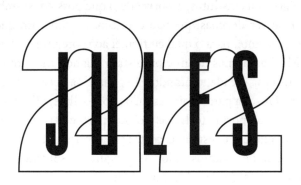

22
JULES

Faz horas que subo escadas. O interior deste lugar é um labirinto do tamanho dos nossos maiores arranha-céus e, sem energia para o transporte entre andares, sou obrigado a subir e descer o que suponho que são escadas de emergência. Dois guardas me seguem e não somos o único time de exploração. Cruzamos com meia dúzia de grupos, fazendo os corredores ecoarem com passos de botas e eventuais sons de estática dos walkie-talkies.

Vejo Charlotte de relance duas vezes, comandando um dos times de exploração, e seu olhar passa por mim, estreitando os olhos e especulando. Deve ser a primeira vez que ela entrou em uma estrutura Eterna. Será que ela fica tão perturbada quanto ficamos, no primeiro dia do templo, quando Mia perguntou por que se parecia tanto com nossas próprias ruínas? O que ela acharia se soubesse o que vimos antes de pular pelo portal? As línguas do passado e do presente da Terra. Os avisos do Nautilus.

Pergite si audetis.

Siga em frente, se ousar. Seguir a viagem para onde?

Obrigo meus pensamentos a voltarem ao corredor à minha

frente. Não sei quanto tempo tenho para encontrar algo que ela considere útil antes de começar a cumprir as ameaças contra Mia.

Sigo meus instintos, absorvendo o que posso dos símbolos, apesar de ver dezenas que não conheço. É como um quebra-cabeça gigante, para o qual eu treinei ao sobreviver ao templo.

Minhas pernas doem e protestam quando me forço a subir mais uma escada, tentando não pensar na descida que virá. Paro na entrada para apoiar as mãos nos joelhos, olhando com raiva para as portas fechadas do que parece ser um elevador sem energia, então estico as costas para continuar.

— Aonde estamos indo? — pergunta o soldado atrás de mim, tão cansado de subir quanto eu.

— Para lá — digo, tentando usar um tom confiante para compensar a falta de especificidade. Não quero que ele relate que eu pareço inseguro.

— O que tem para lá? — pergunta o outro.

Ele dá um gole do cantil e passa para o primeiro soldado, que também bebe e passa para mim.

— Talvez a ponte de comando, ou algum tipo de sala de controle — digo. — Talvez outra coisa relacionada à hierarquia do navio. É importante, só sei dizer isso.

Toco em uma sequência de símbolos prateados. Eles indicam poder e controle, assim como o conceito de mudança, que eu especulo que tenha a ver com ajustes, talvez ligado aos motores ou à fonte de energia da nave. A fonte de energia deve ser o que a AI procura: querem a tecnologia para abastecer uma nave grande como esta, ignorando as lições que poderiam ser aprendidas ao explorá-la direito.

Não conseguiram criar um futuro para a humanidade com a missão para Alfa Centauri. Agora esperam que esta nave, assim como a tecnologia nela, seja a salvação da Terra; que faça pelo mundo o que a primeira célula de energia fez por Los Angeles.

A AI quer que isto seja o tesouro que os Eternos prometeram na transmissão. Precisam que seja a resposta. No entanto, as palavras na transmissão ecoam sem parar em minha mente, parecendo muito diferentes agora que eu sei o que sei: "Destrancar a porta pode levar à salvação ou à desgraça"...

Qualquer que seja o plano final dos Eternos, pelo menos um deles se arriscou para tentar avisar os alvos da manipulação. Ou seja, para nos avisar. Não vou ignorar o aviso, pelo menos não mais.

Os corredores levam a uma sala pequena e a luz da lanterna do meu capacete percorre o interior. No fundo, se encontra o que acredito ser um painel de controle, em frente a uma parede refletora. Minha escolta confere que não há outras saídas e se instala no corredor para esperar. Os controles ficam na altura da minha cintura, em uma longa bancada coberta de curvas e reentrâncias entalhadas. Talvez, com energia, fosse possível passar os dedos como um painel de sensor. Já sei, por causa do templo, que esse material de aparência rochosa sente mudanças de pressão.

Olho para meu reflexo na parede – meus cachos estão mais bagunçados do que de costume; pareço exausto – e um momento depois noto que vejo *através* da parede. É uma janela, mas o escuro e minha lanterna a transformaram em um espelho. Arrisco olhar rapidamente para trás, para ver se estou sendo observado: um dos guardas sumiu, mas o outro está no corredor, murmurando no rádio. Eu me inclino para pressionar a lanterna no vidro, piscando os olhos até focar no que está do outro lado.

É uma parede cinza fosca uns dois metros depois do vidro, brilhando por causa de circuitos que percorrem cada centímetro. É tecnologia Eterna. Inclino a cabeça para cima e para baixo, estudando à luz da lanterna. Não consigo ver o fim nem o começo, de tão alta. *Mehercule.*

A célula solar que revolucionou a usina de purificação de água de Los Angeles era mais ou menos do tamanho da minha cabeça. Até onde posso ver, isto tem centenas de metros para cima, para baixo e para os dois lados. Poderia abastecer um *continente*.

— Tem alguma coisa aqui? — vem uma voz do corredor.

Eu me afasto do vidro às pressas, assustado, procurando o que dizer.

— Eu, hm, acho que não. Nada de interessante.

— Tem certeza?

A nova voz atravessa a empolgação da descoberta e eu me viro, congelado. Charlotte está ali, seguida de perto pelo guarda que estava no rádio.

Perfututi. Sou um idiota. Não precisa ser um gênio para ver que é uma sala importante. Eu devia ter escutado o guarda, prestado atenção no que dizia. Ele estava ligando para Charlotte para dizer que eu encontrei algo.

— Eu...

Não consigo pensar em nada. Vejo Charlotte no andaime com a arma apontada para Mia. Não posso mentir. *Preciso* mentir. Se der o que eles querem, acabarei deixando de ser útil, sumindo com o motivo para manterem Mia viva. Se não der nada, já sou inútil.

A expressão de Charlotte é ilegível e não muda nem quando olho para ela. Suas pupilas dilatam na luz da minha lanterna, mas ela não se move.

— Sim?

— Veja você mesma — digo finalmente, sentindo como se o frio centenário da nave ao meu redor tivesse penetrado meus ossos. — Acho que é o que você procurava.

Ela entra na sala, mantendo-se distante de mim, com uma mão no quadril – com certeza apoiada na arma. Eu me afasto, para deixar claro que não tenho a menor intenção de tentar atacá-la. Ela olha para o painel cheio de símbolos, para o vidro... e para. Seu olhar percorre a estrutura enorme além da sala, faminto.

— Como liga? — vem sua voz, afiada no silêncio.

— Ligar... — Eu a encaro, chocado. — *Ligar*? Faz séculos,

até milênios, que está aqui. A probabilidade de funcionar é...

— A célula de Los Angeles funcionou — retruca Charlotte, desviando o olhar do centro de energia para mim. — Como liga?

— Juro que não estou enrolando. Tentar ligar a nave depois de tanto tempo, considerando como a tecnologia é complexa... por causa da quantidade de energia envolvida, é igualmente provável que tudo exploda e nos leve junto.

— Levarei seus conselhos em consideração — responde Charlotte, mudando o peso de perna, apertando o maxilar e erguendo uma sobrancelha. — Pense em onde está, sr. Addison. Pense em tudo que fizemos, todas as peças que preparamos e executamos para buscar este único artefato. Lutei por esta oportunidade, pedi, implorei e matei por ela... é nossa salvação e, quando o resto do mundo ver, saberá que estive certa por fazer tudo que fiz para encontrá-la. Quando levar esta nave, estarei salvando a espécie humana. Você quer me dizer de novo para desistir e voltar para casa?

O rosto dela quase brilha e a singularidade do seu propósito me dá calafrios. Quando decidi vir a Gaia, acreditava que estava dando tudo, sacrificando tudo que tinha e tudo que eu seria um dia, pelo bem do meu planeta. Ninguém poderia sacrificar mais. No entanto, esta mulher, Charlotte... Mink... quem quer que seja... Vejo uma luz em seus olhos que reconheço, que faz meu coração afundar, porque já vi esse olhar no espelho.

Será que eu teria deixado alguém me impedir?

Engulo em seco, respirando fundo, tentando não pensar em Mia naquelas barracas, ou dentro da nave agora, sendo usada para testar armadilhas ou até mesmo morta, até onde sei, apesar dos meus instintos me impedirem de aceitar essa possibilidade.

Eu me inclino para me apoiar no painel de controle. Não há garantia de que posso ligar a nave daqui, mas a importância indicada pelos símbolos que trouxeram a esta sala, assim como a vista da janela, me fazem acreditar que é possível.

"Pergite si audetis."

Charlotte está esperando.

— Olha só — digo, desesperado, embolando as palavras. — Há mais sobre os Eternos do que você sabe, Charlotte. Só alguns funcionários da AI sabem que meu pai encontrou uma segunda mensagem, um aviso, escondido na transmissão. Esta nave pode ser perigosa em um nível catastrófico. Nós não podemos...

Não existe um *nós*. Charlotte nunca se interessou por essas questões como eu. Ela nunca foi a pessoa que imaginei. Ela não vai ouvir.

— Você está enrolando — diz, sombria.

— Não, prometo... Tinha avisos pelo templo todo, avisos que eu devia... Mesmo que não aceite que estávamos sendo avisados, no coração do templo encontramos mensagens em latim, Charlotte. Em grego, inglês, chinês, italiano, malaio...

— Em um templo anterior à humanidade. — A voz não é mais sombria, é incrédula.

— Sim! — insisto, mostrando meu aparelho de pulso. — Tenho fotos, posso mostrar. Temos que entender o porquê, antes de ligarmos. A mensagem escondida era uma espiral codificada, com um símbolo nos avisando sobre o fim do mundo e...

— Foi alguma tecnologia que criou seu latim, seu malaio... — diz, desmerecendo meu aviso. — Pegando as línguas que o templo nos ouviu falar, traduzindo.

— Mas ninguém lá falava...

— *Basta!*

Encontrou seu olhar e, apesar da expressão estar sombria como sempre, há um fogo em seu olhar que me aterroriza. Sempre vi a Aliança Internacional como um bando de políticos, discutndo entre si. Nunca entendi que nos bastidores havia pessoas como Charlotte. Motivadas. Dedicadas à causa, custe o que custar.

— Não sei se consigo ligar — tento.

— Vidas dependem do seu sucesso — diz, em voz baixa. Sei que ela não está falando do povo da Terra que a tecnologia pode salvar. Está falando de Javier, Hansen e, principalmente, Mia.

Não posso fazer o que pedem, nem posso recusar.

Desde que eu fique aqui, imóvel, desde que não diga nada, não preciso escolher entre meu planeta e Mia.

De repente, o rádio de Charlotte faz um barulhinho quando ela aperta o botão de transmitir. Levanto o rosto e vejo ela abaixar a cabeça até o microfone preso na gola. Mesmo assim, enquanto fala, olha para mim.

— Alfa zero quatro para detenção de prisioneiros. Status?

A resposta é imediata e Charlotte ajusta o volume para que eu escute.

— Seguro e estável. Prestes a levar os prisioneiros para serem alimentados.

Prisioneiros, no plural? *Javier e Hansen*, penso, com um alívio surpreendente. Eles também estão vivos.

— Deixe os homens — diz Charlotte, sem deixar de me olhar. — Pegue a garota, traga ela para Benson.

Meu coração para. Medo corta meu coração, como uma lâmina afiada, rasgando meus pulmões enquanto tento respirar. Consigo ouvir vagamente a resposta do soldado, mas meus pensamentos estão consumidos demais, imaginando formas como poderiam machucar Mia para me forçar a obedecer. *Eu devia ter escondido melhor o quanto...* Engulo em seco, sentindo bile no fundo da garganta.

Charlotte ergue a cabeça de novo e se apoia na parede, com uma mão na arma e a outra soltando o controle de rádio. Seu olhar é gélido.

— Então? — diz.

Pigarreio, tentando manter minha voz estável, sem deixar que a fúria queimando em meus olhos transpareça.

— Precisarei de um tempo.

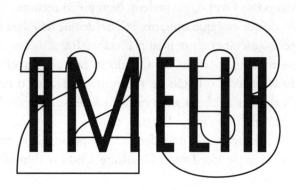

28 AMELIA

O medo que me percorre quando os guardas abrem a porta da cela nem se compara aos dedos gelados que agarram meu pescoço quando me separam para sair com eles, sozinha. Quero olhar para Javier, quero que ele pisque, acene ou me dê alguma segurança final, mas não posso fazer nada que crie suspeita, então me arrasto pela porta como se estivesse destruída.

Os dois guardas são maiores do que eu: uma mulher, mais ou menos uma cabeça mais alta que eu, e um cara magrelo com olhos rápidos e agitados. Sinto meu coração afundar, porque não tenho chance de derrubar *dois* sozinha, mas uma parte de mim também suspira de alívio. Ninguém esperaria que eu atacasse os dois. Não precisarei arriscar levar um tiro. Não precisarei arriscar atirar em alguém.

Não vejo sinal de Jules. Preciso supor que ele está bem, ainda insistindo que me mantenham viva em troca de sua cooperação. Caso contrário, a força que estão gastando para ficar de olho em um bando de prisioneiros inúteis não faria sentido.

Eles me levam para fora da nave, descendo uma rampa comprida e fechada que ergueram para acessar a porta com mais facilidade. O acampamento da AI ainda está sendo montado ao nosso redor, mas acho que os soldados são humanos o suficiente para se preocuparem com almoço, porque as cozinhas estão funcionando. Andamos até a barraca que serve de refeitório, onde um cozinheiro militar magrelo chamado Benson me dá um pote de purê de proteína sem gosto.

Estou na metade da minha refeição quando ouço um estalo eletrônico vindo do fone dos guardas. O cara revira os olhos na direção da parceira.

— De jeito nenhum. Vou cobrar aquele favor. Soube que são vinte e cinco lances de escada, talvez até trinta.

Ela ergue as sobrancelhas.

— É? Quer levar ela ao banheiro, então?

O homem olha para mim e resmunga.

— Trapaceira — acusa.

A mulher dá de ombros.

— Como quiser. Se der conta das necessidades femininas dela, posso trocar de lugar com você tranquilamente.

O cara murmura algo ofensivo e se levanta, provavelmente para responder às ordens dadas pelo fone. A mulher sorri ao vê-lo indo embora e se inclina para trás, me observando enquanto acabo o café da manhã.

— Coisas femininas — comenta. — Funciona sempre. Homens são tão idiotas.

Quero concordar com ela, mas a maçaroca sem gosto começa a entalar na minha garganta. Só resta uma guarda.

— Acabou? — pergunta, depois de eu passar alguns longos momentos encarando o pote.

Eu deveria comer tudo, mas não tenho mais fome. Concordo com a cabeça, em silêncio.

— Então é hora da latrina, depois voltamos para a cela. Vamos lá, de pé.

Ela se aproxima e agarra meu braço, para me ajudar a levantar. Com a outra mão, segura a arma; apesar de soar casual, está alerta. Esses soldados não são burros, isso eu sei.

Eu decido que vou esperar até ir ao banheiro porque até lá ela pode relaxar; que talvez menos guardas estejam patrulhando aquela área da base; que é mais perto da nave, então é mais fácil voltar para a cela sem ser notada. No entanto, no fundo, sei que estou enrolando.

Os banheiros, também em processo de instalação, são simplesmente barracas com buracos cavados no gelo, pequenos, simples e com um cheiro forte de desinfetante. Finalmente, encontramos um pronto para uso, que tem até água morna em uma pia, então passo um tempo molhando o rosto.

Você consegue, digo para mim mesma com toda a firmeza que consigo.

Isso, vem um pensamento em resposta antes que eu consiga me conter. *Claro que consegue, em um mundo bizarro e invertido em que é uma super-heroína poderosa, não uma garota que abandonou a escola e se especializa em dar no pé quando vê perigo.*

Minhas mãos tremem quando as seco no pano úmido pendurado como toalha ao lado da pia. Minhas pernas bambeiam quando ando até a porta. A guarda me espera e começa a andar atrás de mim. No entanto, ela ainda não está próxima o suficiente. Precisa estar grudada em mim para que eu execute o plano de Javier.

Ando mais devagar.

— Não quero voltar — digo quando chegamos ao túnel que leva à nave Eterna, parecendo um cordão umbilical.

— Ordens — responde a guarda. — Sinto muito.

— O que é isso tudo, afinal? — Estou falando em parte para me distrair do que preciso fazer. Meus passos ecoam na rampa conforme subimos de volta até a nave escura e gelada.

— É confidencial.

— Fala sério — respondo. — Sem joguinhos. Estamos mortos de qualquer forma, eu e os caras. Quando conseguirem o que precisam de Jules, vão nos matar, né? Qual é o problema de contar para uma garota morta?

A guarda hesita – ou, pelo menos, demora para responder.

— Eu nem sei muito bem — diz, finalmente. — Não estou no alto escalão. Mas a missão... estamos salvando a espécie humana. Essa tecnologia é como a Aliança Internacional vai cumprir a promessa que fez para o mundo. Foi criada para projetos maiores que todos nós, como Alfa Centauri. Isso é ainda maior. Não é só uma nova colônia, mas uma cura para nosso mundo inteiro. Estamos fazendo a coisa certa.

— Mesmo assim, planejam nos matar.

O silêncio é resposta o suficiente, apesar de ela não parecer feliz. Continuo andando devagar, esperando que ela me cutuque com o cano da arma, me dando abertura. No entanto, ela não faz nada, só fica para trás e me deixa seguir. Apesar do meu esforço para enrolar, viramos a curva que leva ao corredor da nossa cela improvisada antes que eu possa pensar em um novo plano.

Há um pé-de-cabra apoiado na parede da porta, a ferramenta que usam para forçar a porta a abrir. A mulher faz um gesto com a arma, me mandando pegar o pé-de-cabra e abrir a porta por conta própria. Peso a ferramenta, considerando por um momento insano a ideia de me virar e bater na cabeça dela, mas ela está longe demais, é esperta o suficiente para se proteger. Eu levaria um tiro antes mesmo de me aproximar.

Encaixo a ponta do pé-de-cabra na fresta da porta e forço com todo meu peso. Empurro a abertura crescente aos pouquinhos, até a ponta curvada estar completamente dentro da cela... então solto, ofegante, agarrando meu punho. A porta bate com força no pé-de-cabra, agora firmemente encaixado.

— Acho que torci alguma coisa — reclamo, com um gemido.

A guarda murmura alguma coisa e muda o peso de um pé para o outro.

— Sem drama, por favor. — Ela parece cansada. Imagino que eu também estaria, se tivesse que passar o dia todo em alerta, como ela. — Se acha que vou me aproximar o suficiente para você me atacar com o pé-de-cabra, pode olhar aqui e pensar de novo — diz, mostrando a arma, um fuzil do tamanho do meu braço.

— O pé-de-cabra está emperrado — digo, erguendo os braços e dando um passo para trás. — Pode conferir.

A guarda faz uma careta, mas, depois de alguns segundos, se aproxima aos poucos. Depois de uma inspeção breve, volta a atenção para mim.

— Bem, tente de novo.

— Só um segundo — murmuro, ofegando. — Preciso respirar.

— Não, *agora*. — A mulher está irritada, desconfiada. Mas a mudança de temperamento é exatamente o que preciso: ela faz um gesto com o cano da arma, perto do meu peito.

O movimento que Javier me ensinou usava o contato das minhas costas com a arma, girando para o cano ir para um lado enquanto eu ia para o outro.

Isso é o melhor que conseguirei.

Por um instante, encontro o olhar da guarda. No mesmo instante, sei que é um erro. Ela lê minha intenção no meu rosto e de repente estou comprometida. Eu me movo, batendo o braço contra a arma. Ela aperta o gatilho e atira no teto com um estrondo ensurdecedor. Estou zonza por causa do barulho, mas meu corpo sabe o que fazer a seguir. Abaixo os ombros e me jogo contra ela, derrubando-a com a combinação do meu ímpeto e do coice do fuzil. Exatamente como pratiquei, arranco a coronha da arma de sua mão frouxa e puxo até a alça no seu ombro estar apertada e a bota estar pressionando o cano, apontando para o seu queixo.

Quando meus dedos tocam o gatilho, eu congelo.

Ela disse que sentia muito e que homens eram idiotas. Sorriu quando conseguiu o que queria ao mandar o cara embora, como se tivesse dado sorte, como se me escoltar fosse a melhor tarefa. Esperou que eu terminasse o café da manhã.

Ela me deixou ir devagar no caminho para a cela. Disse que estava salvando o mundo

Agora ela me olha, ainda desorientada. O impacto da queda a deixou sem ar e seus olhos lacrimejam enquanto os pulmões tentam voltar a funcionar.

Escuto os caras do outro lado da porta, o pé-de-cabra sendo arrastado contra a porta, um grito pela abertura. No entanto, tudo se mistura em um zumbido fraco enquanto encaro a mulher.

Não é como treinamos.

Um corpo se joga contra o meu, do nada, me derrubando. Bato na parede oposta à cela e, um instante depois, escuto um segundo tiro. Tremendo, pisco e pisco até enxergar direito. Hansen segura a porta aberta com o pé-de-cabra e Javier está de pé bem onde eu estava antes, segurando o fuzil. A guarda não está mais me encarando – está encarando o teto, ainda surpresa. Há sangue no chão sob ela, se espalhando por uma rachadura na rocha, deslizando na minha direção como se estivesse vivo.

Me afasto aos tropeços, até uma mão segurar meu ombro.

— Tudo bem com você? — pergunta Javier, perto de mim. Sinto um cheiro acre leve no ar. Fumaça. Pólvora. — Desculpa por te derrubar com tanta força.

— Eu ia conseguir — digo, engolindo em seco, sem conseguir afastar o olhar da guarda morta. — Ia mesmo.

Javier aperta meu ombro de leve.

— Eu sei. Mas você não precisa virar uma assassina, garota. Hoje não.

Fico enjoada, me viro correndo e volto para a cela para vomitar no canto. Meu café da manhã é tão nojento saindo quanto foi entrando. Acabo com a cabeça entre os joelhos, apoiando a testa nos punhos cerrados.

Quando consigo ficar em pé de novo, Hansen e Javier já arrastaram o corpo para dentro da cela e limparam o sangue do corredor com a jaqueta da guarda. Hansen está um pouco pálido, como imagino que também estou, mas pelo menos ele não está vomitando.

— Precisamos ir — diz, tocando meu cotovelo, hesitante. Concordo com a cabeça.

— Tá. Tá. Vamos.

— Siga-me — ordena Javier. — Se alguém escutou os tiros, já está a caminho para investigar. Se nos separarmos, tente chegar até as naves lá fora.

— Naves? — A palavra atravessa minha névoa como uma solda no cobre.

— Hansen é piloto, lembra? — Javier espera eu sair da cela, puxa o pé-de-cabra e o joga para Hansen quando a porta fecha com força. — Se conseguirmos fazer uma das naves funcionar, teremos transporte — explica.

— Jules — consigo dizer, só uma palavra. Engulo em seco, sentindo gosto de bile e medo, e tento me controlar. — Não podemos fugir agora, precisamos de Jules.

— Olha, sei que quer ajudar seu amigo — diz Javier, em voz baixa, olhando para os dois lados do corredor. — Vamos fazer isso, mas nem sabemos onde ele está. Precisamos sair daqui antes. É ele quem é valioso, não vão matá-lo porque escapamos. Saímos, achamos mais equipamento, vigiamos o lugar, arranjamos informação... aí teremos alguma chance de resgatá-lo.

Minha garganta parece feita de lixa.

— Se chegarmos a uma nave, você está dizendo que voltaremos para buscar Jules?

Não acredito nem por um segundo. Mal posso culpá-lo, mas ainda parece um soco quando Javier desvia o rosto, sem encontrar meu olhar.

— Ele manteve vocês vivos — digo, tentando soar forte. — Ele mandou que mantivessem vocês vivos. Como podem abandoná-lo?

Javier e Hansen trocam um olhar. Javier fala de novo:

— Garota, se ele estivesse aqui, Jules te mandaria correr — diz, em voz baixa. — Diria para você se salvar, se pudesse.

Encaro Javier e Hansen, com a cabeça a mil. Eles só querem sair vivos daqui e não posso culpá-los. Javier acabou de me poupar de ter que matar alguém à queima roupa. Ele não tem motivo prático para me levar nessa tentativa de fuga, visto que sou uma garota sem treinamento, uma boca extra para alimentar com qualquer suprimento que encontrarmos no caminho.

Ele não é um homem ruim, mas não posso ir com ele. Não posso abandonar Jules. Lentamente, sacudo a cabeça.

— Ele está por aqui — digo, em voz baixa. — Preciso encontrá-lo.

Javier parece frustrado, mas não surpreso.

— Vamos seguir por este corredor — diz. — É a melhor saída e nos aproximará do posto de comando. Se você conseguir ouvir os planos deles, talvez descubra onde ele está. Ficaremos juntos pelo tempo que conseguirmos. Se pudermos, vamos esperar nas naves.

Concordo com a cabeça. Tentando esquecer a imagem do corpo da guarda jogado no escuro ao lado da jaqueta encharcada de sangue, começo a andar atrás de Javier, seguida por Hansen. Não temos muito tempo.

A AI só passou um dia na nave, então a maioria dos corredores está intacta, sem pegadas, neve, nem outros sinais de humanidade. Tentamos ficar nos corredores menos marcados, mas precisamos seguir as pegadas: quanto mais passos, maior a probabilidade de ser um corredor que nos levará a armas, uma saída, ou, para mim, algum tipo de posto de comando no qual eu possa espionar em busca de pistas para encontrar Jules.

Evitamos soldados no labirinto de corredores, nos guiando como podemos pela frequência de pegadas na poeira, até eu começar a ficar tonta. Talvez ainda seja a cabeça contundida, ou o esforço de tentar mapear este lugar mentalmente, ou pura exaustão. "Se pudermos, vamos esperar nas naves", dissera Javier.

Um dia antes esses homens eram meus inimigos, mas agora pensar em deixá-los para lutar sozinha novamente me faz querer desmoronar. Entretanto, não posso. Estamos nos aproximando da saída da nave, do momento em que nos despediremos. Eu ficarei sozinha, sem qualquer plano, escondida em uma nave alienígena, evitando soldados e tentando salvar um garoto que eu nem conhecia algumas semanas atrás. Falei para Jules que a habilidade de tomar decisões rapidamente era o que mantinha uma catadora viva, mas nunca tive menos certeza do que fazer.

De repente, uma porta no fim do corredor se abre e um grupo sai da sala. Estamos longe demais da última curva para nos esconder e são só três pessoas. Javier apoia o fuzil no ombro e se posiciona entre meu corpo e o deles.

— Espere! — Meu coração pula e eu corro para a frente para agarrar o braço de Javier. Nem todas as figuras vestem o preto dos soldados. Uma delas veste cáqui dos pés à cabeça e, apesar de estar imunda como se tivesse sido usada por semanas inteiras de escavação, eu reconheceria a roupa em qualquer lugar. — Não atire. É Jules.

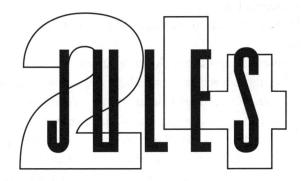

Paro de repente e minha escolta para meio segundo depois, ao notar os outros no corredor. Encaro a arma e demoro para entender que é Javier que a segura e que Mia e Hansen estão atrás dele. *Mia está viva, Mia ainda está viva.*

No mesmo instante em que me assusto, os soldados apontam as armas, agora no nível do meu rosto, e reparo que estou entre eles e Javier. Estou no meio de quem quer que atire. Fico perfeitamente imóvel, com o coração batendo forte, procurando um sinal em seu rosto e me perguntando se sou descartável para ele.

Eu me jogo no chão ao ouvir um estrondo ensurdecedor e um soldado cai ao meu lado, com os olhos vidrados e arregalados e uma mancha vermelha e sangrenta bem entre eles. *Céus, ele está morto. Ele morreu, isso é uma ferida de bala.*

Os olhos vazios estão virados para mim e eu mordo com força minha bochecha para me impedir de vomitar. Javier aponta a arma para um ponto acima das nossas cabeças, que deve ser onde se encontra a outra guarda. Só posso supor que ela mira nele também.

Espere, Mia não está atrás dele. Abaixo o olhar e a vejo no meu nível, ajoelhada, tentando desesperadamente colocar o braço de Hansen sobre seus ombros e puxá-lo para trás. Há sangue pelo pescoço dele, escorrendo pelo peito, e seus olhos estão arregalados.

Javier e a guarda ainda de pé devem ter atirado ao mesmo tempo.

Hansen levou o tiro no lugar de Javier.

Mia xinga em voz baixa, soando frenética e aterrorizada. Eu não ouso me mover, temendo levar um tiro na nuca. Todos ficam congelados, Javier e a guarda parados, apontando as armas.

Finalmente, um barulho explode ao meu redor quando a guarda atira acima de mim. Javier se vira para bater na parede e, com um estrondo, a guarda cai no chão ao meu lado e a arma cai junto. Eu pulo para pegar a arma, desajeitado, tentando sem sucesso segurá-la, e, desesperado, desisto e só bato com força, jogando a arma pelo chão na direção de Mia, Javier e Hansen.

A guarda nem tenta me impedir. Ela está morta.

Tudo fica em silêncio.

Mia é a primeira a falar, rouca.

— Merda, merda, Hansen, *não*!

Eu me viro, tentando ficar de pé e tropeçando até ela. Javier se afasta da parede, pressionando o braço esquerdo com a mão direita para estancar o sangue de uma nova ferida e carregando o fuzil pendurado no ombro. Mia e Hansen estão no chão, onde ela tenta, com as mãos cobertas de sangue, impedir o sangramento no peito dele. O fluxo do sangue está diminuindo, mas é porque os olhos de Hansen estão parados e vidrados, encarando o vazio atrás dela.

— Precisamos ir — diz Javier, cambaleando.

— Mas Hansen… — engasga Mia.

— Precisamos ir — repete Javier. — *Agora*.

— Merda — grita Mia, batendo com a palma no chão ao lado de Hansen, deixando uma marca de sangue e encarando o homem que morreu em seus braços. É o homem cuja mão ela ameaçou arrancar caso ele a apalpasse de novo, mas agora ela está com os olhos cheios d'água, tremendo de choque.

— Sinto muito — diz Javier, baixinho, e não sei se ele quer se desculpar para Mia ou Hansen; nem sei se ele sabe.

Quero chorar só por ver Mia aqui. Charlotte me fez acreditar que ela estava sendo torturada, que fariam qualquer coisa para ganhar minha cooperação. Aqui está ela, viva. Ilesa, até onde vejo, exceto pela angústia.

Eu me ajoelho ao seu lado, tirando o lenço do bolso e o oferecendo. Em silêncio, ela aceita, fazendo o que pode para limpar as mãos, esfregando cada dedo até encharcar o lenço de vermelho, antes de deixá-lo no chão ao lado de Hansen. Seguro sua mão, ignorando o fato de que está pegajosa de sangue, e a viro de palma para cima. Enfio a mão no bolso e pego o canivete dela, que estava carregando desde que nos separamos, como uma promessa para mim mesmo que eu a veria e o entregaria.

Agora o faço, fechando seus dedos sobre ele e apertando sua mão. Devolvo essa sementinha de quem ela é, apesar de não saber o quanto isso pode significar quando estamos cercados de tanto horror.

Ela olha para mim, pálida, rangendo os dentes, com o olhar um pouco mais focado do que antes. Ela me encara, *me vê*.

Finalmente, faz um aceno com a cabeça e nos levantamos juntos.

— Javier está certo — digo. — Precisamos ir. Mais guardas estão a caminho. Esses dois eram só minha escolta. E... Mia, tudo deu errado, precisamos...

— Hansen era nosso piloto — diz Javier, rasgando a manga que cobre o braço esquerdo para examinar a ferida. — Precisamos de um esconderijo. Não podemos roubar uma nave agora.

— Não podemos nos esconder — digo, perturbado, com a voz falhando. — É isso que estou tentando dizer. Eles... eles me fizeram contar. Como ligar a energia. Vão ligar a nave.

Fiz isso para salvá-la. Não consigo falar em voz alta. *Charlotte apostou que eu faria isso.*

— Vão o quê? — ofega Mia, espelhando meu próprio pavor em seu rosto. — Você disse que não temos como saber o que pode acontecer... e se tudo explodir?

Encontro seu olhar e sei que ela vê meu medo.

— Perderemos qualquer esperança de entender o que os Eternos queriam e a função desta nave.

— A explosão — diz Javier, olhando entre nós. — Quão grande você acha que seria?

Sacudo a cabeça, assustado.

— Não faço ideia, mas, considerando a energia que os Eternos eram capazes de criar... até onde sei, pode acabar com metade do planeta.

Javier funga, esfregando uma mão na barba por fazer.

— Acho que devemos roubar uma nave.

— Mas Hansen... — diz Mia; a voz treme ao pronunciar o nome do homem morto.

— Olha, consigo levantar voo. Não sei atravessar o portal, mas sei sair do chão. Melhor estar em uma nave que mal sabemos pilotar do que em uma cela improvisada bem no centro da explosão.

Respiro fundo, sacudindo a cabeça.

— Não podemos simplesmente ir embora. Se conseguirem ligar esta nave e ela ainda funcionar, vão levá-la para a Terra. Uma explosão em órbita seria o maior desastre desde a extinção dos dinossauros.

Mia se inclina para a frente de repente, segurando meu braço.

— Não se avisarmos alguém. Mink não quer escutar, mas se Javier conseguir pilotar uma nave, não precisamos voltar para a Terra... só precisamos nos afastar o suficiente dos polos para mandar uma transmissão sem interferência. Podemos transmitir pelo portal.

Olho para ela e para Javier. Ele concorda com a cabeça, aprovando o plano, e eu engulo meu medo.

— Vamos lá.

* * *

Quinze minutos depois, descemos seis andares e atravessamos dois setores. Javier ergue a mão ilesa para indicar uma pausa e todos paramos em silêncio, nos esforçando para escutar. Nenhum som de perseguição, pelo menos por enquanto.

— Por aqui — digo, apontando para a esquerda, para território desconhecido, sem pegadas. Nenhuma neve entrou aqui, nenhuma terra se mistura à poeira para mostrar onde os soldados estavam. Estamos procurando uma saída que não estará protegida pelos guardas da AI, um lugar pelo qual podemos passar despercebidos até as fileiras de naves da AI.

— Tem certeza? — pergunta Javier.

— Não — confesso. — Mas acho que esses símbolos falam de movimento. Acho que é uma saída.

— Não temos nada melhor — diz Mia. — Podem ir, eu cuido das pegadas.

Ela tira a jaqueta e, conforme atravessamos o corredor, ela usa as costas – porque a frente está manchada de sangue – para limpar cuidadosamente nossos passos, até estarmos longe do campo de visão de qualquer pessoa que possa parar na bifurcação em busca de sinais de onde andamos.

Assim como fiz ao procurar o caminho para o centro de controle, sigo o clima do lugar. Os símbolos que procuro estão mais destacados, prometendo que meu destino se aproxima. A melhor tradução que encontro para os caracteres na parede é "saída", ou "porta".

Obrigo minha mente a se concentrar no objetivo. Não posso pensar em Hansen lá atrás, nos soldados mortos, em Charlotte e em tudo que ela fez e nos obrigou a fazer para encontrar esta nave. Não posso pensar no fato de nossa esperança ter uma probabilidade de um em um milhão de dar certo, dependendo de alguém na Terra ser razoável. Não temos outra opção, além de nos entregar.

Descemos um lance de escadas, atravessamos outro corredor e, quando tropeço de exaustão, Mia segura minha mão de novo. ,

— Estamos chegando — digo. — Acho que estamos. Eu...

Minhas palavras morrem na garganta quando viramos uma curva. O corredor se estende à nossa frente e acaba em uma parede. Os feixes das nossas lanternas iluminam faixas pretas nas paredes em intervalos perfeitamente regulares. Fora isso, o corredor está vazio, sem símbolos, sem nada. Um beco sem saída.

— Isso não é uma saída — digo, idiota, encarando. *Como errei?*

Eu e Mia andamos juntos até a parte preta mais próxima, que tem aproximadamente duas vezes a largura de uma porta. Parece pedra preta e polida. A aparência é familiar, mas estou tão cansado que meu cérebro não consegue identificar de onde.

— O que é isso? — pergunta Javier atrás de nós, ficando de olho no corredor do qual saímos.

— É o outro lado de um portal — diz Mia, erguendo a mão livre para tocar a superfície com a ponta do dedo, sem soltar a outra mão da minha. — É que nem o que pegamos, depois de sairmos do templo.

— Tudo isso são portais que acabam aqui? — pergunta Javier, soando nervoso.

Olho de novo, me lembrando das outras sombras pretas pelo corredor, e desta vez sei o que estou vendo na luz da lanterna. Portais pretos, regularmente intervalados, cobrindo os dois lados do corredor, até o fim.

— Não era "saída" — digo lentamente. — Era "passagem". Era isso o movimento sinalizado. Deve ser o símbolo indicando "portal".

Ao meu lado, Mia faz um barulho com a garganta. Conheço esse som e sinto meu coração afundar antes mesmo de virar o rosto. Ela viu alguma coisa importante. No entanto, está olhando para o corredor à nossa frente e, exceto pela falta de saída, não entendo o que chamou sua atenção.

— Não há passos vindo para cá — sussurra ela, ainda olhando para o corredor. — Vimos todas as pegadas pararem no caminho que pegamos. Ninguém esteve aqui desde os Eternos, sei lá quantos milhões de anos atrás, né?

— Isso — respondo, mas conheço sua voz e sei que a resposta não será tão simples.

— Então quem deixou isso? — Mia ergue o braço para iluminar o corredor com a lanterna de LED. É sutil, um pouco escondido pela poeira, mas, quando olho para nosso próprio caminho, é impossível negar o que ela está apontando.

Há pegadas na poeira.

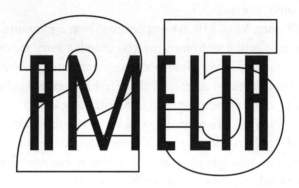

— Por favor, diga que essas pegadas têm sei lá quantos milhões de anos — diz Javier, quebrando o silêncio. Mesmo sem conseguir afastar o olhar das manchas no chão à nossa frente, ouço o clique metálico e o guincho que indicam que ele está segurando o fuzil roubado com mais força.

— Eu... — Jules está encarando as pegadas, que não são exatamente nítidas, então é impossível identificar que forma de pé as deixou, ou mesmo se foi um pé. Por outro lado, as pegadas que deixamos também não são tão nítidas. O que sabemos sobre as manchas no corredor, o que *importa*, é que não havia pegadas levando a elas. O que me leva a perguntar: seja lá quem ou o que as causou, como conseguiu deixá-las aqui?

Jules engole em seco e tenta falar de novo.

— Eu precisaria estudar os padrões climáticos e... e quanta neve entra na nave a cada semana, mês, ano...

A voz dele o trai. Apesar de só fazer alguns dias – *Ai, céus, pode ser verdade?* –, ainda sinto que o conheço desde sempre. Ele está assustado e não o culpo. Ou alguma outra coisa, alguma nova espécie inteligente, seguiu nosso mesmo caminho e encontrou a nave, ou...

— Deixe para lá — digo, com a voz firme, autoritária. Pelo menos uma coisa posso aprender com o comando de Liz sobre seus capangas: canalizo sua voz ao falar agora. — Não importa. Claramente não é o que procuramos, então podemos nos preocupar com o que significa quando *não* formos fugitivos procurados em uma nave alienígena antiga que pode explodir assim que apertarem um botão.

— Certo — diz Jules. Ele engole em seco e quase consigo vê-lo afastar à força as mil perguntas que quer fazer. É só mais uma peça de um quebra-cabeça enorme e confuso, que começou com a transmissão Eterna, continuou no templo e chegou a um outro nível quando encontramos todas as línguas da Terra ao redor do portal. — Precisamos sair daqui agora — concorda ele. — Descobriremos o que significa depois.

Como se fosse de propósito, um tremor percorre a pedra sob nossos pés. É pequeno, mal sinto dentro da bota, mas outro se segue. Ambos inconfundíveis. Vibrações.

Jules levanta o rosto rapidamente, olhando primeiro para Javier, depois para mim. Por um momento, nós três ficamos parados, esperando as vibrações acabarem, esperando notar que eram de escavações lá fora, de alguma parte da nave desmoronando, de qualquer coisa além do que sabemos que é: a nave sendo ligada. O botão sendo apertado. A fonte de energia de eras atrás sendo acesa sob nossos pés.

Uma fileira de luzes regularmente distribuídas e instaladas nas bordas arredondadas do teto do corredor se acendem. Eu me afasto, em parte esperando que explodam como lâmpadas em um pico de energia, mas elas só emanam um brilho azul sereno, iluminando o corredor, conosco dentro.

— Ok — consigo dizer. Meus pés ainda tremem, mas agora é por causa do impulso de correr. — Voto para sairmos voando daqui.

* * *

Saímos correndo, seguindo nossas pegadas para continuar nossa busca por uma saída da nave.

Estou prestes a virar uma curva quando uma mão segura minha gola e me puxa para trás. O tecido corta minha respiração, transformando meu grito de surpresa em um engasgo silencioso. Recuo num tropeço e vejo que Javier também está segurando Jules. Quando encontro seu olhar, ele solta minha camisa e apoia um dedo na boca.

É então que escuto o que ele escutou: botas marchando – melhor, correndo – pela interseção que estávamos prestes a atravessar. Um dos soldados está transmitindo um canal de comunicação, e ouço a voz de Mink dando ordens.

— Todo o pessoal deve evacuar *imediatamente*. Repito, evacuação imediata para todo o...

Quando eles se vão, o som distorcido das ordens de Mink no rádio somem junto.

Olho primeiro para Javier, então para Jules. Estávamos tentando encontrar uma saída diferente da porta que destrancamos por ordem de Mink... mas nunca vi um grupo de caras de armadura preta das forças especiais correndo tão rápido.

— Isso não parece bom — diz Javier, segurando melhor a arma. — Addison, por que estão todos fugindo?

Javier sacode a cabeça.

— Não sei. Talvez Charlotte tenha acreditado nos meus avisos de que é perigoso. Talvez esteja evacuando os solados pra testar a nave remotamente de alguma forma.

— Prefiro não ser um rato de laboratório, se vocês não se importarem — digo, com a voz tensa de medo. — Prefiro me juntar aos ratos que fogem do navio, obrigada.

Jules concorda com a cabeça enquanto ainda estou falando.

— Não tenho do que discordar.

— Sabemos onde é a porta principal. Será bem mais rápido do que procurar um lugar com menos guardas. Vai estar cheia de AI, mas, se chegarmos sem sermos notados, talvez possamos nos misturar à multidão.

— Podemos nos preocupar com discrição quando não estivermos sentados em uma bomba relógio prestes a explodir — diz Javier, olhando para o corredor para garantir que não há sinais do pelotão da AI. — Vamos.

26 JULES

Aceleramos pelo corredor, parando no topo das escadas enquanto Mia desce devagar, por ser a menor de nós e a melhor espiã. Ela apagou a lanterna de pulso e fica silenciosa e invisível na escuridão, a ponto de me assustar quando reaparece de repente ao meu lado.

— Barra limpa — diz.

Javier avança para voltar a guiar o caminho, com a lanterna na luminosidade mais baixa possível.

Seguimos as pegadas deixadas pela evacuação da AI, na direção da saída principal. Há alguma chance, em meio à confusão e à pressa, de não notarem três pessoas escapando na multidão.

Sigo Javier de perto, segurando a mão de Amelia de novo, no piloto automático. Quando ela para de repente, Mia puxa minha mão para que eu faça o mesmo. Ergo o rosto e vejo Javier fazendo gestos urgentes com a mão, indicando que eu e Mia devemos andar vários passos para trás. Ela me puxa para uma sala em um lado do corredor. Em seguida, Javier corre para se juntar a nós e se agacha nas sombras atrás da porta, segurando a arma.

— Outro esquadrão está vindo — sussurra, se movendo para olhar com cuidado. Depois, volta a olhar para nós, rangendo os dentes. — Esperem aqui, vou segui-los e garantir que foram embora — diz.

Ele continua visível na luz fraca do corredor, mas a sala em si está escura. Mia aperta minha mão com mais força e eu a sigo quando ela me leva à parede mais distante, nas sombras. Só consigo ver uma vaga silhueta: o brilho de seus olhos, os traços de seu nariz e sua boca. Em parte vejo e em parte sinto o movimento quando ela ergue a mão para tocar a parede atrás de nós, mexendo os dedos lentamente.

— O que houve? — sussurro. Sei que ela está pensando sobre algo, mas não temos tempo a perder.

Ela sacode a cabeça devagar.

— Jules — murmura, tão baixo que é quase inaudível. — O que está prestes a acontecer quando a nave esquentar os motores é o que as espirais tentaram avisar, né?

— Não sei — confesso, duas palavras que falei mais na última semana do que em todo o resto da minha vida. — Mas temo que sim.

— E ainda não sabemos — sussurra ela. — Quem tentou avisar. Por quê.

— Não — concordo, lentamente. — Mas você estava certa ao dizer que não tem como eles terem escondido tudo que sabiam sobre nossas línguas só para fazer uma surpresinha.

— E se… — Ela para de falar e sacode a cabeça, como se negando as próprias palavras antes de dizê-las.

— Continue — murmuro. Mia pode não ter sido ensinada sobre os Eternos como eu, mas viu mais sobre eles nos últimos dias do que qualquer acadêmico vivo além de mim.

— E se estivermos fazendo exatamente o que eles queriam que fizéssemos quando construíram este lugar? Já sabemos que estávamos passando por testes no templo, testes para nos trazer até aqui. *Nós em particular*, humanos, porque deixaram instruções nas *nossas línguas*. Eles nos trouxeram a uma nave criada para parecer conhecida para nós, com salas, corredores e portas. Agora estamos ligando a nave porque queremos levá-la para casa para desmontá-la, estudá-la ou dar uma função para ela. Jules, qualquer espécie vagamente parecida com a nossa reconheceria a Terra como um *tesouro* de planeta, apesar do que a humanidade fez. Ainda tem oxigênio, oceano, recursos, vida... e se os templos, os quebra-cabeças, fossem para conferir que éramos *nós*? Que éramos humanos? Para os levarmos para a Terra?

Tento engolir em seco, mas não consigo. A mão que ela segura está suada e meu cérebro dispara agora que sei aonde ela quer chegar. Ela fala mesmo assim.

— Provamos que ouvimos música como humanos, fazemos contas como humanos, falamos línguas humanas. Agimos como ratos em um labirinto, mas, em vez de uma recompensa no final, encontramos uma armadilha. Agora vamos fazer o favor de levar esta nave direto para a Terra e, como você disse, ela só precisa explodir para acabar com a gente, deixar nosso planeta completamente desprotegido. Você falou do que aconteceria se explodisse acidentalmente, por ser velha... mas poderia fazer o mesmo estrago de propósito.

— Mas eles morreram — protesto, rouco. — Foram extintos há muito tempo.

— Foram mesmo? — retruca. — Alguém precisou deixar mensagens em latim, inglês, francês, chinês e nem sei mais o quê. Você disse que o método de datação radiométrica não mente, mas aquelas línguas todas não existiam cinquenta mil anos atrás, então já estamos enfrentando um paradoxo sem resposta. Por que não mais uma coisa impossível?

— Não posso simplesmente jogar toda a lógica e a razão pelo espaço porque não entendo ainda. Não faz sentido, não é *possível*.

— E as pegadas? — sussurra ela. — Nenhuma pegada até o corredor, mas pegadas bem ali, perto dos portais.

— Não sabemos que eram pegadas — tento, mas não é um grande protesto.

— Marcas, então — responde. — Nada disso se encaixa. A não ser que cheguemos a uma única conclusão.

— Qual?

Ela sacode a cabeça de novo, mas fala mesmo assim.

— E se eles se nomearam Eternos por um motivo? E se não queriam dizer que o legado viveria para sempre, que a transmissão garantiria que a história nunca morresse? E se queriam dizer que *eles* nunca morreriam? E se não estiverem extintos?

— E se eles... — Minha boca está seca. Foi preciso que alguém de fora notasse. Sempre me disseram que eles estavam extintos. Sempre soube. Porque *todos* sabiam.

— E se eles estiverem vivos... — ela acaba a frase por mim, arregalando os olhos. — E se estivermos levando eles para a Terra?

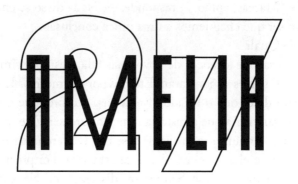

27 AMELIA

Jules me encara como se estivesse no momento entre um soco e a queda causada por ele, com a boca entreaberta, ofegante. Javier assobia para chamar nossa atenção.

— Vamos — sussurra. — Não temos muito tempo. Eles estão correndo como se estivesse pegando fogo, a evacuação deve estar acabando.

Meu sangue parece gelo nas veias. Não preciso que ninguém me mande correr, mas meus pés não se movem. Sei que o que acabei de dizer é insano. Os Eternos foram extintos. Estamos sozinhos no universo, catando os restos da sua civilização como eu e os outros fazemos nas ruínas de Chicago. Exceto que... e se, como o povo de Chicago, os Eternos não tiverem morrido? E se tiverem só... partido para outra?

As luzes do corredor piscam rapidamente.

— Isso não parece bom — resmunga Javier, se afastando para verificar que todos os guardas se foram.

Jules o segue até nossas mãos conectadas e meus pés congelados o interromperem. Sinto, mais do que vejo, seu olhar em mim. Estou com o rosto erguido, olhando para as luzes.

Elas piscam quase rápido demais para notar, mas há um padrão.

Conto em voz baixa e, quando elas param de piscar por um segundo, sussurro o número:

— Vinte e nove.

Jules deve estar acostumado a me ouvir dizer coisas aparentemente aleatórias agora, porque não me olha de soslaio como fazia quando me achava uma catadora doida. Em vez disso, ele se abaixa ao meu lado, ignorando os pedidos cada vez mais urgentes de Javier para que sigamos em frente.

— Vinte e nove o quê?

— A luz piscou vinte e nove vezes. Espere.

A sequência começa de novo. Estou tão cansada que não sei se consigo contar e ouvir a voz de Jules ao mesmo tempo. Desta vez, são vinte e oito e, desta vez, Jules conta também.

Nossos olhos se encontram e, juntos, ficamos de pé e saímos correndo, passando por Javier.

— É uma contagem regressiva — grita Jules. — As luzes estão contando.

Javier corre atrás de nós.

— Uma contagem regressiva... tipo para a partida, alguma coisa assim?

— Exatamente — diz Jules, rapidamente, poupando ar para correr. — Acho que nem todo mundo foi evacuado, porque alguém iniciou a sequência de decolagem.

Javier pendura a arma no pescoço para correr mais rápido.

— Ou arranjaram um sistema de piloto automático.

Jules tropeça e solta um xingamento tão engasgado que nem identifico em que língua é.

— Acho que ela escutou meu aviso afinal. Só... não bastou.

Que merda, que merda, que merda. É o melhor resultado possível para Charlotte: ela manda o prêmio para casa sem se arriscar, nem arriscar sua equipe. Supondo que a nave voe, que não exploda ao decolar e que não dizime metade da Terra.

Não quero explodir saindo da atmosfera de Gaia em uma nave alienígena antiga. Não quero *mesmo* explodir em uma nave alienígena antiga orbitando ao redor de um planeta que eu e minha irmã temos como casa. Acho que só não quero explodir, ponto. Quero mesmo é *sair* dessa maldita armadilha alienígena bizarra. Para voar no espaço, quero fazer como Deus o quis: em uma nave boa de aço e fibra de carbono, usando fones antirruído e, de preferência, depois de tomar sedativos o suficiente para derrubar um elefante.

Os corredores da nave estão vazios e o único sinal de que alguém esteve lá são as pegadas bem marcadas das botas dos soldados da Aliança. Apesar de não podermos correr mais rápido, minha mente acompanha a contagem regressiva, como um lembrete perverso de que *não há tempo*. Pela primeira vez na vida, queria não ser tão boa com números. Queria que não me viesse naturalmente. Queria não ter essa noção ecoando em meu crânio, reverberando no ritmo dos meus passos frenéticos.

Dezenove.

Tento me reconfortar ao lembrar que não é uma contagem um a um: leva dezenove segundos para a luz piscar dezenove vezes, dezoito segundos para piscar dezoito vezes e assim por diante, piscando cada número completo até o zero. Temos alguns minutos, não só uns segundos. Mesmo assim, cada passo parece levar uma eternidade.

As botas de Jules escorregam em uma poça de neve derretida e ele voa na direção de uma parede em vez de virar a curva, soltando minha mão. Javier chega lá primeiro, segurando seu cotovelo para levantá-lo de novo.

Nenhum deles volta a se mover e, um instante depois, entendo o porquê.

A porta está à nossa frente e continua aberta. Uma saída.

A rampa já foi tirada, mas, se as portas vão fechar automaticamente, ainda não o fizeram. Tento me lembrar da altura dos andaimes. Sei que achei que sobreviveria se Mink me jogasse, mas a neve branca que se estende sob nós é quase impossível de medir agora.

— Precisamos chegar às naves — grita Javier, mais alto do que o rugido dos motores. — Tenho família na Terra. Tenho filhos. Minha irmã, meus sobrinhos. Não ligo se me prenderem, se atirarem em mim. Alguém precisa tentar mandar um aviso para a Terra, dizer que não devem deixar isso passar pelo portal até terem certeza de que não é perigoso.

Nada que dissemos para Mink até agora fez diferença – digo, além de deixá-la preocupada o suficiente para evacuar as tropas –, mas ela não é a única pessoa poderosa na AI. Se Javier nos levar a uma nave para mandarmos uma mensagem para seu comandante, há alguma chance de abortarem a decolagem, ou pelo menos garantirem que a nave fique longe da Terra.

Devagar, Jules concorda com a cabeça. Seu olhar está distante e sei que ele está pensando em algo. Queria saber o que dizer, como avisar que neste instante o mais importante é ficarmos vivos, levar esta mensagem para a humanidade, não descobrir as respostas que esta nave pode nos dar. O problema é que nem tenho certeza se é mesmo verdade.

Javier se ajoelha, agarra a borda da porta e se joga. Meu coração para por meio segundo e volta a bater de novo, freneticamente, quando o vejo cair ileso na neve, só alguns metros abaixo. Ele grita alguma coisa, mas o zumbido da nave agora é um verdadeiro rugido. Ele faz um gesto nos chamando e corre na direção das naves alinhadas a alguns quilômetros. Quando me preparo para descer também, noto que Jules continua ali, imóvel, com o olhar concentrado nas luzes.

Dezessete.

— Não temos tempo — diz baixinho, tão baixo que tenho que ler seus lábios, um pouco ensurdecida pelo barulho da nave se preparando para decolar.

Por meio segundo, acho que ele está lendo minha mente, mas acordo.

— Não se você continuar aí boquiaberto que nem um idiota! — ofego, com os pulmões ardendo por causa da correria.

— Não... não temos tempo para Javier mandar uma mensagem, mesmo que ele passe pelos guardas, mesmo que descubra imediatamente como fazer pilotar uma das naves. Ele não conseguirá encontrar alguém para impedir isso antes de já estar acontecendo. Ele nem vai *chegar* às naves antes desta decolar — diz Jules, parando para respirar rapidamente. — Mas ainda tenho alguma chance de desligá-la por dentro.

— Por dentro... — Eu me interrompo, sem respostas irônicas ou piadinhas espertas. — Estou congelada no lugar, com uma mão na parede dos corredores enquanto o encaro.

De repente, entendo o que ele planeja. Com o tempo que nos resta, certamente será uma viagem só de ida para o centro de controle. Ele quer sabotar, não desligar. Se a nave for destruir um planeta, é melhor que destrua Gaia, sem vida, do que a única casa que nossa espécie conheceu.

Ele abaixa o rosto para encontrar meu olhar e abre um sorrisinho.

— Às vezes é preciso confiar nos seus instintos — sussurra.

Ele se aproxima, abraça minha cintura e me puxa para perto com força. Encontra minha boca com a dele e, desta vez, o beijo é de verdade. Na primeira vez, nenhum de nós sabia o que estava acontecendo, nem eu, que iniciei. Desta vez... desta vez há um calor aqui, desejo, desespero na forma como sua boca explora a minha, como sua mão segura minhas costas.

Dou um passo para trás, não porque quero parar, mas porque sinto que meus joelhos vão ceder, e bato na parede com um suspiro. O fuzil roubado cai das minhas mãos fracas, batendo no chão.

Jules se aproxima mais um instante, mas as luzes voltam a piscar – *quinze* – e sei que não temos tempo para continuar neste momento. Não importa o quanto eu queira, totalmente, completamente, devastadoramente. Gemo baixinho e ele se afasta, apesar de continuar me abraçando. Ele ergue a outra mão para tirar uma mecha de cabelo azul, oleoso e suado do meu rosto com dedos suaves, tocando minha bochecha.

— Nos vemos por aí, Mia.

Ele me vira na direção da beira da porta, me empurrando para a liberdade. Vejo Javier se tornando um pontinho a caminho das naves.

Meus joelhos já não cooperam e por um momento fico horrorizada por Jules achar que vai mesmo me jogar desta nave e voltar ao centro de controle sozinho.

Protesto com um resmungo e dou um chute em sua canela, fazendo com que ele cambaleie para trás, com um gemido de dor e surpresa.

— Nada disso, Oxford — arfo.

Estendo a mão até o painel ao lado da porta. O mesmo painel que observei ao lado de todas as portas, que achei que poderiam ser controles se fosse um filme de ficção científica. Que não fez nada... isso é, quando a nave não estava ligada.

Agora, minha palma formiga, como se o painel sentisse a condutividade de minha pele, fazendo a porta fechar com a força de uma avalanche. O brilho branco da neve some, nos deixando iluminados unicamente pelo azul das luzes do corredor, pausando entre números da contagem regressiva.

— Mas que merda, Mia!

As palavras saem de sua boca enquanto ele me encara, aterrorizado. É a primeira vez em que o vejo xingar em uma língua que entendo e, por um breve momento, esse fato me alegra, me faz querer sorrir e gargalhar, me jogar nele com um entusiasmo doido e inapropriado.

— Acha que vai me deixar para trás *agora*? — Continuo a ofegar por causa da corrida, do beijo, da decisão de morrer com ele, se for isso que estamos prestes a fazer. — Acadêmicos idiotas, sempre acham que tudo é uma história épica lendária de conto de fadas com um herói escolhido para o sacrifício. Você quer mesmo ficar aqui pra brigar comigo? Sabe que vou ganhar.

Quatorze.

O horror de Jules se transforma em surpresa e, quando meus olhos se ajustam à escuridão azulada, noto que ele sempre me olhou assim. Sempre *surpreso*. Sempre como se eu o pegasse desprevenido. No começo, achei que era porque ele era um babaca, um imbecil elitista que achava que nenhuma garota criminosa sem educação poderia contribuir com sua expedição preciosa.

Depois, achei que ele estava me desmerecendo automaticamente como uma catadora qualquer, como alguém tentando dar um golpe para roubar o equipamento caro e usar seu conhecimento sobre os templos. Depois, achei que ele talvez estivesse surpreso consigo mesmo, com o que era capaz de fazer na hora da verdade, quando as escolhas que encarávamos tratavam de assassinato, morte, sacrifício e lealdade a nossas famílias, e que talvez ele me visse como um símbolo de como tinha mudado.

No entanto, agora ele só me olha e, quando fecha a boca e sorri, com olhos castanhos carinhosos, murmura:

— Nunca vou te entender, né?

Talvez eu sempre tenha sido um quebra-cabeça. Exatamente o tipo de quebra-cabeça que atrai um cara como Jules.

— Espero que não — respondo.

Ele estende a mão, que eu seguro, e juntos corremos para o centro de controle, em nosso último esforço para impedir este apocalipse portátil de decolar.

28 JULES

Sete.

Voamos pela porta do centro de controle, quicando um no outro e jogando Mia contra a parede. Ela gesticula para me encorajar enquanto faz uma pausa para respirar e eu tropeço, encarando o painel de controle enorme. A pedra metálica agora está acesa por dentro, circuitos brilhando. A pausa antes que a luz pisque a próxima sequência da contagem regressiva é interminável, se estendendo pelo infinito, mas ainda assim não é longa o suficiente.

Charlotte estava com uma arma apontada para minha cabeça da última vez em que estive aqui, mas essa não era a verdadeira ameaça – a verdadeira ameaça era sobre Mia, mesmo que ela não soubesse. Eu descobri como ligar a nave; a sequência de decolagem só levariam mais algumas etapas. Não disse nada, esperando que eles não descobrissem por conta própria, mas Charlotte disse que outros sabiam ler os símbolos, o que claramente era verdade. Eles conseguiram iniciar a decolagem, inclusive o sistema de piloto automático. O problema é que não tive tempo para aprender como desligar.

Se o que Mia supõe sobre os Eternos for verdade, talvez *não tenha* como desligar.

Enquanto encaro, mais painéis se acendem, indicando estarem prontos.

Ok, talvez eu possa seguir os passos de trás para frente... os painéis me mostram as áreas envolvidas na decolagem, talvez eu possa desligá-las.

Passo a mão pelos painéis e pelas reentrâncias dos entalhes quando as luzes voltam a piscar, sentindo a corrente pinicar em meus dedos. Mia está atrás de mim, apoiando as mãos em minhas costas, esperando que eu diga o que ela pode fazer, sem desperdiçar qualquer instante com perguntas.

Seis.

— Ali — mando, tropeçando na palavra, apontando para a outra ponta da sala pequena. As luzes piscam de novo. — A seção acesa em azul, a segunda de baixo para cima... Isso, essa mesmo. Aperte quando eu mandar.

Nós dois preparamos as mãos sobre o que espero serem os instrumentos de medir altitude e trajetória. Talvez. Eles têm alguma coisa a ver com movimento rápido e eu *acho* que se referem a movimento em uma direção específica. Se não funcionarem, talvez a nave se interrompa até consertá-los.

Cinco.

— Agora!

Baixamos as mãos em uníssono.

Quatro.

Tudo continua sem pausa.

Não sei o que deu errado, mas poderia ser qualquer coisa. Posso ter entendido um pouquinho errado, ou completamente... ou posso estar completamente certo, mas a nave ser impossível de desligar por causa do que quer que Charlotte e sua equipe tenham feito para controlá-la remotamente. Tenho aproximadamente dez segundos para descobrir o que fazer.

Tentamos outra combinação, depois outra, nos movendo juntos em perfeita sincronia. Mia acerta os painéis quase imediatamente quando digo seus nomes, mas não somos mais que pulgas em um cachorro, considerando a diferença que fazemos. Ainda pior do que pulgas, porque nem causamos coceira.

Três.

— Vamos *lá* — grita Mia, batendo as duas mãos no painel de controle juntas, tomada por frustração.

Dois.

Se fosse uma história, a nave desligaria magicamente neste momento, porque suas mãos teriam, incrivelmente, encontrado a combinação perfeita. Em vez disso, quando ela vira o rosto para me olhar, as luzes piscam uma última vez.

Um.

Nós dois somos jogados contra a parede conforme a nave enorme se solta do gelo, nossos ouvidos ecoando com o rugido da subida. Eu me impulsiono da lateral da sala para tropeçar até ela e pressiono uma mão em cada lado de sua cabeça para me impedir de esmagá-la quando o chão se inclina. Ela agarra minha gola, abaixando minha cabeça para gritar no meu ouvido.

— E agora? Queimamos os circuitos, estragamos o motor?

Ergo o rosto para olhar para ela. Não é má ideia: se causarmos um erro, talvez... mas se destruirmos a capacidade da nave se pilotar, não há chance de aterrissarmos em segurança.

— Talvez — respondo. — Podemos derrubar a nave, ou fazer com que ela se destrua deste lado do portal, em vez de perto da Terra.

— Quanto tempo temos? — ela grita em meu ouvido, na ponta dos pés.

Não faço ideia de quão rápido estamos subindo, apesar de meu corpo protestar contra as forças gravitacionais como se estivéssemos em um foguete antigo. Sacudo a cabeça. Não sei quanto tempo. Segundos? Minutos?

Não é o suficiente para dizer o que quero dizer a ela.

A parede treme contra minha mão, o chão balança sob meus pés e é como se meu cérebro tivesse sido desmontado e derrubado em uma pilha enorme, embolado demais para ser restaurado.

Quero dizer o que significa para mim ela estar aqui.

Quero dizer o quanto não queria que ela estivesse.

Quero dizer o quão feliz estou por conhecê-la.

Quero me desculpar por tê-la conhecido.

— Mia — digo. — Foi... Quer dizer, eu...

Eu a encaro, desamparado, e ela passa os braços pelo meu pescoço, me abraçando forte.

— Eu sei — diz em meu ouvido. — Eu sei, Jules. Eu também.

Eu me afasto e concordo com a cabeça, porque não temos tempo.

— Acho que não podemos desarmar o sistema que usaram para o piloto automático, mas acho que podemos dar alguns comandos adicionais. Talvez baste para confundir as coisas. Se conseguirmos convencer a nave a tentar acelerar e dar ré ao mesmo tempo, podemos causar um pico de energia fatal.

Nós nos afastamos, nos agarrando a tudo que conseguimos para nos equilibrarmos em direção ao painel.

— A nave é tão instável que um pico de energia...

Mesmo gritando, ouço o conhecimento e a determinação na voz de Mia.

— Destruiria tudo — concordo. — Antes de passar pelo portal. Antes de chegar à Terra.

Conosco a bordo.

O terremoto sob nossos pés para abruptamente, o rugido volta a ser um zumbido alto e regular, o chão para de repente e ficamos parados ali: Mia segurando a porta enquanto eu me apoio no painel, piscando.

Passamos do limite, já selamos nosso compromisso, e nenhum de nós hesita. Não temos tempo para pensar, para imaginar o que acontecerá se conseguirmos... se será rápido.

Ficamos de pé e nos viramos para o painel. O mundo fica preto.

Verde e dourado piscam na minha visão escura e dor explode em meus braços e pernas, fazendo minha cabeça latejar, tentando me virar do avesso. Sinto vagamente meu corpo batendo no chão e começo a girar, meu estômago revirado como se estivesse no alto de uma montanha russa, caindo, caindo e caindo. Quero correr, mas não me lembro de como me mover.

Não sei se estou morto ou vivo, mas depois de um momento me ocorre que, se estou pensando nisso, provavelmente estou vivo.

Cogito, ergo sum.

Penso, logo existo.

Logo... vivo, espero.

Ouço um gemido por perto, seguido de xingamentos incluindo palavrões que nunca ouvi antes, mas estou tonto demais para registrar. Finalmente a realidade entra em foco, quando a voz se prende ao meu cérebro: é a voz de Mia.

Já me senti assim. Foi como me senti ao passar pelo último portal.

Ah, Theós, o portal.

— Mia — gemo, me virando de barriga. — Mia, precisamos... passamos.

Ela está de costas, com os olhos fechados, e quando falo ela consegue se virar de lado para me olhar, enroscada em posição fetal. O som que faz não é uma palavra, mas sei que está tentando. Eu me esforço para me apoiar nos cotovelos e tento me sentar enquanto o mundo gira.

— Precisamos o quê? — murmura ela.

É então que noto: precisamos *nada*. Se destruirmos a nave agora, tão perto da Terra, estamos fazendo o trabalho dos Eternos por eles. Talvez eu possa arranjar um jeito de prevenir, de dar meia-volta, de retornar. Mesmo enquanto, automaticamente, me levanto, instável, sei que não há esperança.

Nem consegui abortar a decolagem. Desligar o piloto automático e levar isto de volta pelo portal levaria anos de estudo.

Não há mais nada a fazer, entretanto, então seguro o painel de controle para me equilibrar e encaro as luzes piscando nele, tentando concentrar minha visão.

— Tudo dói — resmunga Mia no chão, ainda encolhida. — Era para eu estar morta agora. Isso dói bem mais do que morrer. Pelo menos não explodiu. Se fosse uma bomba, se quisessem destruir a Terra, teria explodido agora, né?

Os circuitos cristalinos nos painéis à minha frente piscam sem parar, apagando as seções usadas para decolar e acendendo lentamente novas áreas, desviando a energia para outros sistemas. Toco os símbolos, tentando entender o que podem significar. Finalmente, vejo um que conheço. A mesma curva que segui, achando que nos levava aos motores. A curva que nos levou ao corredor cheio de portais. *Por que a energia está sendo desviada para cá?*

Sou percorrido por esperança, seguida um momento depois por horror.

— Mia — digo lentamente, e sei que ela escuta o pavor em minha voz, porque fica de quatro e, arfando, se levanta para se aproximar, me abraçando para se equilibrar; o portal a afetou tanto quanto da última vez. — Não acho que vai se destruir... acho que nunca foi uma bomba. Acho que é um Cavalo de Troia.

— Quê? — sussurra, encarando confusa os painéis à nossa frente.

— É... — procuro a explicação mais rápida. — Então, é uma história grega antiga, chamada *A odisseia*, e...

Ela me interrompe, dando uma cotovelada na minha costela e ofegando.

— Sei o que é um Cavalo de Troia, cacete! Do que *você* está falando?

— O... o Cavalo de Tróia — repito, como um idiota. — Os troianos o levaram para dentro e todos os gregos saíram para matá-los. A energia está sendo desviada para os portais. Acho que está ligando todos eles.

— Mas são portais de sentido único — responde, confusa. — São iguais ao que nos trouxe do templo. Não levam a lugar nenhum, levam...

As palavras morrem em sua garganta.

Falo mesmo assim.

— Levam para cá. De onde quer que os Eternos estejam agora, se ainda *estiverem* vivos como você disse, para esta nave. Agora em órbita ao redor...

— Ao redor da Terra — sussurra Mia.

— Se estão tentando tomar a Terra, não estão usando a nave como bomba. Estão usando como portal para virem a ela pessoalmente.

— Não — murmura, se afastando de mim, e eu a sigo quando ela passa pela porta, acelerando e correndo até os portais.

Nunca quis tanto estar errado.

Nunca tive tanta certeza de estar certo.

AMELIA

Eu me concentro em não vomitar, porque é difícil correr e botar as tripas para fora. Além disso, me concentrar nos efeitos colaterais do portal que trouxe esta nave de volta para a Terra também significa que não preciso pensar no que está acontecendo.

Até parece. Se tem algo que posso fazer enquanto tento não morrer, é pensar em como estamos completamente ferrados.

Isso tudo. Cada desafio, cada passo pelos templos cuidadosamente distribuídos. Os próprios templos, planejados para serem pistas atraentes... *armadilhas* atraentes. As naves, com portas, corredores, controles simples o suficiente para um adolescente (embora um que fosse um gênio acadêmico) descobrir como pilotar em algumas horas. Pelo menos... pelo menos o suficiente para levar direto para a Terra.

Exatamente aonde os Eternos queriam chegar.

É para isso que o aviso secreto apontava. A espiral de Nautilus no código, o símbolo que avisou sobre o apocalipse, a catástrofe misteriosa que o pai de Jules temia. Ajudamos a causar o fim do mundo.

O prêmio nunca foi uma tecnologia Eterna que salvaria minha irmã ou inocentaria o pai de Jules. O prêmio sempre foi a Terra. Só estávamos errados sobre quem eram os saqueadores.

O sangue pulsando forte, com uma boa dose de adrenalina e puro pânico, é um antídoto poderoso contra a ressaca do portal. Pena que Jules não sabia que a única coisa que precisava fazer para que eu andasse quando passamos pelo portal do templo era me assustar.

Quero rir, uma reação histérica, mas só ofego. Tudo que escuto é nossa respiração arfante sobre o zumbido dos motores, que ronronam tranquilos agora que estamos em órbita.

Passamos pela interseção onde Javier derrubou o soldado da Aliança, mas ele não está lá. Ele deve ter acordado, ou ter sido levado por um dos camaradas.

Eu e Jules estamos sozinhos.

Queria não ter deixado o outro fuzil na eclusa de ar. Claro, naquele momento, a nave estava vazia, evacuada para decolar. Não tínhamos motivo para achar que precisávamos de armas. Nem, considerando como congelei durante o plano de fuga com Javier e Hansen, motivo para achar que eu conseguiria usá-la se necessário.

Posso não ser capaz de atirar em uma pessoa, mas atiraria em qualquer alienígena babaca e bizarro que saísse daqueles portais.

Viramos a curva que leva ao corredor dos portais e Jules precisa puxar meu braço para impedir a inércia que tenta me fazer continuar. Pisco os olhos para afastar o suor e as lágrimas, me agachando para olhar pelo canto. As fileiras de portais ainda estão escuras e sólidas.

— Não tem nada acontecendo — digo, ofegando por causa da corrida, do medo, do alívio. — Você estava errado.

— Eles só ficam líquidos quando há algo atravessando — responde Jules, ofegando tanto quanto eu, mas tentando se controlar. — Lembra o portal do templo? Parecia pedra do outro lado quando passamos, mas Liz e sua gangue ainda atravessaram depois. Só porque agora parece sólido, não quer dizer que não vá mudar nos próximos segundos.

Na verdade, não me lembro de nada do outro lado do portal, pois estava ocupada demais tendo uma convulsão no gelo, mas neste momento aceito o que ele diz.

— O que fazemos, então? Não podemos só ficar aqui esperando, e se...

— As luzes — aponta Jules, esticando a mão sobre meu ombro. Ele está agachado atrás de mim, falando em meu ouvido. Em qualquer outro momento, o som me daria calafrios, me faria querer me inclinar um pouco para sentir o calor de seu peito nas minhas costas. Agora, no entanto, seu tom só faz com que eu sinta mais frio. — As luzes sobre os portais — diz. — Estão acesas, mas não estavam antes. Estão ativas.

Ele está certo. Antes que eu possa responder, o portal no fim do corredor estremece, soando como um terremoto distante, como uma onda de choque ao contrário. O som é tão grave que o sinto no estômago, na sola das botas, na medula dos ossos.

De repente, algo atravessa.

A mão de Jules aperta meu ombro, mas não preciso do aviso. Nós dois nos escondemos, nos revezando para olhar pelo canto, por um segundo aqui, outro ali.

O ser que passou usa algum tipo de traje, diferente do que nossos astronautas usam. É bípede, como pensamos. Alto, mais alto do que Jules. Não vejo se tem braços, rosto ou qualquer outra coisa. Então, entre uma olhada e outra, mais um deles aparece, fazendo o som do portal retumbar em meus ouvidos e no fundo do meu estômago.

Eles fazem barulhos, sons fortes e distorcidos que não significam nada, mas que sugerem que eles conseguem ouvir um ao outro... e nos ouvir também.

Respiro fundo, expirando as palavras o mais baixo que consigo:

— São só dois deles.

— E só dois de nós — responde Jules.

A mão dele treme em meu ombro, seu corpo todo treme... ou sou eu que estou trêmula e o tremor que sinto é meu próprio terror.

Duas crianças desarmadas, nenhum de nós treinado em combate, contra dois membros alienígenas de uma espécie capaz de criar a maior farsa da galáxia, capaz de uma paciência e uma inteligência absurdas só para encontrar o tipo certo de ser vivo, o tipo certo de planeta para dominar. Não temos a menor chance. Mas sem nós, a Terra também não tem.

Porque a Terra não sabe o que está acontecendo aqui. Se Javier conseguir roubar uma nave da AI, ainda demorará para se afastar do efeito magnético que distorce os sinais no polo de Gaia, para transmitir a mensagem, para os chefões da AI ouvirem, discutirem e decidirem. Mesmo *se* ele conseguir isso tudo, ainda está só avisando que a nave pode explodir. Agora que estamos em órbita e a nave não virou uma bomba, o aviso será irrelevante, a não ser para fazer com que a AI hesite mais em trazer uma equipe de exploração para cá. Eles irão devagar, para garantir que tudo dará certo. Podem passar meses montando a equipe exatamente certa de desarmamento de bombas para explorar o que acreditam ser uma nave vazia.

Quando isso acontecer, os Eternos podem ter cem, mil, dez mil tropas prontas para invadir, carregando sei lá que tipo de armas tecnológicas para nos obliterar.

Sinto lágrimas escorrendo pelo meu rosto, como se meu corpo já tivesse decidido que não há esperança, que vamos morrer, que todo mundo que amamos na Terra vai morrer. Que eu nunca mais verei Evie. Que eu nunca mais sentirei a emoção de estar no alto dos maiores arranha-céus de Chicago. Que eu nunca mais comerei frango ao limão e arroz selvagem com funghi porcini.

Dane-se o que meu corpo acha.

— *Não* vamos deixar que eles tomem a Terra — sibilo.

— Espere. — Jules ainda segura meu braço com força, como se esperasse que eu fosse me jogar no corredor sem um plano. E nesse exato momento, não sei se ele está errado. — Olhe.

As duas figuras parecem estar discutindo. Uma delas se vira e encaixa algo em uma reentrância ao lado do portal pelo qual passaram. A superfície brilha, ficando oleosa, e uma das figuras casualmente joga algo por ela.

— Eles são a equipe de reconhecimento — sussurra Jules.

— Estão mandando uma mensagem avisando que é seguro.

As duas figuras andam pelo corredor na nossa direção, conferindo cada portal, incluindo as luzes operacionais sobre as portas, e continuando a conversar com vozes distorcidas e abafadas. Sem qualquer aviso, mais Eternos começam a aparecer, não só do portal do fundo. O corredor inteiro se enche rapidamente e os dois exploradores iniciais estão prestes a atingir o fim dos portais, no canto onde estamos escondidos.

As cabeças são arredondadas, os rostos sem feições, completamente pretos e quase metálicos, como os portais. Nada os distingue: parecem clones, robôs... alienígenas.

A dupla para de andar, poucos passos antes de onde eu e Jules estamos agachados, prendendo a respiração.

Um deles está com a cabeça abaixada, examinando um dispositivo no próprio traje, que apita e acende uma luz verde. O explorador Eterno faz um dos sons engasgados e ergue os braços – ai, céus, tem braços... mãos? – para destravar algo com um silvo de gás pressurizado sendo liberado.

Finalmente, tira o capacete.

— Pelo menos o ar é seguro. — A voz tem um sotaque forte, mas está definitivamente falando inglês.

A voz *dela*. Jules solta um pouco meu ombro. Estamos encarando-a, esquecendo por um momento que devíamos estar escondidos, que estamos a poucos metros de invasores tentando roubar nossa casa.

Porque o explorador Eterno logo ali, onde eu sou quase capaz de estender a mão para tocar, é uma mulher. Uma mulher alta, de pele bronzeada, que poderia andar por qualquer rua da Terra sem chamar atenção.

Porque ela é humana.

Ela olha para o parceiro, que também está no processo de remover o capacete.

— E então? — ela diz, respirando fundo e se virando para observar o fluxo de soldados Eternos atravessando os portais atrás deles. — Prontos para recuperar a Terra?

AGRADECIMENTOS

Sentimos muito por isso. (Bom, não tanto. Não somos muito de pedir desculpas.) Podem ficar tranquilos, porque Jules e Mia voltarão na continuação.

Não há nada neste mundo (ou em qualquer outro) que preferimos a escrever histórias juntas, então somos muito agradecidas por poder fazer isso profissionalmente. É mesmo a concretização de um sonho, então, caros leitores, queremos agradecer a *vocês*. Sem leitores, livreiros, bibliotecários e resenhistas, nada disso seria possível. Agradecemos, do fundo do coração, por todo o apoio.

Muita gente nos ajuda a transformar essas histórias das primeiras ideias ao livro em suas mãos agora e devemos agradecimentos a todas elas.

Primeiro, aos nossos agentes incríveis, Josh e Tracey Adams, assim como ao incrível Stephen Moore e à rede de scouts e agentes internacionais que ajudaram *O legado* a encontrar casas em outros países. Estaríamos perdidas sem vocês.

Nos Estados Unidos, nosso maravilhoso time editorial é composto por Laura Schreiber, Emily Meehan, Mary Mudd e Deeba Zargarpur. Obrigada pela sabedoria, pela paciência, pelos comentários e por ocasionalmente pegar erros ridículos antes que saiam mundo afora! Muito obrigada também à equipe inteira da Hyperion: das vendas ao marketing, dos revisores, que sempre nos salvam, à publicidade, passando por todo o resto. Amamos trabalhar com vocês. Um agradecimento especial à sensacional Cassie McGinty.

Na Austrália, nossa outra casa, somos eternamente gratas à fantástica Anna McFarlane, assim como a Jess Seaborn, Radhiah Chowdhury e cada membro da equipe Allen & Unwin. Não sabemos o que fizemos para merecer vocês.

Também tivemos ajuda de todo tipo de especialistas; tudo que acertamos é por causa deles, e claro que tudo que erramos é nossa culpa. Obrigada em particular para Yulin Zhuang, por conferir nosso chinês, para Megan Shepherd e Esther Cajahuaringa por conferir nosso espanhol, e para Soraya Een Hajji, por nos ensinar a xingar em latim[1]. A dra. Kate Irving ajudou com os aspectos médicos, Anindo Mukherjee garantiu que não estávamos matando Mia e Jules durante o rapel e Christopher Russell nos ajudou a projetar os desafios musicais e matemáticos. Alex Bracken e Megan Shepherd ofereceram comentários fantásticos sobre o manuscrito nos momentos exatos em que eram necessários – valeu, garotas!

Temos tanta sorte por termos uma pilha de amigos sempre ali para torcer, comemorar e brigar quando é preciso, incluindo Marie Lu, Stephanie Perkins, Jay Kristoff, Leigh Bardugo, Kiersten White, Michelle Dennis, Alison Cherry, Lindsay Ribar, Sarah Rees Brennan, CS Pacat, Eliza Tiernan, Shannon Messenger, Alex Bracken, Sooz Dennard, Erin Bowman, Nic Crowhurst, Kacey Smith, Soraya Een Hajji, Peta

---

[1] Na edição brasileira optamos por substituir *Deus* em latim por *Théos* em grego para manter o estranhamento que o leitor anglófono tem no original. (N. de E.)

Freestone, Liz Barr, Nic Hayes, Megan Shepherd, Beth Revis, Ellie Marney, Ryan Graudin, a galera do Roti Boti, o pessoal do retiro de Melbourne e o grupo de Asheville.

Finalmente, é claro, precisamos agradecer às nossas famílias, que torcem mais do que todo mundo: nossos pais, irmãos, Brendan (um "eu te amo" especial aqui da Amie para o melhor marido do mundo, também o mais paciente e solidário), os Cousins, os Kaufman, os McElroy, os Misk e o sr. Wolf. Amamos vocês e somos muito gratas.

Agora, com licença, ouvimos outros mundos nos chamando. Nos vemos no próximo livro!

Esta obra foi composta pela Desenho Editorial
em Caslon Pro e impressa em papel Pólen
Soft 70g com capa em Supremo 250g pela RR
Donnelley para Editora Morro Branco em
fevereiro de 2019